ハヤカワ文庫SF
〈SF2275〉

地球防衛戦線1

スカム襲来

ダニエル・アレンソン
金子 浩訳

早川書房
8485

EARTH ALONE
EARTHRISE, Book 1

by

Daniel Arenson

Translated by
Hiroshi Kaneko
First published 2020 in Japan by
HAYAKAWA PUBLISHING, INC.
This book is published in Japan by
arrangement with
LAUNCH BOOKS
acting in conjunction with
INTERCONTINENTAL LITERARY AGENCY LTD
through JAPAN UNI AGENCY, INC., TOKYO.

地球防衛戦線1

スカム襲来

登場人物

マーコ・エメリー……………〝詩人《ポエット》〟。トロントの図書館長の息子

カール……………………………マーコの父

グレース…………………………マーコの母

ケミ・アバシ……………………マーコの恋人

アディ・リンデン……………〝カエデ《メープル》〟。マーコの幼馴染の少女

ベニー・レイ……………………〝エルヴィス〟。トロント出身の新兵

ブルーノ・フェイビアン……〝原始人《ケイブマン》〟。同新兵

ピーター・マック……………〝ピンキー〟。凶悪で小柄な新兵

ニック・ディッカースン……〝ディッキー〟。ピンキーのとりまき

レイラニ・デラローザ………〝ちび《タイニー》〟。マニラ出身の女性新兵

サーシャ・ミケイロフ………〝けだもの《ビースト》〟。巨漢のロシア人新兵

デイヴィッド・グリーン……〝ヌードルズ〟。本好きの新兵

ホープ・ハリス…………………〝ジャッカス〟。問題児の女性新兵

エイナフ・ベン - アリ………人類防衛軍《HDF》ドラゴン小隊指揮官。少尉

アマル・シン……………………同小隊付軍曹

レイリー・ウェッブ…………同第一分隊指揮官。女性伍長

フィオナ・
　セイント - ピエール………同第二分隊指揮官。女性伍長

エミリオ・ディアス…………同第三分隊指揮官。伍長

マーフィー………………………フォート・ジェミラ司令官。中佐

1

マーコが母親と歩いて帰宅する途中、空からスカムが雨あられと降り注いできた。炎が雪を溶かした。

この冬、トロントの残りかすに、北米同盟の残りかすで四番めに大きな街に、世界の残りかすのこの荒れ果てた本土司令部に、たくさんの雪が降った。列車はまた運休していた。マーコと母親は、もう何時間も、ガスマスク配給所から家をめざして通りを歩きつづけていた。雪が、第二の侵略のように母子の脇腹にこびりつき、脚のまわりで渦を巻き、顔に吹きつけ、コートをはためかせ、まつげと眉毛をおおい、ふたりの指と骨と魂を痺れさせていた。真冬だった。いまは一年でもっとも寒くてきびしい時期なのだ。いまは人類にとってもっとも寒くてきびしい世紀なのだ。

「四十三年前まで」この日の朝、母親は寒さに耐えながらいった。「冬にはみんな、光で家を飾ってたのよ。緑や赤や黄色や青の、数えきれないほどの電球で。ベルが鳴ってたり、音楽が流れてたりしたし、木まできらきら輝いてたのよ」

マーコは、母親の横で、震えながら雪をかきわけて歩いていた。列車は、まだ走ることもある。そんなとき、列車は、巨大な地虫のように、寄生虫じみた乗客をぎっしりと詰めこんで、かん高いきしみや大きな振動音をたて、地下に火花をまき散らしながらやかましく突進する。だが、ほとんどの日の地下は、地上に出るのを恐れる人たちがぞろぞろと歩いているだけだ。人々が闇に身をひそめているだけだ。何千人もが。何十万人もが。身をひそめているのだ。雨を待っているのだ。

「信じられないよ」とマーコはいった。プラスチックのストラップで腰に下げている段ボール箱が、歩くたびに体にあたった。冬が来ると――新しい段ボール箱が配給される。新しいフィルターとレンズと注射器とゴムバンド。それが新生活だ。「そんなことしたら電力が足りなくなるに決まってる」

「いまとは世界が違ってたの」母親は髪をなでつけた。「いい世の中だったのよ」

だが、マーコは信じなかった。四十三年前？　〈激変〉の前？　そのころに生まれてた人なんか、ほとんどいないじゃないか。マーコは十一歳だった。母親は三十六歳だった。ふたりはこれしか知らなかった。寒さしか。凍りついたヒルのように肌に食らいつく雪しか。塊になっている人々と、おびえた白目と、ささやきと祈りで満たされている地下トンネルでかん高い叫びをあげたり死んだりしている地下鉄しか。痛む脚しか。昔話しか。いまのぼくたちには昔話しかないじゃないか。ライト？　ぬくもり？　おとぎ話だ。マーコは図書館長の息子だ。物語についてはよく知っている。嘘については。

「いい世の中だったの」母親はふたたびそうささやいた。手をつないでいる母子は荒廃した通りを、雪の吹きだまりを避けながら進んだ。カフェの、レストランの、バーの、ストリップクラブの、タトゥーパーラーの抜け殻のあいだを。旧世代の亡霊たちのあいだを。母子が腰に下げている常《つね》なる友の段ボール箱はぐっしょり濡れて水がしたたっている。「いい世の中だったのよ」

まるで呪文だ。いまわの際《きわ》の夢だ。たとえ実際にいい世の中だったとしても、もう忘れ去られている。いまは、雪と炎しかない。

そして母子が凍てついた道路を渡っている最中に空が開けた。雪が渦を巻いて乱れ、舞台の幕のようにさっと左右に分かれた。そして炎が燃えさかった。そしてやつらがやってきた。

道路上では、雪に立ち向かっていた少数の人々が、指を差して叫んだ。彼らの声が吹雪を貫いた。

「スカムだ！」

マーコは立ちすくんだ。雪が顔に吹きつけてフードが脱げ、髪が風でなびいた。見上げると、空がぱっくりと割れ、子宮から生み落とされたうごめく卵の群れじみたものが見えた。五機のポッドが高速で落下してきていた。紫色のそれらはオレンジ色の炎で縁どられて脈打っている。大気をイオン化させ、雲を焼灼《しょうしゃく》している。かん高い音を発しながら、熱で発光している。ポッドのひとつが建物に激突した。煉瓦《れんが》が降り注ぐ。ごうっと炎が噴きだす。怪物どもが金切り声をあげる。別のポッドが、マーコと母親の前方の通りに落下する。いまも氷に閉ざされたハイウェイに並んでいるさびついた車並みに大きい。下敷きになった雪が溶けて水になり、さらに蒸気へと変わる。アスファルトにひびが入っている。卵がかえりはじめる。

　母子の背後で空が砕けた。マーコが振り向くと、さらなる火が見えた。さらなる藍色の球が回転しながら落下してきた。

　スカムだ。息ができなかった。動けなかった。スカムだ。

　いやな臭いがするラベンダー色の毒霧があたりに広がりだした。

「マーコ、マスクをつけなさい！」母親は箱を手にとると、段ボールを乱暴に裂いてあけた。なかからガスマスクがのぞく。ガラスの目で責める。口が突きだしている。マーコが雑誌で見た、唇に円板をはめてとんでもない大きさにまで広げている部族民の口のように丸く出っ張っている。ラベンダー色のガスが広がっているなか、母親はマスクをかぶる。ひっぱられた髪が抜けるほどきつくストラップを締める。フィルターを通した息が耳ざわりだ。目は大きくて丸くて黒い水たまりのようだ。母親は、人間以外のなにかになっていた。傷ついたなにかに。熱で浮かされたようになっているなにかに。ガラスとゴムの、おびえたいにしえの神だ。

　マーコもかじかんだ指で段ボール箱をあけ、ガスマスクをひっぱりだした。ガスマスクの着用には慣れている。ときどき、ぼくのほんとの顔はどっちなんだろうといぶかしんだ——

皮膚の顔とこのゴムの顔のどっちなんだろうと。ほんとの目はどっちなんだろうと。子供としてのほんとの声はどっちなんだろうと。マーコはマスクをかぶって空気をむさぼった。エイリアンのポッドが降り注いだ。毒霧があたりに漂っていた。病気になって睾丸が縮み、生まれてくる赤ん坊の頭が小さくなる毒霧が。服に染みついて腹をくださせる毒霧が。ひと嗅ぎしただけだと綿あめと忘れた夏の匂いだが、すぐに幼年期の終わりのような腐臭に変わる毒霧が。

　母子は走りだした。

　母子が走っているあいだも空から炎が降りつづけた。吹きだまりが崩れる。建物が崩壊する。光りながら回転している紫色のポッドが落ちてくる。煙がもくもくとあがり、人々が逃げ惑う。雪の下のマンホールを探して。闇のなかで逃げ道を探して。母子が走っているあいだに、怪物どもの巨大な船が空をふさぎ、太陽を隠し、卵を生み、有機エンジンが、喉のなかのバルブが開閉しているかのような耳ざわりな嘲笑をあげる。

「ほら、前！」マスクを通した母親の声は太くて金属的だった。母親はマーコの手をひく。マーコが足を滑らせる。母親は息子をぐいと引き起こす。母子は走りだす。「標識が見える？　地下入口よ！　さあ――」

　母子が歩道を走っているとき、ふたりの前にポッドが落ちてきて弾ける。粘着質のものが飛び散って煙が噴きだし、なかから怪物が出現する。

　マーコは凍りついて見つめる。

スカムだ。学名は大きなムカデを意味するスコロペンドラ・チタニア。こいつらは四十年以上前に地球を襲い、人類の大半を殺した。それ以来、人類をいたぶり、虐殺しつづけている。炎と煙と蒸気のせいで、マーコには影しか見えない。そのとき、ずらりと並んだ鉤爪がちらりと見える。塀の上の忍び返しのようだ。武器庫に収納されている剣のようだ。いにしえの戦士の矛《ほこ》のようだ。くねったり揺れ動いたりしている体節は隙間なく装甲されている。体長三メートルの大ムカデは上体を起こしている。神だ。邪神だ。星辰《せいしん》より来たる神だ。怒りの神だ。バアルだ。蠅の王だ。そいつは雪のなかで絶叫している。この世に生まれでたとたん、飢えに、強烈な飢えにさいなまれているのだ。その痙攣《けいれん》じみた動きで、そいつが発しているシューッという音で、大顎の噛み鳴らしかたで、ひどく飢えているのがわかった。

瘴気《しょうき》が流れ、そいつがマーコと母親に飛びかかってきた。

「撃て！」という声が遠くで聞こえ、次の瞬間、何百足ものブーツを踏みおろしたような音とともに機関銃が火を吹いた。何百挺もの機関銃の銃口が、一瞬、炎で照らされる。ジェット機編隊が、キーンという音をたてながら、ページが黄ばんでもろくなった古い本に描かれているドラゴンのように高速で空を横切る。遠くで装甲車の重々しい走行音が聞こえる。大砲が発射され、建物が倒れる。撃て！　撃て！　スカムだ。スカムだ。

「かあさん！」

マーコは母親の手をひく。

怪物が母親に襲いかかる。

何本もの鉤爪が振りおろされる。鉤爪は母親の体に突き刺さる。貫通した鉤爪の先は赤い血にまみれ、湯気を立てているが、たちまち血は凍り、湯気は散ってしまう。凍った湯気の筋が妖精のようだ。飛び去ってゆく母親の魂のようだ。

スカムが鉤爪を引き抜くと、母親は雪に倒れる。真っ白ななか、血がケシの花のようだ。

「撃て！」

機関銃の——パラパラパラという発射音。ジェット戦闘機の——キーンという騒音。空気を切り裂いて飛ぶ灼熱の金属の匂いがする。火薬と戦争と煙の匂いだ。銃弾を撃ちこまれ、装甲された体節を砕かれて黄色い血を噴きだしている大ムカデは、まるで踊っているかのようだ。その節足動物は倒れるが、仲間たちは通りをすばやく這い進む。そして人類防衛軍《HDF》の兵士たちは走りながら発砲し、ジェット戦闘機が空を飛ぶ。

かあさん……

マーコは母親のかたわらで膝をついた。涙があふれ、ガスマスクのレンズがくもった。マーコは母親の手を握った。すでに冷たくなりはじめていた。マーコは母親のゴムの頬に触れた。

「かあさん……」

胴には穴が四つ、ぽっかりあいていた。大きすぎるボタンのようにきちんと並んでいる。母親は雪に血を流している。これほどの傷にしては、びっくりするほど量がすくない。霜のおりたケシの花にしか見えない。

「かあさん！」

マーコは母親のガスマスクをむしりとって血の気のうせた顔をあらわにした。母親の目は宙を見つめていたし、マーコが握りしめた手は凍てついていた。マーコは手をひっぱった。母親の胸を叩いた。

起きて。起きてよ！

死んだ。死んだんだ。

前方の雪のなかで怪物どもが動いた。上体を起こした。二匹だ。剣のように長く弧を描いている鉤爪を雪に立てて、体節があって装甲されている体を前へ進めはじめた。大顎からよだれが垂れている。飢えているのだ。獲物をねらっているのだ。スカムは、狩りに失敗したら死肉をあさる。怪物が迫ってくる。

マーコは、ガスマスク越しにぜいぜいと息をしながら立った。両手を握りしめて母親の前に立ちはだかった。

「かあさんを渡すもんか」マーコの声は震えていた。涙がマスクのレンズについていた。「おまえらにかあさんを食わせたりしない。おまえらに——」

背後からつかまれたので、マーコははっと息を呑《の》んだ。どきどきしながら振り向くと、少女だった。少女が雪のなかで立っていた。マーコとおなじ十一歳か、ひとつ上の十二歳くらい。背がひょろりと高くて髪はブロンド。ガスマスク越しにマーコを見つめていた。

「さあ、逃げるよ、あんぽんたん」少女はマーコをひっぱった。

知っている少女だった。アディ・リンデンだ。おなじ学校の奥にある教室に押しこめられ、ほかの生徒たちに恐れられている〝問題児〟クラスの生徒だ。父親は刑務所を出所したばかりだと噂されていた。トラック運転手だったが、酔っ払い運転で子供をふたり轢《ひ》き殺したのだと。アディは気性の荒い乱暴者だ。大きすぎる声で笑う。廊下で喧嘩をする。トイレでタバコを吸う。肘と膝をしょっちゅうすりむいて血を流し、ほかの子に血を流させる。

「かあさんが――」マーコがいいかけたとき、怪物どもが死体めがけてすばやく這い進んできた。

「もう死んでるんだよ、あんぽんたん」アディはマーコをぐいとひっぱった。「一緒に来ないとおまえも死ぬぞ」

マーコは雪で足を滑らせた。アディはマーコをぐいぐいひっぱって母親から離した。一匹のスカムが死体を食らおうと走りよった。鉤爪を振りあげ、大顎を突きたてた。マーコは大声をあげてアディを振りほどこうとした。

「アディ、戻らなきゃならないんだ」マーコは駆け戻ろうとした。「かあさんはまだ生きてるかもしれない。まだ助けられるかもしれない。まだ――」

「死んだんだよ」アディはマーコを力まかせに平手打ちした。マスクの片方のレンズが割れた。「もう死んだんだ。みんな。あたしたちの親はみんな死んだんだ。一緒に来い。あたしと一緒に生きろ」

そのとき、マーコはアディのすぐうしろにそれらがあることに気づいた。二体の死体は、長身で焼け焦げていた。めくれあがっている皮膚が、黒焦げになった紙切れのように風にそよいでいる。ガスマスクは溶け、ブロンドの髪は血まみれだ。そのそばにはムカデの死骸もある。鉤爪がずらりと並ぶ三メートルの体が、銃弾で穴だらけになって丸まっている。

アディの両親だ。

マーコはうなずいた。手をとりあって、アディとマーコは走った。

散らばっている煉瓦を跳び越え、雪のなかに倒れこみ、立ちあがってまた走った。頭上では、黒い宇宙船が、雲のなかへと消える前に、最後の卵を世界に生み落としたが、人類防衛軍のジェット機編隊はあいかわらずかん高い騒音を発していたし、ミサイルはあいかわらず彗星のように空を横切っていた。白い制服姿の兵士たちが、走りながら発砲して、また一匹、スカムを倒した。ひとりの兵士が、「一匹逃がした！　一匹がセブンスストリートを逃走中！」と報告した。そして百人の兵士たちが走りだした。マーコとアディは反対方向に走った。

前方の雪のなかから標識が見えてきた。昔のライトのように赤く明るく点滅している。雪が溶けていて地下への階段が見えている。マーコとアディは闇へと駆けこむが、マーコは濡れた階段に足を滑らせてしまい、アディが押さえてくれなかったら転落していたところだった。階段をおりきると、トンネルがのびていた。ときどき列車が走るトンネルには、いまは何千人もが詰めかけていた。何千もの、ガラスの目を持つゴムの顔。何千もの丸い口。何千人もの、ガスマスクをつけて湿った息づかいをしている人々が視線を向けてくる。レンズにちらつくネオンライトが反射している。

　アディとマーコは人をかきわけて奥へ進んだ。壁にもたれて黙って待った。ふたりと肌を接している人々も、やはり無言だった。パチパチという雑音とともにラジオから声が流れた。天井のスピーカーから聞こえたのは男の声だった。低くなめらかで心安らぐ声、マーコが小さいころから聞きつづけている声、マーコが会ったことのない男の声、自分自身の声よりも数多く聞いている声だった。

「十五機のポッドがトロントのヤング・ストリートに落下しました。十五匹のスコロペンドラ・チタニアを駆除しました。警報解除。警報解除」そのアナウンスに続いて、患者が死亡したときに生命維持装置がたてる音を思わせる、長々と続く物悲しいサイレンが流れた。警報解除だ。

　人々はガスマスクを脱いだ。顔と髪が汗で濡れている。何人かが笑い声をあげる。十代のカップルが抱きしめあってディープキスをし、老人がぶつぶつとぼやく。外国語で話していた、ぼろぼろのコートを着ているふたりの女性が、袋詰めの貝をめぐって言い争う。何人かが階段をのぼって世界へと戻る。列車が火花を盛大に散らし、煙をあげ、さび臭さを漂わせながらやかましく到着して、何百人もが乗りこむ。真冬の寒さのなか、世界の残りかすのなかで、生活が再開される。

　だけど、ぼくたちはそういかない。だってもうかあさんがいないんだ。

　マーコの目に涙がこみあげた。アディがガスマスクを脱いで赤い目でマーコをじっと見つめたが、やがて彼女の唇が震えだし、マーコを抱きしめた。ふたりは地下鉄駅で抱きあった。おたがい、痛いほどの力をこめて。世界はガタゴトと動きだしていたが、十一歳の少年と少女は途方に暮れていた。

2

自由を奪われる前日、マーコは図書館で、地獄へ持っていく本を探した。

マーコは十八歳になった。身の毛がよだつ年齢に。だれも祝わない誕生日が来て、だれもが恐れるあの年齢に、だれもが悲嘆の口調でささやきあうあの年齢になった。十八歳に。ただの年齢だ。だが、〝十八歳〟と口にするたびに背筋に悪寒が走る。十八歳。やつらが来る日だ。やつらが連れ去りに来る日だ。家を出て地獄へ行かなければならなくなる日だ。

マーコは図書館の、トロントで最後の図書館の、世界でもわずかしか残っていない図書館の書架のあいだを歩きまわった。マーコは十八年間——またも身の毛がよだつ数字だ——この図書館の上にある部屋で暮らしてきた。マーコと彼の家族は、黄金時代がとうに過ぎ去った崩壊しかけの王国を維持することを義務づけられている、長い歴史を持つ王朝のように、図書館員の一族として、ここにある本を世話してきた。薄暗い図書室のなか、書架はマーコの両側に、まるで渓谷のように続いていた。本は、兵士のように、明日、マーコがなる兵士のように書架に並んでいた。小ぶりで埃《ほこり》っぽいペーパーバック。カバーが破れているずっしりと重いハードカバー。背に金の箔押《はくお》しがほどこされている革装の書籍。ほとんどが、五十年前に〈激変〉が起こる前、空が割れる前、スカムが世界をめちゃくちゃにする前の本だ。マーコはここにある本を何千冊も読んでいた。幼いころから読みつづけていた。〈激変〉以前に書かれた本のほとんどは、愉快で、わくわくして、ぞっとして、楽しい。〈激変〉後の五十年間に書かれた本は暗い。雨が植物に花を咲かせるように、涙が言葉を生んでいた。

　マーコはなじみ深い本の背で指を滑らせながら歩いた。きょうは日曜日だ。図書館のドアは閉まっている。施錠こそされてはいないが、図書館のドアはほとんどいつも閉まっている。その間も、外の世界はまわりつづけ、光は輝き、街はうわべの喜びに満ちている。本を読む人間は、もうほとんどいない。みんな、携帯電話を見つめたり、イヤホンに耳を傾けたり、拡張現実《AR》グラスをかけたりして、本のことなどほとんど忘れている。本が人類にどんな意味を持っているかを忘れている。人間性を忘れている。マーコは、健常者と、両親がスカムの瘴気《しょうき》を吸ったせいで生まれつき頭が小さく、目に生気がなく、いつも口をあけている人たちとの違いがわからなくなることがときどきあった。

「楽しい本がいいな」マーコは書架の前で足を止めた。「ジョークと愉快なエピソードと人生と笑いが満載の本が。持っていくのは天国のかけらがいいな」

　地獄だって？　マーコは深く息を吸いながら、彼が知っている、そこから戻ってきた、書類上は五歳年齢が上がっただけだが、内面は五百歳年をとった人々のことを思いだした。手足を失った人もいる。全員が喜びを失って戻ってきた。戻らなかった者も多い。地獄？　まさしく。それが人類防衛軍《ヒューマン・ディフェンス・フォース》だ。略してＨＤＦだ。スカムと戦うために創設された地球軍だ。この荒廃した地球の住人は、どんな片隅で暮らしている者でも、全員が、十八歳になったら立ち向かわなければならない、火のなかで五年間過ごすという試練だ。

　マーコは、深々と息を吸ってから本に触れた。五年だぞ？　五年間、ポケットに入れて持ち運ぶ本を、どうすれば一冊——たったの一冊だ——に絞れるんだ？　どうすれば——

　図書館のドアがきしみながら開いて、日光が差しこんだ。

「マーコ？」

　振り向くと、日差しと風とともに少女が入ってきた。沈んだ気分が一瞬で晴れ、少女という光に照らされて戦争の幻影がひきさがった。

「ケミ」マーコは少女に歩みよった。

　ケミはマーコにほほえみかけた。真っ白な歯がのぞき、両頰にえくぼができる。マーコが大好きな笑顔だ。ナイジェリア移民の孫娘であるケミ・アバシは、瞳が淡い茶色で、癖毛の髪を長くのばしている。上は白いシャツにグレーのニットベスト、下はチャコールグレーのパンツという服装で、マーコが先月、ケミの誕生日にプレゼントしたネックレスをつけている。シルバーのアミュレットはギリシャ文字のπ《パイ》の形だ。マーコは言葉が好きで、ケミは数字が好きだ。マーコは小説を書いていて、ケミは彼方の銀河のマップをつくることを夢見ている。ケミはガスマスクが入っている段ボール箱を腰につけていた。その箱は、青く塗られ、金色の星で飾られていた。彼らの年頃の若者たちは、たいてい、政府から支給された箱をきらきらにデコっている。マーコは段ボール箱にまったく手を加えていなかった。

マーコはケミを抱きしめ、ふたりはキスをした。

「なにやってるのよ」ケミはマーコの髪をくしゃくしゃにした。「あなたがわたしといられるのはきょうで最後なのよ。どうしてゴラムみたいにこんな薄暗いところにこもってるの？」

「じゃがってなんだろ、いとしいしと？」とマーコは《ロード・オブ・ザ・リング》のゴラムの台詞をいった。

ケミは笑ったが、マーコは心のなかでぞっとしていた。ケミの言葉が耳にこびりついていた。〝あなたがわたしといられるのはきょうで最後なのよ〟

「ついてきて、ホビットさん」ケミはマーコの手をとってひっぱった。「プレゼントがあるの」

ケミは向きを変えてマーコを玄関のほうへ連れていこうとしたが、マーコはたじろいだ。

目の前で炎がひらめいた。

雪が肌を刺した。

〝もう死んでるんだよ！〟銃弾がびゅんびゅんと飛び、アディがマーコの手をつかんでひっぱった。〝一緒に来ないとおまえも死ぬぞ！〟

「マーコ？」ケミは振り向いて、日差しをいっぱいに浴びながらマーコを見た。「来るんでしょ？」

マーコはうなずいて、あのときの記憶が薄れて消えるにまかせた。あの日から七年たっていたが、いまも、だれかに手をひかれるたびに、雪と炎のなかに引き戻されてしまうのだ。

マーコとケミは手をつないだまま図書館から通りに出た。街路樹のカエデの赤と黄金色の葉が風にそよいでさらさら鳴っていた。肌寒いほどだったが、大勢が外を歩いていた。この前、スカムの攻撃があってから数日がたっていた——この数日は、ガスマスクなしで息ができ、日光を感じられ、避難壕と地下鉄トンネルではなく、ふたたび地上で暮らせていた。〈激変〉以前は、トロントの人口がいまの倍だったことをマーコは知っていた。世界の人口も倍だったことを。かつてこの通りには、カフェやレストランやパブや映画館が並んでいた。ここは笑いと人生に満ちあふれた地区だったのだ。いまでは、そうした古い建物のほとんどが人類防衛軍《HDF》の駐屯所になっている。兵士たちが、屋上で立哨し、窓から外をのぞき、通りをパトロールしている。二輌の戦車を積んだ大型運送車輌が轟音《ごうおん》を響かせながら通りを走っていった。衝撃音《ソニックブーム》が窓をがたつかせて街を揺るがせ、あらゆる音をかき消した直後、ミサイルを牙のように突きだしているジェット戦闘機が一機、頭上を飛んでいった。

これがトロントだ。全盛期は過ぎているが、いまも三百万人の民間人と兵士が住んでいるし、崩壊しつつある世界における文明と繁栄の防衛拠点たる北米同盟の大都市であることに変わりはない。トロントは、マーコが知っているただひとつの街、明日の夜明けにあとにしたら五年は帰ってこられない、ひょっとしたら二度と帰ってこられない街だった。

「プレゼントってなんだい？」マーコはたずねた。

ケミはマーコと手をつなぎつづけていた。笑顔のまま、「それはあと。まず、ごはんにしましょう」といった。マーコの腹をぽんと叩いた。「しばらくは、まともなごはんを食べられないだろうから、きょうはいっぱい食べて」

　ふたりは公園を通った。ブランコがあり、子供たちが笑い声をあげていた。カエデの木があり、機関銃を持った兵士たちがきびしいまなざしで警戒にあたっていた。ケミはマーコを、ふたりの行きつけの店、〈シッダールタ〉に連れていった。〈シッダールタ〉の入口の前には、機関銃を持ったいかつい警備員が立っていた。警備員はマーコとケミに冷たいまなざしを向けてラベンダーの呪いの兆候を探してから、うなずいて脇にどいた。マーコはケミのためにドアをあけた。カレーと焼きたてのナンの香りが漂っていて、金色のガネーシャ像とヒンドゥー教の神々の絵が飾られている店内に入ったふたりは、白いエプロンをつけて笑みを浮かべている店員に迎えられた。それから二時間、ふたりは満腹になるまで、バターチキンカレーとスパイシーなマトンシチューと焼きたてのナンを食べ、緑茶とアイスクリームで食事を締めくくった。

「これから五年間、なにも食べなくていいくらいお腹いっぱいだよ」マーコがいった。

　ケミはうなずいた。「任務完了ね」

　マーコは店内を見まわしてからケミに視線を戻した。目の奥が熱くなった。「この店が懐かしくなるだろうな」テーブル越しに手をのばしてケミの手に触れた。「きみが懐かしくなるだろうな……」うつむいた。「逃げられたらいいんだけど。きみとぼくのふたりだけで。この冬、きみも徴兵されるまでに。南部へ逃げて——」

「マーコ！」ケミはぎくりとし、不安そうにあたりを見まわしてからマーコに視線を戻した。「そんなことをいっちゃ――」ため息をついた。「怖いのはわかる。わたしだって怖いわ。だけど、わくわくするじゃないの、マーコ。わたしたちは星々を見られるのよ」

マーコは暗い笑みを浮かべた。「きみは見られるだろうね。きみはきっと、かっこいい宇宙船を操縦して太陽系をパトロールできるよ。だけどぼくは、近親婚をくりかえしてる山岳民に囲まれた砂漠の基地で便所掃除をするはめになるんじゃないかな」

ケミは笑った。「いいじゃないの。だれかが近親婚をくりかえしてる山岳民から世界を守らなきゃならないんだから」まばたきをして涙を払った。「ついてきて、マーコ。きょうは怖がらないで。泣かないで。最後にすばらしい一日を過ごしたいの。幸せに過ごしたいの。思い出の一日にしたいのよ」

銃弾がびゅんびゅん飛んだ。スカムがマーコの母親を食った。アディがマーコの手をつかんだ。もう死んでるんだよ、もう――

マーコはごくりとつばを飲んで、記憶を払いのけた。

きょうは怖がらないんだ、と考えた。泣かないんだ。

ふたりはふたたび外へ出た。通りには、大勢の兵士や、段ボール箱を携帯している民間人、笑いながら走っている小学生、全力疾走している犬がいた。数日間攻撃されていない、ひんやりとしたこの秋の日、街はにぎやかだった。マーコは想像しようとした。〈激変〉の前、ここはどんなふうだったんだろう？　地球が異星人とファーストコンタクトをする前、スコロペンドラ・チタニア——宇宙から来たくず《スカム》——が全世界の人口の六割を虐殺して人類をこの戦争にひきずりこむ前は。きっと、とマーコは想像した。この秋の日にちょっと似てたんじゃないかな。

マーコとケミがかつての映画館の前を歩いているとき、彼方の空がオレンジ色に燃えた。

警報が鳴り響いた。

ふたりははたと足を止め、段ボール箱からガスマスクを出した。通りの反対側では、人々がマンホールの蓋をあけて公共避難壕に飛びこんだ。近頃では、街区ごとに公共避難壕が設けられている。兵士たちもガスマスクをつけて銃を装塡《そうてん》した。ケミは地下へ駆けこもうとしたが、マーコは彼女の手をつかんでひきとめた。

「だいじょうぶ」マーコは指さした。「ポッドは三機だけだ。それに遠い。湖のほうだ」

ふたりは路上で立ちつづけた。外に残っているのは兵士だけだった。音の高さが上下する警報は鳴りつづけていた。最初のポッドが市街に向かって落下し、通りを振動させた。優に二キロは離れているここでさえ、建物が揺れ、地面がひび割れ、マーコは耳鳴りを感じた。また一機、ポッドが猛烈な勢いで落下した。また一機。窓がいっせいにがたついた。近くで一枚が割れ、ガラスの破片がきらめきながら飛散した。遠くで銃声がとどろき、ジェット機編隊が頭上を飛んでいった。

「ポッドは三機だけだ」とマーコはくりかえした。「スカムは三匹しか入ってない」

通りのいたるところで、兵士たちのラジオから雑音とともに声が聞こえた。マーコが幼いところから聞きつづけている、心安らぐ低い声だ。断片的に聞きとれる。ムカデは三匹。戦闘中。死傷者あり。五十二名の民間人が毒霧を吸った。二十三名の民間人と四名の兵士が死亡。戦闘中。戦闘中。スカムは三匹とも殺した。緊急事態は収束。緊急事態は収束。

　街の反対側で警報が小さくなって一本調子のサイレンになり、やがてやんだ。緊急事態は収束したのだ。人々が避難壕から出てきた。街は生きのびたが——さっきまでよりも殺伐とした雰囲気になって静まり、冷えびえとしていた。人口が二十三人すくなくなっていた。もう笑い声は聞こえなかった。

「五日よ」ケミは絞りだすようにそういうと、マーコの手をぎゅっと握った。「たったの五日だったのよ。やつらは、一週間もくれないの？」目に涙が浮かんでいた。「たまには一週間くらいのんびりさせてくれたっていいじゃないの」

　マーコはケミの髪をなでて頬にキスした。「さっきぼくにいったじゃないか。きょうは泣かないでって。きょうはぼくたちの日じゃないか」

　ケミはうなずいて鼻をすすり、マーコに抱きついた。「きょうはわたしたちの日よね」

　ふたりは街でいちばん古い墓地に入った。墓の多くは十九世紀のものだった。かつてと違って、街にはもう公園がない。公園はみな、軍の基地になっている。マウントプレザント墓地は、トロントに残っている唯一の緑地で、砂利道のまわりには木が数えきれないほどある。紫色のモミジ、葉ずれの音をたてているニレ、樹皮が白いカバノキとトネリコ、枝がねじくれているオーク、みごとな枝振りの松などさまざまな種類の木が。ニンフ像と天使像が古い墓のあいだで浮かれ騒いでいた。こんどの戦争の死者たちは、市外にある、もっと狭くて混みあっている墓地で眠っている。ここは昔の人たちのための場所、人類が宇宙へ進出し、星々のあいだで恐怖と遭遇するはるか以前の古い霊たちのための場所だ。図書館を別にすれば、ここはマーコが街でいちばん好きな場所だ。図書館とおなじく、ここでよく父親と過ごしたものだ。ここには古い物語が、古い暮らしが、よかった時代の記憶がたくわえられている。

マーコはケミと手をつないで歩きながら、年長者たちから聞いた話を思いだした。スカムが地球に大規模攻撃をかけ、次から次へと都市を爆撃し、毒ガスをまき散らして数十億人を殺したときの話を——地獄の、死の一年が過ぎたころには、人類は絶滅の淵に追いこまれていた。年長者たちは、いまだに、いかに人類が立ちあがって団結し、艦隊を宇宙へ送りだしたかについて誇らしげに話す。軍艦が一隻、また一隻と撃沈されたが、ひとりの大胆不敵なパイロット、英雄エヴァン・ブライアンがいかにスカムの母星に核ミサイルを撃ちこみ、膨大な数のムカデを殺したかについて。〈激変〉はその日に終わった。人類は炎のなかからより強くなってよみがえった。はるか彼方の星を破壊する力を、深宇宙にひそむ敵に立ち向かい、打ち負かせるだけの力を持つ文明となった。

その日を境に大量殺戮が終わり、長い〈消耗戦〉がはじまった。

やつらは街を丸ごと破壊しようとしなくなったんだ、とマーコは考えた。周囲の林を見まわしながら、火が世界を照らした日のことを想像しようとした。やつらは、人類が核で報復することを思いしったんだ。やつらが人類を破壊したら、人類もやつらを破壊することを。だから、やつらは人類を傷つけるだけにした。いたぶるだけに。毎週毎週、毎年毎年、何十年もずっと、やつらは人類を殺しつづけてる。人類の心臓を剣でひと突きにできないから、一万もの小さな傷で人類を痛めつけようとしてるんだ。

ベビーカーを押している母親が砂利道をふたりのほうに向かってきた。ベビーカーに乗っている赤ちゃんは、うつろな目でよだれを垂らしている。顔はふつうの大きさだが、頭は小さすぎるし、頭蓋骨が先細りになっている。ポッドが発するガスを吸うと、こういう気の毒な子供が生まれることが多い。もっとも、そういう両親はまだましだ。毒ガスを吸ってしまうほどポッドのそばにいた人は、たいてい、スカムに鉤爪で刺し貫かれて殺されるので、出産する機会には恵まれないからだ。マーコはそれをよく知っていた。毎晩、悪夢にうなされて汗まみれになって目を覚ますたびにそれを思いだしていた。

世界のどこかで、スカムは一時間ごとにひとりの命を奪ってるんだ、とマーコは考えた。やつらは人間を殺してるんだ。赤ちゃんに障害をもたらしてるんだ。共倒れの絶滅は避けていても、そうとも、やつらはぼくたちを苦しめられるんだ。マーコは深々と息を吸って顔を上げた。でも明日から、ぼくはやつらを殺す方法を学べる。

マーコとケミはホイップクリームをトッピングしたコーヒーのラージサイズを買った。そのあと雨が降りだしたので、ケミのアパートメントがある建物まで走った。その十階建ての建物は、茶色の煉瓦《れんが》張りだが、バルコニーは白い。ジェット機編隊がキーンという音とともに頭上を通過した。ふたりはエレベーターに乗って最上階までのぼった。アパートメントに入った。趣味がよくて清潔で物がすくないアパートメントだ。革張りのソファの上にかけてある家族写真には、スーツを着た白髪《しらが》頭の男性、赤いドレスを着たにこやかな女性、ニットベストを着たケミ、そしてHDFの制服を着たケミの兄が写っていた。床から天井までの窓から街の地平線が見えた。湖のそばのポッドが落下したあたりから、まだ煙が上がっていた。あのあたりで、ほんの一時間前に、二十三人が命を落としたのだ。

「両親は、またコロンビアに行ってるの」ケミがいった。ふつうの声だったが、静かなアパートメントでは大きく響いた。「こんどの火曜日で四年になるのよ」

マーコは廊下の先の部屋を見やった。部屋のなかに、トロント・ブルージェイズのポスター、グローブ、ケミの兄が乗っていたファイアーバード宇宙戦闘機の模型があるのが見えた。マーコはケミの兄と会ったことはなかったが、このアパートメントに来るたびに彼の部屋の前を通って、制服姿のハンサムなパイロットの写真を目にしていた。四年前のあの恐ろしい日、スカムがプラズマを雨あられと降らせた基地で数百名の兵士とともに戦死したロポ・アバシは、いまでは、南米にある軍の墓地で永遠の眠りについている。

「きみは、今年は一緒に行かなかったんだね」マーコはいった。

ケミはうなずいた。「最初の三年は行ったのよ。今年は、わたしが入隊するまでに二週間しかなかったから。それに、あなたの最後の日は一緒に過ごしたかったの」マーコの両手をとって彼にキスをした。「どうしても」

入隊するまでに、とケミはいった。徴兵されるまでに、ではなく。入隊するまでに、と。毎年、ＨＤＦは全世界で何百万人もの若者を徴兵する。徴兵を拒否した者は、兵役期間の五年間、独房に監禁される。マーコは、明日の朝、進んで入隊するわけではない。入隊したくて入隊するわけではないのだ。マーコは戦いたくなかった。こんな、終わりなき暴力の連鎖に荷担《かたん》したくなかった。スカムの前哨基地を攻撃したり、やつらの有機恒星船《スターシップ》を宙に漂う肉袋のように吹き飛ばしたり、やつらのポッドが地球に着陸するたびに撃ったりしたくなかった。図書館にとどまって、書きかけの小説、『ロガーヘッド』を書きつづけたかった。母親の復讐をするのではなく、母親の死を悼《いた》んでいたかった。

　この気持ちをすべてケミに打ち明けたかった。だが、マーコは怖《お》じ気《け》づいた。裏切者と思われそうな気がした。ケミが戦いたがっているのはわかっていた。家族の遺産を受け継ぎたいと願っているのは。兄とおなじく、学校でと同様に軍隊でも秀《ひい》でた存在になりたがっているのは。だからマーコは黙っていた。ケミはほほえんで、ふたたびマーコにキスをした。

「さっきいってたプレゼントってなんなんだい？」そうたずねたマーコの声は、ちょっぴり低すぎたし、ちょっぴりしゃがれていた。だからマーコは、心の痛みに、明日、彼を待ち受けている恐怖に、五年間、ケミと会えない空虚感に打ちひしがれていることをケミに気づかれないようにと願った。

　ケミはマーコをひっぱって廊下を進み、ブルージェイズのポスターが貼ってある部屋を過ぎて彼女の部屋へ連れていった。二十世紀末のクラシック音楽がかかっていた——ケミはその時代の音楽が好きなのだ。約二百年前の、ほとんど忘れられた音楽が。ケミはカーテンを閉めると、ニットベストと襟のあるシャツとパンツを脱いだ。本物の炎さながらにパチパチと燃えるように感じるほど真っ赤な下着姿でマーコの前に立った。そして、天のすべての星にかけて、きれいだった。苦しくなるほどきれいだった。きれいすぎて、マーコはほとんど息ができなかった。

ケミはマーコの唇にキスをして、「わたしがプレゼントよ」といった。「ついにこのときが来たの。愛しあうときが。あなたには、この思い出を胸に入隊してほしいの」

三年前につきあいはじめてから、数学の授業で方程式を解くのを手伝ってもらったあの日から、マーコは何度もケミにキスしている。この一年、ふたりは裸で毛布にくるまってイチャつきはじめていたが、いつも、びびって最後の一線を越えられなかった。きょう、ふたりは激しくキスをした。マーコは服をむしりとるように脱ぐと、ケミの頬をなでながら彼女の目を見つめた。ケミはマーコにほほえみかけた。目がうるんでいた。ケミのプレイリストが、ふたりの昔からのお気にいり――マリリオンの〈ラベンダー〉――に到達した。マーコは、スカムの毒霧の色とおなじという、そのタイトルの皮肉さを無視できなかった。

「怖いわ」ケミが、裸でマーコに抱かれたまま告白した。

「世界一きれいだよ」マーコはいった。「愛してる」

ケミはマーコの髪をなでた。「わたしも愛してる、マーコ」

ふたりはまたキスした――ケミの涙の味がするキスだった。ふたりは体を押しつけあった。

そして勇気がなくてできなかったことをした。この最後の日に結ばれたのだ。あとになって思いだそうとしたが、セックスが二分間続いたのか、二時間続いたのか、マーコにはさっぱりわからなかった。それは、ほてりと欲望とひきつった笑いからなる、くらくらするあいまいさでしかなかった。終わると、ふたりは汗まみれになった裸体に毛布をかけ、ベッドで並んで横たわった。

「すばらしかったよ」マーコはいった。

ケミは横目でマーコを見た。「びっくりしてるみたいな言い方ね」

「初体験っていうと、たいてい、うまくいかなかった、しくじったっていう話ばっかりだけど、だけど、あれは……すばらしかった」

マーコはあお向けに寝ていたが、ケミがごろりと転がって彼におおいかぶさり、彼の目を見つめた。片手を丸めてマーコの頬にあてた。「入隊したら、マーコ、なにがあっても、どんなに怖くても、どんなにつらくても、このことを忘れないで。わたしのキスを忘れないで」ケミはマーコの唇にキスをした。「この最後のすてきな日にわたしたちがなにをしたかを忘れないで」ケミの目から涙がこぼれた。「さようなら、マーコ」

マーコは顔をしかめた。プレイリストからジャーニーの〈セパレート・ウェイズ〉がかかった。ベースとドラムが鳴り響いた。

「きょうが最後のすてきな日なんかじゃないさ」マーコはいった。「この先、たくさん、すてきな日を過ごせるんだから。これが永遠の別れじゃないんだから」

　ケミは目をそらした。涙が頬を伝った。「ああ、マーコ。心の底から愛してる」ふたたび目をあわせた。「聞いて。軍でほかの女の子と出会ったら、わたしを愛したようにその子を愛していいのよ。わたしを幸せにしてくれたように、その子を幸せにしてあげて」

　マーコはさらに大きく顔をしかめた。起きあがろうとした。ケミはマーコの上からごろりと離れた。ふたりは、裸のまま、腰から下に毛布をかけ、並んで上体を起こした。

「ケミ、いったいなんなんだ？」マーコはケミの手をとった。「ぼくはきみを幸せにしたいんだ。きみを愛したいんだ。ほかの女の子とつきあうつもりなんかないんだ。しばらく離ればなれになるけど、きみもあと二週間でＨＤＦに入隊するんじゃないか」ほほえもうとした。苦い笑みになった。「おなじ基地に配属されるかもしれないじゃないか」

　癖毛の長い髪でケミの顔が隠れた。ケミはおだやかな声でいった。「ＨＤＦには三億人の兵士がいるのよ、マーコ。再会できる確率は高くない」

「じゃあ、五年、待てばいい」マーコは大きく息を吸った。「メールを送りあえばいい。できるときに電話で話せばいい。除隊になったとき、ぼくたちはまだ二十三歳なんだ。だから――」

「マーコ」ケミはマーコにもたれかかった。「マーコ、いわなきゃならないことがあるの。わたしはジュリアス軍学校に合格したのよ」マーコをちらりと見上げた。なかば恐れ、なかば期待している表情だった。「志願者の上位五パーセントに入ったの。ふつうに入隊をするんじゃなくなったのよ」

マーコは目を丸くした。ジュリアスは北米軍管区一の名門軍学校だ。有名な将校や将官や戦争英雄のほとんどがこの学校の出身だ。ジュリアスに入学を許される者はすくない。卒業する者はさらにすくない。

「たいしたもんだ」マーコはいった。「すごいじゃないか」

ケミはまばたきをした。目がうるんでいた。「軍学校を卒業できたら――するつもりだけど――わたしは、徴募兵じゃなくて将校になるのよ、マーコ。最低でも十年間は軍務につくことになる。ひょっとしたら二十年間かもしれない」ケミはふたたび涙を流した。「ごめんなさい、マーコ、だけど……」マーコを抱きしめた。「たぶん、あなたとはもう会えないの。ほんとにごめんなさい。心の底から愛してる」

マーコは無言でケミを凝視した。外でジェット機編隊がかん高い音をあげた。二十機かそれ以上のジェット戦闘機が窓を横切った。やかましい轟音を響かせながら飛行していた。その騒音で窓ががたつき、本棚が揺れて本が一冊落ち、音楽がかき消された。明かりがちらついていったん消え、ナイフで反射する日光のようなぎらつくまばゆさでふたたびついた。

マーコはベッドから立ちあがった。急いで服を着たが、指の感覚がなかった。

「マーコ」ケミが毛布を体に巻きつけて立ちあがった。「お願い。怒ったまま行かないで」

マーコはケミの部屋を出た。ケミの家族の、ケミの戦死した兄の、マーコが加わりたかった家族の、終わった日々の写真の前を通ってアパートメントを横切った。マーコの日々は――――何年も続いていた日々は、ぎらつく明かりに照らされて雲散霧消《うんさんむしょう》した。騒音と怒りのなかで洗い流された。

玄関まで来たとき、ケミがマーコの腕をつかんだ。ケミは、紫のもや《パープル・ヘイズ》に包まれたジミ・ヘンドリックスのロングTシャツを着ていた。

「愛してる」ケミがいった。

マーコは出ていきたかった。飛びだしたかった。なにも考えずに通りを歩きたかった。このアパートメントに、ガラスのかけらのような心のかけらを残していき、それを踏んだケミが怪我をして、彼女がぼくにしたことで永遠に苦しめばいいんだと思った。だが、マーコはケミのうるんだ黒い瞳を見つめた。くそっ、そんなことはするべきじゃなかったんだ。怒りがすっかり消えちまったじゃないか。くそっ、ぼくはケミを愛してる。くそっ、息ができない。くそっ、胸が苦しい。苦しくてたまらない。マーコはケミを抱きしめ、ケミはまた泣いた。マーコはケミの額にキスをした。

「さよなら」マーコはささやいた。「きみが誇らしいよ。愛してる。いつだって。きみはきっとすごいことをやるんだろうな」

マーコはゆっくりとケミから離れた。触れているのは手だけになった。指先だけになった。ふたりとも、離ればなれになるのが耐えられないかのように手をのばした。そして、指先がとうとう離れてしまうと、電気配線が切れたようになった。光と熱が消え、空気が絶たれたようになった。完璧だった機械が壊れたようになった。文明が滅んだようになった。現実が無に帰したようになった。最後に見たケミはジミ・ヘンドリックスのTシャツを着て玄関に立っていた。髪はぼさぼさで、唇は震え、指をまだマーコのほうにのばしていた。

　マーコは日暮れの通りを歩いた。周囲の店頭とアパートメント内でラジオが雑音を発した。マーコは深く静かな、心安らぐトンネルのなかにいた。緊急事態は収束。緊急事態は収束。

3

日が暮れるころ、マーコは帰宅した。市立図書館の上のアパートメントに入ったとたん、獣に襲われて押し倒された。

マーコは床に腰をぶつけた。体重をかけられて身動きできなかった。

「マーコ・エメリー、このくそ野郎！」耳元でどなられた。力強い手で、腕を背中にひねりあげられ、頭をぽかぽか殴られた。「明日、スカムのケツを蹴とばす準備はできてるのか？ この薄汚いエイリアンキラーめ」

マーコはうめいた。「どけよ！」といってアディを押しのけた。「いいかげんにしろよ、アディ。痛いじゃないか」

アディはにやりと笑った。ブロンドの髪が乱れていた。青い瞳がきらきら輝いていた。「そりゃよかった！」アディは立ちあがって両手を腰にあてた。「おまえには痛みを感じる必要があるんだ。しゃきっとする必要がな。なんたって、明日の朝、あたしたちはエイリアン狩りに出かけるんだぞ」腰の銃を抜いてマーコにねらいをつけ、引き金をひいた。カチッという音がして、アディは笑った。「心配するな。弾はこめてない。まだな」

「くそったれ！」マーコは立ちあがって、銃身を押しのけた。「やめろよな。入隊してからこんなことをしたら営倉にぶちこまれるぞ」

アディは、荒い息をつきながらにやにやした。七年前、アディはマーコの母親と彼女の両親を殺したスカムから無理やり引き離して彼の命を救ってくれた。それ以来、アディはこの、図書館の上のアパートメントでマーコと彼の父親と暮らしている。両膝にすり傷をつくっていた痩せっぽちの十一歳の少女は、長身で野性的な女性に成長していた。カーゴパンツにごつい黒のブーツに白のタンクトップという格好で、腕には青いカエデの葉《メープルリーフス》のタトゥー——アディがファンのアイスホッケー・チームのマークだ——が入っていた。アイスホッケーのスティックを背中にかついでいた。アディは毎日、そのスティックを使って地元チームでプレイしている——そしてリンクにいるあいだは、ほとんどチームメイトを殴りつづけている。

マーコはため息をついた。学問好きな図書館長の養女になって七年、この図書館の上で暮らしていても、アディはちっともおしとやかにならなかった。いまも、マーコの命を救ったときの気性の荒い少女のままだ。背がのび、力が強くなり、武器を持つようになっただけだ。

「心配するな、弟よ」アディはいった。「人類防衛軍《HDF》に入ったら、銃はスカムにしか向けないさ。やつらをバンバン撃ち殺してやるんだ」

アディは銃をホルスターにおさめると、肩からスティックをはずし、ぶんと振りまわした。マーコが跳びのくと、スティックが棚にあたり、その衝撃で水差しが倒れた。マーコは水差しを宙で受けとめて割れるのを防いだ。

「気をつけろよ！」マーコはいった。

アディはマーコを無視してスティックを振りまわした。「まったくだな、弟ちゃん。おりゃ！」スティックを戸棚の上に置いてあるぬいぐるみのスカムに命中させ、ふわふわのムカデを床に叩き落とした。「やつらのケツを蹴っ飛ばしてやる」蹴られたぬいぐるみがキューと鳴いた。

「やつらにケツはないんじゃないかな」マーコはいった。

アディは肩をすくめてまたぬいぐるみを蹴った。「それなら……胸部を蹴ってやる。それならいいんだろ？」くるりと向きを変え、マーコの両腕をつかんで、にやにや笑いながらぴょんぴょん跳んだ。「明日、あたしたちは兵士になるんだぞ、弟よ。おまえとあたしが！とうとう復讐できるんだ」目が輝いていた。「あのごみかすどもを銀河系から吹っ飛ばしてやる」

マーコはため息をついた。アディのほうが二日早く生まれたため、彼女はマーコを〝弟〟と呼びつづけている。アディは、何年も前から、ＨＤＦに入って両親の敵《かたき》をとりたいといいつづけていた。今年はじめにアディとマーコに召集令状が届くと、アディの興奮はいや増すばかりだった。ふたりは、市内の何百人もの若者とともに、おなじ日に徴兵される。だが、マーコが不安な一年を過ごしたのに対し、アディは、スカムのぬいぐるみを叩きのめしたり、動くものみなを装塡《そうてん》していない銃で撃ったりして過ごした。

「どいてくれ、アディ」マーコはアディを押しのけようとした。「食べるものを探しにキッチンへ行くんだ」

　しかしアディは、腕組みをして立ちはだかった。アディはマーコと身長も体重もほぼおなじだし、毎日、倍も大きな男たちとぶつかりあっている。アディがどいてくれないと、マーコはどこへも行けなかった。

「ちょっと待て」アディは顔をしかめた。「おまえはきょう一日、出かけてた。会ってたんだな……彼女と」くんくん匂いを嗅ぎ、はっと息を呑《の》んだ。「ヤッたんだな！　香水の匂いがするぞ。ついに寝たんだな？」

「アディ！」マーコはアディを突いた。「なにいってるんだよ。黙れ」

　アディは口をふさぎ、ぴょんぴょん跳んだ。「ヤッたんだな。ヤッたんだ！」マーコに飛びかかってぐいと首をひねり、頭皮がはがれそうな勢いで髪をくしゃくしゃにした。「偉いぞ。男になったんだな。女の子とヤッた男が、スカムをぶち殺しに——」

「いいかげんにしろ！」マーコは渾身《こんしん》の力をこめて、ようやくアディを突き放せた。「ケミのことは話したくないんだ。スカムのことは話したくないんだ。とにかく……」マーコはため息をついた。「頼むよ、アディ。今夜はそっとしといてくれ」

　だがアディは、マーコの首にしがみついてぴょんぴょん跳びつづけた。マーコはくっついて離れない猿のようなアディをひきずってキッチンにたどり着いた。

　キッチンは狭かった。戸棚にはひびが入っているし、カウンターは安っぽいラミネート加工だ。壁には、フライパンの上で手が卵を割ると、ひよこが出てきて逃げてしまうというアニメイラストが飾ってある。ひよこは何度も、何百万回も、生まれては逃げ、卵はひとりでにふさがりつづけている。アニメーションの下には、〝どっちが先？〟というキャプションが表示されている。マーコはそのイラストが嫌いだった。父親もおなじだとわかっていた。だが、母親はこういう俗悪なものが大好きだったので、マーコも父親も、彼女のものを捨てる気にならなかった。猫の時計はいまも、壁で尻尾を振り、目を動かしているし、棚にはマイケル・ジャクソンとペットのチンパンジー、バブルスくんの金色のフィギュアが立っている。このキッチンに入るたび、マーコは趣味の悪さに顔をしかめるが、母親を思いだしてすぐに笑顔になるのだ。

　マーコの父親はキッチンでハンバーガーのパテを焼いていた。キッチンのなかは暑かったのに、コーデュロイのズボンをはき、ウールのベストを着ていた。髪はぼさぼさ、口ひげはのばしっぱなしだし、丸眼鏡が鼻先にずり落ちている。マーコは、父親よりも髪が短いし、顔がつるんとしているし、目が鋭いが、大勢から、父親にそっくりだといわれていた。たしかに、母親よりもさえない図書館長のほうに近かった。赤毛で天然ボケのグレース・エメリーはお日さまのような人だったが、マーコは父親の茶色の髪と、本とにらめっこするのが好きなさえない色の瞳を受け継いでいた。

「ビールはどこだ？」アディは冷蔵庫のドアをひきちぎるような勢いであけると、トマトやリンゴを乱暴にかきわけた。「ごみ、ごみ——あった！　よし」瓶ビールを三本とりだして歯で栓をあけ、テーブルにどんと置いた。「みんなで飲もうぜ」

父親はパテをバンズにはさみ、テーブルにハンバーガーを並べた。テーブル越しに無言でマーコを見た。マーコも黙って見返した。父子はめったに言葉をかわさないが、沈黙を通じてたっぷり語りあっているのだ。母親が死んでからはずっとそうだった。

おかしなもんだよな、とマーコは考えた。ぼくは小説を書いてるし、とうさんは何十億もの言葉の世話をしてるってのに、おたがい、ほとんど口をきかないんだから。

アディが瓶を掲げて、「スカムのケツを蹴っ飛ばすために！」といった。

マーコと父親も瓶を掲げた。全員がビールを飲んだ。父親はライウイスキーとワインのほうが好きなのだが、今夜はビールにつきあった。カナダのモルソンビールだ。アディの好みだった。アディもマーコも、法律上は飲んではいけないことになっている。だけど、明日、機関銃や恒星船《スターシップ》の大砲で人食いエイリアンを撃てる年齢なんだから、ビールくらい飲んだってかまやしないだろう、とマーコは考えた。

瓶と皿が空になると、父親がとうとう口を開いた。

「きっとだいじょうぶだ」父親の声はおちついていておだやかだったが、図書館長が懸命に声が震えないように、涙があふれないようにがんばっていることがマーコにはわかった。「わたしは生きのびた。五年間の兵役を無事に務めあげた。いまも、ＨＤＦ内に友人もいる。もしもおまえたちがガニメデかタイタンか北アフリカで厄介なことに巻きこまれたら、わたしが電話をかけるよ。そうすれば——」

アディがふんと鼻を鳴らした。「だいじょうぶだってば、カール。マーコとあたしは、ガニメデみたいな肥だめに配属されて、五年間、便所を守ったりはしないんだから。そんなのまっぴらだ」アディはナイフを振りまわした。「あたしたちは、ふたりとも、最前線で戦うつもりなんだ——さそり座で。あのスカムのもとへ飛んでって、やつらのくっさい胸部を弾で穴だらけにしてやるんだ」ナイフをテーブルに突き刺した。ナイフは突き立ったままぶるぶる振動した。

「アディ、このテーブルは本物のオークなんだぞ」マーコはいった。父親のほうを向いた。「だいじょうぶだよ。きっと楽しく過ごせる。ぼくは軍隊に入りたいんだ」

嘘だった。だいじょうぶなんかではなかった。軍隊になんか入りたくなかった。マーコは心をケミのアパートメントに置いてきた。魂を七年前の血に汚れた雪のなかに置いてきた。図書館にこもって本に囲まれ、インクと紙と異世界に、かつての世界にどっぷりと浸り、心ゆくまで本を読み、『ロガーヘッド』を書き進めることしかマーコは望んでいなかった。かつての世界は、この世界よりもましだった。この、馬鹿でかい虫が空から降ってきて、ラベンダー色の毒霧が睾丸を汚染して先天性障害を持つ子が生まれる世界よりも。健康な子供は戦場に送られ、毎日、心安らぐ声がラジオで戦死者を報告する世界よりも。なにもかも間違っていた。だがマーコにはなにもできなかった。マーコはずたぼろにされるばかりだった。

「心配するなよ、おやじさん」アディはマーコの首に腕をまわしてぐいとひきよせた。「こいつの面倒はあたしが見るから。こいつがとんでもなく馬鹿な真似をしでかしたら、あたしが助けてやって勲章をもらうから」うなずいて真剣な面持《おもも》ちになった。「この戦争はもうすぐ終わる。あたしたちが勝つ。このあたしがスカムの皇帝をぶっ殺す、勝利の弾丸を撃ちこむんだ」

マーコは食べたものが胃のなかで酸っぱくなったように感じた。食べすぎだったし、瓶ビールたった一本で頭がくらくらしていた。席を立ち、おやすみといって自分の部屋に行った。ドアを閉めた。

狭い部屋だが居心地はよかった。ベッドの上の窓からは図書館の裏の街路樹が植わっている住宅街が見えるし、絵が三枚、壁にかけてある。ベッドサイドテーブルには数冊の本が積んである。軍隊では、本を読んでいる暇などないし、本を置いておける場所もないらしいが、マーコは本を一冊、ポケットにねじこんでおける小さな本を一冊だけ持っていくつもりだった。マーコはペーパーバックを手にとった。チャールズ・ディケンズの『ハード・タイムズ』だ。今年になってから、ディケンズの長篇を何冊か読んでいて――『デイヴィッド・コパフィールド』がいちばん気に入った――この作品も読もうとしたのだが、いつも第一章でつまずいていた。マーコはうなずいた。

「これにしよう。『ハード・タイムズ』だ」かすかにほほえんだ。ちょっとねらいすぎかもしれなかった。だが、〝困難な時世《ハード・タイムズ》〟というタイトルよりも、それが意味するものに惹《ひ》かれたのだ。この本はこのうちを意味していた。マーコの古い人生を。愛した作家たちを。マーコはその本を机の、彼にとってははじめての小説『ロガーヘッド』を書いているノートの上に重ねて置いた。HDFがノートを持ちつづけることを許可してくれるのかどうか、リュックに入れていってかまわないのかどうかは知らなかったが、許されるのなら、これから五年間、執筆を続けられるかもしれなかった。すくなくとも、スカムの鉤爪から身をかわしていないときは。それに、もっと大変なことに——アディから身をかわしていないときは。

　マーコは机の上の写真立てを見つめた。この前の夏の、ライオン像に寄りかかっているケミの写真だ。片眉を吊りあげ、苦笑いを浮かべている。ケミは、表情が変だといっていつもその写真を嫌っていたが、マーコは写真立てに入れて毎日眺めるくらい気にいっていた。マーコにとって、これこそケミだった——いたずらっぽくて、シニカルで、頭がいい。アホなのに賢いのだ。

　だがいまは、その写真を見ていると、ガラスを割り、写真をびりびりに裂いて捨て、ケミを忘れてしまいたくなった。写真立てを手にとり、砕けるのではないかと思ったほど力をこめた。やがて、写真立てから写真を、慎重な手つきでとりだし、ペーパーバック版の『ハード・タイムズ』にはさんだ。

　ボクサーパンツだけになって明かりを消し、ベッドに入った。まったく予想がつかないまま明日のことを考えて、長いあいだ天井を見上げていた。父親には先天的に心雑音があった。そのため新兵訓練と戦闘任務を免除され、ＨＤＦ記録保管所で軍務についた。マーコは戦争の話を聞くこともなく育ったのだ。ケミの兄は偉大な兵士だったが、マーコがケミとつきあいだしたときにはもう戦死していた。夜が更《ふ》け、アパートメントと外の市街が静かになっても、マーコの心は静まらなかった。目をうるませてマーコに手をのばしているケミ、マーコをねらって弾をこめていない銃の引き金をひくアディ、湖のほうへ続々と落ちていくポッド、雪のなかで倒れている母親が、何度も脳裏によみがえった。

ようやく眠りについて夢を見た。マーコは、キッチンに戻って、〝どっちが先？〟という浅薄なキャプションがついている、卵からひよこが生まれる母親のアニメイラストを眺めている。だが、その夢のなかでは、卵が割れて出てくるのはムカデだ。体は黒く、節に分かれていて、それぞれの節から二本ずつ鉤爪が生えている。怪物はイラストから逃げだしつづける。アニメがループするたびにムカデは逃げだして床をおおいつくし、鍋を満たす。マーコは戦おうとするが、ムカデはどんどん脚をのぼってくる。どのムカデも母親の顔をしている。

物音で目が覚めた。やわらかい光が顔にあたった。

マーコはあお向けに寝たまま凍りついた。片目をあけると、ドアがきしみながら開いて、廊下の明かりが漏れてきた。パジャマを着て髪をポニーテールにしたアディが立っていた。アディがまた腕をひねりあげようとしたり、頭を殴ろうとしたり、組み伏せようとしたりしたら、すぐにベッドから跳びだして身を守ろうと身構えた。だが、アディは忍び足で部屋に入ってきてドアを閉め、ベッドの前で立ちつくしているだけだった。マーコは薄目で様子をうかがいながら、ぐっすり寝ているふりをした。

アディは震えていた。窓から差しこんでいる月明かりで、頬が涙で濡れているのがわかった。

マーコがじっとしていると、アディがベッドに入ってきてマーコに抱きついた。

「怖いんだ」アディはささやいた。アディの涙がマーコの頬を濡らした。「怖いんだよ、マーコ。すごく怖いんだ。怖くてたまらないんだ」

マーコは、目をつぶったまま、寝ているふりを続けた。朝になれば、アディはいつものアディに戻って、アイスホッケーのスティックを振りまわしながら、敵を皆殺しにしてやると誓うのはわかっていた。だがそれは、いつものアディではあっても、ほんとうのアディではないのかもしれない。いつもの仮面、いつもの鎧にすぎないのかもしれない。マーコは目をつぶったまま、アディと向かいあうように向きを変え、彼女の体に片腕をまわした。アディは静かに涙を流しながらマーコにすがりついた。マーコは、アディが寝つくまで彼女を抱いていた。マーコは、夜が明けるまで、アディのやわらかい息を首に感じながら、途切れ途切れにしか眠れなかった。

4

季節はずれの暑さになったその日、父親はマーコとアディを人類防衛軍《HDF》の宇宙港まで車で送った。あいかわらず、高層ビルのあいだに植わっているカエデやオークから枯葉が落ちているというのに、空は淡青色で日差しが照りつけていた。車は、都会というジャングルにのびている四〇四号線の最下層を走っていた。このハイウェイの二階、三階、四階が頭上に積み重なっているので、それぞれの階の走行音も聞こえていた。マーコは助手席に乗っていた。後部席にすわっているアディは、くわえタバコでのばした両脚をギアボックスに載せていた。一家の車は、へこみとさびだらけのトヨタ・フィライン、つまり組み立てラインに乗ったときにはもう時代遅れになっていた車種だった。タバコ臭いし、床はこの前の冬の塩と泥でまだ汚れてるけど、きっとこの車が懐かしくなるんだろうな、とマーコは思った。前を見ると、先行する装甲ジープに乗っている兵士たちは機関銃を背負っていた。数時間後には自分も兵士になるなんて信じられなかった。

三人とも無言だった。

ダウンタウンを抜けると、ハイウェイは単層の幅広い巨大道路になった。あたりは工業団地になっていた。この街を動かしている機械が目につく地区だ。工場、倉庫、空港、それに周囲に建ち並ぶ簡素な造りの建物。コンクリートと有刺鉄線と監視塔とスモッグだらけだった。このあたりには木が見あたらない。ジェット戦闘機がハイウェイ上を飛んだ。機体が傾いたとき、パイロットが見えたほどの低空飛行だった。機体には人類防衛軍《HDF》のマークが入っていた。火に包まれて灰からよみがえるフェニックスは、〈激変〉からよみがえる地球を象徴している。ジェット戦闘機が急上昇すると、衝撃音《ソニックブーム》のせいで車の窓が振動し、そのせいで何千人ものドライバーがクラクションを鳴らした。

「前からあのマークが好きなんだ」後部席からアディがいった。「フェニックスだよ。かっこいいじゃないか」

「ぼくは、前から、地球のイラストだけでいいと思ってたけどね」とマーコ。

アディがふんと鼻を鳴らした。「人類防衛軍《ヒューマン・ディフェンス・フォース》なんだぞ、詩人《ポエット》。地球の人類だけじゃなく、全銀河系の人類を守ってるんだ。なんだったら、おまえは、地球防衛軍管区《アース・テリトリアル・コマンド》所属になって地上に残ればいいさ。だけどあたしは残らない。あたしは宇宙へ行ってスカムを吹っ飛ばすんだ。あたしはSTCに所属する。STCってのは――」

「STCが宇宙防衛軍管区《スペース・テリトリアル・コマンド》の略だってことくらい知ってるさ」マーコはさえぎった。

アディは、また早口になっていた。大言壮語していた。おびえているしるしだ。マーコもおびえていたが、黙って恐怖に耐えるのが彼の流儀だった。マーコは、これで百度めにリュックの中身をたしかめた。入っているのは、二日分の着替え、歯ブラシ、ケミの写真をはさんである本、ペン、数冊の――そのうち一冊は『ロガーヘッド』の最初の何章かが書いてある――ノートだけで、ほとんど空っぽだった。アディは、ポケットに歯ブラシとタバコひと箱を入れているだけで、リュックも持ってきていなかった。アディは、朝、必要なものはすべてHDFが支給してくれるのに、とマーコをあざ笑った。マーコにとって、必要なのは読むものと書くものくらいだった――それにたぶんケミだったが、彼女はもうマーコと無関係になっていた。それでも、失った手足が痛む幻肢痛のように心が痛んだ。

遠くに宇宙港が見えてきた。機体表面で日光を反射させながら高層ビル群のように屹立《きつりつ》している五十数機のロケットとの対比で、倉庫や事務棟からなる施設群や走りまわっている車輛がちっぽけに見える。入場待ちの車が何百台も列をつくっていた。アディはガムを嚙みながらエイリアンをどう退治するかを話しつづけ、マーコはほかの車のなかをのぞいた。ほかの両親たちが見えたし、ほかの子供たち、すなわちさらなる新兵、さらなる戦争の消耗品が見えた。

一時間後、ようやくゲートにたどり着いた。そこには、髪をポニーテールにしてベレー帽をかぶっている女性兵士が何人か詰めていた。彼女たちはオリーブグリーンの制服を着て、ごついブーツの上でズボンをふくらませ、T57アサルトライフルを背負っていた。みな、せいぜい十八か十九にしか見えない。マーコは彼女たちの袖の階級章を見たが、なにを意味しているのかわからなかったので、HDFの階級について勉強しておけばよかったと後悔した。

ひとりの兵士が窓を叩いたので、父親は窓をあけた。

「新兵を連れてきました」父親はいった。

「トランクをあけて」と兵士。

父親はうなずいて車のトランクをあけ、さらにふたりの兵士がなかを検《あらた》めているあいだに、マーコとアディの書類を渡した。兵士はきびしい目つきで書類を確認すると、車のなかにも視線を向けた。この数年、地球にスカムのシンパがいるという噂が流れていた。もっととんでもない、そうしたシンパはスカムの惑星で人間のＤＮＡを使ってつくられたクローンだという噂まであった。二年前、クローンが兵器庫を爆破したとされている事件があったことを、自宅からキノコ雲が見えたことを、マーコは忘れていなかった。

「ターミナルは７Ｂ。行って」と兵士がいうので、父親は車を進めて宇宙港に入った。

マーコは、胃のなかで暴走している馬の群れを無視しようとした。

小さめのロケットのあいだを通って７Ｂに向かうと、クロム製の大型ロケットがそびえていた。高さは二十階建てのビルほどあって、フェニックスのマークが記されている。技術兵たちが足場に乗っていたし、作業車がせわしなく行き来していた。そのロケットは金属フェンスで囲まれていて、駐車場に隣接する広場に数百人が立っていた。ずんぐりしたコンクリートの建物に、〝ＨＤＦ新兵ターミナル７Ｂ〟という看板がかかっているのが見えた。

父親は車を駐め、三人はむっとする暑さのなかに降りた。リュックを背負った数百人の若者が立っていた。家族と友人たちもいた。何人かの少女が泣きながら抱きあっている一方で、何人かの青年は、集まって、スカムを何匹殺してやると息巻いていた。ひとりの青年が、建物の前の台に乗って、全力でエルヴィス・プレスリーの物真似をしていた。〈ハウンド・ドッグ〉を歌いながら腰を振っていた。何人かの若者が、そのショーを見ながら冷やかしていた。数人の兵士が、退屈そうな顔でロケットを囲んでいるフェンスを護衛していた。ロケットの金属製の巨体が、日差しを反射しながら全員を見おろしていた。

　まだ本物の宇宙へ出るわけじゃないんだ、とマーコは自分に言い聞かせた。これは、地球上のほかの場所へ行くための、弾道飛行ロケットにすぎないんだ。ＨＤＦは宇宙で兵士を訓練しない。暗黒へ飛びたつのは何カ月もたってからなんだ。

　マーコは宇宙へ行ったことがなかった。宇宙は暗くて寒くて危険だ。地球外のコロニーで暮らしている民間人はごくわずかしかいない。かつては、何百万人もの民間人が太陽系やはるか彼方の恒星系で暮らしていた。だが、スカムの来襲によって、何百万人もが死亡した。いまでも、宇宙には何百万もの人間がいるが、いまではそれは宇宙防衛軍管区《STC》――ＨＤＦの宇宙部隊の兵士になっているのだ。

　ほとんどの兵士は、ありがたいことに、地球上で任務につく。マーコは、神が存在するかどうか確信を持っていなかったが、いまこのとき、どうか地球上に配属されますようにと祈った。マーコはフェンスを警備している兵士たちを観察した――まだ二十歳《はたち》にもなっていなそうな男女の若者だった。ひょっとしたら、マーコもこのトロントで、ロケットの警備か通行止め担当の警備兵になれるかもしれなかった。週末には帰宅して、図書館で小説の続きを書けるかもしれなかった。それなら悪くなかった。

マーコはアディのほうを向いた。いつものようにカーゴパンツに白のタンクトップという格好で、青いメープルリーフスのタトゥーが見えていたし、つけたばかりのタバコをだらりとくわえている。いまもアイスホッケーのスティックを背中にかついでいる。

「スティックを持っていけるとは思えないな」マーコはいった。「それは――」

キーッという音とゴムが焼ける臭いがマーコの言葉をさえぎった。青いスポーツカーが煙をあげながら停止し、四人の体格のいいティーンエイジャーが飛びおりてきた。全員がホッケージャージを着ている。

「おい、アディ、スカム殺しのビッチ！」そのひとりが叫んだ。「別れの挨拶抜きでエイリアンどもをぶち殺しに行くつもりじゃないだろうな？」

四人が同時にアディに抱きつき、すぐに全員が笑いながらパンチを交換しはじめた。ひとりの若者がタバコと瓶ビールのパックをとりだし、全員がビールの栓をあけた。

マーコはため息をついた。アディの背が高くて酒飲みの友人たちと一緒だと、ちびでおとなしいマーコは、いつも気まずかった。さいわい、ゴリラどもはマーコを無視してくれたが、若者のひとり――茶色の髪がぼさぼさのがっしりした大男――がアディと唇をあわせると、マーコは視線をそらした。気分が悪かった。今年になって、アディがアイスホッケーの選手仲間とデートしていることは知っていたが、キスしているところを目《ま》のあたりにすると気持ちが動揺した。奇妙なことに、マーコは嫉妬していた。マーコはアディに恋愛感情をいだいていない――七年間、同居してきたアディは、マーコにとって姉妹のようなものだ。それに、マーコが愛しているのはケミだけで、ほかの女性は、一生、必要なかった。とはいえ……たしかに、アディがキスをしているのを見てちくりと胸が痛くなった。きのうの夜、アディはあいつに抱きしめられたんだろうか、あいつと抱きあって寝たんだろうか、とマーコは想像し、思いがけず、またしても、きのう、ケミに別れを告げられたときのように動転した。

　マーコは、ほかのことを考えようとした。もうすぐぼくは、すぐれた知性と剣のような鉤爪を持つ邪悪な異星ムカデと戦うためにつくられた、銀河規模の巨大軍隊の一員になるんだ。アディとキスしてるやつよりも偉大な戦士になるんだ。

　マーコは、知りあいはいないかとほかの新兵を見渡した。何人か、名前は知らないが学校で顔を見た覚えがある男女がいた。数人の少女たちが、手をつなぎあって輪になり、祈りを低く唱えていた。ひとりの青年は、アディが持っていたのとおなじぬいぐるみのスカムを振りまわしていた。離れたところにぽつんと立って『指輪物語』を読んでいる、ぶ厚い眼鏡をかけていてまだ十八歳なのに髪が薄くなりかけている、貧弱な体格の青年がいた。数人の少女たちと体の大きな青年たちが、その本の虫を指さして馬鹿にしていた。マーコはそれを見て、同情と安堵を同時に感じた——はぐれ者に対する同情と、どうしようもない居心地の悪さを感じている新兵は自分だけではなさそうだ、という安堵だった。

　ＨＤＦはだれでも兵隊にとるんだ、とマーコは考えた。筋肉ムキムキのアイスホッケー選手も本の虫も。たくましいやつも。痩せっぽちも。勇敢なやつも。おびえてるやつも。喧嘩っぱやいやつも歌手もオタクも。引き金をひけさえすれば、スカムを殺せるからだ。ひけないなら、スカムの餌になるだけだ。

マーコは父親に歩みよった。ふたりは、恋人の扁桃腺を吸いだそうとしつづけているアディをあからさまに無視した。

「スリラーとミステリの棚はまだ未整理だからね」マーコはいった。

父親はうなずいた。「おまえが戻ってくるまでには整理しておくよ」

マーコはもっといろいろなことをいいたかった。愛しているといいたかった。父親を抱きしめたかった。母親のことを話したかった。いま、自分がどんなにおびえているかを伝えたかった。だが、言葉は喉につっかえた。なにもいえないまま、気まずい思いで体を硬くして立っていた。胃が締めつけられているようだった。マーコは逃げだしたい衝動を抑えこもうとした。ＨＤＦからは逃げられない。徴兵のがれをしようとしたら見つかってしまう。絶対に見つかって、五年間、地下牢に監禁されてしまう。そんなはめになるくらいなら、スカムの腹におさまるほうがましだ。すくなくとも、そのほうが温かいだろう。

「うまいエルヴィスだね」マーコはようやくいった。そしてしばし、父子は無表情で立ちつくして、あいかわらずステージで腰を振っている革ジャン姿の青年を眺めた。いまは〈監獄ロック〉を歌っていたが、ほとんどの新兵とその家族からはほぼ無視されていた。

「こんにちは、みなさん！」メガホンから声が響いて、ひとりの兵士がステージにのぼり、エルヴィスのそっくりさんを新兵たちのもとへと追い返した。「ＨＤＦ新兵ターミナルにようこそ！」

話しているのは、まだ二十代はじめの若い娘だった。えくぼがあって茶色の髪をポニーテールにしている。やはりオリーブ色の戦闘服とブーツという格好で、アディが家に持っているのとそっくりな拳銃を腰に下げている。蝶の形をした金のペンダントが首にかかっている。新兵たちが彼女のほうを向き、まばらな拍手が起こった。

「新兵のみなさんを心から歓迎してハグを贈ります！」蝶のペンダントをつけている兵士は、にっこりとほほえんで両腕を広げた。「きょうは、みなさんにとって人生の門出です。自分を磨くための、この惑星から誇りに思ってもらえるようになるためのみなさんの旅が、きょうからはじまるのです。みなさんの勇気のおかげで、みなさんのご家族とご友人は、みなさんに守ってもらえていると知って、今夜、ぐっすり眠れるのです。ＨＤＦにようこそ！」兵士が間《ま》をとると、またもまばらな拍手が起こった。「ここで、ご家族とご友人は、勇敢な新兵のみなさんと別れの挨拶をかわしてください。人類防衛軍という、愛にあふれた温かい家族の一員となったお子さまを置いて、どうぞ安心してお帰りください」

　マーコは父親を見た。生まれてはじめて、さえない図書館長にハグされた。そして生まれてはじめて、マーコは父親が目に涙を浮かべるところを見た。

「永遠じゃないんだぞ」父親は声を詰まらせながらそういうと、マーコを抱きしめた。「永遠じゃないんだ。それを忘れるなよ。永遠じゃないんだ」

　マーコは感情が高ぶって頭が混乱し、なにもいえずに目をしばたたいた。父親は、鼻をすすって目をぬぐってから、次にアディを抱きしめた。それから、ほかの家族と友人とともに帰っていった。一台、また一台と車が駐車場から出ていった。二百人ほどの新兵たちだけが舗装された広場に残された。すぐそばでロケットがそびえたっていた。

メガホンを持った笑顔の美人兵士はコンクリートの建物へと戻っていった。制服を着て電撃警棒を持っている長身でたくましい男たちが数人、出てきて彼女に代わった。

「いいか、娼婦の息子と娘ども！」ひとりの兵士がどなった。腕はぶっといし、目は邪悪な楽しみで輝いている。「きさまらのママはもういない。いまから、ＨＤＦだけがきさまらのママなんだ。三列に並べ！　はじめ！」

「こっちのほうがいいな」アディがマーコに体を寄せてささやいた。「ミズ・バタフライからハグを贈られたときはゲロを吐くかと思ったよ」

「ぐずぐずするな！」別の兵士が、新兵たちのほうへ歩きながら叫んだ。警棒を振りあげると、先端で電気がパチパチいう音が響いた。「三列だぞ、くそうじ虫ども！」

「マーコはうじ虫っていうより幼虫だな！」アディがいった。

マーコはぎくりとした。「アディ、シーッ」

何人かの新兵はにやにやしていた。ひとりは震えながらすすり泣いていた。ほとんどの若者は、青ざめた顔で黙っていた。マーコは心配しすぎないようにしようと考えた。映画で新兵訓練係の軍曹を何度も見ていたので、これは演技にすぎないとわかっていた。新兵たちは広場で、フェンスとその先のロケットのほうを向いて三列になった。数人の新兵が、列をつくらずに、新兵同士でしゃべっていた。

兵士たちが警棒を振りあげてそっちへ向かった。

電気がパチパチいっている警棒を腹に叩きつけられて、青年が悲鳴をあげた。別の兵士が、列に並んでいない少女に警棒を押しつけた。少女が倒れると、兵士はブーツで彼女の腹を蹴った。

「立て！」兵士がどなった。

「ぐずぐずするな、虫けら！」別の兵士がそうわめいて、青年を突き飛ばした。

「列をつくれ！」三人めの兵士が、つばを飛ばして大声をあげた。

ただの演技じゃなさそうだぞ、とマーコは考えた。

「わたしたちを教師だとでも思ってるのか？」赤毛で見上げるほど背が高い女性兵士が、警棒を振りながらどなった。「わたしたちをママだとでも思ってるのか？　のらくらできる時期はもう終わったんだ！　きさまらはもう兵士だ。急げ！　さもないと、この牛追い棒をケツの穴に突っこんで歯を溶かしてやるぞ。ぐずぐずするな！」

ひとりの兵士がロケットを囲んでいるフェンスのゲートを開いた。マーコがすくんでいると、三列になった新兵たちは前進をはじめてゲートを通り抜けた。マーコの横の少女はすすり泣いていた。何人かの新兵は、あいかわらずくすくす笑っていて、それがばれないように手で口を隠していた。アディがうしろからマーコにささやいた。「楽しくなりそうだな」

「静かにしろ！」兵士がどなった。

「泣くのをやめないと、電撃棒で涙を止めてやるぞ！」兵士が泣いている少女に顔を近づけてわめいた。

　パチパチいっている警棒が新兵たちを駆りたてた。ぐずぐずしている者、しゃべっている者、泣いている者、笑っている者、黙って行進する以外のことをしている者は電撃を受けた。その武器は命にはかかわらなかったが、足並みを乱して脇腹に一発くらったとき、マーコは顎を食いしばりすぎて歯が砕けるかと思った。とんでもなく痛かった。

　アディは、笑みと目の輝きからして、おおいに楽しんでいるようだったが、マーコはミズ・バタフライのスタイルのほうがずっと好きだった。

　新兵たちはアスファルトを横切り、階段をのぼってロケットに搭乗した。直立している機体が新兵たちを迎えた。ロケットの機内いっぱいに環状の座席列がえんえんと続いていた。はるか上で闇に溶けこんで見えなくなるまででも二十列はあった。新兵たちは、ロケットの中央にのびているはしごをのぼることになっていた。マーコは、できるだけエンジンから遠い席につきたかったので、高くまでのぼって先端に近い座席を見つけた。アディがマーコの右の席にすわった。マーコは、きっと自分は真っ青になっていて目が落ちくぼんでいるのだろうと思ったが、アディは晴れ晴れとした顔をしていた。

「あとちょっとでスカムの胸部を蹴っ飛ばせるな」アディは目を輝かせながらそうささやいたが、マーコはアディが、ズボンを緊張がうかがえるつかみかたをしていることを見逃さなかったし、きのうの夜、彼女が涙を流して震えていたことを忘れていなかった。

　新兵が続々とはしごをのぼって席についた。数人の少女がマーコの向かい側の座席にすわった。彼女たちの目は真っ赤だったし、ひとりがさすっている脇腹を見ると、服に焦げ跡があった。警棒の跡だ、とマーコは気づいた。別の少女は、涙で頬を濡らしながら、父親は裕福な権力者なのだから、きっとわたしを助けてくれるといいつづけていたが、兵士が下からにらみつけると黙りこんだ。

マーコの左の座席がきしみ、座席の列全体が揺れた。マーコが振り向くと、見たこともないほど奇妙な青年が隣の席に腰をおろしていた。ほとんど人間離れしていた。額が急角度でうしろに傾斜し、顎が突きだして受け口になっており、顎先がほとんどない。鼻は平たくて大きく、小さくて丸くて黒い瞳の上の眉毛は太く濃い。脚は切り株のようだが、胴と腕は馬鹿でかい。まるで、とマーコは考えた。ネアンデルタール人みたいだ。青年はうつろな目で前を見つめていた。無言で口をぎゅっと結んでいた。

マーコが自己紹介しようとしかけたとき、兵士たちがはしごをのぼってきた。

「しゃべるな！」ひとりの兵士がどなった。

「しゃべったら歯をへし折るぞ、うじ虫ども！」別の兵士がわめいた。

赤毛で長身の女性兵士が薄笑いを浮かべた。「シートベルトを締めろ、かわいらしい淫売ども。さもないと、あと三十秒で、友達の膝の上の生ごみになるぞ」

マーコとアディはシートベルトを締めた。マーコがちらりと左を見ると、原始人じみた青年は、あいかわらず、両手を握りあわせて無言で前を見つめていた。

「シートベルトを――」マーコがいいかけたが、兵士がはしごをのぼってくるのが見えたので、途中でやめた。マーコは言葉を呑《の》みこみ、黙って手をのばしてネアンデルタール人のシートベルトを締めてやった。

マーコが手をひっこめた直後、エンジンがとどろきはじめた。

ロケットが振動した。

マーコは深々と息を吸った。アディが腕をのばしてマーコと手をつないだ。

「あたしが面倒を見てやるからな、マーコ」アディは、マーコの手を白くなるほどきつく握りながら、そうささやいた。「約束する」

ロケットがすさまじい轟音《ごうおん》とともに炎を発し、金属をかん高くきしませながら飛びたった。座席が激しく揺れ、マーコは目をつぶって頭をヘッドレストに押しつけた。顎を噛みしめて、朝食が上がってきませんようにと祈った。ロケットがガタガタ揺れながら炎を吐いて大気圏を上昇しているあいだずっと、マーコはアディの手を握りしめていた。

さようなら、とうさん、とマーコは考えた。さようなら、ケミ。さようなら、さようなら。

5

そのロケットには窓がひとつしかなかった。コックピットのドアの近く、環状の座席列の上にある狭い隙間しか。最上列にすわっているマーコには、青い空が暗くなって星空に変わるさまが見えた。ロケット内がすっかり無重力状態になると、マーコの内臓はおちついた。もしもシートベルトがなかったら、新兵たちは座席から漂いだしていただろう。

私物——タバコ、歯ブラシ、トラベルサイズのシャンプー、さらにはエロ雑誌——が新兵たちのリュックから機内へと漂いだした。マーコは、ほかの新兵が『ロガーヘッド』の原稿を手にとることを想像してぞっとし、自分のリュックの口をぎゅっと締めた。アディのポケットからアイスホッケーのパックが漂いだした。マーコがつかまえてアディに返した。兵士が、ロケットの中央にのびているはしごをのぼりながら、漂っている私物を掃除機に吸引した。自分の物をとられた新兵たちがうめいた。アディが肘でマーコの脇腹をぐいと突き、にやにや笑いながら漂っている細長いおもちゃを示し、それを見たマーコが赤面した。

漂いだした物の回収がすむと機内は静かになり、しばしのあいだ、ロケットは大気圏上を漂った。マーコが首をあお向けて窓をのぞくと、ロケットが回転し、星々が湾曲する地球に変わった。やがて海上に達すると、青と白のまだら模様が見えた。ロケットは、人工衛星がまわっている高度数百キロを飛行しているようだった。このロケットは恒星船《スターシップ》ではない。深宇宙へは行けない。小さすぎるし簡素すぎる。地球上のどこへでも三十分以内で人員を運べる、大陸間弾道輸送機にすぎないのだ。

ロケットは、ほんのしばらく空の上を漂う。

マーコの隣の大柄な青年、額が傾斜していて受け口のやつは、体をこわばらせて無言ですわっていた。黒くて丸い目の上で毛深い眉を寄せている。だが突然、マーコのほうをさっと向いてにっこり笑った――ふぞろいな歯並びをむきだしにした、いかにもうれしそうな笑顔だった。喜びのあまり、手をぎゅっと握りあわせていた。

「もしもここがアムステルダムの水上花市場だったら」滑舌《かつぜつ》が悪かった。「おっきい花束を買ってるな！」

マーコはかすかにほほえんだ。「たしかに――」

「しゃべるな！」下にいた兵士が電撃警棒を振りあげてふたりのほうへ漂ってきた。マーコと隣の青年は黙った。

つかのまの宇宙滞在は終わり、ロケットは降下しはじめた。たちまち、信じられないほどのg力がマーコにかかった。マーコは歯を食いしばって意識を失うまいとした。ロケットは大気圏に再突入し、窓の外で炎がひらめいた。機内の下のほうで青年が朝食を吐き、ゲロが上へ漂うと、新兵から嫌悪の悲鳴と笑い声があがった。ロケットはがたがた揺れ、悲鳴のような音をあげ、燃え、回転した。やがて炎が消えて青空が見えた。ロケットは減速を開始したようだった。マーコは、口のなかへわずかに上がってきたものをごくりと呑《の》みくだして顔をしかめた。うめいた。横になりたかった。丸まりたかった。そして何時間か震えていたかった。何人かの新兵が失神したようだった。

ややあって、窓が煙でおおわれ、ロケットが細かく振動し、揺れ、とうとうどすんと着地した。まばらな拍手が起きた。兵士たちがどなり、警棒がブーンとうなると、機内が静かになった。飛行時間は三十分もなかったんだろうな、とマーコは推測したが、弾道飛行をしたのだから、ここはアフリカからフィジーまでのどこであってもおかしくなかった。

ひょっとしたら、とマーコは隣の青年をちらりと見ながら考えた。アムステルダムなのかも。

新兵たちはロケットを降りて呆然とした。

何百機ものロケットが林立していたし、数千人の——まだ私服姿の——新兵たちが、熱いアスファルトに吐きだされていた。宇宙港を囲んでいるジャングルは騒がしかった。さまざまな鳥の鳴き声は、エンジン音をかき消すほどだった。マーコは、トロントにいたときにきょうは暑いと思っていたが、ここの熱気は、ふいごから噴きだす熱風のように強烈だった。何歩か歩いただけで、スープのなかを歩いているかのように汗だくになった。

警棒を持った兵士たちが、隊列を乱す新兵に電撃を与えるべく歩きまわっているなか、アディはマーコの前に並んだ。新兵は三列になった。ほかの新兵集団もアスファルトを行進していた。空で炎がひらめいた。そして世界は火と煙に包まれ、エンジンがとどろき、また一機、ロケットがアスファルトに着陸した。またも新兵たちが吐きだされた。

「行進せよ！」と叫んだのは、トロントでマーコに電撃をくらわせた赤毛の兵士だった。新兵たちは行進を開始した。

前方にはコンクリート壁があった。てっぺんに有刺鉄線が張られている。門の上に〝ＲＡＳＣＯＭ〟という看板がかかっている。

アディが行進しながら振り向いて、「ＲＡＳＣＯＭ《ラスコム》だ！」とマーコにいった。目が輝いていた。「略さずにいうと、受け入れ・選別部《レセプシオン・アンド・ソーティング・コマンド》だ。ここはチリなんだ！」赤毛の兵士が近づいてきたので、アディは口を閉じて前を向き、歩きつづけた。

マーコはアディのうしろで整列して行進した。ＲＡＳＣＯＭのことは知っていたが、トロントで断片的なひそひそ話を耳にしただけだった。帰還兵はここのことを話したがらなかった。傷痕のある歴戦の強者《つわもの》たちによれば――人類防衛軍《ＨＤＦ》に入隊した兵士がまず歓迎を受ける施設である――ＲＡＳＣＯＭでの最初の数日が、兵役中、いちばんつらかったのだそうだ。

新兵たちは行進を続けて門を抜け、不規則に広がっている軍事基地に入った。マーコは目を丸くした。基地は広大だった。目の前何キロにもわたって、兵舎や監視塔や格納庫や武器庫などがひとつの街のように広がっていた。ジェット機編隊が頭上を通過し、装甲車がキャタピラの音を響かせながら道路を走っていた。フェニックスが描かれているＨＤＦの軍旗が、熱風に吹かれてあちこちで誇らしげにはためいていた。新兵たちは交差点で停止し、総勢数百名の制服を着た兵士たちの隊列が通過するのを待った。道路脇の砂埃《すなぼこり》舞う教練場では、数百名の新兵たちが、顔を赤くし、胸を張って、「はい、指揮官どの！」と兵士に叫んでいた。基地のなかはますます暑く感じた。いたるところを昆虫が飛びまわっていた。マーコの服に汗染みができ、脚と背中を汗が伝った。

　三列になった新兵たちは、赤毛の兵士に率いられて基地のなかを行進した。ほかに数人の兵士が、列を乱す者を見つけたら警棒で追いたてるべく隊列の左右についていた。マーコは、彼らをただの〝兵士〟とみなすのではなく、それぞれの階級を見分けられたらいいのにと願った。この数時間で、〝軍曹〟だの〝中尉〟だの〝伍長〟だの〝二等兵〟だのという言葉を耳にしたが、わけがわからなかった。兵士たちの制服についている階級章を見ても、その意味を読みとれなかった。読みとれたとしても、階級体系自体がわかっていなかった。マーコにとって、自分と同輩たちは、まだ私服を着ている新兵で、この基地の自分たち以外は、全員、スカムとおなじくらい異質な存在だった。

　そのスカムじゃないか、とマーコはぎょっとした。前方のフェンスで囲まれた狭い教練場で巨大なスカムが上体を起こしていたからだ。一瞬、心臓が止まるかと思ったが、すぐにただの剥製だと気づいた。それがわかっても迫力満点だった。金属棒で支えられ、攻撃姿勢をとったコブラのように上体をもたげているその剥製は、マーコの身長の倍の高さがあった。体節が黒光りしている。外骨格は鋼鉄よりも硬く、強力な武器でないと貫通できないことをマーコは知っていた。だが、その大きさと装甲以上に恐ろしいのは脚だ。ひとつの体節から二本ずつ、計三十六本の脚が体側《たいそく》から突きだしている。足の先からのびている鉤爪は、まるで三日月刀《シミター》のように長くて鋭い。怪物の頭頂部の大顎も、ずらりと並んでいる刃《やいば》と比べたらなまくらに見えた。

エイリアンの死骸は、一見するとただの馬鹿でかい虫に見えるが、この虫には意識があり、人間以上に賢いとまではいかずとも、同程度の知能を持っている。大顎をあやつって、ねばねばする膜組織と硬い殻からなる有機スターシップを建造できるし、クローン人間のスパイをつくれるし、人類がいまだ実現できていない技術を実用化している。

スコロペンドラ・チタニア。スカム。やつらは銀河系に広がって、行く先々で文明を滅ぼしている最上位の捕食種族だ。そしていま、スカムの行く手にあるのは地球だった。五十年前、地球はあやうくスカムに滅ぼされるところだった。〈激変〉で何十億人もが死亡し、人口の六割を失ったのだ。スカムの惑星に核ミサイルをぶちこむことによって〈激変〉は終了したが、〈消耗戦〉はまだ続いている。スカムは、たとえ一度にひとりずつしか殺せなくても、人類を滅ぼすための努力を怠っていなかった。

五十年前、人類はスカムを核攻撃したんだ、とマーコは考えた。やつらを何百万匹も殺した。ぼくたちは簡単には滅ぼされないことを見せつけた。やつらがこっちの街をひとつ滅ぼしたら、こっちはやつらの巣をひとつ滅ぼすことを。そして戦争はいまも続いている。

そして不思議なことに、この日はじめて、マーコは恐怖が消えるのを感じた。人類に誇りをいだいた。兵役は楽じゃないだろう。これからの何日かは、ひょっとしたらこれからの五年は地獄のようだろう。だけど、ここで――ぼくのまわりで――人類は虫どもに反撃してるんだ。そしてぼくは、ささやかながらその一部になるんだ。ぼくは作家であって戦士じゃないけど、スカムを撃退するための役に立てるならなんだってする。

　とはいえ、この虫どもを実際に銃で撃つ代わりに、とうさんみたいに記録保管所で兵役を務められたら、そのほうがうれしいけど、とマーコが考えているうちに、隊列は剝製がある教練場の横に差しかかり、マーコはスカムの影を通り抜けた。

　戦車が何輛も走ってきたときは、新兵たちが道路脇へよけなければならなかった。さらに道を進むと、そびえ立っているチリマツの枝にぶらさがっていた猿たちが、新兵たちに松ぼっくりを投げつけてあざけり笑った。コンクリート製兵舎の前に立っていた兵士たちが着いたばかりの新兵たちを見た。ひとりの兵士が口笛を吹いてはやしたてた。新兵たちは行進を続けた。百人ほどの制服を着た兵士が集まっている教練場の横を通った。制服を支給されたばかりのほやほやの新兵のようだったが――袖に階級章が縫いつけられていなかった――それでもマーコたちをひやかした。

「見ろよ、新米どもだ」とひとりの兵士。

「スカムの餌が届いたんだな！」別の兵士が叫んだ。

　兵士たちは笑ったが、階級を持つ指揮官が近づいてくると、黙って気をつけの姿勢をとった。すぐに、そのグループは「はい、指揮官どの！」と叫び、砂埃まみれになって教練をはじめた。

もう何千人もの兵士を見かけたにもかかわらず、ほとんどの兵士が銃を持っていないことにマーコは気づいた。銃を携帯しているのは、制服に線と星と山形が縫いつけられている、階級のある兵士だけだった。この基地にいる兵士の大多数はただの新兵なのだ。制服は着ているが、階級章がついていないし銃も帯びていない。ここに来てまだ数日、ひょっとしたらまだ数時間の者たちもいるに違いなかった。

マーコは、この兵士たちが着ている制服は、トロントで見かけた兵士が着ていた制服と違っていることにも気がついた。トロントの通りをパトロールしていた兵士たちはもっとりっぱな制服を着ていた。緑色のコットン生地にはアイロンがかかっていたし、ボタンはぴかぴかだったし、ベレー帽をかぶっていた。ここの制服は、なんだか……そう、ボロい。腕の下に穴があいている。布はよれよれで、すり切れていることもあるし、色はすっかりあせている。サイズがあっている者はほとんどいない。マーコは、ぶかぶかの制服を着ている兵士も、ぴちぴちでボタンが弾け飛びそうになっている制服を着ている兵士も見かけた。兵士たちは、ベレー帽をかぶらず、ストラップで肩につけていた。

「アディ」マーコは、行進しながらアディに顔を寄せてささやいた。「みんな、ぼろぼろの制服を着てるのはなんでだろう？」

アディは振りかえった。「戦闘服だからさ。戦闘のときに着る制服なんだ。だからぼろくたってかまわないんだ。ＨＤＦの兵士は、基地ではあれを着るんだよ」にやりと笑った。

「兵士がちゃんとした服を着るのは人前に出るときだけなのさ。おまえが、家ではパジャマを着てるけど、コーヒーショップに行くときはじじ臭いコーデュロイに着替えるようなもんだな」

「あれはパジャマじゃないぞ」マーコはいった。「ジャージだ。それに――」

マーコは電撃をくらって顔をしかめた。長身で赤毛の兵士が、警棒をマーコの脇腹に押しつけながらわめいた。「こんどくっちゃべったら、一週間、地下牢で過ごすはめになるぞ。行進しろ！」

兵士は警棒をひき、マーコは顔をゆがめながら行進しつづけた。アディはちらりと振り向いてにやりと笑い、ウインクした。

きみはこれが好きなんだよな、アディ、とマーコは考えた。そして突然、喉が詰まった。一瞬、愛国心が高まったあと、不安とホームシックと絶望がないまぜになった冷えびえとしたものがこみあげてきた。自分がこんな――行進し、どなられ、電撃をくらうなどの――ことを、これから五年どころか、きょう一日するだけでも、とても信じられなかった。道から見えるところに時計があったので、きょう一日、いろいろなことがあったのに――長い歳月がたったような気がするのに――まだ午前八時十四分なのがわかった。

ふだんなら、まだ寝てる時間じゃないか、とマーコは考えた。なのにぼくは、電気ショックをくらい、どなられながら、南米の巨大軍事基地で行進してるんだ。

隊列は、コンクリート製兵舎や送電塔や機関銃を備えた装甲車の駐車場などを通りすぎた。前方の、またもフェンスで囲まれた区画に、さっきのスカムの剝製以上に興味深いものがあることにマーコは気づいた。その区画には二隻の宇宙船があったのだ。どちらも焦げていたし傷があったが——フェンスで囲われ、武装した兵士が護衛していることからして——いまもきわめて貴重なようだった。

　マーコは、片方の宇宙船をひと目で見分けられた。L16ファイアーバードだ。本物の、しかも、焦げたりへこんだり傷ついたりしていることからして実戦で使われたL16ファイアーバードだ。マーコは、子供のころ、ファイアーバードの模型を何個か持っていたが、本物を見るのはこれがはじめてだった。ファイアーバードは、飛んでいるのをトロントでしょっちゅう見かけた、北米軍管区を守っているジェット戦闘機とは違う。大違いだ。ファイアーバードは、地球の空を飛ぶこともあるが、基本的には宇宙戦闘機だ。ひとり乗りの攻撃宇宙船、人類の最強兵器だ。五十年前にスカムの惑星を核攻撃して〈激変〉を終わらせ、いまも続いている〈消耗戦〉の幕をあけたのは初期のファイアーバードだった。いまも、ファイアーバードとその勇敢なパイロットたちは、宇宙防衛軍管区《STC》の一員としてスカムと戦っている。マーコが見かけたことがあるのは地球防衛軍管区《ETC》所属の兵士だけで、STCの兵士を目にしたことはなかった。宇宙へ行き、スカムの縄張りで戦えるのは精鋭部隊だけなのだ。

　マーコは、その区画にあるもう一隻の宇宙船に目を向けた。行進しながら思わず身震いした。もう一隻はスカムの宇宙船だった。宇宙船というよりも、有機的な、筋が浮きでている卵のように見えた。スカムは、糸を吐く蜘蛛や真珠をつくりだす二枚貝のように、金属ではなく、みずからの体から分泌した柔軟な物質を使って宇宙船を建造する。エイリアンポッドの壁は皮膚のように見えるが、鋼鉄よりも硬い。

「でっかい紫色の睾丸みたいだと思わないか？」とアディがいった。

マーコは、ついさっき、しゃべったせいで電撃をくらったので返事をしなかったが同感だった。

ファイアーバード。スカムのポッド。宇宙戦争なんだ。

マーコは、行進しながら、地球にいられますように、スカムから遠く離れていられますようにと祈った。

☆　☆　☆

虫の羽音が大きくなったが、新兵が小さな虫を叩きつぶそうとすると、電撃をお見舞いされた。マーコはあきらめて、刺されても我慢することにした。隊列はようやく、この基地に千もあるずんぐりしたコンクリートの建物の一棟の前に着いた。ブルータリズム——コンクリート打ちっぱなしの荒削りさが特徴で、酷評されることの多い昔の建築様式——が、ここＨＤＦでは、いまも時代遅れになっていないのは明らかだった。

指揮官たちはどなり声と電撃棒で新兵を建物の入口へと導いた。建物のなかは混雑していて息苦しかった。天井のファンは、熱気と汗の臭いをかきまわすばかりで、室内を涼しくする役には立っていなかった。数百人の新兵たちが、男も女も下着姿で立っていた。数人の、くすんだ色の制服を着た兵士たちが、私服でいっぱいになっているカートを押していた。

「服を脱げ！」赤毛の女性指揮官が、パチパチいっている警棒を振りあげながらどなった。

「服と靴をカートに入れろ！　さっさと下着だけになれ」

「ノーパンだったらどうするんですか？」新兵のひとり、背が高くて黒い髪を逆立てている青年がいった。

「手があるだろ？」兵士がいった。「手で隠せ！」

　マーコはしぶしぶコーデュロイパンツとTシャツを脱ぎ、ボクサーパンツだけになった。ちらっと――ひと目だけだ！――アディを見ずにはいられなかった。家にいたとき、アディはマーコに服を脱ぐところを一度も見せなかったので、アディのほうに目を向けずには――よせ。マーコはぶるっと首を振って目をそらした。馬鹿げてる。ぼくはアディをそんなふうに思ってないんだ。特にここでは、そんなことを考えてる暇はないんだ。

「男は左、女は右だ！」通路で、頭が薄くてでっぷり太った兵士が叫んだ。「検査の列に並べ！　ぐずぐずするな！」

「急げ！」赤毛の兵士がせきたてた。

　アディがマーコの裸の胸を突いた。「軍隊で、ちょっとは胸毛が生えるかもな」返事をする前に、アディはウィンクをし、舌を突きだしてから、女性の列に並びに行ってしまった。

　暑いなか、十八歳の青年たちとえんえんと待ちつづけるのは苦行《くぎょう》だった。全員が下着姿だった――ひとりだけ、両手で股間を隠している青年がいたが。話をしようとした新兵もいたが、制服を着た指揮官たちに黙らされた。暑さと渇きで気が遠くなりかけたとき、マーコはやっと小部屋に入れと命じられた。大柄で禿頭の医師がすわっていた。いかにも退屈そうだった。医師はマーコのバイタルを測定してから、マーコにボクサーパンツをおろすように命じた。医師に睾丸を握られたとき、マーコはたじろいだが、ＨＤＦが、いまのところ前立腺検査まではしないことを神に感謝した。

マーコは、見知らぬ男にちっぽけなスカムポッドをつかまれて気持ちがすっかり萎えていたが、みずからの幸運を感謝した。たぶん、これから五年間、毎日、汗臭い部屋で他人のタマを握りつづけるんじゃなく、巨大ムカデと戦うだけでいいんだからな。

次の部屋では、技術兵がマーコに、椅子にすわって鉛のエプロンで股間を隠すように命じた。そしてその男は、キャスターがついていてカタカタ鳴っている大きな機械をマーコのほうに転がしてきた。その機械には、古い理髪店のパーマ機のような大きな円錐形のパーツがあった。

「なんですか、それは？」マーコはたずねた。

オリーブグリーンの制服を着ている締まった体つきの技術兵には片脚がなかった。「歯のレントゲンを撮るだけさ」

マーコは顔をしかめた。「なんのためですか？　虫歯は一本もありませんよ」

技術兵はうなずいた。「きみがスカムに襲われた場合、歯しか残らないことがあるからね。きみの名前が刻まれた墓をつくるときは歯で識別するんだ」歯を見せてにっこりほほえんだ。

マーコはたじろいだ。「歯しか残ってないなら、どうして墓をつくったりするんですか？」
「まあ、もうちょっと残ることもあるけど、そのときはモップとバケツが必要になるんだ」
技術兵は円錐をマーコの頭にヘルメットのようにかぶせた。「はい、笑って！」

　マーコが苦い笑いを浮かべると、レントゲン検査機がカタカタ、ブーンと音をたてた。部屋から部屋へと移動し、次から次へと検査を受け、押されたり刺されたりしながら、マーコは、どうすればアディと再会できるんだろう、と考えた。大勢の新兵たちが下着姿で廊下をうろうろしていた。そしてマーコは、新しい部屋へ導かれるたびに、メープルリーフスの下着をつけている長身のブロンド娘はいないかと新兵たちの群れを眺めたが、アディは見つからなかった。

　くそっ、とマーコは内心で毒づいた。肝が冷えた。アディは、この、兵士が三億人いる軍隊のなかで、マーコにとってただひとりの知りあいだった。このままだと、何年も会えないかもしれなかった。

　ああ、ケミ。ケミのように。

　椅子に腰かけて髪を丸刈りにされ、シラミの検査を受けながら、マーコは恋人のことを思いだした。いや、元恋人だな、とマーコは訂正した。ケミの豊かな黒い癖毛はいつもいい香りがしたっけ、とマーコは思い出にふけった。ほほえみをたたえている唇にキスするのが好きだった。瞳が温かかった。頭が切れて、数学やクラシック音楽や宇宙について何時間も語りつづけられるのに、ソファにすわって冷たいビールを飲みながら〈ロボット・レスリング〉

のエピソードについて語りあえた。ケミを抱きたかった。キスをしたかった。『ロガーヘッド』の書いたばかりの章を読み聞かせたかった。ケミと未来を夢みたかった。またぞろ、くそ涙がこみあげて喉が詰まった。ごくりとつばを飲みこまなければならなかった。ぼくはもう兵士なんだから——正確には、ＲＡＳＣＯＭと呼ばれているこの迷路のどこかでもうすぐ兵士になるんだから——スカムと戦わなきゃならないんだぞ、と自分に言い聞かせた。ホームシックと失恋で涙を流すなんて、どんな対エイリアン戦争の戦士なんだ？

　検査は続いた。クリップボードを持った兵士が新兵で混雑している部屋を歩きまわって、若者たちのにきびのひどさを検査して結果を記していた。ティーンエイジャーだらけなので、検査対象は多かった。それが終わると、クリップボードを持った兵士は部屋の奥へ行き、ほかに持病はないかと大声で新兵たちに問い、あったら挙手するように求めた。

「梅毒は？」兵士は大声でたずねた。「帯状疱疹《たいじょうほうしん》は？　ヘルペスは？」

　何人かが顔を赤くしながらおずおずと手をあげるとくすくす笑いが起きた。兵士は病名を読みあげては、クリップボードに氏名を記入した。読みあげられた病名の多くが初耳だった。

「痔《じ》疾《しつ》は？」兵士が大声でたずねた。「痔疾になったことがある者はいるか？」

　ぎこちない笑いが室内のあちこちで起こり、頬の赤い新兵がおそるおそる手を上げると笑い声が大きくなった。

「〝じしつ〟ってなんですか？」大柄で筋骨たくましい、スキンヘッドの新兵が強いロシア語なまりでたずねた。

「かかったことがあれば知ってる病気だ」クリップボードを手にしている兵士が答えた。

「おれはいろんな病気になったけど、ぜんぶは知りませんよ」とスキンヘッドのロシア人。

「なんなんですか、〝じしつ〟って？　なんで教えてくれないんですか？」

　クリップボードを手にしている兵士はいきなりどぎまぎしはじめたが、ロシア人のそばにいたほかの新兵がうめくようにして答えた。

「ケツが痛くてすわれなくなる病気だよ」

「ああ！」とロシア人。「ケツはだいじょうぶ。問題ない《ニェット・プロブレマ》」

　ついに検査が終了した。兵士たちはどなり声とパチパチいっている警棒でマーコを混雑した部屋から外へ追いたてた。

　そこはがらんとした中庭だった——裸足だし、あいかわらずボクサーパンツ一丁だし、頭は丸刈りにされていた。銃を持った兵士たちが周囲に立ち、数百人の半裸の新兵たちが熱いアスファルトを第二のコンクリートの建物に向かってとぼとぼ歩いていた。猿たちが、木の上から、哀れな裸の類人猿の群れをあざけるように鳴いた。警備についている兵士のひとりが〝新米《フレッシュ・ミート》〟たちに向かって楽しそうに口笛を吹いた。ここから、丸刈りはまぬがれた少女たちも再合流した。マーコはアディを探したが見つからなかった。

　こんどの建物はロケットだって格納できるほど広い倉庫で、棚とカウンターがえんえんと続いていた。百万着もの——それが大袈裟ではないほど多くの——制服が棚を埋めていた。オリーブグリーンの海だ。上段には、無数の黒のブーツが木の棚に並んでいた。全国民の足に靴ずれをつくれそうなほどの数だった。

「新兵ども！」長身で日焼けしていて片腕しかない兵士がどなった。「ダッフルバッグと制服二着とブーツを受けとれ――受けとったら外へ出ろ」

「はい、軍曹どの！」一部の新兵が返事をした。

軍曹なのか。マーコは片腕の兵士を見つめた。片方しかない腕の袖に三本の山形の刺繍がついている。マーコは、山形が一本と二本の兵士を見かけたことを思いだした。

じゃあ、軍曹は三番めの階級なんだな、とマーコは考え、ディケンズを読んだり『ロガーヘッド』を書いたりする時間を減らして軍についての勉強をもっとしておけばよかったと後悔した。ケミはもっといろいろなことを知ってるんだろうな、と思った。たぶん、アディも。喉のつかえがとれない図書館長の息子の本の虫以外の全員が。

「ダッフルバッグ！　制服！　ブーツだぞ！」木のカウンターのうしろにいる男がどなった。

「急げ、くそったれ、十分で外へ出ろ！」

マーコは、何百人もの、半裸で汗をかいている男女の兵士たちでいっぱいの倉庫で、どうにかカウンターにたどり着いて支給品をつかみとった。そのあいだずっと、軍曹は大声で、早くしろ、さっさと外へ行かないと営倉へぶちこむぞとせかしつづけていた。とうとう、ありがたいことに、片腕の兵士はほかのカウンターへ行ってそこにいる新兵たちをどなりはじめた。

マーコはカウンター上の制服をあさって、ようやくサイズのあうズボンとシャツを見つけた。どちらも、アディが指摘したようにまぎれもないボロで、長年の汗染みがつき、腋の下が切れ、裾はほつれている。次のカウンターで革のブーツをつかみとったが、ひどくはき心地が悪く、靴ずれができるに違いなかった。ほかの新兵の真似をしてズボンをたるませ、裾を巻きあげて――ズボンと一緒に支給された――ゴムバンドで押さえてブーツ全体が見えるようにした。最後に緑色のベレー帽をとった。

　次のカウンターでは、兵士がダッフルバッグを配っていた。マーコはひとつ受けとった。要するに、一本の肩ひもでかつぐオリーブグリーンの袋で、マーコ自身がなかに入れるほど大きかった。重かった。あけてなかを見ると、支給品が詰まっていた。靴磨きクリーム、ごついブラシ、ふた組の下着と靴下、空の水筒、石鹸一個、懐中電灯、ガスマスク、ぎょっとするほど大きい絆創膏を含む救急キットのほか、いまは手が届かないところにもっと隠れていそうだった。絆創膏と石鹸以外は中古品だったし、石鹸が新品かどうかもあやしかった。

　マーコは家から持ってきたリュックをダッフルバッグに詰めた。だが、『ハード・タイムズ』――それになかにはさんであるケミの写真――は尻ポケットに入れた。その本とその写真はいつも持っておきたかった。こんな狂気じみたところに放りこまれていても、ほかのどこかにはよりよい世界が、文明と愛の世界が存在していることを忘れないでいたかった。ディケンズは何世紀も前に死んでいるし、たぶんケミはマーコにとって死んだも同然だったが、この本と写真はいまも、マーコにとって、人類はこれよりましななにかができることの、人間の精神は戦争よりましななにか、苦痛と恐怖と孤独よりましななにかを実現できることの象徴だった。この本と写真はずっとポケットに入れておこう、とマーコは決めた。

最後に導かれた場所にはヘルメットでいっぱいの木箱があった——千ものオリーブグリーンの軍用ヘルメットがカブトガニの甲羅のように見えた。表面は、小枝と葉を差してカムフラージュするためだろうネットでおおわれていて、革の顎ひもがついている。何百人もの新兵がヘルメットに殺到していたし、軍曹は、急げ、ぐずぐずするなとどなっていた。頭にあう大きさのヘルメットを選ぶどころか、人垣で木箱が見えなかった。しかたなく、マーコは新兵たちのあいだに手をのばし、指が触れた最初のヘルメットをとった。だれも試着などしていなかった。

「ヘルメットはダッフルバッグに入れろ！」と軍曹が叫んだ。「急げ、急げ、倉庫を出ろ！」

大きさがあうことを願いながら、マーコはヘルメットをダッフルバッグに突っこんだ。そして人だかりがしている木箱から離れ、新鮮な空気を求めて、だれもとっていないらしい毛布と寝袋が載っている棚のあいだを進んだ。

さてと、とマーコは考えた。制服。ブーツ。支給品の詰まったダッフルバッグ。ヘルメット。あとは銃をもらえば、ぼくは兵士ってわけだ。マーコは、その考えが気にいっているかどうか、さだかではなかった。

中庭になにがあるのかたしかめに倉庫を出ようとしかけたとき、背後で声があがった。

「おい、くそ原始人《ケイブマン》だぞ」馬鹿笑いが聞こえた。「見ろよ、あの原始人を」

ほかの声があざけった。「ホモ・エレクトスとかなんとかいうやつにそっくりだ」

恐怖の泣き叫びが響いた。数十人がそっちを見るほどの大きさだった――マーコもそのひとりだった。

ロケットでマーコの隣の席にすわっていた青年だった。全身の筋肉を脂肪がおおっている、見上げるばかりの大男だ。自分の大きさを恥じているかのように前かがみになっている。首は太く、頭部はごつごつしている。大きな体をしているのに、おびえて泣き叫んでいた。よだれを垂らしながら、自分より背の低い青年たちから逃れようとしていた。マーコは、はじめて彼を見た瞬間に――突きでた額、あるかないかの顎先、厚い唇、小さくて丸い目から――ネアンデルタール人を連想したことに、いま、罪悪感を覚えた。いま、マーコはその青年の瞳に人間性を認めていた。

「原始人じゃないよ！」青年はどなった。「ブルーノだ。ブルーノ・フェイビアンだ。原始人じゃないよ」

「類人猿かもな」ひとりの青年がにやにや笑った。「軍が類人猿を入隊させるかどうかは知らないがな。類人猿をスカムの餌にするつもりなのかな」

にやにや笑っている青年は、見たことがないほど背が低くて骨張っていた。マーコ自身も背が高いほうではないが、その青年は彼の肩まで届くか届かないかだった。歯並びが悪くて出っ歯だ。頬がこけ、黒い髪は盛大に逆立っている。だが、そのちびのいじめっ子の体格に脅威を感じないとしても、その目には感じた。その目は、深宇宙空間のように暗く、その闇にひそむ恐怖のように冷酷だった。ブルーノが原始人のようだとしたら、その小柄な青年は子供が悪夢にうなされる、おとぎ話から飛びだしてきた邪悪なゴブリンだった。

「うまいこといったね、ピンキー」もじゃもじゃの茶色の髪の娘がいった。「あいつはくそ類人猿にそっくりだ」

背が低く骨張っている青年は――ピンキーというのはニックネームに違いなかった――ブルーノに歩みよって大柄な青年のすねを蹴った。

「泣け、原始人！」ピンキーは笑いながら大柄な新兵を壁に突き飛ばした。「ほら、類人猿。泣けよ。ママに泣きつくときの声を聞かせろ」

マーコは聞いていられなくなった。ダッフルバッグを床におろしてピンキーに歩みよった。

「なあ、もういいだろ」マーコはいった。「それくらいにしておけよ」

小柄ないじめっ子は眉を吊りあげ冷酷な目を見開いた。マーコの想像はあたっていた。ピンキーの身長は、ぎりぎりでマーコの肩までしかなかった。

「なるほど、原始人のお姫さまは守ってくれる騎士を見つけたようだな！」ピンキーは両手でマーコの胸を突いた。

マーコはうしろへよろめいた。ちびのくそ野郎の力には驚かされた。どうにか転ばずにすんだ。ピンキーはこぶしを握った両手を上げて迫ってきた。袖がまくれた腕からのぞいた盛りあがった筋肉を見て、マーコはぞっとし、緊張した。ピンキーは首の筋を盛りあげ、歯並びの悪い歯をむきだしてうなった。ピンキーの友人たちが彼のまわりに集まった――茶色の髪の娘をはじめとする数人が。全員、長身で体格がいいが、ちびの親分に従っているのは明らかだった。

　マーコはピンキーに開いた両手を向けた。「おいおい、ぼくは喧嘩なんかしたくないんだ」

「そうかい。だけど、おまえは愛しのレディ原始人をかばおうとしたじゃねえか」ピンキーは自分のジョークににやりと笑った。ブルーノはいつのまにか姿を消していたし、あたりに軍曹の姿はなかった。「おまえは毛を剃ったくそ類人猿が好きなんじゃねえのか？」ピンキーはマーコをまた、こんどはいっそうの力をこめて壁に突き飛ばした。「おまえはおれと喧嘩なんかしたくねえんだろう。だがおまえはおれを弱いと思ってやがるんだろう。おまえみたいなタイプは知ってるんだ。金持ちのボンボンはな。いいことを教えてやろう。ピーター・ピンキー・マックを虚仮《こけ》にするな。わかったか？」

　青年はこぶしを振りあげ、マーコの顎をねらって振りおろした。マーコは、小学三年生のとき以来、喧嘩などしたことがなかったが、そのパンチを本能的に前腕部でブロックした。スカムの惑星が骨に激突したような衝撃だった。

「なんなんだよ」マーコはいった。「ぼくはおまえになにもしてないじゃないか」

　ピンキーはマーコの両肩をつかみ、いったん引き寄せてからふたたび壁に叩きつけた。

「おまえはおれを馬鹿にした。おまえの目つきがおれを馬鹿にしてるんだ。おまえは、おれにならいちゃもんをつけられると思った。おれが弱いと思ったからだ。自分のほうがおれより強いと思ったんだ」ピンキーはまたも殴りつけ、マーコはまたもブロックした。「いいか、金持ちのくそボンボンなんかがこのおれを――」

　だれかがうしろからピンキーをつかみ、うしろへ引き剝がした。

「おい、くそちび！」アディがピンキーを見おろしながらいった。「ネズミとかゴキブリとか、自分の体の大きさにあった相手をいじめたらどうだ？」

「アディ！」マーコがほっと胸をなでおろしながらいった。「もう会えないかと思ったよ」

いじめっ子たちがゲラゲラ笑いだしたので、マーコはその言葉を悔やんだ――野次馬の多くも笑っていた。

「おっと、こんどは大学生くんの救いの神が出現ってわけか！」ピンキーがいった。「いいおっぱいの持ち主が――」

　アディがピンキーの頬に平手打ちをくらわせた。ピンキーは歯をむきだしてアディに飛びかかり、パンチを繰りだした。一発がアディの顎をとらえた。アディはうなりながらピンキーを蹴って吹っ飛ばした。

　マーコは深呼吸をした。くそっ。脚が震えていた。あらゆる本能に逆らって参戦し、ピンキーに殴りかかった。ちくしょうめ、三年生のとき以来、ぼくははじめて喧嘩してるんだ。こうなったら――

「おまえら、もうやめとけ！」新兵のひとりがいった。

「全員、営倉行きになるぞ！」と別の新兵。「軍曹が来るぞ」

大勢の新兵が、たちまち三人を引き離した。ピンキーは、彼を押さえこんでいる数人の新兵ににやにや笑ってみせた。そしてつばを吐き、マーコとアディにゆがんだ笑みを向けた。

「二度とおれと顔をあわせないように祈るんだな」ピンキーはいった。「さもないと、おれの銃の弾は、スカムじゃなくておまえらのどてっぱらにぜんぶぶちこまれることになるんだからな」

そう言い捨てると、ピンキーは身を振りほどいて大股で歩み去った。

「さっさとママのところへ帰れ、くそちびゴキブリ野郎！」アディは、何人かの大柄の青年に押さえこまれたまま、ピンキーの背中にどなった。「こんどマーコに手を出したらぼこぼこにしてやるからな！」

「アディ、やめてくれ」マーコは、みんながにやにや笑っているのを痛いほど意識し、これから五年間、からかわれつづけるのではないかとひやひやしながらなだめた。「だいじょうぶだってば。自分でなんとかするから」

「放せよ、放せってんだ！」アディは彼女を押さえこんでいる新兵たちの手をもぎ離した。マーコのほうを向いた。「なんちゅうくそゴキブリ野郎だ」

マーコはうなずいた。「だけど、ぼくたちで邪悪なピンキーを撃退したじゃないか。スカムのいい予行演習になったし、スカムだってきっとあそこまでおぞましくないさ」見まわした。「だれか、ブルーノがどこへ行ったか知らないか？」

「あの原始人か？」とアディ。「もう中庭へ出てったよ。行くぞ、詩人《ポエット》」マーコの手をとった。「行こう。軍曹が見えるけど、便器にチンポコを届かそうと必死になってるピンキーよりもいらいらしてるみたいだ」

　ふたりは広大なアスファルトの中庭に出た。何千人もの新兵が、ボロを着、新しいブーツをはいて、灼熱の日差しのもとで整列していた。しばらく待っていると、腹が出ていて口ひげを生やしている兵士が演壇にのぼって、メガホンを使って氏名を読みあげはじめた。名前が呼ばれるたび、新兵が進みでて、その兵士と二言三言《ふたことみこと》話してから急ぎ足で道を歩いていった。マーコとアディは並んで待っていたが、何年もたったように感じた。

「なにをやってるんだろう？」マーコがアディにささやいた。アディはシーッと制した。例の軍曹たちが、警棒を手に中庭をパトロールし、話すどころか、羽虫を叩きつぶそうとしただけで新兵に電撃をくらわせていた。マーコは、虫に刺されたところをかきたくてたまらなかったが——鼻をかくという罪を犯しただけの——新兵が営倉へ引っ立てられていくのを見て気をつけの姿勢を保った。氏名を読みあげる声が中庭に流れつづけた。

　ＲＡＳＣＯＭがあるのは南米だし、弾道飛行ロケットで地球上のどこへでも三十分以内で行けるにもかかわらず、ここにいる全員が英語を話すらしいことにマーコは気づいた。人類防衛軍は全世界軍だ。中国語を話す新兵は、インド人は、アフリカ人は、世界各地の新兵はどこにいるんだ？　ここには、アメリカ人、イギリス人、オーストラリア人、ジャマイカ人、少数のニュージーランド人、さらに少数のカナダ人くらいしかいなかった。世界というパイの小さなひと切れだ。ほかの文化圏にはそれぞれの訓練センターがあり、ＲＡＳＣＯＭには英語を話せて英語の命令に従える新兵だけが集められているのだろう、とマーコは推測した。世界各地に英語圏以外の新兵用の選別センターがあるに違いなかった。

ついに、口ひげを生やしている男がメガホンで「アディ・リンデン！」と呼んだ。

アディはマーコを見た――じゃあな、またすぐに会えるといいな、怖いよ、くそったれな戦争め、などなど百万ものことを訴えようとしている表情だった。そして向きを変え、壇上の男のほうへ歩いていった。アディは男と話したが、男がメガホンを下げたのでマーコには聞こえなかった。そしてアディは男からなにかを渡された。アディは、最後にひと目、中庭に立ちつづけているマーコをちらりと見てから道を駆けていった。

マーコは頭が空っぽになった。

さらに数人が呼ばれた。

ようやく――「マーコ・エメリー！」

マーコは数千人の集団を離れて男のもとに向かった。口ひげを生やしていてでっぷり太った兵士は腕に三本の山形とふたつの半円の記章をつけていたが、マーコには階級がわからなかった。

「マーコ・エメリーだな？」男がメガホンを下げてたずねた。

マーコはうなずいた。「イエッサー」

「おれは将校じゃない。サーをつけるな」男はマーコの手に認識票を押しつけてからノートを確認した。「第二旅団、第五大隊、第四十二中隊、第四小隊、第三分隊だ。記憶しろ。二、

五、四十二、四、三だからな。この道を左だ。行け」

「第二旅団、第五大――」マーコは必死で記憶しようとしながら確認しかけたが、兵士はメガホンを持ちあげて次の名前を読みあげはじめた。大音量に耳をつんざかれて、マーコはぎくりとした。急いで中庭を出て道を歩きだしたが、どこへ行ってなにをすればいいのかわかっていなかった。

二、五……なんだっけ？

マーコは歩きながら認識票を見た。二枚の金属円盤がチェーンにつながれている。それぞれの円盤にマーコの氏名とシリアルナンバーが刻まれている。数字は大きい。いまのぼくはこの番号でしかないんだろうな、とマーコは考えた。歯のレントゲン写真でしか。金属製の認識票と数字でしか。ひどいブーツとぼろぼろの制服を着てるぼく。ポケットには――家から持ってきた本と愛している女の子の写真が入ってる。ぼくはスカムの餌なんだ。三億人のムカデのおやつという、この機械の歯車のひとつなんだ。

マーコは認識票を首にかけて歩きつづけた。アディを探しながら。

6

その道を進むと、基地の真ん中の砂埃《すなぼこり》舞う教練場に着いた。コンクリートの建物と監視塔と有刺鉄線のフェンスに囲まれたその教練場の上を、ジェット機編隊が轟音《ごうおん》を発しながら飛び、空に白い飛行機雲を残した。朝が昼に変わろうとしているので――うわあ、トロントの家を出てからまだ何時間かしかたってないのか――日差しはますます強烈になっていて、マーコの戦闘服はたちまち汗だくになった。何千、ひょっとしたら何万の新兵がその広場に集まって部隊に分かれていた。

マーコは、メガホンを持った太鼓腹の兵士になんといわれたかを思いだそうとした。第二旅団、第五大隊、中隊は……四十二だっけ？　旅団だの大隊だの中隊だの、意味がさっぱりわからなくて途方に暮れた。あらためて、この一年は『ロガーヘッド』を書く時間を削って人類防衛軍《HDF》について調べておけばよかったと後悔した。ほかに何人かの新兵が道を歩いていたが、やはりまごついていた。百はあるに違いない部隊に、新兵が徐々に集まっていたが、マーコは自分がどこへ行けばいいのか見当もつかなかった。

「新兵、急げ！」軍曹がマーコにどなった――いまでは、袖についている三本の山形で軍曹とわかるようになっていた。

「サー、どこの——」マーコはたずねかけた。

「おれは将校じゃない。サーと呼ぶな」軍曹は電撃警棒を振りあげた。「さっさと自分の部隊へ行け。さもないと営倉にぶちこむぞ」

　マーコはふたたび前方を見て、シンボルマークと数字の旗が何本か、教練場に立っていることに気づいた。旗を見ながら部隊のあいだを歩きまわった。旗には、数字の下にジェット戦闘機や惑星や月や剣などのシンボルが描かれている。ようやく、燃える惑星が描かれている第四十二中隊、スターファイアーの旗を見つけた。二百人ほどの新兵たちが、それぞれ五十人ほどからなるより小さな部隊に分かれていた。それぞれの部隊につきひとりの兵士が軍旗を掲げていた。

　そうだ、第四小隊だ。マーコは思いだした。そして、〝第四小隊、ドラゴン〟という文字の上に赤地に黒のドラゴンが描かれている軍旗を見つけた。

　マーコはそっちに向かった。そして目を見開き、ほっと安堵の胸をなでおろした。

　その小隊には背が高くて髪がブロンドの娘がいた。オリーブ色の戦闘服を着てダッフルバッグを肩にかけていた。

「アディ！」マーコは思わず大声で呼びかけた。

　ああ、神よ、惑星よ、星々よ、ありがとう！　アディもおなじ小隊に配属されたんだ！

　こんなことがあるだろうか？　誕生日が二日しか離れてないからか？　一緒に入隊の手続き

をしたからか？　身元調査をした親切な兵士が、ぼくとアディが友達だと知ったからか？　それとも、たんにツイてたのか？　理由は不明だったが、とにかく、アディとまた一緒になれたのだ。おかげで、この奇妙で恐ろしい場所では、じつに心強かった。

　アディのほうに歩きだすと、小隊がさらに小さな部隊——分隊——に分かれていることに気づいた。どの分隊に加わればいいのかわからなかったので、とりあえずアディのところへ行くことにした。

「やあ、詩人《ポエット》」アディはささやいた。

「ここは第三分隊かい？」マーコはささやきかえした。太鼓腹の兵士から、そういわれたような気がした。

「そもそも正しい中隊を選んだのか、それともあたしのところに来ただけなのか？」アディはたずねた。

「第五大隊、第四十二中隊、第四小隊なんだ」マーコはそう説明しはじめてから、旅団を確認しなかったことに気づいた。ちくしょう！　大隊と中隊と小隊の数字はあってると思うんだけど……ここは第何旅団なんだ？

　アディに訊こうとしたとき、またひとり新兵がやってきた。マーコは息を呑《の》んだ。安心感が消し飛んだ。

　ああ、くそ。

　ピンキー——あのくそちび、ピーター・〝ピンキー〟・マック——が、アディとマーコがいる小隊に歩いてきて、ふたりがいる分隊に加わったのだ。歯並びの悪い兵士はマーコを憎悪のこもった目でじろりと見てからふたたび前を向いた。

　くそくそ、とマーコは考えた。

　さらに数人の新兵がドラゴン小隊に加わった。何人かに見覚えがあった。

　ひとりはブルーノ・フェイビアン。マーコは、自分が即座に、あっ、〝原始人《ケイブマン》〟と思ったことにばつの悪さを覚えた。大柄な新兵は、ぶかぶかの制服を着て、その巨体にもかかわらず、ダッフルバッグの重さでふらついていた。ケイブマンはマーコのそばで列に並んだ。暗い目でぶつぶつつぶやいていた。故郷に残してきたラッパスイセンに肥料をやらなきゃならないのに、といっているのを聞きとれた。

　医療棟で見かけた、おそらく痔疾《じしつ》ではない体格のいい巨漢ロシア人もいた。その新兵は、ケイブマンと比べてもはるかに大きかった。スキンヘッドの頭は岩のようだし、腕はマーコの胴体とおなじくらいの大きさに見える。

「やあ、ビースト」アディがロシア人に声をかけた。

巨人はうなるように応じた。「こんにちは《ズドラーストビチェ》、カナダ人」

〝けだもの《ビースト》〟か、まったくだな、とマーコはロシア人の陰になりながら考えた。こいつなら銃も必要なさそうだ。素手でスカムをつぶせるんじゃないかな。

　見覚えのある最後の新兵に気づいたとき、マーコは驚いた。トロントでの最後の朝、集まった新兵にパフォーマンスを披露していたエルヴィス・プレスリーのそっくりさんだったのだ。その青年は本物のエルヴィスよりも背が低くて痩せていたし、リーゼントだった髪を刈られていたが、もみあげは長いままだった。その新兵は、マーコの視線に気づいて会釈した。

「カナダで会ったよな」マーコは声をかけた。「トロントで。きみは歌ってただろ?」

カナダのエルヴィスはうなずくと、「おまえはただの〝女ったらし《ハウンド・ドッグ》〟」と〈ハウンド・ドッグ〉の一節を口ずさんで、エルヴィスよろしく、軽く空手チョップをした。

小隊はほぼ定員いっぱいになったように思えた。マーコは二度、人数を数えた。最初は四十五人、二度めは四十六人だった。新たな新兵の流れは教練場のいたるところで続いていた。ほかの小隊と大隊と旅団はふくらみつづけていた。一小隊は約五十人で、四小隊で一中隊になるみたいだな、とマーコは推測した。大隊は大勢からなっていて、旅団はさらに大勢からなっていた。この教練場には、それぞれ数千人の新兵からなる旅団がふたつしかないようだった。マーコはほっとした。正しい旅団を選んだ確率はきわめて高いからだった。

新たな新兵の流入がとうとう止まり、全員がいるべき場所を見つけたように思えたとき、ひとりの兵士——袖に階級章がついている、新兵ではない本物の兵士——がドラゴン小隊に歩みよってきた。その兵士は背が高く、肌が褐色で、黒い眉毛は濃く、ターバンを巻いていた。顎ひげをたくわえていた——マーコは顎ひげのある兵士をはじめて見た。階級章は山形三本——ということは軍曹だ。小銃を背負い、湾曲したナイフをベルトに差している。その鞘《さや》は金箔張りで、柄はきらきらする石で飾られている。

「第四小隊!」というターバンを巻いた軍曹の叫び声にはかすかなインドなまりがあった。

「整列しろ——縦三列だ！」

「はい、指揮官どの！」何人かの新兵が返事をした。

小隊員は縦三列になって気をつけの姿勢をとった。アディが最前列になり、マーコはそのうしろに並んだ。マーコのうしろが——それが本名なのか、マーコは知らなかったが——エルヴィスだった。ほかの三人組がその左右に並んでいた。整列がすむと、軍曹はつばを吐いた。

「元に戻れ！」軍曹は叫んだ。「もう一度整列！　さっきより早く！　三列だぞ！」

兵士たちは、今回のほうが早く、ぴしりと整列した。顎ひげの軍曹はうなずいた。

「わたしはアマル・シン軍曹だ」軍曹は自己紹介した。「だが、指揮官以上の存在だ。わたしはおまえらの母親だ。父親だ。神だ。悪魔だ。おまえらにとって、わたしは全世界なんだ。わかったか？」

小隊員は、はい、わかりました、と大声で答えた。

シン軍曹はうなずいた。「家のことは忘れろ。ふかふかのベッドも、ボーイフレンドとガールフレンドも、ママも、故郷での居心地のいいささやかな暮らしも忘れるんだ。これからの五年間、おまえらの居場所はＨＤＦだし、おまえらはスカムを殺す機械以外の何物でもないんだ。わかったか？」

はい、わかりました、と新兵たちはまたも大声で返事をした。だがマーコは、自分にスカムを殺せるとは思えなかった。マーコの脳裏にかつて見たスカムがよみがえった——ここ、

RASCOM《ラスコム》で見た死体と、母親とアディの両親を殺した、生きていたやつが。エイリアンは恐ろしかったし、シン軍曹の銃は全長百二十センチで充分に印象的だったが、スカムの鉤爪と比べたらパチンコにすぎないように思えた。マーコはスカムを忌み嫌っていた。全身の全細胞に可能なかぎり最大限に忌み嫌っていた。だが、スカムを殺すのはアディのような強くて猛々《たけだけ》しい戦士か、ケミのような頭がよくて野心的な未来の将校にまかせたかった。マーコは作家、それもまだ作品を刊行してもいない作家にすぎなかった。できることなら、戦うんじゃなく、従軍記者に任命してもらって、戦闘を記録することによって文章力を磨けたらいいのに、とマーコは願っていた。

　シン軍曹は拡張現実《AR》サングラスをかけてボタンを押し、氏名を読みあげはじめた。

「ピーター・マック新兵！」

　ピンキーが——小隊でいちばん背が低かった——手を上げて、「はい、指揮官どの！」と、にやにや笑ったまま、しゃがれ声で叫んだ。

「ブルーノ・フェイビアン新兵！」

　ケイブマンはうなずいて、「はい、指揮官どの！」と低い声で返事した。

「ベニー・レイ新兵！」

　こんどはエルヴィスが——やっぱり、本名ではなかった——返事をした。

「アディ・リンデン新兵！　マーコ・エメリー新兵！」

　ふたりは返事をした。そしてマーコはほっとした。結局、正しい部隊に加わっていたのだ。

ふたりの新兵が間違ってこの小隊に加わっていたことがわかった。そのふたりは、軍曹にどなられ、教練場を走ってほかの小隊へと向かった。

すくなくとも、迷子になってたのはぼくだけじゃなかったんだな、とマーコは考えた。

マーコが四十四の名前を勘定したとき、軍曹はさらにもうひとりの名前を呼んだ。「レイラニ・マリタ・デラローザ新兵！」間《ま》があいた。返事はなかった。軍曹はもう一度呼んだ。

「レイラニ・マリタ・デラローザ新兵！」

「長ったらしい名前だな」アディが声をひそめてささやいた。

「レイラニ・マ――」

「います、軍曹！　ここにいます！」

新兵が駆けこんできた。丸刈りにされたアジア系の少年だった。優美な顔立ちだ。肌が薄い褐色なので、たぶんインドネシア人とかタイ人とかだろう。軍に入隊するには小柄すぎるし若すぎるように、まだ子供のように見えた。緑色の戦闘服は極小サイズだったが、それでもだぶだぶだし、ダッフルバッグは体よりも大きい。少年は身長が百五十センチもなさそうだったし、小枝のように細かった。ピンキーよりも小さそうだった。

「ここにいます！」新兵はくりかえし、マーコは、その新兵が少年ではなく少女だということに気がついた。レイラニ・デラローザは女だった。

「くそちびだな」とピンキーが――彼自身、かろうじて百五十センチを越えている程度なのに――つぶやいた。マーコは、あきれ顔でピンキーを見た。

「どこに行っていたんだ、デラローザ？」軍曹はたずねた。

「すみません、軍曹どの！」レイラニは叫んだ。小柄な女性にしては力強い声だった。「旅団を間違えてしまいました、軍曹どの。でも、くされスカムを殺す準備はととのってます」

　軍曹は地面を指さした。「遅刻の罰として腕立て伏せ三十回だ」

「はい、指揮官どの！」レイラニはダッフルバッグを置いて、すばやく三十回、腕立て伏せをした。そしてさっと立ちあがった。「これでくされスカムを殺せますか、軍曹どの？」

「へえ、気にいったよ」アディがささやいた。

　顎ひげの軍曹はほほえむのを我慢しているように見えた。「まずは訓練を受けろ、デラローザ」

「はい、指揮官どの！　訓練を受けて、一匹でも多くのくされスカムを殺します。地球のために喜んで死ぬ覚悟です」レイラニはダッフルバッグを拾いあげると新兵の列に加わってマーコと並んだ。頭のてっぺんがマーコの肩にも届いていなかったが、にもかかわらず、顎を高く上げ、両のこぶしを握っている小柄な戦士は戦う気満々だった……そして死ぬ覚悟を決めていた。

　レイラニの両手首を見たとたん、マーコのおもしろがる気持ちは消えた。

　少女の両手首の血管を、何本もの青白く長い傷痕が横切っていた。

　マーコはぎょっとした。

　レイラニは顎を上に向けてマーコを見上げ、不審げに片眉を吊りあげた。マーコはあわてて目をそらした。

これで小隊がそろったんだろうな、とマーコは思った。四十五人の新兵に軍曹がひとりつくんだろう。だが、軍曹は小隊のほうを向いて叫んだ。「気をつけ！　小隊長どのがおいでになる！」

新兵は全員、直立不動の姿勢をとった。軍曹自身も前を向き、踵《かかと》をかちんとあわせて敬礼した。

しんと静まりかえった。

女性兵士が小隊の前に歩いてきた。

二十歳《はたち》前後の若い女性だった。ブロンドの髪をポニーテールにし、ベレー帽をかぶっていた。やはり砂埃まみれのオリーブ色の戦闘服を着ていたが、携帯している銃の種類が違っていた。銃身が短くて全体にスリムで、優美な印象の銃だ。その銃が発射するのは、マーコがここで見たほかの銃と違って、銃弾ではない。高価なプラズマ小銃なのだ。きわめて希少で強力な武器で、戦車に穴をあけることもできる。女性兵士の袖には、軍曹のように階級章がついていない。代わりに、左右の肩章で金色の一本線が輝いている。

将校だ、とマーコは思った。ふつうの兵士と将校の違いはよくわかっていなかったが、ケミから聞いた話は覚えていた。将校は、マーコやアディやここにいるほかの新兵、それどころかシン軍曹のような徴募兵とは違う。将校は軍学校で学び、部隊を指揮する訓練を受ける。ふつうの徴募兵はＨＤＦの歩兵になり、将校が彼らを指揮するのだ。

ぼくたちが農民だとしたら、とマーコは考えた。あの人は貴族なんだな。

「エイナフ・ベン＝アリ少尉どのである！」シン軍曹が、少尉のほうを向いて敬礼したままいった。

若き将校は緑の瞳を軍曹に向けた。かなりの時間、顎ひげの軍曹を凝視しつづけた。とうとう、小隊指揮官は敬礼を返した。

「楽にしろ」少尉にはかすかななまりがあった。

マーコは、少尉が首にダビデの星のペンダントをかけていることに気づいて、何語のなまりなのかをさとった。トロントでも聞いたことがあった。

イスラエル人なのか、とマーコは驚いた。イスラエルほど激しくスカムの攻撃にさらされた国はすくない。五十年前の〈激変〉でイスラエル人は国を失った。生き残った兵士は全世界に散らばり、新たに結成されたＨＤＦに参加した。祖国をなくした影の戦士たちについては、いまでも、声をひそめた感嘆の口調で語られることがある。現在、大勢のイスラエル人が職業軍人になっているし、世界のどの軍学校でもイスラエル人が訓練に明け暮れている。祖国が消滅したイスラエル人にはＨＤＦしかないからだ。ＨＤＦが、いつの日か復讐を果たし、スカムが祖国を滅ぼしたようにスカムを滅ぼすための希望になっているのだ。

ベン＝アリ少尉は、無言で列から列へと視線を移し、小隊を眺め渡した。少尉は瞬時、マーコと目をあわせた。そしてその一瞬で、苦痛と悲嘆と決意とほろ苦い喪失の歳月がひしひしとマーコの胸に迫った。その一瞬ですべてが緑の瞳から伝わってきた。そして将校は、次の新兵へと視線を移動させた。眺め渡しおえると向きを変えた。黙ったまま教練場を去った。

「たまげたな」アディが振り向いてマーコにささやいた。「あの少尉、吹雪の冬至の日にファックしてるシロクマみたいに冷えびえとしてるな」

シン軍曹がアディに歩みよった。顎ひげのある顔が怒りでゆがんでいた。アディに指を突きつけた。「今夜の厨房当番だ。一時間だぞ」

「え――？」アディが弁明をしかけた。マーコを指さした。「あたしは――」

「三時間だ！」軍曹はどなった。マーコを指さした。「おまえもだ」

マーコは息を呑んだ。なんだって？　不公平だ！　ぼくがアディに話しかけてくれって頼んだわけじゃないのに！　口を開いて異を唱えかけたが、軍曹の怒りに気づいて無言でうなずいた。「はい、指揮官どの」

視界の端でピンキーがにやにや笑っているのが見えた。マーコは暴力的なタイプではないが、もしもいまプラズマ銃を持っていたら、ピンキーの頭を溶解させたくてたまらなくなっていただろう。

シン軍曹が教練場を歩きだした。「第四小隊、続け！　二列で行進だ。口を開くな！」

新兵たちは二列になり、軍曹に続いて行進を開始した。ほかの小隊も、それぞれの指揮官に続いて教練場をあとにしはじめた。マーコは行進しながらアディをにらんだ。

「ありがとう」と口の動きで皮肉をいった。

アディは声をひそめてなにやらつぶやいたが、マーコと目をあわせようとしなかった。

ピンキーはマーコの前を行進していた。小柄な新兵は振り向いてマーコを見た。ひょろ長い顔に、例の歯をむきだしたにやにや笑いを浮かべていた。「よかったな、くそ馬鹿野郎」

マーコは、ピンキーのまわりに何人か、大柄で粗暴な新兵たちがいることに気づいた。そのうちのふたりは、支給品倉庫でピンキーに従っていた青年だった。マーコはがっかりした。アディがおなじ小隊にいてくれているが、いまのところ、彼女のせいで厄介に巻きこまれることのほうが多かった。そのほかに……マーコとおなじ小隊には、エルヴィスのそっくりさん、原始人、恒星船《スターシップ》並みに大きいロシア人、両手首に傷痕がある小柄な爆弾娘、そして——正直いって——スカムに食われるところを見てもなんとも思わないだろうごろつきの一団がいた。マーコはため息をついた。すでに生涯でいちばん長い日になっていたが、時計を見て目を疑った。まだ午後三時だった。

軍曹は小隊を別のコンクリートの建物へと導いた。この基地に無数にあるほかの建物と同様、ずんぐりと四角くて醜い建物だった。砂埃が舞うなか、軍曹は新兵たちのほうを向いた。

「よし、新兵ども」シンはいった。「めしの時間だ。目で食うんじゃなく、腹で食え。時間は十五分だからもたもたするな。きょうは長い一日になるし、このめしのあと、十二時間以内に食事や休憩をとれたら、おまえたちはとんでもなくツイてたことになるんだ。ダッフルバッグは外に置いていけ。行け」

軍曹が脇に寄ると、新兵たちは建物に入った。なかは巨大な食堂になっていて、何千人もの新兵が詰めかけていた。

そして、ありがたいことに、何千人もの声が聞こえた。

「やっとしゃべれるぞ！」アディはそういうと、声を張りあげた。「しゃべれるんだ！」

何人もがアディのほうを向いた。

「静かにならしゃべれるのさ」マーコはいった。

アディは目を輝かせてにんまり笑った。「ここはほんとに楽しいな、ポエット。おまえは楽しんでるか？」

「きっと、今晩の厨房当番はもっと楽しいんだろうな」マーコは食堂の奥をちらりと見た。カウンターの向こうの厨房で、兵士たちが働いているのが見えた。

「やる気満々じゃないか！」アディはマーコの手をとった。「さあ、食おうぜ」

ふたりは列に並んだ。やがてプラスチックの棚にたどり着くと、ふたりはプラスチックのトレイとプラスチックの皿とプラスチックのマグをとった。マーコはうんざりした。紅茶やコーヒーの染みがついていないマグはひとつもなかったし、料理の汚れが残っていない皿は一枚もなかった。だが、列は動きつづけたので、あきらめて染みだらけのマグと汚れがべっとりついている緑色の皿をとった。脂じみたフォークとスプーンを拾いあげた。

アディとマーコはカウンターに近づいた。陰気な表情で一列に並んでいる兵士たちが、新兵たちのトレイに食べ物を配っていた。マーコのトレイに、べとつく米、親指ほどの厚さの揚げたスパム、ひとすくいのトウモロコシ、たぶんデザートなのだろうがスポンジにしか見えないものが盛られた。アディとマーコはテーブルを見つけて——あいているテーブルは多くなかった——奥のほうのテーブルについた。そのテーブルには、ふたりの小隊の新兵が何人かすわっていた。

「ったく！」近くのテーブルで、ピンキーが自分のトレイを手で示しながらわめいていた。

「こんなごみを食えるかってんだ」

「どこがごみなんだ？」ピンキーの子分の図体のでかい新兵がたずねた。

「こんなもの、食いもんじゃねえんだよ」ピンキーは皿につばを吐きかけた。「ピザを、フライドポテトを、フライドチキンを食わせろ」

「ヘルシーだな」その体格のいい子分がそういうと——そいつの三分の一ほどしかない小柄なピンキーは、遠慮なくそいつを平手打ちした。

　マーコはそのテーブルから視線をそらした。ピンキーとその一味とおなじ小隊に配属されたのは不運だったが、食事をしながらそいつらを見る必要はなかった。マーコは自分のテーブルに手をのばしてパンとジャムのパックをとった。そっちのほうが、スパムとべとつく米とスポンジよりはましに思えた。新兵はみな、がつがつ食べ、口いっぱいにほおばったまましゃべっていた。

「びっくりだよ！」エルヴィスがヨーグルトの缶詰に手をのばしながらいった。「あの中尉を見ただろ？　べっぴんさんじゃないか！　おれのダンスを見せてやりたいよ」椅子の上に立って腰を振りはじめた。

「中尉じゃないぞ」マーコはいった。「少尉だ」それを覚えていた自分が誇らしかった。

アディはバターナイフをエルヴィスに向けながらうなずくと、スパムをほおばりながらいった。「ここは戦場じゃないんだぞ、エルヴィス。中尉は戦闘中、兵士を指揮するんだ。あの金髪美人はあたしたちとおんなじで新人なんだ。士官学校を出たてなのさ。将校のうちで少尉っていったら、兵士のうちの二等兵みたいなもんだ——新米なのさ」

「口のなかのものを呑みこんでからしゃべれよ」マーコはいった。

アディはスパムまみれの舌を突きだした。「あの金髪美人のことを本に書けよ、ポエット」

エルヴィスは片眉を吊りあげてマーコを見た。「本を書いてるのか。詩かい？」

「詩じゃない」マーコは答えた。

「亀についての本を書いてるんだ」アディはいった。「信じられるか？　くそうすのろ《ジャーヘッド》亀のことを——」

「アカウミガメ《ロガーヘッド》だ」マーコはおだやかに訂正した。「それに亀についての本じゃない」

エルヴィスはひゅうと口笛を吹いた。「亀の詩か。いいじゃないか。いい歌詞になりそうだ。〝おれはただの猟亀《ハウンド・タートル》……〟」

マーコは顔が赤くなるのを感じた。ここでは自分の小説を話題にされたくなかった。この連中が文学好きだとは思えなかった。

「アディはアイスホッケーの選手なんだ」マーコはなんとか話題を変えようとした。「メープルリーフスに入団したがってるんだ。メープルリーフスは、一九六七年以来、ほぼ二百年、スタンレー・カップで優勝してないってのにね。腕にカエデの葉《メープルリーフス》のタトゥーまで入れてるんだ。袖をまくれよ、アディ。見せてやれよ」

「今年は優勝するさ」アディはそういうと、タトゥーを見せて力こぶをつくった。

「ところで、あの軍曹はなんなんだ？」エルヴィスがいった。「顎ひげを生やしてターバンを巻いて。イスラム教徒なのか？　イスラム教徒は東部軍管区で軍務につくんじゃなかったっけ？」

「シーク教徒だ」マーコはいった。

「なんだい、それは？」とエルヴィス。「イスラム教徒の族長《シーク》と関係があるのか？」

アディはうなって、「おまえはほんとに馬鹿だな」というと、マーコのほうに顔を近づけてささやいた。「シーク教徒ってなんだ？」

マーコは説明しようとしたが、その前に、エルヴィスは口のなかのものを呑みこむと椅子から立った。「なあ、聞いてくれ、ポエットとメープル、同郷のカナダ人。兄貴から聞いたコツを伝授してやる。兄貴は何年か前にこれを体験したんだ。軍隊では、ションベンをしたりくそをしたりできるチャンスはあんまりないんだ。どっちかがしたくなったら……」腕時計を見た。「あと五分だ。あの軍曹のところに戻ったら、これから十二時間、がみがみどなられつづけるんだぞ。そのときに膀胱《ぼうこう》がぱんぱんになったらおしまいだ」

マーコは疲れきっていた。夜が明けてから、ほとんど立ちっぱなしだったのに、午前三時とか四時までこんなことが続くなんて考えられなかった。だが、エルヴィスのいうとおりなら、用は足しておかなければならない。アディも一緒に立ちあがった。三人のカナダ人は便所を探して出口に向かった。三人のあとからケイブマンも続いた。ケイブマンは、テーブルのあいだをのしのし歩いて、あやらくテーブルを倒しそうになった。空になったトレイをラックに返却し、出口に向かった。

アサルトライフルを背負っている兵士が、退屈顔で壁にもたれていた。「どこへ行くんだ、新兵ども？」

「ションベンをしに行くのであります、伍長どの」とエルヴィス。「軍曹どのがあと五分あるとおっしゃってました」

伍長か、とマーコは考えて、その兵士の階級章を脳裏に刻んだ――腕に二本の山形がついていた。シン軍曹は三本の山形なのだから、伍長はそのひとつ下の階級なのだろう。袖に一本の山形はまだ見たことがなかった。新兵はまだ、だれも階級章をつけていなかった。

伍長はあくびをして、中庭に何棟か建っている小屋を指さした。「自由に使え」

「おしっこを我慢しすぎて、鼻からあふれだしそうだ！」ケイブマンは――中庭にいる大勢の新兵全員に聞こえそうなほどの大声で――そういうと、便所をめざして駆けだした。マーコも、この何時間か小便を我慢していた。マーコがあくのを待っていた別の便所の木のドアが開いて悪臭が噴きだすと、頬がピンク色になっている新兵がぜいぜいと息をしながら出てきた。眼鏡がくもっていた。

マーコは、なかに入ったとたん、気絶しそうになった。スカムを間近から見たことならあった。これはそれよりひどかった。便器も洗面台もなく、不潔な床に穴があいているだけだった。青いトイレットペーパーがホルダーにとりつけられていた。マーコはとりあえずそれをトイレットペーパーだと判断したが、紙やすりであってもちっとも不思議ではなかった。ハエがぶんぶん飛んでいた。息を止め、なかを見ないようにしながら穴に放尿した。小便以上の用を足さなければならなくなったときのことは考えたくもなかった。

　マーコは便所から飛びだし、ようやく息をしながら、今夜の厨房当番で勘弁してくれたシン軍曹に心の底から感謝した。そしてだれだか知らないが便所当番に同情した。この施設をきちんと掃除するには、軌道から核攻撃するしかないからだ。

　アディとケイブマンとエルヴィスが——青い顔で——便所から出てきたときには、すでに一分遅刻していた。四人が食堂の前に戻ったときには、彼らの小隊はすでに集合していた。ベン‐アリ少尉の姿はなかったが、シン軍曹が待っていた。罰として、エルヴィスとケイブマンも今夜の厨房当番になり、遅刻した四人全員が腕立て伏せ三十回を言い渡された。くず野郎のピンキーが、腕立て伏せをしている彼らをにやにや笑いながら見ていた。そして、軍曹がよそを向いていたときにつばを吐いた。泡立つつばがマーコの手のあいだに落ちた。マーコは顔をしかめ、ピンキーに飛びかかりたい衝動を抑えこんで腕立て伏せを終えた。

　長い一日が続いた。

　軍曹は三時間、教練場で作業をさせて小隊員を汗まみれにした。石を拾わせ、刺《とげ》のある雑草を抜かせたのだ。日が沈むと、倉庫から箱をひきずってこさせ、出しおえると、また倉庫にしまわせた。軍曹は飽きることなくどなりつづけ、警棒を振りまわしつづけながら、新兵たちに砂煙が舞う地面で腕立て伏せ三十回をさせつづけた。マーコはずっと喉が渇き、汗をかき、ふらつき、疲れはてていた。午後八時に、ようやくまた食堂で十五分の休憩を与えられた。

「このくそはいったいなんなんだ？」エルヴィスが、ゆで卵を口に押しこみながらこぼした。「おれたちはもう小隊に配属された。新兵訓練所に向かわずに、なんだって箱をひきずったり、ＲＡＳＣＯＭの雑草を抜いたりしてるんだ？」

「これが新兵訓練だと思ってたよ」とマーコはいい、即座に後悔した。テーブルの反対側で大笑いが起きた。

「ポエット、笑わせてくれるじゃないか」とエルヴィス。「顎がはずれるかと思ったぜ。これが新兵訓練なもんか。いいか、新兵訓練がはじまったら、おまえはＲＡＳＣＯＭを恋しがるんだぞ。新兵訓練と比べたら、ここなんか売春宿だ。マジで売春宿なんだ。いまは、どこかの新兵訓練基地に向けて出発するまで、たぶんロケットの空きを待つあいだの暇つぶしをしてるだけなのさ」

「新兵訓練がそんなに大変なら、なんだっておまえらは早く行きたがってるんだ？」マーコはたずねた。

「さっさとすませちまいたいからさ！　それに、新兵訓練所にはまともなトイレがあるだろうしな。地面に掘った穴の上にしゃがむなんて、人生に一度でたくさんだ」エルヴィスはテーブルに手をのばしてぬるい紅茶が入っているピッチャーをとった。「ポエット、わが友、新兵訓練ってのはRASCOMとはぜんぜん違うんだ。ここじゃ、検査をしたりレントゲンを撮ったり認識票を配ったりっていうくだらないことしかしない。本物のキャンプに着いたら、訓練がはじまるんだ。箱をひきずったりじゃなく、スカムを殺す訓練が。人生でいちばんつらい十週間になるから覚悟しとくんだな」

「きょうだけでもう十週間たってるような気分だ」マーコはいった。「けさ――まだおなじ日なんだ！――ぼくたちがトロントにいたなんて信じられない」ため息をついた。「もうホームシックだよ」

エルヴィスは鼻で笑おうとしかけたようだったが、うなずいてうつむいた。「おれもだよ」

アディまでうなずいた。「あたしもだ」

ケイブマンは、それどころかすすり泣きをはじめた。紙ナプキンで洟《はな》をかんだ。「うちが恋しいよ」

テーブルに気まずい沈黙が流れ、マーコは――隣のテーブルにいる――ピンキーとその一味が聞いていませんようにと願った。

おだやかな声が沈黙を破った。「あたしはここが気にいってるね」

四人は振り向いた。マーコは、レイラニがおなじテーブルにいることに気づいてもいなかった。小柄な新兵の上体は、かろうじてテーブル面から出ていた。丸刈りで細身のレイラニは、父親の軍服を着た小学生のように見えた。彼女が飲み物をとろうとテーブルに手をのばした拍子に、またも両手首の傷痕が見えた。

「レイラニ・マリタ・デラローザ」マーコはいった。「間違ってないかい？」

レイラニはうなずいた。「ああ。超絶的スカムキラーことレイラニ・マリタ・デラローザさ」バターナイフを構えて撃つふりをした。「バンバンバン」

「その名前、スペイン語かい？」アディはたずねた。「メキシコ人なのか？」

レイラニは首を振った。「フィリピン人さ。日差しが燦々《さんさん》の美しい島国フィリピンの首都、マニラから来たんだ。太陽とヤシの木を目当てに訪れて、パスポートを盗まれて長期滞在するはめになる街から」

「おいおい」とエルヴィス。「フィリピン人は東部軍管区のはずじゃないか。イスラム教徒とおなじで。それにシーク教徒と。それに、とにかくそのあたりのやつらと」

レイラニはふんと鼻を鳴らした。「そんなふうに見えないだろうけど、あたしはアメリカ人とのハーフなんだ。そうなのさ。パパは食パンや野球や動脈血栓みたいに、生粋《きっすい》のアメリカ人だったんだ。たぶん、エルヴィスも好きだったんじゃないかな。あたしはたまたま、かわいくてエキゾチックな東洋の花みたいに見えるけどね。アジアの女の子だと思って熱を上げるんじゃないよ、白人の男ども。タマを切り落とすからね」レイラニはさっとナイフを振るった。

マーコはまたレイラニの手首をちらっと見た。彼女が切りたがっているのはタマだけではなさそうだった。

「気にいった」アディはうなずいて、少女を指さした。「あんたのことはタイニーって呼ぶよ。あたしがメープルでマーコがポエットで、制服をジャムだらけにしてるかわいいやつがエルヴィスなんだから、あんたにもニックネームが必要だ。タイニーでいいじゃないか」

レイラニは椅子に飛び乗った。「あたしは〝ちび《タイニー》〟なんかじゃない！」歯をむきだした。「背は百五十センチちょっとだけど――ほんとは百五十センチにちょっと足りないけど――正確には百四十七センチだけど――あんたらを切り刻めるほど強いし――」

「新兵！」軍曹がどなって、食堂を横切ってやってきた。そしてレイラニに指を突きつけた。「きさまは今夜の厨房当番だ。ちゃんと椅子にすわれ」

〝タイニー〟・レイラニはぶつくさこぼしながらちゃんと椅子にすわった。軍曹は大股で歩み去った。

「くそったれなファシストスカムめ」レイラニはつぶやいた。

最後のひとくちを呑みこみながら、マーコはちらりと横を見た。食堂を横切って、シン軍曹が自分のテーブルに戻った。そのテーブルは仕切りの向こう側に置かれていた。階級のある兵士と将校がそのテーブルで、別の厨房でつくられた料理を食べていた。何人かは――伍長と軍曹だ――笑いながら食べていた。マーコはベン‐アリ少尉もそのテーブルにすわっていることに気づいた。イスラエル人将校は、かすかにほほえみながらシン軍曹の話に耳を傾けていたが、これだけ離れていても、マーコには、彼女の目には悲しみの色があるように思えた。彼女がドラゴン小隊の指揮官なのだが、数時間前の短い遭遇を別にすれば、まだ間近で顔をあわせたことはなかった。将校さんは、部下の兵士たちと一緒に食事もできないほど偉いようだった。

「彼女は女神でシンは天罰をくだす天使みたいだな」マーコはぼんやりしながら述べた。

アディはため息をついた。「たいした詩人だよ」ベルが鳴ったのでぎくりとした。「夕めしが終わったぞ。厨房当番の時間だ」スパムのひと切れをマーコに振った。「おまえのおかげでな」

レイラニがうめいた。「ちくしょう、スカムを殺したいのに」

7

三人――マーコとアディとレイラニ・マリタ・デラローザ――が厨房に入ったときには、トレイは積み重なってプラスチックの摩天楼群と化していた。三人の新兵の前には金属製の棚がずらりと並んでいた。

その隙間から、囚人が水平の鉄棒ごしに外を眺めるようにして食堂が見えた。何千人もの兵士が席を立ってトレイを運んできた。新兵たちは金属製の棚にトレイを乱暴に置き、食べ物のかすを飛ばした。

アディは「うげっ！」とうめいて髪にこびりついたチキンの皮をとった。「吐きそうだ」

トレイはどんどん積み重なった。そのたびにプラスチック製の皿とマグが鳴った。

「さあ」マーコはいった。「さっさと洗っちまおう。そんなに時間はかからなそうだ。皿洗い機があるんだから」

トレイは増えつづけていたが、マーコは身ぶりで背後を示した。その部屋の大きさはごくふつうの居間並みだった。ここは、料理をつくる厨房ではなく、皿や鍋の洗い場にすぎなかった。すでに馬鹿でかい鍋がいくつか、タイルの床に置かれていた。それらのあいだで、部屋のなかにのびているベルトコンベヤが動いていた。ベルトは途中で洗車機のような機械のなかを通っていた。なかでは水が噴射されている。

「よし、いいか」マーコはいった。「皿をこのベルトコンベヤに載せて洗おう」

三人はトレイを運んでベルトに載せた。ベルトはカタカタ音をたてながらゆっくりと進み、皿の載ったトレイを水が噴射されている四角い装置のなかへと運んだ。マーコは、スーツケースを空港のX線検査機へ運ぶベルトを連想した。反対側から出てきたトレイは濡れていたが……汚れは落ちていなかった。

「まだ食べかすだらけじゃないか！」アディが皿を持ちあげながらいった。

「トレイがたまってるぞ！」レイラニが叫んだ。「山が崩れそうだ！」

マーコは棚に戻った。食堂の兵士たちはトレイを叩きつけるようにして積み重ねていた。そのたびに皿とマグが揺れた。レイラニはせっせとトレイを持ちあげ、ベルトコンベヤに運んでいたが、トレイの増えかたが早すぎた。ついに、三人の新兵はトレイを床に置くことを余儀なくされたが、棚にはたちまち——何百枚もの——トレイが積まれた。洗浄がすむまでどころか、ベルトコンベヤのほうへ三歩進むまでに増えていた。床に積んだトレイの高さは三人の腰まで達していた。プラスチックのマグが汚れた床に転がった。

「くそっ、皿がいつも汚いのも当然だな」アディがいった。

レイラニはがんばってトレイをベルトコンベヤにうず高く積んだが、ぐらぐら揺れるタワーは小さな洗車機におさまりきらずに崩壊した。

「このベルトコンベヤじゃ、いつまでたっても終わりっこない」小柄な新兵がいった。「このままじゃ終わるころには朝食の時間になって、またトレイがたまりはじめるぞ」

実際、いまや棚のトレイは尖塔のようになって揺れていた。ひと山が崩壊しかけたので、マーコは駆けつけて押さえようとした。そしてスープと食べ残しを浴びた。調味料が飛んできたのでアディが悪態《あくたい》をついた。

「もうたくさんだ！」アディはナイフを抜いて宙で振りまわした。「あたしが入隊したのはエイリアンを殺すためであって、皿を洗うためじゃないんだ」

「トレイをスカムだと思えよ」マーコはいった。

「まさにくず《スカム》だよ！」

食堂からだみ声が響いた。「おい、厨房の奴隷ども！」ピンキーの醜い顔が棚の向こうに見えた。「さっさと洗え」ピンキーはトレイを積んでからその山を突いた。百枚ものトレイと皿ががしゃんと床に落ちた。ピンキーはにやにや笑いながら歩き去った。

「おあいにくさま！」アディがピンキーの背中に向かって叫んだ。「どっちみち、皿は床に置いてるのさ！」

レイラニが部屋の奥へ行き、ホースを持って戻ってきて、「ねえ」といった。「このホースがここにあるのには理由があるのかもよ」

マーコははっとして指さした。「あそこにもう一本、ホースがある。ずっと前に、皿洗い機が見かけ倒しなことに気づいた人たちがいたんじゃないかな」

アディがトレイの山の下でもがいた。「とっととホースで洗い流してくれ！」

マーコとレイラニはホースから水を出した。冷たい水が噴きだしてアディに、床の、棚の、厨房全体のトレイにかかった。ホースを設置しただれかさんが床の格子も設置したに違いなかった。汚れた水が流れていった。

「じゃあ、この厨房はでっかいシャワーなんだな？」マーコはやかましい水音に負けじとどなった。

レイラニはうなずいた。「とにかく、これで皿洗いができるね」そしてマーコに水を浴びせた。

マーコは「冷たい！」と叫んだ。マーコが反撃すると、レイラニは悲鳴をあげてベルトコンベヤの陰に身を隠した。

それから二時間、三人は奮闘した。アディがトレイと皿を棚から床におろし、マーコとレイラニがホースの水を浴びせた。トレイと皿がようやくきれいになると——この状況で可能なかぎりきれいになると、という意味なので、たいしてきれいになってはいなかったが——三人は馬鹿でかい鍋にホースの水をかけ、汚れをこすり落とした。アディが作業しながら歌いだした。故郷の古い歌だったが、マーコが加わり、さらにはレイラニまで歌った。

午後十時半、三人はやっと、ずぶ濡れになりながら南米の蒸し暑い外へ出た。

三人のダッフルバッグのそばでシン軍曹が待っていた。ターバンを巻いた長身の兵士は三人をにらんだ。腰に差してある湾曲した短刀《キルパン》が月明かりで光っていた。

「指揮官の前では気をつけをしろ」軍曹はいった。「さもないと、朝食のあと、また二時間、厨房当番だぞ」

アディとマーコとレイラニは、踵《かかと》をかちんとあわせ、背筋をのばし、顎を上げて気をつけをした。砂埃《すなぼこり》の上に水がしたたった。

軍曹はうなずいて腕時計を見た。「ずぶ濡れの虫けらどもはぎりぎりでまにあったようだな。ついてこい」

マーコは眠くてしかたなかったが、まだ寝られないようだった。軍曹に連れられていった先は――なんと――またもずんぐりしたコンクリートの建物だった。なかに入ると、そこは奥にステージがある体育館だった。何千人もの新兵がステージのほうを向いて立っていた。マーコは自分の小隊を見つけ、三人はほかのドラゴン小隊員に加わった。

ひとりの兵士がステージに上がった。

「なんと」アディがつぶやいた。「バタフライ大尉じゃないか」

マーコは、トロントの宇宙港で見た、ほがらかで元気潑剌《はつらつ》で、蝶のペンダントをつけていた兵士を覚えていた。女性兵士は新兵の聴衆に、目がくらむほどまばゆい満面の笑顔を向けた。

「新兵のみなさん、ようこそ人類防衛軍《HDF》へ！」兵士はマイクを通して呼びかけた。「ＨＤＦは、みなさんが兵士としての初日を楽しまれたことを願っています。みなさんの奉仕と犠牲のおかげで地球は安全を保てるのです！　歓迎のしるしとして、みなさんに――ＨＤＦからささやかなプレゼントを贈ります」

軍楽隊がステージに上がった。そして行進曲《マーチ》を演奏しはじめた――体育館に設置されたスピーカーから耳をつんざくような爆音が鳴り響いた。音楽が大音量で流れるなか、スクリーンに映像が映しだされた。HDF兵士たちがスカムに弾丸の雨を浴びせ、ファイアーバード宇宙戦闘機編隊がスカム船を撃破し、軍隊が世界各国の首都を行進した。人類が〈激変〉から復活したように灰からよみがえるフェニックスが描かれているHDFの軍旗が、すべての映像の背後ではためいていた。

「もうへとへとだ」マーコはアディにいった。「もう夜遅い。なんだってこんな目にあわされてるんだ?」

「なんだって?」アディは叫んだ。

「眠いっていったんだよ!」マーコは叫びかえした。

「じじ臭いことといってんじゃないよ!」アディはそう応じてステージに向きなおり、合唱に加わった。「スカムを殺せ、スカムを殺せ、邪悪なスカムを殺せ……地球の栄光のために、ドラムを打ち鳴らせ!　スカムを殺せ、スカムを――」

マーコは耳をふさいで目を閉じた。深呼吸をしてできるだけ騒音を無視し、ケミのことを考えようとした。ケミのほほえみのことを。ケミとトロント最後の緑地である墓地を散歩したことを。だが、それでも気分は昂揚せず、またも、目に涙を浮かべてマーコに手をのばし、十年かそれ以上、軍隊にいることになるといっているケミの姿が浮かんだ。

いま、なにをしてるんだい、ケミ、とマーコは考えた。きみもぼくのことを考えてるのかい？

「〈フリーバード〉をやってくれ！」アディが軍楽隊に叫んだ（〈フリーバード〉はアメリカのロックバンド、レーナード・スキナードが一九七四年に発表した代表曲。レーナード・スキナードとまったく無関係なコンサートや公演で観客が〝〈フリーバード〉をやってくれ〟と叫ぶのがお決まりの野次になっている）。

真夜中になって、ようやく、シン軍曹は新兵たちを体育館から連れだした。道を行進しているあいだ、マーコは、手足の痛みに耐えながら、あらたなずんぐりしたコンクリートの建物へ行くのでありますようにと祈った――その建物にはベッドが並んでいますようにと。軍の寝台が快適だとは思っていなかったが、夜が明けてから、ほとんど立ちっぱなしだった。これがはじまってからまだ一日もたっておらず――まだ一日が終わってないんだ！――きょうの朝は故郷で父親と一緒にいたなんて、あいかわらず、なにかの間違いとしか思えなかった。ＨＤＦでは時間の流れが異なっていて、兵士になってからもう何週間もたっているような気がした。

小隊はコンクリートの兵舎群に向かって行進した。窓から寝台が並んでいる屋内が見えたので、マーコは安堵のため息をついた。やっと――ベッドに入れるんだ。ところが、シン軍曹は、抗議のうめき声を無視して兵舎の前で小隊を止めなかった。小隊はそのまま小道を進み、木々のあいだを通って岩だらけの野原に向かった。

ここでも段ボール箱が待っていた。

「三列になれ！」シン軍曹がどなった。小隊は整列した――時間がかかりすぎた。シンは、ストップウォッチを片手に、何度も整列させた。ようやく満足すると、箱の山を指さした。「あけろ」と命じた。「なかにはテントが入っている。テントをとりだせ。だが、地面の石を拾うほうが先だ。はじめろ」

テント？　マーコはうめいたが、選択の余地はなかった。原っぱの石を拾いつくすのは長くつらい作業だった。マーコはその場で眠ってしまいそうだったが、シンは小隊を駆りたてつづけ、とうとう原っぱから石がなくなった。やっと次の作業にとりかかれた。テント張りだ。地面にペグを打ちこみ、金属製の支柱を立て、くすんだ色のシートを正しい位置にとりつけ、なかで頑丈な金属製寝台を組み立てた。

作業が終わったのは午前二時過ぎだった。

「いいだろう」シン軍曹がいった。「休んでよし。がんばったご褒美だ。朝の点検は午前四時半だからな。全員、ブーツを磨き、きちんと制服を着、ヘルメットをかぶっているように。そうしたら、ようやく、おまえたちを新兵訓練キャンプへ連れていけるかもしれん」

その言葉は、さらなるうめき声をひきだした。睡眠時間がたった二時間半？

「くそっ」シンが新兵たちを残して歩み去ると、エルヴィスがつぶやいた。「スカムに殺されたいぜ。もうそれでかまわないよ」

レイラニがうなずいて戦闘服を脱ぎ、タンクトップとボクサーパンツ姿になった。片方の腕に虹のタトゥーが入っていた。ドラゴンのタトゥーがもう片方の腕にくねくねとのびてシャツにもぐりこみ、頭を鎖骨の上に突きだしていた――ドラゴン小隊にふさわしいタトゥーだった。

「スカムの消化管のなかで永遠の眠りについたっていいよ」レイラニはいった。

マーコはテントのなかに入った。十五脚の寝台が、地下鉄車輌の座席のように隣りあって並んでいた。

「新兵訓練のほうが楽そうだ」マーコはそういい、仲間の新兵の笑い声を無視しようとした。

「いいか、ポエット」エルヴィスがいった。「RASCOM《ラスコム》は売春宿なんだ。ここが恋しくなるんだよ」

マーコは寝台に倒れこんだ。アディとレイラニがその両隣の寝台を選んだ。ドラゴン小隊の新兵たちはたちまち眠った――マーコを除いて。疲れはてているにもかかわらず、いろいろなことを考えてしまった。昔見た光景が脳裏によみがえりつづけた。雪のなかの母親の亡《なき》骸《がら》。アディ。さまざまな場面のケミの顔。マーコは尻ポケットから本をひっぱりだし、ケミの写真を胸の上に落とした。そしてケミを見た――片眉を上げてにやりと笑っているおかしな表情の、ケミは嫌っていたがマーコは大好きな写真を。写真をふたたび本にはさんで目をつぶった。起床時間の一時間前になって、ついにいつのまにか眠りに落ちた。マーコが兵士になった日が終わった。

8

「点検だ！」

シン軍曹の声が夜陰に響いた。

「第四小隊、点検だぞ！」

マーコは寝台から飛び起きた。腕時計を見た。午前四時半。眠りについてから一時間たっていた。

「第四小隊、さっさと点検のために整列しろ！」シンがテントの出入口のフラップをめくった。「制服を着てブーツを磨いてヘルメットをかぶってひげを剃って集合だ！」

小隊員はあわてて準備をはじめた。マーコは、疲れすぎていたので前夜、戦闘服のまま寝てしまった。ほかの新兵たちは下着姿になっていた。家から持ってきたパジャマを着ている者もいた。ケイブマンのパジャマの下は小さな消防車と犬の柄だった。テントの外では、シンがカウントダウンをしていた。

マーコはブーツをはき、ふくらはぎの部分でさっとこすってから手で頬をなでた。ありがたいことに、マーコはもともとひげが薄いので、まだほとんど生えていなかった。だが、ほかの新兵たち——たとえばエルヴィス——は、すでに無精ひげが濃くなっていた。

「三、二、一——時間だぞ、整列しろ！」

新兵たちはテントから飛びだしてヘルメットをかぶり、闇のなかで整列した。シン軍曹は懐中電灯で照らしながら列の前を歩いた。苦虫を嚙み潰したような表情になった。

「それで身なりがととのってるのか？」軍曹は叫んだ。アディの前で足を止めて彼女の制服を指さした。「シャツをなかに入れろ」

「すみません、指揮官どの！」アディはいった。「ホッケージャージに慣れているのであります」

軍曹はうめきながら大柄なロシア人新兵、ビーストのほうを向いた。懐中電灯をビーストの脚に向けた。「ズボンをたるませてないじゃないか」

「すみません《イズヴィニーチェ》、指揮官どの」ビーストは強いロシア語なまりで謝った。「すみません。ズボンが小さすぎるのです」

続いて、軍曹はエルヴィスに歩みよって青年の顔を凝視した。「ひげを剃れ。それにそのもみあげも」

エルヴィスは不服そうに両頰に触れた。「このベイビーをでありますか？　でも——」シンが怒りの面持《おもも》ちになっていることに気づいて途中でやめた。「はい、指揮官どの」

ターバンを巻いた軍曹はマーコのほうを向き、顔をしかめながらブーツを見おろした。

「それで磨いたつもりなのか？」

「すみません、指揮官どの！」ズボンにこすりつけるだけでなく、靴磨きクリームでちゃんとブーツを磨く時間があったらよかったのに、と思いながらマーコは謝った。

　軍曹は先に進み、ひょろりと背が高い新兵の前で止まった。その兵士のヘルメットを見て険しい表情になった。そのヘルメットには、太い黒のマジックで、星と〝保安官《シェリフ》〟という言葉が書いてあった。

「おまえがそれを書いたのか、新兵？」シンはたずねた。

　ひょろりとした新兵は息を呑《の》んだ。「イエッサー——」

「おれは将校じゃない」軍曹は顔を真っ赤にした。「サーと呼ぶな。おれは食うために働いてるんだ。きさまは軍の所有物を汚したんだな？」

　その新兵は——シェリフと呼ばれることになるのは、マーコにはこの瞬間からわかっていた——うなずいた。「はい、サー——ええと、はい、指揮官どの」強い南部なまりだった。

「伝統なんです、指揮官どの！　自分のヘルメットになにかを書くのは。〝生まれながらの殺し屋〟とか、〝戦争は地獄だ〟とかいう言葉を」

「とにかく消せ」シンはいった。「ボブ・マーリーに撃たれたくないだろう？（保安官を撃った男を描いた、ボブ・マーリーの〈アイ・ショット・ザ・シェリフ〉という曲がある）」小隊員たちが笑い、軍曹がどなった。「黙れ！　静かにしろ！」

　シンは先に進み、レイラニの前で止まった。目を丸くした。「やれやれ。おまえもヘルメットに落書きか」

　マーコはレイラニの全身をざっと見た。レイラニのヘルメットにも、マジックで〝人生は梅毒のチンポコの詰めあわせ〟と書かれていた。

「すみません、指揮官どの！」レイラニはいった。「シェリフから伝統だと聞いたのです」

顎ひげの軍曹はにやにやするのを我慢してるに違いない、とマーコは思った。「落書きを消せ、新兵。さもないと、人生は甘くないってことを思いしらせてやるぞ」

「はい、指揮官どの！」レイラニはいった。

軍曹はケイブマンのほうを向き、目をさらに大きく見開いた。太った新兵は、まだ消防車のパジャマをはいていた。

「すみません、軍曹どの！」ケイブマンはいった。「着替える時間がありませんでした」

「時間がなかっただと？」シン軍曹はどなった。「スカムが次に侵略してきたとき、時間がたっぷりあると思うのか？　おまえが消防車のパジャマを脱ぐのを、くそスカムが待っててくれると思うのか？」

「いいえ、軍曹どの！」ケイブマンは、顔を真っ赤にし、つばを飛ばして叫んだ。

シンは列の前をのしのしと歩きながらわめいた。「きちんとした格好をしてるやつはひとりもいないじゃないか。身なりもまともにととのえられなくて、この次スカムが攻撃してきたとき、まともな準備ができるのか？　テントに戻れ！　三十秒後に、もっと兵士らしく見えるようにして帰ってこい。行け！　三十！　二十九！　二十八！」

新兵たちはあわててテントに戻った。マーコは靴磨きクリームを手にとってブーツをすばやく何度かこすった。アディはシャツをズボンのなかに入れ、ケイブマンは制服に着替えるために急いでパジャマの下を脱ごうとして転んだ。エルヴィスはうめきながら水筒の水を顔にはねかけ、剃刀を探した。

そして外へ走りでて整列し、またしてもむなしく点検に落第した。ケイブマンはパジャマの下が足首にからまっていたし、エルヴィスの顔はシェービングクリームまみれだった。正直なところ、ぼくたちがどんなズボンをはいていようが、無精ひげをはやしていようがいまいが、スカムは気にしないんじゃないかとマーコは思ったが、シンは、ブーツをぴかぴかにしたりきれいにひげを剃ったりすればエイリアンを負かせると思っているようだった。三度めでやっと、シンはうめきながらうなずいた。

「ひどいもんだ」軍曹はいった。「全員を便所当番にしたいところだが、おまえらをこのＲ《ラ》ＡＳ《ス》ＣＯ《コ》Ｍ《ム》よりもずっとずっと大変なところへ連れていくためのロケットが待っている。ついてこい。列を乱すゴキブリ野郎がいたら、腹に電撃をくらわすからな」

小隊は、軍曹に率いられて、真っ暗ななか、ダッフルバッグをかついで行進した。すでに、全中隊が、基地のいたるところで、教練にとりくんだり、行進したり、「はい、指揮官どの！」と雄《お》叫《たけ》びのような声を出したりしていた。

小隊がＲＡＳＣＯＭを出て宇宙港へ向かうとき、マーコは、コンクリートと有刺鉄線からなるジャングルを二度と目にしなくてすみますようにと願った。

☆　☆　☆

日がのぼってから、マーコとアディをはじめとする第四小隊は弾道飛行ロケットに搭乗した。チリの不規則に広がる迷宮で過ごす時間は終わったのだ。いまや兵士となった彼らは、訓練場に向けて飛びたとうとしていた。マーコは座席についたが――こんども、細長い窓から外をのぞけるロケットの先端近くにした――前夜のくだらない歌が耳にこびりついていた。

〝スカムを殺せ、スカムを殺せ、邪悪なスカムを殺せ。地球の栄光のために、ドラムを打ち鳴らせ！〟

マーコはため息をついて、「地球の栄光のために、記録保管所で楽な仕事をするっていうわけにはいかないのかな？」と声をひそめてつぶやいた。

「なんだ、新兵？」はしごをのぼって最上層の座席にやってきたシン軍曹が大声で問いただした。

「スカムを殺すのが待ちきれないといいました、サー！」マーコは答えた。

軍曹はマーコをにらんだ。「いっただろう、新兵、おれは将校じゃないんだ」

「すみません、軍曹どの。もうすぐスカムを殺せると思って興奮してしまいました、サ――軍曹どの」

ロケットの機内は、細長くそびえ立っている円形劇場のように、最下部のエンジンから最上部のコックピットまで座席が環状に続いていた。第四十二中隊のほかの小隊が、ドラゴン小隊とともにロケットに乗りこんだ。まもなく、四個小隊からなる中隊――二百名近くの兵士――でロケットがいっぱいになった。シン軍曹が正面の座席についたので、マーコは即座に、てっぺん近くのこの座席を選んだことを後悔した。軍曹がそばいたら飛行中に話せない。

兵士が全員着席すると、将校たちが機内に入ってきた。少尉が四人いた。各小隊の指揮官だ。四人とも一本線の肩章をつけている。無表情のエイナフ・ベン‐アリ少尉が、先頭を切ってはしごをのぼってきた。ベン‐アリを見ながら、マーコはあらためて、〈激変〉時代の古い話を思いだした。彼女の国――イスラエルという、海岸に面した細長い小国――がスカムに滅ぼされ、生き残ったイスラエル人が人類防衛軍《HDF》を新たな故郷とし、新たな人生を軍に捧げたという話を。

ベン‐アリ少尉が横を通ったとき、一瞬、マーコと目があった。彼女が冷えびえとした決意を固めているのがわかった……だが、緑の瞳には恐怖も浮かんでいた。

彼女も軍に入隊したばっかりなんだ、とマーコは考えた。軍学校を卒業したばっかりで、まだ実戦経験がないんだ。あと一年か二年でケミも少尉になって小隊を指揮するのだと思うと妙な気分になった。

少尉たちはハッチを抜けてロケットの最上層へと入っていった。

「将校はファーストクラスで飛ぶってわけなんだな」アディがマーコに顔を近づけてささやいた。「いい厨房でつくっためしを食って寝心地のいいベッドで寝るのとおなじってわけか。くそっ、あたしも軍学校へ行けばよかった」

「成績がよくなきゃ軍学校には入れないんだぞ」マーコはささやきかえした。

アディはむっとして応じた。「体育はAプラスだったんだぞ！」

シン軍曹ににらまれてふたりは黙った。

少尉たちに続いてまた将校がのぼってきた。こんどはさらに何歳か年上だった。筋骨たくましくて眉毛が濃くて黒髪の男の両肩についている階級章は三本線だった。

「大尉だ」その将校が上の区画に入ってハッチを閉めると、アディがささやいた。「いままでに見かけたなかで階級がいちばん上の将校だな。きっと、この中隊全体の指揮官だ」

マーコは違和感を覚えた。軍隊では、外ではどんな人物だったかはだれも気にしていないようだった。マーコが小説を書いていること、アディがアイスホッケーが得意なこと、エルヴィスが歌えることを、だれも気にしていなかった。重要なのは、袖か肩についている階級章だった。それだけだった。どういう人物で、どんな価値があるかを決めているのは——何本かの山形と線だけだった。気分が暗くなる考えだった。

炎と煙を噴出し、金属をきしませながらロケットが離陸した。

ロケットが舞いあがると、g力が乗客を、スカムの女王のように座席に押しつけた。こんどもアディはマーコの手を握った。顔が真っ青だった。反対側では、レイラニが大声で「やった、スカムを殺せるんだ!」と歓声をあげたが、騒音でほとんどかき消されていた。

ロケットが大気圏を突破し、音と圧力が消えた。ロケットが水平になると、マーコは窓から外をのぞいた。頭上には無数の星々が広がっていた。眼下にはチリの海岸線とその先の湾曲した海が見えた。ロケットは東へ向かっていた。あっというまに南米を横断し、大西洋を越えた。アフリカに到達したところでロケットは回転し、地球が視界から消えた。見えるのは星々だけになった。

　ロケットが降下しはじめた。

　窓が炎でおおわれ、外が見えなくなった。

　ロケットは煙に包まれながらどすんと着陸した。どこに着陸したのかはわからなかったが、最後に目にした光景からして、北アフリカのどこかとおぼしかった。

　ロケットを降りると、そこは砂漠だった。

　チリは暑いと思っていたが、あの蒸し暑さも、この暑さとは比べものにならなかった。オーブンから噴きだしたかのような乾いた熱風が波のように続々と押し寄せてきた。乾燥していれば暑くても耐えられるというやつは、ここへは来たことがないに違いなかった。日差しはマーコの髪を焦がし、小さな宇宙港のアスファルトを揺らめかせた。

　着陸パッドは砂丘に囲まれていて、空は見たことがないほど広かった。巨大な薄青いボウルのようだ。小道の先に、てっぺんに有刺鉄線が張られ、監視塔が点在している金属フェンスが見える。ＨＤＦの軍旗が金属のゲートの上でひるがえっていた。ゲートでは、数人の警備兵がヘルメットをかぶり、機関銃を携行して立哨していた。彼らの頭上の看板に、〝フォート・ジェミラ基礎戦闘訓練場〟と記されていた。

　新兵たちはアスファルトの上で整列した。各小隊に将校と軍曹がついた。小隊ごとに行進して軍事基地に入った。ドラゴン小隊がゲートを通過するとき、警備兵のひとりが仲間に向かって〝新米《フレッシュ・ミート》だ〟とつぶやいた。マーコは、この二十四時間以内に、この言葉を何度も耳にしていた。軍隊では、毎食、必ずスパムが出るから、〝新鮮な肉《フレッシュ・ミート》〟という表現がしっくりくるんだろうな、とマーコは考えた。警備兵の階級を確認しようとしたが、袖にも肩にも階級章はなかった。

ただの新兵なんだな、とマーコは思いながら、警備兵たちのヘルメットと銃を眺めた。

遠くで銃声が響いてマーコのもの思いをさえぎった。スカムが攻撃してきたのではないかと考えてマーコはぎくりとした。機関銃の銃声はどんどん激しくなった。

「行進を続けろ、新兵ども！」シン軍曹がどなった。「続け！」

小隊は金属製のゲートを抜けて基地に入り……殺し屋になるための訓練がはじまった。

ＲＡＳＣＯＭがコンクリートや塔ややかましいエンジン音やジェット機のかん高い騒音や混沌からなる巨大な巣だとしたら、フォート・ジェミラは不毛の荒野だ。フェンスの内側には数えるほどしか建物がない。食堂とおぼしきコンクリートの建物が一棟、それよりは小さいシャワー棟らしい建物が一棟、トレーラーハウスが何輌か見えたが、それだけだった。あとは岩だらけの荒野と砂丘と丘陵と大岩だけだった。行進している兵士たちの向こうにテントの列がかすかに見えた。戦車もジェット戦闘機も、コンクリートと金属でできているそびえたつ兵舎も、悪さをする猿がうじゃうじゃいるジャングルもなかった。砂と石とテントと暑さと強烈な日光——それが、北アフリカのどこかにあるフォート・ジェミラだった。

「整列！」シンが大声で命じ、タイムを計りながら、小隊に何度も整列させた。時間がかかりすぎると、腕立て伏せ二十回を課した。とうとう、小隊が三列に整列すると、シンは「気をつけ！」とどなった。

新兵たちは直立不動の姿勢になった。ＲＡＳＣＯＭのときと同様、アディとマーコとエルヴィスの三人でひと組になった。片側はレイラニとケイブマンと大男のビーストの三人組だった。反対側は、にやにやしているピンキーと、どちらも指名手配写真から抜けだしてきたような人相の悪い子分ふたりという、まったく惹かれない三人組だった。

新兵たちが灼熱のさなかで立っていると、シン軍曹が敬礼し、ベン-アリ少尉が歩いてきた。若き将校は冷えびえとした緑の瞳で小隊を眺めた。この暑さのなかでも、マーコは背筋に寒けが走るのを感じた。ドラゴン小隊の指揮官になってはじめて、ベン-アリは部下に話しかけた。

「地獄へようこそ」ベン-アリ少尉はいった。「おまえたちの心と体をぶち壊す十週間へようこそ。わたしはここでおまえたちをこなごなにする。そして殺し屋につくりなおす。おまえたちはスカムを倒せるようになるんだ。わかったか？」

「はい！」小隊員は叫んだ。

ベン-アリ少尉はうなずいた。「全員がこの訓練を生きのびられるわけではないだろう。スカムとの戦闘を生きのびられる者はもっとすくないはずだ。おまえたちをやわな少年少女から兵士につくりかえるための時間は十週間しかない――たったそれだけしかない。だから、彼らが手伝ってくれる」

その言葉をきっかけに、装甲ジープが排気ガスを吐きだし、砂煙をあげながら走ってきて止まった。戦闘服を着た三人の兵士が飛びおりてきた。ヘルメットをかぶって防弾ベストを着用し、ごついアサルトライフルをたずさえていた——ベン‐アリが持っているようなすらりとしたプラズマ銃ではなく、単純素朴に弾丸をまき散らす銃だ。三人とも若く、袖の階級章には二本の山形がついている。マーコはもう、それがどの階級をあらわしているかを知っていた。三人は伍長なのだ。

　つまりシン軍曹よりも一階級下ってわけだな、とマーコは考えた。それに、ベン‐アリ少尉よりずっと下なんだ。だけど、ぼくたち新兵よりは無限に上だ。

　ベン‐アリ少尉が女神でシン軍曹が怒りの天使なら、伍長たちは聖なる騎士で——新兵はただの農民だった。

　三人の伍長は気をつけの姿勢をとってベン‐アリ少尉に敬礼した。少尉は敬礼を返した。

「楽にしろ」少尉はそう告げてから新兵たちに向きなおった。「この小隊を三個分隊に分割する。そして各分隊をひとりの伍長が指揮する。おまえたちは分隊長に従い、分隊長はシン軍曹に従い、軍曹はわたしに従うのだ。わかったか？」

「はい！」新兵たちは叫んだ。

「この伍長たちにはスカムと戦った経験がある」とベン‐アリ少尉。「スカムを殺したことがある。スカムの鉤爪にかかって戦友が死ぬところを見ている。その彼らが、おまえたちにどうすればスカムを殺せるかを教えてくれるのだ。分隊指揮官は部下の新兵たちに、銃の清掃の仕方、銃の撃ちかた、それにどうすれば敵を殺すのを好きになれるかを教えてくれる」

少尉は伍長たちのほうを向いて大声で呼んだ。「レイリー・ウェッブ伍長！」

　伍長のひとりが進みでて敬礼した。「はい！」

　ウェッブ伍長は細身の女性で、肌は褐色、瞳は黒だった。ヘルメットから、ちょうど額をおおう長さの黒い巻き毛がのぞいていた。戦闘服は砂色で、背丈ほどもあるT57アサルトライフルを背中にかついでいる。二本の義足で何不自由なく歩いていた。マーコは手足をなくした人たちを知っていたが——トロントにはスカムに襲われた人々が大勢いるのだ——彼らは本物そっくりの義肢をつけていた。ウェッブ伍長の義足は違っていた。薄くて湾曲していてブレードのように金属製の、見た目よりスピードを重視した義足だった。マーコはそのような義足について聞いたことがあった——ブレードランナーという名称だった。ブレードランナーを着用していると、健常者よりも早く走ったり跳んだりできるのだ。ウェッブ伍長は激戦で両脚を失い、傷を癒やすあいだ新たな戦士を訓練するためにここへ来たのだろうとマーコは推測した。

「ウェッブ伍長は第一分隊を指揮する」ベン‐アリ少尉は拡張現実《AR》サングラスをかけて氏名を読みあげた。十五名の新兵がウェッブ伍長のうしろに並んだ。

「フィオナ・セイント‐ピエール伍長！」ベン‐アリが大声で呼んだ。

　もうひとりの女性伍長が進みでて敬礼した。髪がくすんだ黄色で鼻が高く、にきびがひどかった。青い瞳はいかにも冷たそうで、薄い唇を苦々しげに結んでいる。こんども十五名の新兵がピエール伍長の分隊に加わった。マーコは名前を呼ばれなくてほっとした。マーコはセイント‐ピエールの目に浮かんでいる酷薄さが苦手だった。

「エミリオ・ディアス伍長！」ベン‐アリがいった。

　三人めにして最後の伍長が進みでて敬礼した。長身でたくましいその男は、瞳が黒くて顎ががっしりしていた。体の大きさにもかかわらず動きが優雅だった。アサルトライフルを背負っていた。前腕部にひどい傷痕がある。傷痕のあるこの戦士のそばにいると、マーコは自分が小さくて細くて幼いように感じた。

「残りは全員」ベン‐アリは新兵たちに告げた、「ディアス伍長の分隊だ」

　マーコは友人たちと一緒に並べてほっとした。アディ、レイラニ、エルヴィス、ケイブマンとおなじ分隊になれたのだ。ビーストまでいた。マーコは大男のロシア人が好きになっていた。あいにく、ピンキーとその子分たちもおなじ分隊だった。十五名の新兵がディアス伍長のうしろに整列した。

　ベン‐アリ少尉は自分が率いる小隊の三個分隊に向かいあった。「おまえたちは、おびえていて弱くて混乱したままここへ来た。だが、わたしたちがおまえたちを戦士にする。これは悲惨な戦争だ。スカムは手ごわい敵だ。この訓練は、おまえたちにとって人生でもっともつらい十週間になるだろう。だが忘れるな、地球の兵士たち。わたしはおまえたちひとりひとりを誇りに思っていることを。そして、おまえたちが戦士になれるようになんでもするつもりでいることを」

　そしてベン‐アリ少尉とシン軍曹はジープに乗りこんだ。ジープは砂煙を上げて走り去り、あとには新兵と伍長たちが残された。

「よし、役立たずども！」ディアス伍長が分隊の前を歩きながらいった。「いいか、ベン－アリ少尉どのはきさまらを誇りに思っているかも知らんが、きさまらはおれに、自分にはそれだけの価値があることを証明しなきゃならんのだ」機関銃を持ちあげた。「こいつが見えるな？　これはT57アサルトライフルだ。セミオートとフルオートのモードがあり、射程は千五百メートルで、硬い鋼鉄を貫通するほどの威力がある。発射するのは昔ながらの弾丸だ。そう、きさまらが二百年前のジョン・ウェイン映画で見たことのある弾丸だ。当時もいまも、きちんと仕事をしてくれる。プラズマ放射銃やレーザー銃は、上品な将校にはうってつけだろう。だが、実戦でスカムを殺すのはこのワルなんだ」伍長は小銃の撃鉄を起こした。「まさにこのワルが、アパラチア山道で、三匹のスカム兵の体を貫通して中身をこぼれさせたんだ。いまから、どうすればおなじことができるかを教えてやる」

　エルヴィスが叫んだ。「質問があります、サー！」

　ディアス伍長はエルヴィスのほうを向いた。「おれは将校じゃない。サーと呼ぶな。伍長か指揮官と呼べ」

「はい、サ――ええと、はい、指揮官どの！」とエルヴィス。

「そのもみあげはどうしたんだ？」ディアス伍長が問いただした。

　エルヴィスはRASCOMでもみあげを短くしたが、それでも目につくくらい長かった。

「すみません、サ――指揮官どの！　生まれつきもみあげが長いのであります、指揮官どの」

　ディアスはエルヴィスに歩みよった。「剃り落とせ。さもないと、きっとそいつに脚をひっかけて転ぶぞ。質問はなんだ？」

　エルヴィスは咳払いをした。「失礼ながら、サー――指揮官どの、あなたはアパラチアでスカムと戦った。スカムを殺した。そのあなたが、なんでこんなところで、おれたち、ごみみたいな新兵を訓練してるんですか？　エイリアンの内臓に弾丸をぶちまけられるってのに」

「いい質問だ！」とディアス伍長。「みんな、もみあげ新兵がなんといったか聞いたか？　なんでおれが、スカムを殺す代わりに、きさまらのようなガキどもを相手にし、時間を無駄にしてるかを知りたいんだな？　じゃあ、教えてやろう」伍長は銃を背中にかつぎ、シャツをまくりあげた。胸にふたつ、リンゴ大の醜い傷痕があった。伍長が振り向くと、背中にもおなじ位置にふたつの傷痕があった。伍長はシャツを戻した。「スカムどもに山でやられたんだ。三日月刀《シミター》のような二本の鉤爪で突き刺されて、脊椎を四つ、砕かれたんだ。きさまらは痛みについて知った気になっているだろうが、スカムの鉤爪に脊椎を砕かれ、肺を貫かれ、肋骨を折られ、心臓を引き裂かれそうになるまでは、痛みをほんとうに知ったことにならない。いま、おれの背骨にはチタンの骨が入ってるし、片方の肺は人工肺になってるが、毎日、神に感謝してる。なぜなら、分隊の戦友たちはおれほどツイてなかったからだ。彼らの身元を特定するためには、スカムのくそから歯を見つけなきゃならなかったんだ。おれの戦いの日々はもう終わったが、おれがこれまでに身につけたことを新しい殺し屋たちに教えることはできるんだ」

　分隊員たちは目を丸くして伍長を見つめた。

「ディアス伍長ってすげえんだな」アディがマーコにささやいた。

　伍長がくるりと向きを変えてアディに歩みよって、「名前をいえ、新兵！」とどなった。

「アディ・リンデンであります、指揮官どの！」

「おれはおまえに質問したか、リンデン？」

「いいえ、指揮官どの！」

「腕立て伏せ四十回！　それから今夜、歩哨当番を余分にやれ」

「はい、指揮官どの！」アディは地面に伏せ、大声で勘定しながら四十回、腕立て伏せをした。立ちあがったときには汗だくになって息を切らしていた。「質問があります、指揮官どの！」

「なんだ、リンデン？」

　アディは目を輝かせた。「銃はいつ持たせていただけるんでありますか、指揮官どの？　スカムに弾を浴びせたくてたまりません」

「いまはまだ、おれの命令なしでは、つばも浴びせるな」ディアスは分隊を眺め渡した。

「拳銃を持ったきさまらよりも、大型戦車に乗ってる婆さんのほうがまだ信用できるからな。信用できると判断したら銃を支給する。いまは、全員、走れ。三キロのランニングだ。はじめろ」

分隊は走りだした。

小さいころから走るのが苦手だったマーコは、たちまち息を乱し、制服を汗で濡らした。いま、どうして戦闘服の腋の下に切りこみがあるのかを理解した。ケイブマンとエルヴィスも、顔を真っ赤にして息を切らしていた。髪が汗で濡れていた。分隊は砂煙を巻きあげていた。一方、アディは涼しい顔で走っていた。ディアス伍長のすぐうしろ、分隊の先頭で悠々と走っていたし、汗ひとつかいていなかった。イカれちびのピンキーも、伍長を追い越すほど速かった。小隊でいちばん背が低い――群を抜いて小柄なピンキーよりも五センチは低い――新兵のレイラニ・デラローザですら、そのうしろにつけていた。

ようやく三キロを走りおえたが、マーコはほっとできなかった。ディアス伍長はシン軍曹以上にきびしかった。分隊に腕立て伏せ、腹筋運動、挙手跳躍運動《ジャンピング・ジャック》のセットをくりかえさせたのだ。たしかに、これはスカムの鉤爪で脊椎を砕かれるのとおなじくらいきついんだろうな、とマーコは思った。

「めしが食いたいか？」ディアスが問いかけた。「あと一キロ走らなきゃ、リンゴの芯ひとつだって投げてやらないぞ」

分隊はまた走った。

とうとう、汗と砂埃《すなぼこり》まみれになりながら、ディアスはうなずいた。「よし。朝めしを食わせてやる。ついてこい。時間は十五分だ」

分隊はこの基地最大の建物、食堂に向かって歩きだした。ＲＡＳＣＯＭの食堂より小さかったが、おなじくらい混雑していた。なかにいた数百名の新兵が、入ってきたマーコたちのほうを向いた。各テーブルからささやく声が聞こえた。

「あいつらがぼくたちを〝新米《フレッシュ・ミート》〟と呼んでるほうにいくら賭ける？」マーコはいった。

アディは舌なめずりをした。「ああ、新鮮な肉《フレッシュ・ミート》か。スパムが食いたくてたまらなくなるな」

分隊はトレイの列に並んだ。

「スパムなんかうまくないし」マーコはいった。「新鮮《フレッシュ》でもないじゃないか」

アディはマーコの頭をこつんと叩いて「缶をあけたばっかりならフレッシュなのさ」というと、ポケットに手を突っこんでスパムの缶詰をとりだした。「こいつをRASCOMの厨房から失敬してきたんだ」

マーコは缶詰を見てうめいた。「アディ！　この缶詰の製造年月日は十三年前じゃないか。パナマ戦役のころにはもう新鮮じゃなくなってたんだぞ」

「〈激変〉よりも新しきゃ、喜んで食うさ」

マーコたちは食事を手に入れた——灰色の粥《かゆ》、灰色のどろどろ、灰色のスープ、そして数切れの——ありがたいことに灰色ではない——スパムだった。マーコはいつもの仲間とテーブルについた。ケイブマンはがつがつ食べ、小柄なレイラニまで食事を楽しんでいるようだった。エルヴィスはひとくちごとに顔をしかめていた。

「あのふたりのイケてる伍長を見たか？」エルヴィスはそういって、スプーンですくったどろりとしたものを無理して飲みくだした。「ふたりとも、めちゃくちゃイケてるじゃないか」

ピンキーがやってきてテーブルにどすんとトレイを置くと、腰をおろして食べはじめた。乱ぐい歯をむきだしてロバのようにいないた。「あのブロンドの伍長の顔はまるでピザじゃねえか」自分のジョークに笑った。「ピザ伍長だ！　おまえはくそピザが好きなんだろ、エルヴィス？」

エルヴィスは、またひとくち食べて、ぶるっと体を震わせた。「ピザのほうがましだな」

「だろうな」ピンキーは耳ざわりな声でそういってからマーコのほうを向いた。「おまえはどうだ、ポエット？　おまえはディアス伍長が好みなんじゃないか？　一緒にシャワーを浴びるのが楽しみなんだろ？　一線は越えないようにしろよな」

マーコは首をかしげた。「いまの音を聞いたか？　ゴキブリがキーキー鳴いたような気がしたんだけどな」

ピンキーが怒りの形相になった。小柄な兵士はテーブルに飛び乗ると、トレイを蹴散らしてマーコに飛びかかった。

その攻撃に驚いたマーコは、飛びすさろうとしてばったりとあお向けに倒れた。ピンキーはマーコに襲いかかろうとしたが、ほかの分隊員が小柄な新兵の体をつかんで引き戻した。

「おちつけ、ピンキー！」エルヴィスがいった。「おちつけって！」

アディは小柄な兵士の腕をつかんだ。「頭を冷やせ、ちび！　ディアス伍長がすぐそばにいるんだぞ」

実際、顔を真っ赤にした長身の伍長が、大股で食堂を横切ってやってきて、「この騒ぎはなんだ？」と問うた。

「これは――」マーコが答えかけた。

「黙れ！」ディアス伍長がどなった。「指揮官が来たら気をつけをしろ」

そのテーブルについていた全員が立って直立不動の姿勢をとった。食堂にいた全員がそっちを向いた。マーコは尾てい骨がずきずきしていたが、我慢して気をつけをした。ピンキーは、アディとエルヴィスのあいだで気をつけをしながらなにやらぶつぶついっていた。

「なにがあったんだ？」ディアスがたずねた。

全員がいっせいに話しだした。

「黙れ！」ディアスがどなった。そして、隣に立っている大男のロシア人、ビーストを指さした。「おい、ミケイロフ。きさまは一部始終を見ていたはずだな。なにがあったんだ？」

スキンヘッドの巨漢ロシア人は息を呑んだ。新兵たちの顔をひとりずつ見てからディアス伍長に視線を戻した。「知りません《ヤ・ネ・ズナーユ》。知りません、指揮官どの。見てません」

ディアス伍長は分隊員を見渡した。「どうやら、きさまら全員に、一週間、厨房当番をしてもらわなきゃならないようだな。場合によっては――」

「ピンキーだったんです、指揮官どの！」声があがった。「つまりピーター・マック新兵です、指揮官どの。あのちびすけです。彼がはじめたんです。いきなりエメリーに飛びかかったんです、指揮官どの」

マーコは声のほうを向いた。声の主はレイラニだった。小柄な新兵がビーストの陰からあらわれてピンキーを指さしていた。レイラニはマーコのほうを見てかすかにうなずいた。

なんてこった、とマーコは考えた。レイラニを巻きこみたくはなかった。映画から学んだことがあるとすれば、刑務所や軍隊では、ネズミはきちんと駆除されないということだった。早くも、石鹸を詰めた靴下でレイラニが殴られる未来が脳裏に浮かんでいた。

ピンキーは激怒し、吠えはじめた。「嘘をつくな！」レイラニに飛びかかろうとした。

「このくそちび中国人娼婦め――」

背骨に金属が入っているにしては、ディアス伍長はびっくりするほどすばやかった。あっというまにピンキーをつかまえ、両腕を背中にひねりあげた。

「何時間か営倉に入ってろ、マック」伍長はいった。

小隊のほかのふたりの伍長が近づいてきた――髪がブロンドで目つきがきついセイント‐ピエールと、黒髪で小柄でブレードタイプの義足をつけているウェッジだ。ふたりは、ピンキーを食堂からひきずりだすのを手伝った。

「ぶっ殺してやる！」ピンキーはひきずられながらわめいた。「てめえらふたりだ、エメリーとデラローザ！　ぶっ殺してやるからな！」

新兵たちはみな、しばし、無言で呆然と立ちつくした。

やがて、ふたたび食べたり話したり笑ったりしはじめた。

「そのスパムは食うのか、ポエット？」アディはマーコの皿に手をのばした。

マーコはアディにスパムを与えた。そしてレイラニのほうを向いた。

「あんなこといわなくてよかったのに、レイラニ」マーコはいった。

小柄な兵士はふんと鼻を鳴らした。「なんで？　だいじょうぶさ。あんなやつ、怖くないから」

「やつは、明日には営倉から、かんかんになって出てくるんだぞ」マーコはいった。

レイラニはあざ笑った。「関係ないさ。あたしはマニラのスラム育ちなんだよ。屋根のあるところで寝たことなんかないし、ごみみたいな食べ物を手に入れるために戦ってたんだ。ツイてる日には線路のそばで寝られた。ツイてない日にはごみ捨て場で寝てた。ピンキーがオナニーを覚える前から、あたしは強姦野郎や人殺しと戦ってたんだ。あたしを襲いたきゃ、襲ってみればいいんだ。ああいうくそ野郎は大嫌いなんだよ」マーコを見た。「あいつがあんたにあんなことをいうのは正しくない。あいつはいじめっ子だ。ごみ野郎だ。あたしはいじめっ子に我慢がならないんだ。エイリアンだろうが、あいつみたいなちびのごろつきだろうが」テーブルを見渡した。「みんな、あれを聞いただろ？　仲間の新兵を密告したのはよくないと思ってるやつがいたら、いまいってくれ。ブーツをケツの穴に突っこんでやるから。あたしが銃を手にするまで待ったら、もっとひどいことになるからね」

新兵たちはレイラニを見、そしてトレイに視線を戻した。

その瞬間、レイラニを見ながら——尻ポケットにケミの写真が入っているにもかかわらず

――マーコはレイラニに恋をした。めろめろになった。

アディはうなずいた。「うん。このあいだもいったけど、あたしはこの子が好きだよ」エルヴィスのほうを向いた。「なあ、エルヴィス、そのスパム、食うのか？」

エルヴィスは皿を引き寄せた。「うせろ、飢えたけだもの！」

新兵たちは、すぐにピンキーのことを忘れ、伍長たちについて話しはじめたが、マーコは無言だった。レイラニの両手首の傷痕について、トロントでのケミとの会話について、ピンキーが小隊に戻ったらどうなるかについて考えつづけた。

9

基礎訓練初日はＲＡＳＣＯＭ《ラスコム》の初日とおなじくらい長く、マーコは疲れはてた。

行進と整列の教練が何時間も続いたように思えた。

新兵たちは走った。ジャンプした。ロープをよじのぼった。何度も腕立て伏せをした。

トイレ休憩を五分与えられた——便所は便座もない、地面に掘られた不潔でおぞましい穴だった。

五分で、岩だらけの荒野から突きだしていて水漏れしている蛇口に並んで、ひとりにつき数滴ずつ水筒に水を補充した。

十分で灰色のどろどろとスパムを口に詰めこんだ。

マーコの頭のなかで、なにもかもがごちゃ混ぜになった——行進、ランニング、腕立て伏せ、いたるところで大声を出し、気をつけをし、伏せ、立ち、砂の上を這い、ジャンプし、整列し、列を崩す。際限のない混乱。汗と砂と砂漠の炎暑のなかでそれらがくりかえされた。『ハード・タイムズ』のペーパーバックはあいかわらず尻ポケットをふくらませていたが、本を開く暇などまったくなかった。そしてマーコは、本を読んでなぐさめを得ようなどという計画がどれほど馬鹿げていたかを思いしった。指揮官にどなられずにすむ時間がちょっとでもあったら、新兵たちは小便をしたり、蛇口に走ってさらに数滴の――それ以上入れている暇はない――水を水筒に補充したり、めしをかっこんだりした。そしてまた叫んだり、走ったり、電撃をくらったり、倒れたり、ジャンプしたりするのだ。そのすべてがマーコの頭のなかでごっちゃになった。

「もううんざりだ」アディが、マーコの横の砂の上で腹筋運動をしながらこぼした。

「まったくだ」マーコは汗だくで息を切らしながら応じた。思わず言葉が口をついた。「図書館が恋しい。とうさんが恋しい。ケミが恋しい。人間だったころが恋しい。ここじゃ、動物になったみたいな気分だ。まったく、もううんざりだよ」

アディは片眉を吊りあげた。「なにいってんだ? ポエット、まだ二日じゃないか! あたしは銃のことをいったんだ。早く銃をくれっていったんだよ! 早く撃たせろって!」

レイラニが走ってきてさっとあお向けになり、腹筋運動をはじめた。「まったくだね。早くエイリアンを撃ち殺したいよ。バンバンバン」

マーコはため息をついて立ちあがり、挙手跳躍《ジャンピング・ジャック》運動をはじめた。「ふたりともイカれてるよ」

すくなくとも、きょう、ここにはピンキーがいなかった。ちびのごろつきは、まだ営倉で頭を冷やしていた。もしもピンキーがここにいて、さっきの泣き言を聞かれたら……考えたくもなかった。マーコは、弱音は吐かないようにしよう、と心に誓った。ホームシックと不安についてはだれにも話さないようにしよう。アディとレイラニがこんなにやる気満々で、タフなんだから、彼女たちから学びたかった。彼女たちのように強くなりたかった。

何年も、何世代もたってから、地質時代がいくつも過ぎてから、やっと夕食になった。真っ暗ななか、マーコたちは列をつくって食堂に入り、汚れた皿とマグをとり、食事の配給を受けた。

「あああ、スパムだ！」アディはいいながらテーブルについた。「スパムをくれよ、ポエット」

「だめだ！」マーコはアディの手をぴしゃりと叩き、謎の肉塊を口に押しこんだ。「これでも食べられるほど腹が減ってるんだ。それに、スカムのケツ肉かもしれないしな」

「おれはスカムのケツを蹴っ飛ばしたいのであって、食いたいわけじゃないんだ」エルヴィスは肉の臭いをくんくん嗅いだ。

マーコはうめきながら食堂の奥の指揮官専用テーブルを見やった。シン軍曹、伍長たち、それにベン＝アリ少尉がそこでサンドイッチを食べていた。サンドイッチがたいした食事というわけではないだろうが、自分たちが食べている灰色のどろどろべちゃべちゃと比べたら、王宮の宴《うたげ》のように感じた。

「どういうつもりなんだろう？」マーコは友人たちを見ながら問いかけた。「なんだって寝かさなかったり、どなりつけたり、行進させたり、こんな教練をさせたり、点検をしたり、こんなどろどろを食わせたりするんだろう……」スプーンですくったどろどろを皿に落とした。「こんなことをして、スカムと戦う役に立つのか？　レイラニのいうとおりだ。ぼくたちは、こんな無意味なことに耐える代わりに、戦いかたを学ぶべきなんだ」

　レイラニがおだやかにいった。「あたしたちを壊したいのさ」

「それなら、ぼくはもう壊れてるよ」マーコはいった。

　レイラニはマーコをにらみ、マーコは彼女の黒い瞳で燃えている怒りに気づいてひるんだ。

「これがつらいと思ってるんだね、カナダ人？　あんたはつらさについて、なにを知ってるんだ？　あんたは、生きるためにごみ箱をあさったことはあるのかい？　百ペソの娼婦たちが、すぐそばで痛みに悲鳴をあげながら小便をしてる側溝で寝たことはあるのかい？　線路脇で暮らしたことはあるのかい？　そこでは泥棒や強姦野郎や人殺しがそこらじゅうをうろちょろしてて、十三歳の女の子たちが体を売ってて、その女の子たちがアメリカ人兵士たちの娘を生んで――」レイラニはいきなり口をつぐみ、皿に視線を落とした。「もういい。あんたにわかりっこない。あんたはもう壊れてるっていったけど、なんにもわかっちゃいないんだ」席を立った。「もう食べないから」スパムをマーコに放った。「それを食べな。で、二度とそれに文句をつけるな。それだって食えない人が大勢いるんだ」

　そういうと、レイラニ・デラローザは目をうるませて大股で歩み去った。

　新兵たちはみな、しばらく黙りこんでいた。

「なあ」エルヴィスがいった。「おれたちに階級はあるのかな？」

　アディがエルヴィスを見た。「なんだって？」

「おれたちに階級はあるのか訊いたんだ」エルヴィスがいった。「おれたちは二等兵かなにかなのか？　ディアスが伍長でシンが軍曹なら、たぶんおれたちは二等兵なんだよな？」

「おまえみたいなくそが二等兵なもんか！」アディが口から食べかすを飛ばしながらいった。「おまえはただの雑魚《ざこ》新兵だ。あたしたちみんながそうだ。まだ階級なんかないんだ。新兵訓練を終えるまではな」

「だけど、階級はあるはずじゃないか！」エルヴィスはいいはった。「階級のない兵隊なんかいないんだからな」

「じゃあ、おまえの階級は雑魚だ、エルヴィス。それでどうだ？」

分隊員はみな、自分たちに階級があるかどうかで議論しはじめたが、マーコはレイラニがすわっていた空っぽの椅子を見つめながら黙っていた。ついきのう――それともけさだったっけ？――レイラニは、ぼくのためにピンキーに立ち向かってくれたのに、と考えていた。レイラニとは友達になったと思っていた。ＲＡＳＣＯＭでレイラニが小隊に駆けこんでくるのをはじめて見た瞬間から、マーコはレイラニ・マリタ・デラローザに好意をいだいていた。ぼくがいったことのなにが、レイラニをあんなに怒らせちゃったんだろう？

　レイラニの暮らしはどんなふうだったんだろう、とマーコは考えた。マーコのトロントでの暮らしもつらかった――スカムに母親を殺され、防空壕と地下鉄駅に駆けこみ、死や火事や病気を目《ま》のあたりにしながら子供時代と青年時代を過ごしたのだ。ある年の夏は、スカムのトロントへの攻撃がとりわけ激しかったので、マーコは、まるまる三カ月、ガスマスクをつけて地下で過ごした。楽な暮らしではなかった。〈激変〉前の本で読んだような暮らしとは大違いだ。だが、レイラニの話と比べたらたいしたことはなかった。マーコはごみとして捨てられていたものを食べたことも、ごみの山や線路で寝たことも、強姦野郎や人殺しを撃退したこともなかった。

きみは何者なんだ、レイラニ、とマーコは考えた。自分はフィリピン人ハーフで父親はアメリカ人兵士だとレイラニはいった。だからここ、西部軍管区で新兵になったのだと。じゃあ、なんでマニラでホームレスとして育ったんだ？　父親はスカムと戦って死んだのか？　それとも娘を捨てて極貧の暮らしをさせたのか？

マーコは、いまなら両手首に傷痕があることを少しは理解できるような気がした。そんな暮らしをしていたら手首も切りたくなるだろう。

「もういいや」マーコはそういって立ちあがり、食堂を出た。レイラニを見つけて謝り、どうにかしてなだめたかったが、ほどなく、シン軍曹が小隊に、整列せよとの命令をまたもくだした。レイラニは、可能なかぎりマーコから離れたところに立った。

昼食後、マーコはふたたび教練にのぞむ覚悟を決めていたが、ベン-アリ少尉がやってきて小隊を岩だらけの荒れ地に連れていった。小隊員は兵器庫のコンクリート壁に向かいあってすわらされた。少尉がプロジェクターのスイッチを入れると、翩翻《へんぽん》とひるがえっている何本もの人類防衛軍《HDF》の旗を背景にした、〝われわれはなぜ戦うのか〟というタイトルが壁に映しだされた。タイトルが消えると、身長三メートルの、にこやかにほほえみながら敬礼している女性があらわれた。蝶のペンダントが首にかかっていた。

「おい、あれっておなじみのバタフライ大尉じゃないか」アディがマーコにささやいた。

　映画のなかで、若くてきれいな女性兵士はほほえんだ。両頰にくっきりとえくぼができ、歯がきらめいた。白い制服の両肩には金色の三本線がついていた。

「こんにちは、フォート・ジェミラの兵士のみなさん！」女性はいった。「イードゥン大尉です。楽しく人類防衛軍に服務しています！」かわいらしく敬礼した。「毎日、銀河系の各地で――みなさんのような――ＨＤＦの兵士が千匹以上のエイリアン、スコロペンドラ・チタニアを殺していることをご存じですか？　そうなのです！　きちんと訓練を受ければ、みなさんはどうすれば地球を守れるかを学べ、ご家族の誇りになれるのです！」

　スクリーンに、胸焼けするほど幸せそうな家族――全員がブロンドの髪で青い瞳でよく日に焼けている――が映しだされ、郊外の家の庭でほほえみながらカメラに手を振った。ゴールデンレトリバーが尻尾を振り、笑顔の郵便配達人が帽子に手をかけて挨拶した。

　バタフライ大尉が再登場した。こんどは真剣な面持《おもも》ちになっていた。「五十年前、さそり座の星系からやってきた、他種族を食い物にしている異星種族スコロペンドラ・チタニアが、地球に奇襲攻撃をかけました」地球に突進する紫色に光り輝く球体の群れが映しだされ、続いて崩壊する都市と燃える森がスクリーンに映写された。映像にバタフライ大尉の声がかぶさった。「六十億人、つまり全世界の人口の半分以上が死亡しました。あまたの都市が壊滅しました。人類は絶滅の淵に追いやられました」

食べ物を探して廃墟と化した街をさまよっている、飢えで骨と皮ばかりになった生き残りたちが映しだされ、マーコはレイラニを連想した。小隊のなかにレイラニを探すと、彼女は反対側で、マーコがまだ名前を知らない数人の兵士たちと一緒にすわっていた。レイラニは無表情で映画を見ていたが、小さな両のこぶしを握りしめていた。

バタフライ大尉は、こんどはきっぱりした口調になった。「けれども、人類は屈服しませんでした。廃墟のなかで、世界じゅうの軍隊が集まって人類防衛軍を、人類最高の連合軍を結成しました。人類防衛軍は探査用や観光用だった宇宙船を改造して送りだしました。そして、スコロペンドラ・チタニアの母星、アバドンに捨て身の攻撃を実行しました。多くの勇敢なパイロットが命を落としました。ですが、ひとりの勇敢なパイロット、英雄エヴァン・ブライアンが敵の惑星に到達し、みごと、水爆ミサイルを撃ちこみました」

旧式の制服を着て旗に敬礼している、ハンサムな若き英雄の粒子の粗い写真がスクリーンに映しだされた。映像が、宇宙戦闘機が敵惑星に死の雨を降らせるアニメーションに切り替わった。

「その日、何百万匹ものスコロペンドラ・チタニアが死にました」とバタフライ大尉。「ＨＤＦは逆襲したのです！　エイリアンは、その日以来、一度も地球の全都市を破壊しようとしていません。五十年間、ひとりずつ殺すという〈消耗戦〉で、わたしたちの士気をくじこうとしました。やつらはこの五十年間、おびえさせればわたしたちの決意をにぶらせられると、わたしたちの文明を蜘蛛の巣のように引き裂けると思っていました。けれども、人類はいまも健在なのです！」スクリーンに、こんどは、ＨＤＦの軍旗に誇らしげに敬礼している子供や母親や父親や高齢者が映しだされた。「みなさんのような兵士のおかげで、みなさんのご家族が、今夜もぐっすり眠れるのです。ＨＤＦのおかげで、地球と宇宙コロニーは繁栄しているのです。ＨＤＦは――人類を、わたしたちの希望を、わたしたちの文明を守護しているのです。だからわたしたちは戦うのです！」

カメラがズームアウトし、おもちゃの銃を構えている笑顔の子供たちが映った。子供たちは靴で――五センチほどしかない地球産の――ムカデを踏みつぶしていた。「だからわたしたちは戦うのです！」と子供たちは声をそろえた。

映像が薄れて消え、ただのコンクリート壁になった。

一部の兵士が礼儀正しく拍手した。

「〈フリーバード〉をやってくれ！」アディが叫び、ディアス伍長からにらまれて、翌朝の厨房当番を一時間追加された。

短いプロパガンダ映画が終わると、ベン‐アリ少尉は新兵たちに向きなおった。

「あの怪物どもの殺しかたを学ぶ準備はととのっているか？」

全員が叫んだ。「はい、少尉どの！」

新兵たちはみな目を輝かせていたが、マーコは吐き気に襲われ、おなじ光景を脳裏で何度も見つづけた――ポッドの群れが地球に来襲し、何百万人もが死に、母親が雪のなかで息絶える光景を。

10

新兵たちは砂漠の基地を行進で抜け、大岩の横を通り、砂丘を越え、有刺鉄線のフェンスにそって進んだ。ハゲワシが頭上で輪を描いていた。ふたつのさびの浮いた容器が前方の砂のなかにあった。どちらも自動車ほどの大きさだった。油と金属の臭いが鼻をつき、日差しが新兵たちのヘルメットをあぶった。

「よし、新兵ども！」シン軍曹が叫んだ。真っ黒な顎ひげのなかで、歯がひときわ白い。

「防弾ベストと銃をとれ」

「待ってました！」アディはそう叫んで、厨房当番一時間の罰をくらった。

「はい、指揮官どの！」他の新兵たちは叫んだ。

そして手前の容器に歩みよった。容器のなかには緑色の硬質プラスチック製の膝パッドと肘パッドが入っていた。マーコはパッドをストラップで装着した。

「ニンジャ・タートルになったみたいだな」マーコはつぶやいた。

「ニンジャなんだって？」アディはいった。

「ほら、ニンジャ・タ——」マーコはため息をついた。「なんでもない。ケミは二十世紀オタクだったんだ（ニンジャ・タートルは一九八四年からはじまったアメリカン・コミックで、アニメシリーズと実写映画もある『ティーンエイジ・ミュータント・ニンジャ・タートルズ』に登場する亀忍者）」

　アディはあきれ顔になった。「ケミはどうだった、ケミはこうだった。彼女のことはもう忘れろよ」

　エルヴィス、ビースト、それからほかの何人かの新兵たちが口笛を吹いて寄ってきた。

「故郷に彼女がいたんだな、この〝女ったらし《ハウンド・ドッグ》〟」エルヴィスがいった。

「きっと美人さんなんだろうな」ケイブマンがうらやましそうにため息をついた。

「ロシア娘みたいに尻がどっしりしてるのか？」と小隊でいちばん大きいビーストがいった。

「もう寝たのか？　その子とヤッたのか？　ロシアじゃ、男とヤるまではほんとの女じゃないんだ」

　マーコはうめいた。「いいかげんにしてくれ」

　アディはうなずいた。「ヤッたよ！　彼女と寝たんだ」

　男たちはみな目を輝かせた。マーコの背中をいっせいにバンバン叩いた。ほかにも何人かの新兵が祝福に加わった。

「よくやった！」ビーストはそういいながらマーコの背中を叩いてよろめかせた。「あとでウォッカを一緒に飲もう」

「マーコはスケコマシだ！」エルヴィスが宣言した。「こいつは――」

「新兵ども！」シン軍曹がマーコたちのほうにつかつかと歩いてきながら叫んだ。「騒ぐんじゃない。T57機関銃でスカムをやっつけられるようになりさえすれば、エメリー新兵がだれと寝ようが、おれの知ったこっちゃない。さあ、銃をとれ」

　新兵たちの顔がぱっと明るくなった。マーコの武勇伝はたちまち忘れ去られた。新兵たちはもうひとつの容器に駆けよった。マーコはしぶしぶ続いた。ケミのことをあんなふうにいじられて、いやな気分になっていた。たしかに、彼らは本気で称賛しているようだったし、それなりに尊敬されたようだった。

　だけど、きみをだしに尊敬なんかされたくないんだよ、ケミ、とマーコは考えた。そして、あの最後の夜に、人生で最悪にして最高の夜に、どんなふうに愛しあったかを思いだした。くそっ、きみが恋しいよ、ケミ、とマーコは考えて、そんな考えが浮かんだことに驚いた。マーコは、人類防衛軍《HDF》に入るまで、一度も悪態《あくたい》をついたことがなかった。それなのに、いま、頭のなかだったにしろ、悪態をついたのだ。

　第二の容器には油が張られていた――臭い油で満たされた巨大な金属製の風呂だった。アディは容器に身を乗りだして手を突っこみ、油がしたたるアサルトライフルをひきあげた。目をきらきらさせているアディは歓喜の叫びをあげかけたが、シンに気づいて口を閉じた。ほかの新兵たちもアディにならって銃をひきあげた。マーコも袖をまくって油のなかに手を突っこみ、銃を探りあてた。ひきあげた。油のしずくがズボンとブーツに垂れた。

「それがおまえらのT57だ」とシン軍曹。「全長約百二十センチ、重量約四キロ。毎分千発を発射して一キロ離れたところにいるスカムをずたずたにできる。その銃は、いまからおまえらにとって、恋人で親友で神でイチモツよりも愛しい存在だ」

「あたしにはイチモツがありません、軍曹」アディがいった。

「いまからはそれがおまえのイチモツだ」軍曹はアディの銃を指さしながら答えた。

マーコは銃の重みをたしかめた。心地いい重さだった――しっかりした存在感があるが、とりまわしは楽そうな軽さだ。筋が入っている黒いハンドガードはたっぷり三十センチあって、銃身のほとんどをおおっている。端が広がった形のストックは、マーコの肩にあてるのにちょうどいい大きさだ。マーコは右手でグリップを握り、左手でハンドガードをつかむと、照準器を通して彼方の砂丘を見た。弾倉は装着されていなかったが、マーコはもう、強くなったような気分になっていた。砂丘を這って越えてくるスカムに銃弾の雨を浴びせるイメージを浮かべようとした。

「銃をおろせ！」シン軍曹が叫んだ。ほかにも何人かの新兵が銃を構えていた。「ストラップをとって背中にかつげ」

新兵たちはバケツからストラップをとって銃にとりつけ、背中にかついだ。ヘルメットをかぶり、膝パッドと肘パッドをつけ、機関銃を背中にかついでいると、本物の兵士のように見えた。

レイラニの銃の銃口は地面につきそうになっていた。銃の長さはレイラニの身長とほとんど変わらなかった。マーコはレイラニと目をあわせようとした。食堂で気まずいやりとりをして以来、レイラニはマーコにひとことも話しかけてこなかった。だが、背の低い新兵はマーコの視線を避けつづけた。顎を上げて口をぎゅっと結んでいた。鎖骨の上のドラゴンのタトゥー、きびしいまなざし、それに大きな銃のせいで、レイラニは小隊一タフな兵士に見えるな、とマーコは思った――あんなに背が低いのに。

傷つけちゃってごめんよ、レイラニ、とマーコは心のなかで謝ったが、自分がなにをしたのかもわかっていなかった。

「やったぜ、やっぱ、こうこなくっちゃな！」うしろからしゃがれ声が聞こえ、マーコはがっくりした。

くそっ。

胃に不快感を覚えながら振り向いたときは、新しい銃をつかんで銃口を向けたいという衝動を抑えこまなければならなかった。

ピーター・〝ピンキー〟・マックが、乱ぐい歯がほとんど全開になるほどにやにや笑いながら小隊のほうにのんびりと歩いてきた。ディアス伍長がちびの新兵に付き添って容器のほうに向かっていた。

「気をつけろよ、マック」伍長がいった。「今夜も営倉で過ごしたいんじゃなければな」

ピンキーはふんと鼻を鳴らした。「いいえ、指揮官どの。あのくそみたいな独房には、何時間か入るだけで充分です。おれはスカムを撃ちたいんですよ！」油を張った容器に手を突っこんで銃をひきあげ、銃口を砂丘に向けて撃つふりをした。「バキュン、バキュン、バキュン！　くそエイリアンどもが死んだ！　バキュン！　エメリーが味方の誤射で死んだ！　バキュン！」

「新兵！」ディアス伍長がどなった。「自分の武器に、そして戦友に敬意をいだけ。さもないと、五年の兵役期間を営倉で過ごすはめになるぞ」

ピンキーはうなずいて銃を背中にかついだ。「すみません、伍長どの。ＨＤＦのために戦えると思って興奮しちゃったんです。おれは伍長どののようにスカムを殺したいんです。おれはタフですよ。だれかさんと違って」マーコをじろりとにらんでから高笑いをした。

「上等だ」マーコはつぶやいて、アディに顔を近づけた。「ちびサイコパスに銃か。理解に苦しむな」

アディはマーコの背中を叩いた。「心配するな、ポエット。あのイカれ具合からすると、あのちびはきっと自分のタマを撃っちまうはずだ。それで、未来のピンキーには悩まされなくなるってわけさ」

「便所当番だ！」シン軍曹がどなりながらのしのしとマーコたちのほうに歩いてきた。「ふたりともだぞ、エメリーとリンデン。今晩だ。これに懲りて、これからは無駄口を叩くのをやめるんだな」

新兵たちはうめいたり笑ったりした。マーコとアディは憮然としたが、うなずいて、「はい、指揮官どの！」と叫ぶほかなかった

厨房当番だけじゃすまないってわけか、とマーコは考えて意気消沈した。

「さあ、行進するぞ、小隊！」シン軍曹が大声で命じた。「整列！　レイ新兵、かけ声をかけろ！」

「はい、指揮官どの！」エルヴィスが応じ、大声でかけ声をかけながら行進を開始した。

「左、右、左、右！」

ほかの小隊員も、かけ声をかけつづけているエルヴィスに続いて砂地を行進しはじめた。

マーコは行進中に、突然、背中に痛みを覚えた。ぎくりとした。振り向くと、うしろを歩いているピンキーが、銃口を前に向けていた。マーコは痛みの原因をさとった。ピンキーが銃口でマーコの背中を突いたのだ。

「うしろに気をつけたほうがいいぞ、カナダ人」ピンキーはいった。「いつか、うしろから弾をくらうかもしれないからな」

マーコはいいかえしたかったが、ディアス伍長がそばを歩いているので、便所当番の時間を倍にはしたくなかった。だから、背中を突かれても黙って行進した。ピンキーに突かれるだけでは充分ではないかのように、長時間の訓練のせいで筋肉が痛くなっていた。足の裏にいくつも水ぶくれができていたし、灼熱の日差しが照りつけていた。きょうがまだ入隊二日めだなんて信じられなかった。不自由が何ヵ月も続いているような気がした。

小隊は丘をのぼり、谷へとくだった。砂のなかに、コンクリートを敷いた部分がボードウォークのようにのびていて、その数百メートル先で上体をもたげているのは――

スカムだ！　とマーコは思い、どきりとした。エイリアンが侵略してきたのだ。だが、すぐに安心して早とちりを悔やんだ。それらは砂漠のなかに置かれているただの木の模型だった。上体をもたげている、体長三メートルで体の側面に鉤爪が並んでいるムカデの形に木を彫った模型にすぎなかった。木の模型には紙の標的が貼ってある。

「こいつ、ちびりそうになりやがった！」指揮官たちが集まって相談をはじめると、ピンキーがマーコを指さしながらいった。「本物だと思ったんだ！」

「くたばれ、ピンキー」マーコはいいかえした。

　ピンキーは顔を真っ赤にしたが、応酬する前に、小隊の三人の伍長が、弾倉でいっぱいの袋を持って戻ってきた。

　小隊は三個の分隊に分かれ、全員が砂漠ですわった。各分隊の伍長が、銃の取り扱いについて簡単な説明をした——装塡《そうてん》、排莢《はいきょう》、弾詰まり《ジャム》の解消、安全装置《セイフティ》のオンオフ。

「いいか」とディアス伍長。「この武器はスカムを殺すためのものだが、人も殺せる。絶対にほかの兵士に向けるな。わざとも、うっかりも、膝に載せたからってのもなしだ——絶対にだめだ。たとえセイフティがオンになっていても。その銃には弾が入ってないと確信していても。その戦友が心底嫌いでも。ほかの兵士に銃口を向けてるやつをおれが見つけたら——そいつは、臭い地下牢で、自分のくそだけを仲間にひと月過ごすことになる。その銃は命を守るためのものだが、おなじくらい簡単に命を奪えるんだ。わかったか？」

「はい、指揮官どの！」

「よし」ディアス伍長は自分の銃に弾倉をはめた。「こいつを撃つためには、弾を入れて二本指で装塡《チャージング》ハンドルをつかみ、カチッというまでひっぱった。「これでこの銃は装塡されたが、セイフティはオンになったままだ。ＨＤＦでは、セミオートモードしか使わない。フルオートは禁止だ」

アディが手を上げた。「なんで禁止なんですか、指揮官どの？」

ディアスはアディのほうを向いた。「フルオートは戦友を皆殺しにしかねないからだ。フルオートで撃つと、T57は引き金をひいているあいだずっと、機関銃として弾をまき散らしつづける。戦闘中、スカムが迫ってくるなか、毎分千発の反動を肩に受けつづけていると、コントロールを失うおそれがある。そうなると、この銃は、手を放したホースのように、四方八方に弾をまき散らす。フルオートモードは、スカムを殺すよりも大勢の味方を殺してしまうんだ。だからつねにセミオートだ！」

ケイブマンが手を上げた。「セミオートってなんですか、指揮官どの？」

ほかの新兵たちがケイブマンのほうを見てあざ笑った。図体の大きな新兵が、たぶん滑稽に見えたのだろう。ケイブマンは下唇を突きだし、当惑で眉間にしわを寄せ、濃い眉の端を丸く小さな目の上で下げていた。戦闘服は乱れていて、ズボンから水玉模様の下着が見えていた。

「静かにしろ！」ディアス伍長がどなって笑っている新兵たちをにらんだ。「きさまらの半数は、いまの質問の答えがわかってないはずだ」ケイブマンに向きなおった。「セイフティスイッチがオンになっていると、銃は発射できない。フルオートになっていると、機関銃のように、何秒かで弾倉が空っぽになってしまうんだ。セミオートだと、銃は一度に一発しか弾を発射しない。引き金をひくたびに一発、弾が撃ちだされるんだ――ただし、一度引き金をひいたら、冷えるまで二秒待たないと弾詰まりを起こすおそれがある。忘れるなよ！　セミオートだと、つねに新しい弾が装填される。手で装填しなきゃならないのは最初の一発だけだ。一発撃つたび、新しい弾が自動的に薬室に装填されるから、あらためてチャージングハンドルをひく必要はない。だから撃つのをやめたとき、銃身に最後の一発がまだ残っているんだ。その弾は、射撃を終了するごとに、手でとりださなきゃならない。さもないと、銃を置いたはずみで自分の脳天を吹き飛ばしかねない」銃身をひきあけてなかを見せ、装填されていた弾をとりだした。「こうするんだ。忘れるなよ――セミオートだと、一発撃つごとに弾が装填される。最後の弾を銃からとりだすのを絶対に忘れるな。わかったか？」

「はい、指揮官どの！」新兵たちは叫んだ。

　ディアスは袋を新兵たちのほうに放った。「じゃあ、イヤーマフをつけろ。やかましくなるからな」

〝耳あて《イヤーマフ》〟と聞いて、マーコはピンクでふわふわの防寒用を連想した。だが、配られたのはごついヘッドホンのような、硬質プラスチック製の器具だった。

　全員がイヤーマフをつけると、三人の伍長がコンクリートの台のほうへ進んだ。三人はうつ伏せになり、両肘をついて上体を起こし、機関銃を彼方の木製の標的に向けた。弾をこめ、ストックを肩にあて、ハンドガードを握った。新兵たちはうしろから見ていた。

　エルヴィスがマーコに顔を近づけ、彼のイヤーマフの右側を持ちあげて、「ピザ伍長はいいケツをしてるな」とささやいた。

マーコはエルヴィスをにらんだ。「そんなふうに呼ぶなよ。それにそんなこというな」

エルヴィスはにやりと笑ってマーコの腕にパンチした。「おまえがケミと寝たなんて信じられないよ、この色男。まったくたいしたもんだ。おれは——」

伍長たちが射撃を開始し、とんでもなく大きなすさまじい轟音《ごうおん》が鳴り響いた。

マーコとエルヴィスはびくりとし、イヤーマフを耳に押しつけた。

弾がびゅんと飛んだ。

炎がひらめいた。

空薬莢が飛んだ。

銃声があまりにやかましいので、イヤーマフをしていてもマーコは顔をしかめた。耳鳴りがしていた。もしも最初の一発で耳が傷ついていたら、絶対にエルヴィスを殺してやる、とマーコは心に誓った。

木製の標的に穴が空いていた。伍長たちは二秒待ってからまた撃った。また撃った。また撃った。スカムは弾で穴らだけになった。木製の標的のひとつがくるりと回転してつくりものの鉤爪で宙を裂き、砂の上に倒れた。

伍長たちは銃口を下げた。三人とも弾倉をはずし、銃身を開いて装塡ずみの弾をとりだした。

三人の伍長は、銃口から煙が出ている銃を持って小隊に戻った。新兵たちはイヤーマフをはずした。

「うわ。すげえ」アディがささやいた。

ケイブマンはすすり泣いていた。目をぎゅっとつぶり、両手でイヤーマフを耳に押しつけながら地団駄を踏んでいた。マーコは首をかしげた。図体の大きな新兵のそばに行ってなぐさめたかったが、ディアス伍長が戻ってきた。

「T57の撃ちかたは三種類だ」ディアスはいった。「伏せて撃つ伏射、片膝を立てて撃つ膝《しつ》射《しゃ》、そして立って撃つ立射だ。まずは伏射からだ。うつ伏せになったら、地面に両肘を立て、片手で銃のハンドガードをつかみ、弾倉を前腕部にあてろ。ストックを肩にあてておかないと、反動で銃が鼻にぶちあたるぞ。さあ、木のスカムをぶち殺せ」

新兵たちは台にのぼると箱から弾倉をとった。台上で間隔をあけて立ち、標的に向かいあった。

「弾倉を――つけろ！」ディアス伍長がどなった。

新兵たちは銃に弾倉をはめてカチッという音をたてた。

「伏せろ！」

新兵たちは伏せた。マーコはアディとケイブマンのあいだに位置していた。ケイブマンの向こう側を見やってレイラニと目をあわせようとしたが、小柄な新兵は、ただひたすら標的を凝視していた。

ケイブマンがまたべそをかき、「うるさすぎるよ」とつぶやいた。

「弾をこめろ！」ディアスが叫んだ。

マーコはチャージングハンドルに指をかけてうしろにひっぱった。カチッという音が聞こえたので、弾が弾倉から薬室に送りこまれたのがわかった。

「セミオートにしろ！」

マーコはセイフティスイッチを、フルオートモードにならないように気をつけながらセミオートにした。

「ねらえ！」ディアスが叫んだ。「撃て！」

四十五名の新兵が引き金をひいた。弾がスカムの標的に向かって飛びだした。

マーコは初弾をはずした。弾は木製スカムの横の砂にあたった。マーコは顔をしかめ、照準器に目を凝らして肩にあてているストックをずらした。ふたたび引き金をひいた。遠すぎて確信はできなかったが、命中したような気がした。すくなくとも、こんどは砂が飛ばなかった。ふたたび撃った。また撃った。台上で、ほかの新兵たちも撃ちつづけていた。薬室から空薬莢が飛んでいた。空薬莢が手をかすめたので、マーコはびくっと体を震わせた。顔をしかめた。空薬莢はくそ熱かった。

「死ね、怪物！」アディは撃ちつづけながら叫んでいた。

「死ね、くそスカム！」というレイラニの叫び声も聞こえた。

ケイブマンは泣き叫んでいた。大柄な新兵は銃を落として跳び下がった。

「撃ち方やめ！」ディアス伍長が叫んだ。「小隊、撃ち方やめ！」

何度か銃声が響いたあと、新兵たちは銃口を下げた。うつ伏せになったまま、マーコが首をひねって見上げると、ケイブマンは台から数歩下がっていた。ディアス伍長がケイブマンに歩みよった。ふたりはマーコの一メートルほどうしろに立っていた。

「すみません、伍長どの」ケイブマンはすすり泣きながら謝った。「音が大きすぎるんです。やかましすぎるんです！　イヤーマフをしてても、我慢できないんです！」いまにもわんわん泣きだしそうだった。「すみません」

ディアス伍長は、一日じゅう、新兵たちをどなったり、叱ったり、罵ったりしつづけていたが、このときは表情をやわらげた。ケイブマンの肩に手を置いた。

「偉いぞ」伍長がいった。「がんばったな」

マーコは目を丸くした。これ以前から、アパラチア山脈でスカムを殺し、重傷を負ったにもかかわらずＨＤＦに残って新人兵士を教えているディアスを尊敬していた。この負傷した戦士に対する尊敬はいっそう高まった。

「フェイビアン、射撃場の周辺を護衛する兵士が必要なんだ」ディアスはケイブマンにいった。「射撃場をパトロールしろ。明日、もう一度銃を撃て」

ケイブマンはごくりとつばを飲んで敬礼をした。「イエッサー――」

ディアス伍長は、笑みを抑えこみながら、肥満体の青年の手をおろした。「おれをサーと呼んだりおれに敬礼したりするな。おれは少尉じゃない。さあ、行け」

「はい、指揮官どの！」顔を赤くしたケイブマンはふらつきながら歩いていった。

小隊はそれから一時間、伏せ撃ち、膝撃ち、立ち撃ちをくりかえした。弾倉が空になるたびに標的まで歩いていった。ほどなく、マーコは毎回、木のスカムに命中させられるようになった。だが、相手は木でできていて動かないスカムだ。マーコは怪物が、目を疑うようなすばやさで這うところを見ていた。こんど生きているやつと遭遇したら、命中させるどころか、装塡してねらうところまで行けるだろうか？

日が暮れたころ、小隊は射撃場をあとにした。ここへ来て何日たったんだろう、とマーコは考えた。この前寝たのはいつだったかな——RASCOM《ラスコム》でだっけ？　フォート・ジェミラに来てから睡眠をとった記憶はなかったが、ここへ来てからもう何日も、何週間もたっているような気もした。軍隊では、時間の流れかたが違っていた。入隊してまだ二日しかたっていなかったが、民間人としての暮らしをほとんど思いだせなくなっていた。いまや、トロントは別世界のように、別の人生だったように感じられた。

新兵たちが夕食をとりに食堂へと向かっているとき、シン軍曹がマーコとアディを呼びとめた。

「おまえらふたりは別だ」ターバンを巻いた軍曹がいった。「おまえらはめし抜きだ。まず、便所掃除をしろ。小隊が食いおわるまでに汚れひとつないようにしておけ」

マーコは内心でうめいた。悪いのはアディだと異を唱えたかったが、このきびしい指揮官に楯突くのはまずいと思いなおした。

シン軍曹のやりかたは、ベン゠アリ少尉の指揮ぶりとも、伍長たちの教えかたとも違ってるな、とマーコは考えた。軍曹は、ぼくたちに規律を叩きこもうとしてるんだ。だから、ぼくたちがいいかえしたりしたら、きっとピンキーのように営倉送りになる。

「はい、指揮官どの」とマーコとアディは返事をした。

軍曹はふたりを小さなコンクリートの建物に連れていった。なかに入ると、シャワーとトイレの個室が並んでいた。

すくなくとも、RASCOMの便所のような小屋ではなかった。小隊は、この日、開けた砂漠で小便をしていたので、ちゃんとした個室があるだけで、マーコはほっとして、これから掃除しなければならないことがほとんど——ほとんど——気にならなくなった。やっぱり便座はなかった。HDFでは、穴をまたいでしゃがむのが決まりになっているらしかった。とはいえ、刑務所よりは軍隊のほうがましなことに、穴は屋外にあるわけではないのだから、ささやかな幸運に感謝すべきだった。

シン軍曹はふたりにアンモニアの容器とモップを渡した。

「シャワーとトイレを掃除しろ。そこのカビが見えるな？　それを落とせ。料理を載せて食えるくらいきれいにしろ」

「つまり、食堂の皿よりきれいにしろってことですね？」アディはいった。

「言葉には気をつけるんだな、リンデン」

そういうと、軍曹は去った。たぶん、ほかの小隊員たちとともに夕食をとりに行ったのだろう。モップを持ったマーコとアディはそこに残された。

「ほんとにありがとう、アディ」マーコはいった。「きみは、銃の配給を受けてるときに、どうしても話さなきゃならなかったんだよな。ピンキーがきっと自分のタマを撃つってことをぼくに伝えるのが重要だったんだよな？」

アディはうなずいた。「ああ！　そうとも」個室のドアを蹴りあけると、手で口をおおいながら顔をしかめた。「まったく！　スカムがここでくそをしたみたいじゃないか」目をつぶってやみくもにアンモニアをまいた。

個室とシャワーの掃除をしながら、マーコはアディを見た――ぼくはこの女の子を小さいときから知ってるんだ。一緒に育ったんだ。むかつくこともあるけど、ぼくは心の底からこの女の子を愛してるんだ。

「アディ」マーコはいった。「いっておきたいことがあるんだ。ここは悪夢だ。正真正銘のくそ悪夢だ。きみが一緒にいてくれて、ぼくは神に、クトゥルーに、空飛ぶスパゲッティ・モンスター（ファンダメンタリズムに対するアンチテーゼとして、空飛ぶスパゲッティ・モンスターが世界を創造したとするパロディ宗教、空飛ぶスパゲッティ・モンスター教が二〇〇五年に創始された）に感謝してるんだ。きみがいなかったら、どうかしちゃってただろうな」

アディはマーコにウインクした。「あたしのせいで便所当番になったのに？」

「まあ、そこは別だけどね。アディ……きみはどう思ってるんだ？」

アディは、シャワーの床をごしごしこすりながらマーコを見て首をかしげた。「どういう意味だ？」

「つまり――ほんとに本気でここは楽しいと思ってるのかい？　前にそういってたけど」

アディはモップを置いた。マーコのほうを向いて両腕を広げた。「そりゃ、怖くてたまらないさ、マーコ。宇宙には数えきれないほどのスカムがいて、あたしたちを殺そうと必死になってるのに、あたしたちは内臓をひきずりだされた伍長から戦いかたを教わりはじめてちょっとしかたってないんだからな。それに、両親のことも思いだしちまう。家に帰りたくてたまらないよ、マーコ」いきなり、アディの頬を涙が伝った。「怖いし、ホームシックになってるし、こんなところ、大嫌いだ。だけど……」鼻をすすった。「だけど、戦いたいんだ。そうとも、それでも戦いたいんだ。スカムを殺したいんだ――皆殺しにしたいんだ。だから、ここにいられてうれしいよ。それに、おまえが一緒にいてくれてうれしいよ」涙を流しながらほほえんだ。「おまえはダメダメなやつだけど、エイリアンと戦うときの相棒はおまえしかいないんだ」

　ついに掃除を終えると、ふたりは手についたアンモニアを洗い落とした。外へ出ると、砂漠はすっかり日が落ちて満天の星空になっていた。

　そして寒かった。

　とんでもなく寒かった。

　一日じゅう、酷暑で汗を流していたのに、いま、マーコは震えていた。アディは歯をカタカタ鳴らしていた。

「掃除に半年かかって、いまはもう冬なのか？」アディがいった。

「ここは砂漠なんだ」マーコはいった。「砂漠ってのはこんな感じなのさ。なんにもなくてカラカラに乾燥してるから、夜になると、熱がぜんぶ逃げちゃうんだ。日差しが消えると、熱も消えるんだ」

　歩いていると、砂地にテントを張っている小隊が見えてきた。アディとマーコは、空腹で腹を、寒さで歯を鳴らしながら作業に参加した。小隊は各分隊にひと張りずつ、計三張りのテントを組みあげ、石を円形に並べて小隊の境界線にした。周囲の砂漠では、ほかに何個かの小隊もテントを張っていた。テントができあがると、新兵たちは寝台を組み立ててなかに並べ、薄いマットレスを敷いた。各テントに十五台ずつ寝台が並び、分隊員が全員寝られるようになった。

　テントと寝台の組み立て作業がようやく終わると、マーコはあくびをした。トロントでの最後の夜はほとんど眠れなかったし、RASCOMでも一時間ほどしか寝ていなかった。軍隊でたっぷり八時間の睡眠がとれるとは思っていなかったが、六時間ぐっすり眠れたらすっきりするはずだった。

　だが、マットレスに横になれる前に、ベン-アリ少尉が戻ってきた。シン軍曹がプロジェクターを持ってついてきていた。

「気をつけ！」軍曹が命じた。「行進！」

　マーコはうめき、未練たっぷりにテントとそのなかの寝台のほうを振り向いた。小隊は星空の下、砂漠を行進した。指揮官がだれも見ていないときに、マーコはちらりと腕時計を見た。午後十時だった。

　いまだに、小説を書くどころか、とマーコは考えた。本を読む時間もないんだからな。

小隊はふたたび兵器庫を訪れ、新兵たちは兵器庫の窓のない壁に向かって半円形に並んだ。ベン‐アリ少尉がプロジェクターのスイッチを入れると、壁にちらつきながら映像が浮かびあがった。おなじみのバタフライ大尉が、えくぼを浮かべながら愛らしい笑顔で画面に歩いてきた。

「HDFの兵士のみなさん、ごきげんよう！　イードゥン大尉がお届けします！」バタフライ大尉はかわいらしく敬礼した。ほほえみがまばゆかったし、蝶のペンダントが輝いていた。「この五十年間、地球の科学者のみなさんがスコロペンドラ・チタニアの体について研究を重ねていることは知っていますか？　この映像では、スカムの体の基本構造を説明します。そして食性や交尾や……」

マーコは集中が途切れてあくびをした。まぶたが重くなった。背中にかついでいるT57が重かった。四キロちょっとしかないのに、いまは背骨が折れそうなほどの重さに感じた。

「こら！」シン軍曹がマーコのほうに大股で歩きながらどなった。「いま、あくびをしたな？　退屈なのか？」

「いいえ、指揮官どの！」

顎ひげの軍曹はマーコを疑わしげにじろじろ見てから、脇腹をかいたエルヴィスのほうにくるりと向きを変えた。

「姿勢を崩すな！」

新兵たちは直立不動の姿勢で映像を見つづけ、シン軍曹は、前かがみになったり体をかいたりした者はもちろん、あくびをしたりふらついたりした者にも――腕立て伏せから厨房または便所の当番にいたるまでの――さまざまな罰を科した。一方、プロジェクターは兵器庫の壁に、白衣の科学者たちがスカムを解剖している場面を映しだしていた。マーコは母スカムがうじ虫を囲むように体を丸めている映像に集中しようとしたが、いつのまにか目がかすんだ。まぶたがひとりでに閉じ、一度――目をつぶっている時間が長くなりすぎたときに――シンの警棒の電撃をくらった。それからは、意志力を振り絞って、とにかく前を向いて映像が目に入ってくるようにまぶたを開きつづけた。科学者がスカムからはらわたをひきずりだし、切断した鉤爪を豚の死体に突き刺して鋭利さを実演した。

　午後十一時になって、ようやく、小隊は行進でテントに戻って整列した。

「よし」シン軍曹がいった。「一時間後――十二時きっかり――に、またここで整列しろ。遅れたやつは営倉行きだ。これから一時間は――自由にしろ。この機会にトイレに行ったり、シャワーを浴びたり、うちに手紙を書いたり、なんだったらママを恋しがって泣くといいだろう。シャワーを浴びるときは、仲間に銃の番を頼め。それ以外のときは――寝るときもだぞ――肌身離さず銃を持っていろ。うちから持ってきたいちばんいいパジャマを着てここにまた集合しろ。解散」

　安堵のため息を漏らしながら、新兵たちは隊列を崩した。ひと眠りしにテントへ行く者も何人かいた。それ以外の者はシャワーとトイレへ走った。マーコはアディを見た。

「たっぷり一時間の自由時間だ」マーコはいった。「くそっ、自由な時間は、ええと……R

ASCOMで寝たとき以来だな」

アディはうなずいてのびをした。「あたしはシャワーを浴びる。ピンキーにまた汚させるためだけにシャワーを掃除したわけじゃないからな。一緒に来るか？」

マーコは迷った。トイレは――ありがたいことに――個室になっているが、シャワーに囲いはない。ピンキーやそのほかの新兵や……アディの前でシャワーを浴びる？　マーコはアディとおなじアパートメントで育ったが、アディにはボクサーパンツ姿も見せたことがなかった。だが、腋の下の臭いを嗅いでみて、マーコは顔をしかめた。一日じゅう、チリのジャングルで走りまわったあと、北アフリカの砂漠でまたまる一日、訓練を受けた体は、スカムの内臓のように臭かった。

「そうだな、行こう」シャワーが湯気に包まれていることを願いながらそう答えた。

新兵が集まった宇宙港で『指輪物語』を読んでいた痩せた青年が、仲間たちがシャワーを浴びているあいだ、銃の番をすると申し出てくれた。マーコとアディはダッフルバッグから着替えを出してシャワーを浴びに行った。トイレの前を通ったとき、マーコは二日前にトロントでして以来、大をしていないことに気づいた。便座もプライバシーもない状態で挑戦する気にはまだなれないので、大きいほうはできるだけ先のばしにしようと決めた。

ふたりはシャワーに着いた。ほとんどの小隊員がもう、男も女も裸になって熱いシャワーを浴びていた。恥ずかしがっていたら、悪臭をぷんぷんさせるしかなかった。軍隊にプライバシーはない。ほとんどの者が気にしていないようだった。ケイブマンも、上機嫌でほほえみ、口笛を吹きながら頭を泡だらけにしていた。エルヴィスは〈サスピシャス・マインド〉を歌いながら体を洗っていた。マーコは、エルヴィスが〈ラヴ・ミー・テンダー〉を選んでいなくてほっとした。

アディが先に裸になってシャワーヘッドの下に立った。マーコはアディの体をちらっと見てからあわてて目をそらした。アディを見てこんな気分になりたくなかった。アディはぼくにとって姉みたいなもんだ……そうだよな？　アディのことをそんなふうに考えたくなかった。ここでは。

マーコも服を脱いでシャワーを浴びた――うちからサンダルを持ってきてよかったと思いながら。何人かがエルヴィスの歌に加わった。マーコは、レイラニもシャワーを浴びながら合唱していることに気づいた。それまで、レイラニがいることに気がついていなかった。背が低すぎて、ほかの新兵たちの陰になっていたのだ。我慢できなくてちらりとレイラニに目を向けた。ほっそりとした濡れた体が目に入ったとたん――

レイラニと目があったので、マーコは頬を赤く染めながらそっぽを向いた。そそくさとシャワーをすませてタオルで体を拭き、スウェットパンツとＴシャツを着た。うちから持ってきた着替えだ。まだ、懐かしいアパートメントの匂いがした。

その瞬間、このシャワー場で、思い出がどっとよみがえった。

うち。図書館。大好きな本たち。キッチンで食事をつくっている父親。笑顔のケミ。マーコとハグしているケミ。通りを一緒に歩いているケミ。そしていきなり、涙が頬を伝い、マーコはあたりに湯気がたちこめていることを感謝した。

鏡も湯気でくもっていて、自分の姿がぼんやりとしか見えなかった。シン軍曹に怒られないように、手探りでひげを剃った。軍曹は、もちろん、豊かな顎ひげをたくわえているが、りっぱな顎ひげを生やせる宗教に改宗しないと、軍隊でひげを生やすことは認められないんだろうな、とマーコは推測した。湯気のなかで肌を切ってしまったので、改宗も悪くないかもしれないな、と思い、アーミッシュと正統派ユダヤ教のどっちにしようかと迷った。

「邪魔だよ、ビースト！」レイラニがロシア人の巨体をまわりこみながらいった。「どかないと、そのハゲ頭をトイレに突っこむからね」

「ロシアじゃ」ビーストはいいかえした。「トイレが超強力だから、頭がちぎれちまうぞ。チンケなアメリカのトイレと違ってな」

レイラニはうめいた。「ここはアメリカじゃないよ！」

見上げるほど大きなロシア人は肩をすくめた。「ロシアでもないじゃないか。似たようなもんだ」

うめきを漏らすと、レイラニは裸で短い髪を拭きながら、マーコがすわっているベンチのそばにやってきた。ドラゴンのタトゥーがへそから鎖骨まで螺旋状にのびていたし、もう片方の腕では虹が輝いていた。レイラニは服を着ながらマーコに話しかけた。

「あたしを必死で避けようとしてるね、エメリー。シャワーを浴びてたときも」

マーコはダッフルバッグのなかをひっかきまわしていた。「考えなきゃならないことがいろいろあるんだよ、デラローザ」

レイラニはふんと鼻を鳴らすと――マーコがベンチに置いた――『ハード・タイムズ』に目を止めて手にとった。ページのあいだから飛びだしていた写真をひっぱりだした。ケミの写真を。

「おい、やめろよ！」マーコはいった。

レイラニは目を丸くした。「あんたのガールフレンドだな？」口笛を吹いた。「美人じゃないか。焼けちゃうね」

「返せ！」マーコは手をのばしたが、レイラニが返す前に、ビーストが小柄なフィリピン娘から写真を奪った。ロシア人はケミを見つめ、やはり目を丸くした。

「これがあんたの彼女かい？」ビーストはいった。「あとちょっとでロシア娘に並ぶくらいかわいいじゃないか！」口笛を吹いた。「美しい《クラシーヴァヤ》。きれいだ。そうだ、ちょっと待ってくれ。ほら、これがおれのガールフレンドの写真だ」ダッフルバッグから写真を出し、おさげ髪で歯が欠けている笑顔の娘をマーコに見せた。「ロシア一の美人だ」

ほかの新兵たちも集まってきて、写真をまわし見した。マーコはやっとのことでケミの写真をとりかえし、本のあいだに戻した。

「こいつは彼女とヤッたんだぞ」エルヴィスがみんなに告げた。「彼女を女にしたんだ」マーコの背中を叩いた。「たいしたやつだよ」

「よせよ」マーコはいった。「ぼくは、ぼくたちは……」

　ぼくたちは別れたんだ、とマーコはいいたかった。ケミは軍学校に合格したんだと。ケミはベン-アリ少尉のような将校になるんだと。だから、ケミの人生にぼくとつきあうような余地はないんだと。

　だが、マーコはなにもいえなかったので、黙って夜の闇へと出ていった。またしても目がちくちくしたし、アサルトライフルを背中にかついでいても、子供のように心細かった。

11

小隊は午前零時にテントの外でシン軍曹の前に整列した。小隊の三個分隊のための、オリーブグリーンの低いテントが三張り立っていた。

「おまえらのフォート・ジェミラの初日はこれで終わりだ」顎ひげの軍曹がいった。「起床時間は午前四時半だぞ」

新兵たちはスウェットパンツとTシャツという格好で砂漠に立っていたが、マーコは落胆した。二日連続でほとんど寝ていないので、四時間半では足りそうもなかった。前夜の一時間よりはましだが、明日はあくびをしっぱなしになりそうだった。

「伍長たちが今夜の歩哨当番を決める」シン軍曹が告げた。「そのとおり。おまえらはもう兵士だ——武器を持った兵士だ。十五分ずつ、ひとりの歩哨がテントの外で警戒するように。当番が終わったら、テントに戻って次の兵士を起こせ。夜の闇のなかで疑わしいもの——空におかしな光が見えたり、巨大ムカデが砂丘を乗り越えてきたりしたら——警報を発しろ。サイレンが鳴ったら、全員が制服を着て銃をとり、寝台のあいだで片膝をつけ——テントのなかで静かにじっと待て。わかったか？」

「はい、指揮官どの！」

「今夜、寝るとき」シンは続けた。「T57を枕の下に敷き、ブーツと制服をベッドの横に置いておけ。もしもスカムが襲ってきたら、ただちに制服を着て銃を撃てるようにしろ。朝の点検には、ブーツを磨き、ベッドをととのえ、銃に油をさして出てこい。油と靴磨きクリームはダッフルバッグに入っている。わかったか？」

「はい、指揮官どの！」

シン軍曹はうなずくと、向きを変えて歩きだし、たちまち夜の闇にまぎれて見えなくなった。


小隊の各分隊の指揮官である三人の伍長が前に立ち、名前を読みあげてそれぞれのテントの歩哨当番を決めた。マーコは彼の分隊で四番めの当番になった——アディの次、ピンキーの前だ。

「うれしいじゃないか」マーコはつぶやいた。「イカれたアイスホッケー選手に起こされて、サイコパス野郎を起こさなきゃならないってわけか」

分隊のテントに入ったとたん、マーコはがっかりした。狭かった。窮屈だった。十五台の飾りけのないさびた寝台が二列に並べられていた。隙間はほとんどなく、幅の狭いマットレスが敷かれている。それをマットレスと呼べるかどうかはあやしいものだった。厚みは親指ほどしかないし、幅は柩《ひつぎ》とおなじくらいだ。新兵たちは、片側しかほかの寝台と接していない、テントの端の四台の寝台に殺到した。アディは幸運な四人のうちのひとりになった。マーコはアディの隣の寝台でよしとした。ピンキーがテントの反対側の寝台を選んでくれたのがせめてものなぐさめだった。

マーコは自分の寝台とアディの寝台のあいだにダッフルバッグを置き、T57を枕の下に滑りこませると、マットレスに横たわった。薄いマットレスを通して寝台の金属の骨組みを感じたが、ここ数日の疲労がたまっていたのでそんなことはどうでもよかった。目をつぶった。

いつ眠ったのかも覚えていなかったが、いつのまにか夢の世界を漂っていた。そこは黒い砂漠で、体の下で砂丘が波のようにうねっていた。ケミも一緒にいた。ケミは夜の闇のなかで全裸だった。おとぎ話のアラビアのプリンセスのようにきれいでセクシーだった。そしてマーコはケミにキスをし、寝台で愛しあったが、いつのまにか相手がレイラニに変わった。ふたりのまわりにシャワーの湯気がたちこめ、エルヴィスが〈ラヴ・ミー・テンダー〉を歌いながらマーコの背中をぽんと叩いた。

「ポエット！」闇のなかからピンキーが近づいてきた。にやにや笑っているちびの新兵はどんどん大きくなり、鉤爪を生やしてムカデになった。

「スカムの攻撃だ！」マーコは叫んでエイリアンを撃ったが、弾はぜんぜんあたらなかった。スカムはマーコをつかんで揺さぶり、名前を呼んだ。

「ポエット！　ポエット、くそっ」

マーコは目をあけた。アディがマーコにかがみこんで揺すっていた。マーコはまばたきをし、目をこすりながら腕時計を見た。寝てから三十分たっていた。

「おまえの番だ」アディはあくびをした。「外へ出てスカムを警戒しろ。十五分たったら、次の……歩哨を……起こせ……」またあくびをして寝台に寝転がり、たちまちいびきをかきはじめた。

　マーコは起きあがって寒さに震え、戦闘服に着替えてヘルメットをかぶった。銃を背中にかついでフルロードした弾倉を四個、ベルトに吊るした。ほかの新兵たちのあいだを通って進んだ。ビーストはぶつぶつと、オクサナという娘についてなにやら寝言をいっていた。エルヴィスは、なんと歌っていた――寝ながら歌ってる！

　レイラニの横を通ったとき、マーコはしばし足を止めた。若き兵士を見おろした。昼間のレイラニ・マリタ・デラローザは口が悪く、文句が多く、向こう意気が強いが、眠っている彼女はおだやかで、か弱い少女にしか見えなかった。レイラニは若くてきれいだった。マーコは、夢のなかでレイラニと愛しあったことを思いだした。

　恥ずかしくなった。いやな気分になった。なんだってレイラニにこんな気持ちをいだくんだ？　ここじゃだめだ。いまはだめだ。戦争を最優先にするべきだった。それに、ケミと再会できる望みを捨てたわけではなかった。マーコはレイラニの横を通りすぎてテントのフラップをめくり、寒い砂漠に出た。

　満天の星空だった。マーコは腋の下に両手を突っこみながらテントの周囲を巡回した。ほかの新兵たちがそれぞれのテントのまわりをパトロールしていた。離れたところをセイント＝ピエール伍長が通ったとき、歩哨当番たちは全員、気をつけの姿勢をとって銃を脇に立て、それからパトロールを再開した。マーコは歩きながら星空を見上げた。アンタレスを、さそり座の星を、スカムの母星を探した。人類は宇宙にわずかな数の——近頃はほとんどが軍事基地になっている——コロニーしか維持していないが、スカムは、行く手にある文明を滅ぼしながら多くの恒星系に広がっている。

そしていま、やつらは地球に目をつけてるんだ、とマーコは考えた。だけど、人類防衛軍《HDF》ががんばってるかぎり、地球は陥落したりしない。

マーコはほかの星々を見渡した。宇宙には、ほかにも知的種族による文明が存在する。彼方の銀河帝国が。あまりにも遠いので人類にはほとんど情報がなく、神話上の存在も同然の種族もいる。陸地がまったくない水の惑星に住む水生エイリアン、グラミー。摩天楼のように高くそびえる木に住んでいるシルヴァン。異星文明は何百も、ことによると何千も存在している。侵略的な文明もあれば、友好的な文明もある。だが、それらはどれもはるかに遠い。遠すぎて人類を助けられない。スカムは地球だけで食い止めるしかない。さもなければ地球は滅びるのだ。過去に戻ってかあさんを殺したスカムを撃てればいいのに、と願いながらマーコは銃を握りしめた。

十五分たったので、マーコはテントに戻った。

ピンキーのベッドに近づいた。

ああ、くそっ、とマーコは考えた。

ピーター・〝ピンキー〟・マックは寝息をたてていた。銃口が枕の下からのぞいていた。ピンキーは頬がこけていた。鼻は細く、眉はするどく、黒い髪は逆立っていた。乱ぐい歯がロバのように突きだしていた。

　おまえは何者なんだ、ピンキー、とマーコは考えた。マーコは、この若者についてなにも知らなかった——どこの出身なのか、どうしてこんなやつになったのか。地下洞窟で太陽を恐れながら憎しみをつのらせつづけたせいで性根がねじ曲がり、年ごとにモンスターと化し、たぶん貴重な指輪にとり憑かれるようになったとしても不思議じゃないな、とマーコは思った。

「ピンキー」マーコはいった。「ピンキー、おまえの番だ」

　新兵は目を覚まさなかった。

「おい、ピンキー」マーコは、大声を出してほかの分隊員を起こすといけないので、ピンキーを揺さぶった。分隊員はみな、周囲の寝台で寝ていた。「歩哨当番だぞ」

　しかし、ピンキーは反対向きになって寝息をたてつづけた。マーコは悪態《あくたい》をついた。くそったれ。もうたくさんだった。ピンキーの代わりに歩哨当番を務めるつもりはなかったが、もしもセイント‐ピエールかほかの指揮官がまた通りかかって、テントの外でだれも歩哨をしていないことに気づいたら……

　マーコはベルトから懐中電灯をはずしてピンキーの顔に向け、スイッチを入れたり切ったりした。ピンキーのまぶたを照らしているうちに、とうとうちびの新兵はうめきながら目をあけて光に気づいた。

ピンキーはさらに大きくうめくと、上体を起こしてマーコを押しやった。

「なにしやがる」

「歩哨当番だ」マーコはいった。

ピンキーのうめき声のせいで、テント内のあちこちで新兵が目を覚ましていた。枕がいくつか、マーコたちのほうに飛んできた。

「うるさいぞ！」くぐもった声が響いた。

「ピンキー、ぼくが代わりに歩哨をしたりはしないからな」マーコは告げた。「これから十五分はおまえの番だ。おまえが――」

だが、小柄な兵士は、ふたたびベッドに横になって目をつぶった。

マーコは怒りで震えた。

「おまえが代わってやれよ、ポエット」ビーストが寝台から寝ぼけ声でいった。「ちび公は起きないぞ。冬眠中のロシアの熊みたいに眠ってるんだ」

「代わるもんか」マーコはいった。「だれもこいつの代わりなんかしない。こいつが目を覚まして――」

「あたしがふたり分やるよ」声がしたので振り向くと、マーコの目に歩いてくるレイラニが映った。レイラニは戦闘服を着て銃を背中にかついでいた。「どっちみち、ピンキーの次はあたしなんだし、あたしはもう起きてる」レイラニはマーコの横で止まって彼を見上げ、彼の腕に触れた。「あんたは邪悪なピンキーを相手にがんばったけど、ゴブリンが勝つこともあるんだ。あんたは寝ろ、ポエット」

レイラニはテントから夜の闇へと出ていった。

マーコは自分の寝台に戻って目をつぶった。

ピンキーに負けたのは悔しかった。だが、レイラニが話しかけてくれ、腕に触れてくれたのはうれしかった。

疲れはてているマーコは眠りに落ちて夢の世界に戻った。彼方の惑星で、宇宙服を着、銃を持って立っていた。そこいらじゅうに峡谷とクレーターと洞窟があった。岩だらけの荒野だった。見慣れない星空だった。小隊と一緒だったが、みな機械じかけの外骨格のような金属製スーツを着ていた。カタカタという音が響いた。四方八方から、何百匹もの、何千匹ものスカムが押し寄せてきた。小隊は銃撃を開始し、銃声がとどろいて――

警報が鳴った。

マーコはさっと上体を起こした。

サイレンは泣き叫んでいるように上下した。嘆き悲しんでいた。警告していた。スカムだぞ。スカムだぞ。スカムだぞ。

テントのなかでは寝台で眠っていた分隊員が飛び起きた――ピンキーまでもが。マーコは戦闘服をひきちぎりそうな勢いで着こみ、ヘルメットをかぶってストラップを締め、銃を手にとった。二台の寝台のあいだでひざまずき、ベルトに吊るしてある弾倉に手をのばした。ほかの兵士たちもひざまずき、ぼんやりした塊となって銃を構えていた。サイレンが、もう一度鳴り響いてからやんだ。

分隊員たちはじっとしていた。

長いあいだ待機しつづけた。

「どうなってるんだ？」とうとう、エルヴィスがささやいた。「終わったのか？」

マーコは首を振った。「まだ持続音のサイレンが鳴ってない。警報解除を待とう」

彼らは待った。ゆっくりと時間が過ぎた。世界は静まりかえっていた。

「なにがあったにしろ、きっともう終わったんだ」エルヴィスがいった。テントの端まで這っていって外をのぞいた。「おい、ビースト！　ビースト！　なにか見えるか？」

歩哨当番で外にいるロシア人がテントのなかに首を突っこんだ。「なんにも見えない。警報解除はまだだ。警戒を続けろ。伍長たちが外を歩きまわってる。おまえらがテントの外へ出てるのを見られたらぶっ飛ばされるぞ。砂漠のどこかにくそスカムがいるのかもしれない。母なるロシアだったら、もうとっくに殺してるだろうがな」テントのフラップを閉じた。

新兵たちはテントのなかで待った。

マーコは腕時計を見た。午前三時十五分。ゆっくりと時間が過ぎた。ほどなく午前四時が近くなった。

「ションベンしたい」エルヴィスがいった。「走って便所へ行ってくる」

「外へは出られないんだぞ」マーコが思いださせた。「忘れたのか、ぶっ飛ばされるぞ」ビーストのロシア語なまりを真似た。「伍長にぶっ飛ばされるぞ」

エルヴィスは寝台と寝台のあいだでうめきながら立ちあがり、股間を押さえた。「お漏らしするよりぶっ飛ばされるほうがましだ。スカムが襲ってきてるなら、ションベンを漏らしたまま死にたくない」

ケイブマンがオレンジジュースの瓶を掲げ持って、「このなかにしなよ」といった。「待った」ジュースを飲みほした。「ほら」

エルヴィスは瓶を受けとった。「どうやって持ちこんだんだ、ケイブマン？」とたずねてから首を振った。「どうだっていいや。みんな、こっちを見ないでくれよな」

全員がうめいてそっぽを向いた。エルヴィスはボトルに小便をし、テントのフラップのそばに置いた。マーコは、自分の寝台のすぐそばに滴が垂れたのを見て顔をしかめた。

「くそっ、あたしもしたい」レイラニはいった。「ケイブマン、まだ瓶はある？」

ケイブマンは首を振ったが、牛乳パックを差しだした。「これを使いな。待った」ごくごくと牛乳を飲みほした。「いいよ」

レイラニはパックを受けとった。「完璧だ」

まもなく、さらに三人の新兵が牛乳パックと瓶に小便をし、テントのフラップのそばに置いた――そこまでの距離の近さに、マーコはいやな気分になった。

「マーコ、このタッパーを使うかい？」ケイブマンがたずねてプラスチック容器を差しだした。

「ぼくは我慢できる」マーコはいった。「いったいなんだってこんなに瓶だのパックだのを持ってるんだ、ケイブマン？」

ケイブマンはにやりと笑った。「簡単さ。ぼくは――」

またサイレンが鳴った――長い持続音。警報解除だ。

新兵たちはみな、安堵の息を漏らした。マーコが腕時計を見ると、朝の点検まであと三十分しかなかった。これまでの睡眠時間は……どれくらいだ？　一時間か？　二時間か？　それ以下か？　軍に入隊して以来、三時間以上は寝ていないはずだったし、その前日もほとんど寝ていなかった。

マーコは、戦闘服を着、ブーツをはいたまま寝台に寝転がった。へとへとだったが、もうすぐシン軍曹に起こされ、点検を受け、どなられ、腕立て伏せをさせられる地獄の一日がまたはじまるのだから、寝るわけにはいかなかった。

闇のなかで大声が響いた。

「起きろ、起きろ！　朝の点検だ！」シン軍曹がテントのフラップをめくって大股で入ってきた。「朝の点――」

軍曹のブーツが瓶と牛乳パックを蹴り倒し、小便が床にこぼれた。

新兵たちは全員がそのさまをじっと見つめた。

「あーあ」レイラニがささやいた。

シン軍曹は長いことじっと立ちつくしてから、新兵たちを見まわした。「よし、おまえら全員、今夜、一時間の便所当番だ。六十秒で支度をしてテントの外に出ろ。それから、だれか、モップでこの小便を掃除しろ」

マーコはうめいた。今夜？　いまは午前四時半だった。マーコには、〝今夜〟というのが、この次に暗くなったときのことなのか、来週のことなのか、来月のことなのか、時をさかのぼってのことなのかわからなかった――いまや、昼と夜という概念自体があいまいになっていた。頭の隅では、マーコはもうすぐ夜が明け、軍に入隊して三日めがはじまるとわかっていたが、そんなことはありえないように思えた。マーコはここにずっと閉じこめられていた。かつてのマーコ・エメリー、トロントに住んでいた若者、小説を書いていた若者は、前世か夢のなかの存在にすぎなかった。

「六十！」シン軍曹が外で叫んだ。「五十九！」

エルヴィスが立ちあがってのびをし、「グーーーーッドモーニング、第四小隊！」と大声をあげた。そしていぶかしげな表情になった。「おいおい、古典映画マニアはひとりもいないのか？　教養のないやつらだ」（ベトナム戦争を舞台にした一九八七年のアメリカ映画《グッドモーニング、ベトナム》で、空軍兵のDJ役のロビン・ウィリアムズがラジオ放送で、「グーーーーーーッドモーニング、ベトナム！」とハイテンションで叫ぶシーンが有名）

マーコは戦闘服のまま寝ていてよかったと思った。ブーツを靴磨きで磨き、シャツをなおし、急いでベッドをととのえ、点検を受けに外へ飛びだした。新兵たちは整列した。ケイブマンはまだパジャマの下を着ていた――今回は小さな恐竜柄だった。

この朝、点検に合格した新兵は四人だけだった。マーコは小銃が理由で不合格になった。薬室に油を差すのを忘れていたのだ。不合格になった者はみな、砂の上に伏せて腕立て伏せをし、合格するまで何度も点検を受けた——制服とベッドをととのえ、ブーツを磨き、ひげを剃り、銃に油を差し、ヘルメットをきちんとかぶるまで。

「シン軍曹どの！」エルヴィスが敢然と質問した。「指揮官どの！　きのうの夜の警報についてです。あれはスカムが——」

「誤報だったんだ、新兵」シンは答えた。「スカムのポッドが一機、飛来したのだが、この基地を通過して近くの町に落下したんだ」

「近くの町ですか、指揮官どの？」エルヴィスがたずねた。「ここはどこなんですか？」

「ここは地獄だ、新兵。そしておれは悪魔だ」と軍曹。「おまえらはそれだけ知っていればいい。さあ、走れ——全員だ」

闇のなか、新兵たちはキャンプ内を走りだした。地獄ことフォート・ジェミラの一日がまたはじまった。

12

ランニング。

腕立て伏せ。腹筋運動。

灰色のどろどろの朝食――そして結局、すぐに胸が悪くなってトイレへ駆けこみ、それを排出する。

砂漠のなかの蛇口に集まって順番待ちをし、水筒へぽたぽたと水を補給する。

ランニング。暑さ。汗。

ひとりの新兵が熱中症になって気絶した。もうひとりが朝食を嘔吐した。さらに走った。兵器庫の前にすわらされ、バタフライ大尉がスカムの脅威と人類防衛軍《HDF》の栄光について話すのを聞いた。銃を撃った。手榴弾を投げた。食事をし、またも便所に駆けこみ、腹がごろごろ鳴り、がたがた震え、疲れきり、汗だくになった。

シン軍曹にどなられないときは三人の伍長にどなられた。伍長たちがいなくなると軍曹が戻ってきた。ベン-アリ少尉はめったに姿を見せなかった。軍の誇りについて短い演説をしてプロパガンダ映画を見せると、どこだか知らないが、日中、将校がいるところへ戻っていった。

立っているときはいつも、マーコは、すわりたい、すわらせてくれ、お願いだ、と思っていた。はき心地の悪い革のブーツのせいで足の裏にいくつも水ぶくれができていた。マーコは脚をひきずっていたし、すぐに腰も悲鳴をあげはじめた。軍に入隊してまだ三日めだというのに、トロントをあとにして以来、二、三時間の睡眠時間以外、ずっと走ったり、体操をしたり、訓練を受けたり、汗をかいたり、どなったり、どなられたりしていたので、疲れきっていた。基地のまわりを走っているとき、立って射撃をしているとき、隊列を組んで行進しているとき、点検を受けているとき――マーコの頭のなかでは、頼むからすわらせてくれ、頼むから休ませてくれ、という考えがぐるぐるまわっていた。日光に殴り倒されたかのようにくずおれかけることもたびたびあった。

ところが――映画を見たり、伍長による戦闘法の講義を聞いたり、それどころかたんに食事のために――すわるたび、マーコは、頼む立たせてくれと願った。すわっているのは苦痛だった。腰をおろしたとたん、まぶたがずっしりと重くなって眠気に襲われた。だが、目をつぶりそうになると、だれかが――軍曹か伍長か、ときにはベン-アリ少尉が――必ずどなって、目を覚まさないと便所当番や厨房当番や腕立て伏せをさせるぞと脅した。腰をおろして兵士たちがスカムと戦っている映画を見ているとき、あるいは伍長がロケットランチャーの組み立てかたを実演しているのを見ているとき、マーコはほとんど集中できなかった。まぶたに、まぶたが閉じないようにする戦いに全力を注がなければならなかった。

そして、立つときは――歩くことでやっと眠気をまぎらせられるので――いつもほっとしたが、たちまち、背中と足の激痛で、またもすわりたいと願いつづけるはめになった。

立つたびにすわりたくなる。すわるたびに立ちたくなる。フォート・ジェミラの三日めを要約するとしたら、そんなところだった。

午後、伍長たちは小隊をフォート・ジェミラを囲んでいる有刺鉄線のフェンスのそばに立っている大型テントに連れていった。テントの奥にはディスプレイが何台かあって、プロパガンダ映画や〈激変〉の歴史映像が映しだされていた。英雄エヴァン・ブライアンが一台のディスプレイでほほえみ、スカムの本拠の惑星を核攻撃した任務について説明していた。二、三十台の馬鹿でかい無線機がディスプレイのそばの暗がりに並んでいた。どれもダッフルバッグほどの大きさで、背嚢《はいのう》のように二本の革のストラップがついている。二百年前の機械のように、二十世紀の世界大戦の遺物のように見えた。ダイヤルもスイッチもさびだらけだった。

「野戦無線機だ」とセイント‐ピエール伍長がかさばる機械を身ぶりで示した。新兵たちは、大型テントのなか、彼女の前に立っていた。「いまからこの機械を使って戦友と通信する方法を学んでもらう」

「セイント‐ピエール伍長どの」と新兵がたずねた。「ちょっと……大きくありませんか？　それにさびています。古ぼけています。ＨＤＦにはイヤピース式の無線機はないのでありますか？」

ブロンドの厳格な伍長はその新兵をにらんだ。「イヤピース式はスカムにハックされるおそれがある。ここにあるのは百年以上前の無線機だ。スカムは、われわれがこんな原始的なテクノロジーを使うとは予想していない。きさまらにはこの無線機の使用法を覚えて、これから二十四時間、この無線機を携帯してキャンプの敷地内をパトロールしてもらう。わかったか？」

「はい、指揮官どの！」小隊は大声で返事した。ただしピンキーは、「はい、ピザどの！」と叫んだ。

何人かの新兵がピンキーのほうを向いてにやにやした。マーコは眉をひそめた。にきびがひどいセイント‐ピエール伍長も、ピンキーが侮辱したことに気づいたはずだ。実際、伍長は目つきをこわばらせ、唇を噛みしめた。だが、にきび面《づら》を恥じたのだろう、なにもいわなかった。マーコは、いきなり、彼女がかわいそうになった。

伍長たちは、新兵たちにとっては絶対的な上官だが、セイント‐ピエールは自分たちよりも一、二歳以上年上のはずがない。故郷から遠く離れた若い娘だということにマーコは気がついた。たぶん、彼女も怖いのだろう。たぶん、彼女も陰で泣いているのだろう。彼女も人間なのだ。

「パトロールは交代制だ」とセイント‐ピエール。「小隊の半数が無線機を背負って、フォート・ジェミラのフェンスぞいをぐるりと一周、パトロールしろ。終わったら、残りの半数に引き継げ。パトロール一回に二時間かかるはずだ。終わったら、二時間休める。二時間後にまたパトロールだ。それを二十四時間続けろ。二時間の休憩中は、このテントで自由に過ごしてかまわない——休むことを強く勧めるがな」セイント－ピエールは顎をしゃくってテント内の寝台を示した。「忘れるなよ。この基地のいたるところにカメラがある。そのカメラでおまえたちのパトロールを監視しているからな。パトロール中にすわりこむどころか、一分間突っ立っているだけでも重大なマイナスになる。そしてマイナスが大きくなると、基礎訓練に失格という結果につながる。RASCOM《ラスコム》に戻されて一からやりなおしたくないなら、まじめにパトロールするんだな。さあ、ペアを組め！　ふたりが並んで歩き、次のペアが少し離れてうしろを歩け」

　マーコはレイラニをちらりと見た。ひょっとしてひょっとしたら、レイラニとペアを組んで一緒にパトロールできるんじゃないか、と——無理は承知で——望んだ。マーコはレイラニを、彼女の過去をもっと知りたかった。それだけさ、とマーコは心のなかでつぶやいた。レイラニがぼくを見るときの温かさのせいでも、彼女のことが頭から離れないからでも——

「組もうぜ」アディがいってマーコの手を握った。ほかの小隊員が口笛を吹いて冷やかした。

「仲よくお散歩だね！」ケイブマンがからかった。「チューしそうだ！」

「いいか、マーコ」エルヴィスがいった。「アディはお尻をペンペン叩かれるのが好きなんだからな」

　アディはあきれ顔をした。「おまえのでかくて醜い顔をぶっ叩いてやるぞ、エルヴィス」そして無線機をつかんだ。「だけど、まずはパトロールを——うわっ！」アディは箱形の無線機の重さによろめいた。無線機は彼女の胴体よりも大きかった。「こいつは一トンもありそうだぞ」

マーコは無線機をつかみあげた。アディよりも力がないので、そのくそ機械を持ちあげるだけで大変だった。背負うのをエルヴィスに手伝ってもらわなければならなかった。たちまち、マーコの――ただでさえ基礎訓練のせいで痛い――背中が抗議の悲鳴をあげた。一歩踏みだしたとたん、水ぶくれがつぶれた。テント内のいたるところで、ほかのペアが無線機を持ちあげ、その重さでふらついていた。レイラニはビーストとペアを組んでいた。身長百四十七センチのフィリピン娘が大男のロシア人とおなじ荷物を背負っているのを見て、マーコは、不公平だ、と思った。かろうじて重みに耐えているレイラニは、歯を食いしばって――自分の体重よりも重いに違いない――無線機を背負いながらテントを出ていった。

「さあ、みんな!」レイラニはいった。「くそスカムを見張ってフェンスぞいにパトロールしよう。ただ……しゃべりながらは……きつそうだ」重みでよろめいた。

小隊の半数が出発した。大型テント内に残った半数は、休息をとったりプロパガンダ映画を見たりしていた。ペアのふたりは横並びで歩き、次のペアは数歩遅れて続いていた。

重荷を背負って基地を一周するパトロールがはじまった。一歩一歩が悪夢だった。一歩一歩が地獄だった。一歩一歩が〈激変〉だった。一歩ごとにスカムの鉤爪が背骨に食いこむようだった。一歩ごとにスカムに足を貫かれているようだった。一歩がうちまでの距離のようだった。日差しが照りつけ、砂が目に入り、銃が尻にあたった。ヘルメットが揺れた。無線機のストラップが胸にぐいぐいとめりこみ、食いこんで、脊椎骨同士がぎりぎりと圧迫された。

「そもそも、この無線機は使えるのかな？」マーコが、重い足どりで歩きながらたずねた。

「使えないだろうな」汗だくになっているアディが答えた。「こんなオンボロ」

「じゃあ、いったいなんだって、ぼくたちはこれを運んでるんだ？」彼らは、基地に生えている唯一の植物であるイバラの茂みをまわりこんでいるところだった。

アディはつばを吐いた。「ほとんど寝かせなくて、どろどろを食わせて、どなりまくってるのとおなじ理由さ」

「やつらがくそ野郎だからかい？」マーコは目から汗をぬぐった。前方には、有刺鉄線のフェンスがえんえんとのびていた。

「あたしたちに過去を忘れさせる必要があるからさ」とアディ。「兵士につくりかえるためには、まずはショックを与えて体と心をこなごなにぶち壊さなきゃならないんだ」

「ぼくは自分が何者だったかを忘れたりしないぞ」とマーコ。「うちを忘れたりしない。自分がどんなやつだったかを忘れたりしない」

「だけどマーコ、前のおまえは、宇宙から来た体長三メートルの人食いムカデどころか、蜘蛛も殺せないやつだったじゃないか。この戦争を生き残るためには変わらなきゃならないんだ。あたしたちみんなが。あたしたちはもう、作家やアイスホッケー選手じゃないんだ。兵士なんだ」

「でもぼくは、だれにも兵士になりたいかどうかなんて訊かれてないぞ」

アディはマーコをにらんだ。「だれも地球に、宇宙のくず《スカム》に核攻撃してもらいたいかどうかなんて訊いてない。それでも攻撃されたんだ」

マーコは、疲れすぎていて議論を続けられなかった。それに、じつのところ、アディのいうとおりだった。いま、マーコは一歩、また一歩と足を前に出すことだけに集中していた。アディが歌いだしたが、すぐにやめて歩くために息を温存した。ほかの新兵たちは、ふたりの前後を無線機を背負って重い足どりで歩いていた。額をぬぐったり水筒から水を飲んだりするために歩調が遅くなるたび、フェンス上のカメラが動いてスピーカーから大きな声が響いた。

「止まるな！」

新兵たちは歩きつづけた。

長い一時間が過ぎたが、まだキャンプの半分しかパトロールできていなかった。いまでは、一歩一歩がスカムの大群との戦いのようだった。砂はつねにちくちくしたし、風は強かったし、日差しは焼けつくようだった。マーコは水筒を振って最後の数滴を飲み、まばたきをくりかえして進みつづけた。前を行くアディの歩みも遅くなっていた。最後尾のケイブマンは、汗まみれでよだれを垂らし、泣きながら歩いていた。花について、スカムについて、銃の音が大きすぎることについてぼそぼそとつぶやいていた。レイラニがケイブマンのそばで、人間離れした体の大きさの新兵の腕を叩いてはげましていた。だが、この基地でもっとも小柄な兵士も疲れはてているようだった。顔から汗がしたたっていたし、目が落ちくぼんでいた。

「三分の二まで来たぞ！」マーコはいった。「食堂が見える。みんな、がんばれ。あとちょっとだ」

新兵たちは歩きつづけた。教練場で挙手跳躍運動《ジャンピング・ジャック》をしている別の小隊が、気の毒そうにドラゴン小隊を見た。ゲートのそばを通っているとき、ロケットが轟音《ごうおん》を響かせながら着陸し、新たな新兵たちが降りてきたが、みんな、疲れすぎていて、新米たちについての話もしなかった。

無線機を背負って歩きだしてから九十分がたち、大型テントが遠くに見えはじめたころ、レイラニが倒れた。

まず膝がくっと折れて砂についた。次の瞬間、顔が膝に続いた。馬鹿でかい無線機がレイラニの背中に食いこんだ。

「レイラニ！」マーコが呼びかけた。無線機をおろしてレイラニのもとに駆けつけた。「手を貸してくれ！」

ケイブマンが、もうレイラニの背中の無線機をつかんでいた。ふたりして急いでストラップをはずし、ずっしりと重い機械を砂の上に置いた。レイラニはうつ伏せに倒れたままうめいていた。

「だいじょうぶだ」小柄な新兵がぼそぼそといった。「石につまずいただけだ。なんでもない」

　レイラニは起きあがろうとしたが、うめきながらまた倒れた。

「だいじょうぶなもんか、デラローザ」マーコはいった。「そもそも、ぼくたちとおなじ重さをかついでるのが変なんだ。ぼくの体の大きさはきみの倍はあるし、ビーストはぼくの倍はあるってのに、無線機はみんなおなじなんだからね」レイラニの肩に手をかけた。「無理するな。起きようとしなくていい。下手をすると背中に――」

「あたしはみんなとおなじ重さのものをかつげるんだ！」レイラニは上体を起こしてマーコをにらんだ。しばし、荒い息をついてから咳きこんだ。そしてふらつきながら立とうとした。

「あんたはあたしがどんな暮らしをしてたか知らないんだ、エメリー。あたしは、マニラのスラムを、何日も休まずに歩きつづけたことがあるんだよ。だから――」真っ青になってうつむき、砂の上に嘔吐した。

「脱水症状を起こしてるんだ」とマーコはいった。フェンス上のカメラを見やった。カメラはマーコたちを見つめていた。「脱水症状を起こして苦しんでるんです！　衛生兵を寄こしてください！」

　カメラがそっぽを向いた。マーコは悪態《あくたい》をついた。

「くそったれ」アディが遠くにぼんやりと見えている大型テントを見やりながらつぶやいた。まだ二キロほどあった。

「だれか、水筒に水が残ってないか？」マーコは呼びかけた。

　無線機を背負ったままの新兵たちが集まってきた。だれの水筒にも数滴以上の水は残っていなかったが、わずかな残りを集めてレイラニに差しだした。その水を飲んだレイラニの頬に、ゆっくりと血の気が差してきた。

「このパトロールはやりとげるよ」レイラニがいった。「あたしは兵士だ。みんなとおなじだ。なんにもない砂漠で基礎訓練中に死ぬために軍に入ったわけじゃない。死ぬなら、スカムの惑星でスカムを撃ちながら死にたいんだ」無線機を持ちあげて背負った。「歩こう」

マーコは、レイラニが自分にもたれかかれるように、彼女のすぐ横を歩いた。

「ひとりじゃ立っていられない」マーコはいった。「もたれかかってもいいかい？」

レイラニはマーコに体重をかけた。あえいでいたし、鼻の頭から汗がしたたっていた。

「いいとも、エメリー」

ふたりはぜいぜいと息を切らしながら重い足どりで歩きつづけた。太陽がぎらぎら輝いていた。とうとう、マーコがふたたび声をかけた。

「きのうはごめんな、デラローザ。食堂で失礼なことをいっちゃって」

レイラニはマーコのほうを向いてふんと鼻を鳴らし、ふたたび彼にもたれた。「あんたは失礼なことなんかいってないさ。あたしがイカれてるんだよ、エメリー。それを覚えておいてくれ。あたしと友達になろうとしないほうがいい。あたしに恋なんか、絶対にしないほうがいい。あたしはイカれまくってるんだ。軍の精神科医もそういってた」

「軍はイカれてるやつに銃をもたせたりしないさ」マーコはいった。

「イカれてるやつが最高の兵士になるんだ。戦争は狂気以外のなんだっていうんだ？」レイラニはつかのま黙ってからマーコの目を見つめた。「エメリー。わかってくれ。あたしは死ぬために軍に入ったんだ。昔の戦争の英雄みたいに、スカムを吹っ飛ばして名誉の戦死がしたいんだ。あたしには近づかないほうがいい。あんたが傷つくはめになるんだから」

レイラニは前を向いて足を速めた。取り残されたマーコはレイラニの両手首の傷痕を思いだした。

二時間がかりでフォート・ジェミラのパトロールを終え、ようやく大型テントに戻ると、マーコたちは無線機をおろし、日陰に置かれている寝台に倒れこむように横たわった。

「せいぜい楽しんできてくれ」アディは腕で目をおおいながら、無線機を持ちあげているドラゴン小隊の残り半分に声をかけた。残り半分は、うめきながらパトロールに出ていった。

しばらく息を弾ませているうちに眠気が差してきたが、どうにか立ちあがって、二百メートル離れた砂のなかにのびている蛇口まで行って水筒に水を満たした——ぽたぽたとしか水が出ないので長い時間がかかり、うしろに並んでいる新兵たちに早くしろとせきたてられた。マーコは水筒をすすぎたかったが、ほかの新兵たちが小石を投げつけはじめたので、ひとくち水を飲んでから、水筒を手に待っている次の新兵に順番を譲った。

〝あたしは死ぬために軍に入ったんだ〟

プロパガンダ映画が何台ものディスプレイに映しだされているテントのなかで寝台に横たわっているあいだも、その言葉がマーコの頭のなかで響きつづけた。マーコがごろりと横向きになると、やはり寝台で横向きになって体を丸めているレイラニが見えた。レイラニのもとへ行って、きっとうまくいくとなぐさめたかった——だが、あまりにも疲れすぎていた。

マーコは眠った。

二時間後、次のシフトがはじまった。

またしても、マーコ、アディ、それにほかの新兵たちは無線機を持ちあげた。テントの外へ出て、強烈な日差しに焼かれながらふたたびパトロールを開始した。

二時間後、マーコたちはさらにへとへとに疲れきり、ありえないほどぼろぼろになってテントに戻ってきた。

マーコは寝台に倒れこんであえいだ。背中と脚と胸と頭がずきずき痛かった。

「戦争は地獄だっていうけど」マーコはしゃがれ声でいった。「新兵訓練と比べたら、きっと戦争のほうがましだろうな」

「これと比べたら、戦争は売春宿だな」エルヴィスが同意した。

口笛が聞こえたので振り向くと、ふたりの新兵がビニール袋を下げてテントに入ってきていた。ピンキーが先に立ち、RASCOMでケイブマンをいたぶっていた、ちびの親分に付き従っていたいじめっ子たちのひとり、ニック・〝ディッキー〟・ディッカースンが続いていた。ごろつきはふたりともビニール袋を開いた。

「昼めしを持ってきてやったぞ！」ピンキーが告げた。「食堂へ行く途中でシン軍曹と会ったから、おれたちがみんなのめしを持ってくることになったんだ。スパム・サンドイッチをどっさりとな！」

　このときのマーコは、スカム・サンドイッチだって食べられそうだった。ほかの新兵たちとともに、マーコもよろめきながら食料のほうに向かった。一歩ごとに靴ずれが激痛をもたらした。

「そら、スパム・サンドイッチだ。そら、スパム・サンドイッチだ……」ピンキーが、サンドイッチをほおばりながら、ビニール袋からサンドイッチを出して新兵たちに放った。「ほら、サンドイッチをふたつ食え、ビースト。おまえに一個、おまえに一個」またひとくちかじった。「くそっ、タイニー・デラローザとメープルシロップにもやるぞ」サンドイッチをレイラニとアディに放った。「さてと……この最後の一個はおれがいただくとしよう」

　マーコがピンキーに詰め寄った。「おい、ピンキー。おまえはもう食べてるじゃないか。そのサンドイッチを寄こせ。それはぼくのだ」

「そうなのか？」ピンキーはほおばっていたサンドイッチの最後のひとくちを呑《の》みこむと、最後のサンドイッチの包装をむいた。「きょうはサンドイッチを二個食いたいんだ」

「ピンキー、喧嘩はしたくないんだ」マーコはいった。「だけど、おまえの腹を裂いてとりださなきゃならないとしても、そのサンドイッチはもらうからな」

　ピンキーはそのサンドイッチをかじって唇をなめた。「どうしてもおれと喧嘩したいようだな」

「歯をへし折ってやれ！」アディが叫んだ。

「タマを蹴ってやれ！」レイラニが叫んだ。

「ポエットをぶち殺せ、ピンキー！」ディッカースンが大声をあげた。

ほかの新兵たちも集まってきて、笑ったり叫んだりしているなか、マーコはサンドイッチめがけて突進した。ピンキーは手をひっこめてまたサンドイッチをかじった。そしてマーコは――疲れきっていたし全身が痛かったが――小柄な新兵に飛びかかって組みついた。

ピンキーはパンチとキックを繰りだした。小柄にもかかわらず、ピンキーはびっくりするほど力が強い。マーコは、ピンキーが、ビーストとアディもできなかった、腕立て伏せ百回をやりとげるところを見たことがあった。くそちびの戦いぶりはもっとも怖いもの知らずの動物とされるラーテルのようだったが、マーコもやられっぱなしではなかった。パンチを受けとめ、ピンキーの手首を殴るとサンドイッチが飛んだ。

サンドイッチは弧を描いて砂に落ちた。

ピンキーはつばを飛ばして高笑いをした。「おまえの勝ちだ、くそ野郎。どうぞ砂《サンド》サンドイッチを食ってくれ」

マーコは体をまっすぐにした。ピンキーに殴られた顔がずきずきするのを感じながら、食べられる部分を回収した。ぼくは誇りを失ったんだろうか、それとも勝ちを得たんだろうかといぶかりながら、むっつりした表情で食べた。

「ピンキー」全員が寝台に腰をおろすと、マーコはたずねた。「おまえはなんでそんななんだ？」

エルヴィスがうなずいて、マーコの隣にすわった。「いったいなにが気にいらないんだ？

なんだって、おまえは、そうだな、くそ野郎なんだ？　おっと、こんどはおれを標的にしないでくれよな！　おれたちはみんな、おまえがくそ野郎だってことを知ってる。おまえも知ってる。指揮官たちも知ってる。ひょっとしたら、スカムだって知ってるかもな」

　自分の寝台にすわっているピンキーは全員をにらんだ。テントは日差しをさえぎってくれていたが、焼けつくように暑いことに変わりはなかったし、砂漠から砂が吹きこんできていた。ピンキーは、長いこと黙って歯を吸いつづけてから、いきなり笑った。

「ふん、みんな、おれをどうにかしようとしたのさ」ピンキーは話しだした。「そうとも、どうにかしようとしたんだ。おれの婆さんも。先公どもも。精神分析医どもも。時間をたっぷりかけて、くそっ、おれを救おうとしたんだ。やつらはみんなそういってたよ。おれを救いたいと」苦々しげに笑った。「やつらはしくじった。親父がムショ暮らしで、お袋がジャンキーで酒浸りで、スカムより地元のギャングを心配しなきゃならないと、こんな……このおれ、ピンキーができあがるのさ」

「でたらめだ」レイラニが立ちあがってつばを吐いた。

「ほんとうさ」とピンキー。「婆さんは、軍隊がおれを救ってくれると考えた。ふつうなら、軍隊はおれみたいなやつを受け入れたりしない。少年院に何年もいたようなやつを。そうとも。いつもなら、特殊部隊送りになるんだ――犯罪者が、ごろつきが送られる部隊送りに。だけど、軍の精神分析医まで、おれを救えると思ったんだ。おれをふつうの若者と――ポエットみたいな、大学に通ってるようなちゃんとした息子たちと――一緒にすればおれもおちつくんじゃないかとな。無理なんだ。親父がベルトでおれの性根を叩きなおせなかったってのに、軍隊がおれをまともにできるはずがないんだ」

しばし、全員が無言でピンキーを凝視した。そしてマーコは……衝撃を受けていたが、たしかに感じていた。

ピンキーに対する同情を。

この若者は、サイコパスで、犯罪者予備軍で、スカム並みにいとわしいが、そう、ピンキーは――母親を亡くしている――マーコでさえ想像もできないような人生を送っていた。

だが、レイラニは、そのような同情をみじんも感じていないようだった。小柄な新兵は、両手を握りしめて震えながら歯をむきだし、「そんなのたわごとだ」と断言した。

「なんだと?」ピンキーがいった。

レイラニはうなずいてピンキーに指を突きつけた。「あんたは、ひどい子供時代のせいでくそ野郎になったんじゃない。あたしはそんなお涙ちょうだいにごまかされないよ。親父がムショ暮らしだったって?　すくなくとも、あんたには親父がいたじゃないか。あたしの父親のアメリカ人兵士は、あたしがまだ母親のお腹のなかにいたときにあたしを捨てたんだ。お袋がジャンキーだったって?　あたしの母親は十三歳の売春婦だったんだ。荒れた地元で育った?　あたしはごみの山で育ったんだ。食べられるものが、ちょっとでも肉が残ってるチキンの骨とか傷んだ果物とかがないかってごみ捨て場をあさったんだ。ギャングが怖かった?　あたしは、あたしを強姦しようとする大人とか、病気を移すネズミとかにおびえながら、何千人もの似たような境遇の子供たちと一緒に、毎日、腹ぺこでごみあさりをしてたんだ。母親が死んだときは、紙を食って、これをしたんだ」涙を浮かべながら両手首を上げて傷痕を見せた。「だから、あたしの前で子供時代がつらかったなんていわないでくれ、ピンキー。あたしには、そんな暮らしだってうらやましいんだから。だけど、あたしはあんたみたいな胸くそ悪いいじめっ子にはならなかったんだ」

　レイラニは頬を涙で濡らしていた。唇を震わせながらくるりと向きを変え、遠くの寝台に歩いていって横になった。

　しばしのあいだ、新兵たちはみな黙りこみ、プロパガンダ映画の音声だけがテントに流れていた。ディスプレイでは、四肢をすべて失った男性が、スカムに手足は奪えても人間の精神は奪えないといっていた。彼は義手で親指を立てた。

「ところで、ピザ伍長っていいケツをしてるよな？」エルヴィスが沈黙を破った。

　ビーストが異議を唱えた。「おまえはいいケツをわかってない。いいケツを見られるのはロシアだけなんだ」ガールフレンドの写真を出した。「たとえば、おれのガールフレンドのルドミラみたいにな」

「きのうは、ガールフレンドはオクサナだっていってたぞ」エルヴィスがいった。

「なんだって？」ビーストは顔を真っ赤にして首を振った。「違う、違う。ルドミラだ。見ろ。見てくれ。ルドミラを見てくれ。写真ならもっとあるんだ」

　マーコは寝台からおりてテントの奥に行った。そこから、有刺鉄線のフェンスまでの石がごろごろしている荒れ地と、その向こうにうねうねと広がっている砂丘が見えた。彼方にぼんやりと黄色い山々が見えた。レイラニが、寝台で丸まって、遠くを見やっていた。マーコはレイラニの横に腰をおろした。

「やあ、デラローザ」マーコはいった。

「なんの用だ、エメリー？」レイラニの声は震えていた。

マーコはダッフルバッグをかきまわして崩れかけたグラノーラバーを見つけた。銀色の包装紙はひどく汚れていた。「家から持ってきたんだ。ピンキーのスパム・サンドイッチよりうまいぞ。食べるかい？」

レイラニは無言だった。

マーコはぐにゃりとしたバーと眉毛をぴくぴく動かした。「レーズン入りだぞ！」

レイラニは黙ったまま、真っ赤な目で砂漠と有刺鉄線のフェンスの向こうを見つめていた。

「スカムがいますぐ襲ってくればいいのに」やがて小さな声でいった。「ずっと、あのフェンスを越えてやつらが来ればいいのにって願ってるんだ。やつらと戦えるようにって。戦いたいんだ。戦って死にたいんだ――戦争のヒロインになりたいんだ。ボロ無線機に押しつぶされて死ぬんじゃなく。路地で手首を切って死ぬんじゃなく。そうとも、だから深くは切らなかったんだ。ほんとはあんなふうに死にたくなんかなかったんだ。いい死にかたがしたかったんだ」

マーコはためらったが、レイラニの肩に触れ、その華奢さに驚いた。そして、レイラニがあの馬鹿でかい無線機をかついで歩いたことにあらためて驚嘆した。「こんなのはどうだい、デラローザ？　ぼくたちは戦争の英雄になって生きのびて、八十年後に、このレーズンみたいにしなびてから死ぬんだ。アヒル池の正面にあるテラスに置いた揺り椅子にすわって、ピンキーがスカムにタマを切り落とされたときの話を笑ってしてから」

レイラニが、やっとほほえんだ。「ピンキーのタマは、レーズンみたいにちっちゃくてしなびてるんだろうね」

マーコはグラノーラバーの包装をむき、ふたつに割って大きいほうをレイラニに渡した。

「うーん、ピンキーのタマはうまそうだ！」

ふたりはグラノーラバーを食べ、やがてレイラニは目をつぶり、マーコにもたれて寝入った。マーコはそっとあお向けになった。レイラニはマーコの胸に頭をもたせかけたまま眠りつづけた。マーコはあと一時間で、マーコたちは起こされ、無線機につぶされそうになりながら次のパトロールに出発しなければならない。だが、マーコはいま――この瞬間、この一時間――自宅をあとにしてからはじめて安らぎを覚えていた。

うとうとしはじめながら頭の向きを変えたとき、マーコはテントのなかで立っているアディが、目に奇妙な色を浮かべてマーコとレイラニを見つめていることに気づいた。背が高くて頭がイカれている義理の女きょうだいは、向きを変えて寝台に横になった。そしてそれから一時間、マーコは、頭がぼうっとなる暑さと、肌に感じるレイラニの息以外のなにも意識しなかった。

13

マーコの人生でもっとも長くもっともつらい二十四時間が終わり、ドラゴン小隊の新兵たちはようやくさびだらけの旧式無線機から解放されて、よたよたと自分たちのテントに向かった。砂漠に立っているぼろぼろの古い軍用テントが美しく見えるなんて、マーコは思ってもいなかったが、いまはオアシスのように見えた。アディとレイラニにはさまれている懐かしき寝台に横になって休みたくてたまらなかった。ひょっとしたら、ついに――この地獄の日々のあとで――『ロガーヘッド』を何段落か書けるかもしれなかった。

テントの前に伍長たちが立っているのが見えた瞬間、そんなことはできないのだとマーコはさとった。

ドラゴン小隊の三人の伍長がそろっていた。細身で褐色の肌のウェッブ、いかめしいセイント‐ピエール、そして屈強なディアス。三人とも銃を持っていた。

「気をつけ！」ウェッブ伍長がブレードタイプの義足で歩きまわりながらどなった。背はレイラニよりかろうじて高いだけなのに、大男のビーストですら思わず背筋をのばして顎を上げてしまう声だった。

「整列！」とセイント‐ピエール伍長がどなると、新兵たちは——足の裏に水ぶくれができ、日焼けし、喉が渇き、空腹だったが——砂の上で整列した。

「いいか！」ディアス伍長が新兵たちのほうに歩を進めた。「ささやかな休暇を終えたきさまらに褒美をやる。きさまらにはスカムと戦ってもらう。おれに続いて行進しろ！　エメリー——号令をかけろ」

　マーコはかろうじて歩ける状態だった。一歩ごとに背中が悲鳴をあげていた。足は砕けているように感じた。水ぶくれができているだけでなく、押しつぶされて骨がこなごなになっているかのようだった。だが、マーコはディアス伍長に続いた。まる一日、無線機を運ぶ苦痛に耐えられたのだから、これにも耐えられるはずだった。小隊は二列になって伍長たちを先頭に行進した。マーコはディアス伍長と並んで号令をかけた。

「三、二、一、行進！　三、二、一、行——」

「声が小さい！」とディアス。

　マーコは声を振り絞ったが——伍長たちの声のような威厳はかけらもないんだろうな、と思った。「三、二、一……」

　小隊はテントをあとに行進した。新兵の多くが遅れたり、足をひきずったり、隊列を乱したりしたが、伍長たちがたちまちどなりつけたり電撃をくらわせたりして元に戻した。一歩ごとに足と背中に激痛を覚えながら、マーコはディアス伍長を見た。古参兵は、二本のスカムの鉤爪に体を引き裂かれ、脊椎を粉砕された。その脊椎は、いまは金属でつながれている。

その伍長がこの砂漠を行進できるなら、ぼくだって――アディに頭をごつんと叩かれたくらいで、特に怪我はしていないのだから――耐えられるはずだ。

ディアス伍長は、この十年で指折りの激戦だったアパラチア山道の戦いを生きのびたんだ、とマーコは考えた。ぼくだって基礎訓練を生きのびられるはずだ。

小隊は砂漠をめざして行進した。マーコはあやうく取り乱しそうになった。

「うわっ」アディがうしろで小さく驚きの声をあげた。

三匹のスカム――ただの木の模型ではない、本物の、実物のスカム――が前方の砂地で、下半身の体節を支えに上体を起こしていた。

マーコは銃に手をのばした。ほかの何人かの新兵も銃を構えようとした。小隊のあちらこちらから悪態《あくたい》があがった。

「おちつけ」前方から声が聞こえた。「これは死体だ」

巨大な黒いムカデの陰からベン‐アリ少尉が姿をあらわした。少尉は銀色のプラズマ銃を腰に下げていた。その銃は、ほかの兵士たちが携帯している、弾丸をまき散らす不格好な銃よりもずっと洗練されて見えた。ベン‐アリはヘルメットをかぶり、サングラスをかけていた。

「気をつけ！」とディアス伍長がどなり、伍長たちは三人とも指揮官に敬礼した。ベン‐アリ少尉はうなずいて敬礼を返した。

「この三体は、アルジェリアの砂漠で回収したものだ」ベン‐アリは身ぶりで怪物どもを示した。「外骨格だけになっている。内臓は吸いだして埋めた。ひと嗅ぎしただけで人間の兵士は倒れて死んでしまいかねないし、スカムの血と肉に触れると、人間の肉は溶けて落ちるからだ」少尉は鉤爪の一本をぽんと叩いた。鉤爪は三日月刀《シミター》のように突きだしていた。「この先端には穴があいている。鉤爪は、おまえたちを引き裂くだけではない。殺してくれと大声で請い願うような毒を注入するのだ」

ディアス伍長はうなずき、袖をまくってひどい傷痕を見せた。「少尉どののおっしゃるとおりだ。おれは知ってる」

マーコは三体の外骨格を見てひるんだ。どれもベン‐アリ少尉よりはるかに大きい。スカムの体は十八個の硬くて黒くて鉤爪が二本ずつ出ている体節からなっている。怪物の先端からは——鉤爪よりも小ぶりだが鋭利さは変わらない——大顎が角のようにのびている。

「このエイリアンは醜いだけじゃない」とベン‐アリ少尉。「知性もある。人間以上の知性がな。人類はわずかな数の惑星にしか入植していない。スカムは何十もの恒星系を支配している。人類にはまったく理解できないバイオテクノロジーを使って有機恒星船《スターシップ》をつくれる。毛包《もうほう》ひとつから人間のクローンを培養して洗脳し、スパイとして地球に送りこめる。人類はまだ超光速通信を実現できていない。だがスカムは、人類をはるかに凌駕《りょうが》する量子もつれ技術を使って、どんなに離れていても即時通信ができるし、その通信を傍受することは不可能だ。つまり、あらゆる点で、技術的にはスカムのほうが人類よりもすぐれているのだ。そしておまえたちには、そのスカムを殺す方法を身につけてもらう——弾丸さえ使わないでな」

「弾丸を使わないんですか？」アディは愕然としていた。

「スパム・サンドイッチを食わせれば、喉に詰まらせて死ぬかもしれないな」エルヴィスがそういって、友人たちから笑いをとったが、腕立て伏せを四十回させられた上に、今晩、一時間、鍋を磨くはめになった。

ベン‐アリ少尉が木箱に歩みよって蓋をあけた。きらめく銃剣があらわれた。

「すげえ！」アディが歓声をあげた。「やった。これが武器ってわけか」

マーコは顔をしかめてアディを見た。「アサルトライフルを撃ったり手榴弾を投げたりしたってのに、ナイフに感動するのかい？」

アディはうなずいた。「引き金をひいたり爆弾を投げたりはだれにだってできる。だけど、エイリアンと面と向かって鋼鉄の刃物で戦うには度胸がいるからな」

「鋼鉄じゃないぞ」とベン‐アリ少尉がマーコたちのほうに歩いてきた。「鋼鉄ではスカムの外骨格にたちうちできないからな。これは、ダイヤモンドとイリジウムの複合材を超硬質炭素素材のグラフェンでコーティングしてある、人類防衛軍《HDF》の科学者が開発した銃剣だ。この刃なら戦車だって貫ける――それにこのスカムの外骨格だって」少尉は銃剣を手にとってそびえたつ外骨格を軽く叩いた。「ここが体節の接合部分なのがわかるな？　装甲がいちばん弱いのはここだ。おまえたちが弾を撃ちこむのは、そして突き刺すのはここだ。鉤爪をよけられたらの話だがな」少尉が外骨格をぐいと押すと、見えない軸を中心に外骨格が回転し、鉤爪が宙を切り裂いた。

「少尉どの」エルヴィスが不安そうな顔でたずねた。「どうしてスカムに近づくんでありますか？　一キロ離れたところから銃で撃てるっていうのに」

ベン‐アリ少尉はエルヴィスの前まで行ってサングラスをはずし、彼の目を見つめた。

「弾倉は何発入りだ？」

「六十発です」

「弾倉はいくつ携帯しているんだ？」

「六個です」

「ＨＤＦの統計によれば、スカムを一匹殺すために二十万発が必要だ。おまえが持っている弾で何匹のスカムが殺せる？」

エルヴィスは、しばらくのあいだ、指を折って計算していた。「一匹のスカムを殺すのに二十万発必要で……弾倉は六十発入りで……ひとりの兵士は弾倉を……」唇をすぼめてため息をついた。「多くはありません」

ベン‐アリ少尉はうなずいて、ほかの新兵たちのほうを向いた。「戦闘中に弾が切れることもある。銃が作動不良を起こすこともある。スカムが――林や建物やスカムの巣のなかで――すぐ目の前に飛びだしてきたが、近すぎて装塡《そうてん》し、ねらいをつけ、引き金をひく暇もないこともある。銃剣が、スカムを殺せるか、おまえたちがスカムの腹のなかにおさまるかを分けることだってあるんだ」ディアス伍長のほうを向いた。「伍長、実演してくれるか？」

「承知しました」伍長はかすかに笑った。木箱から銃剣をとってＴ57アサルトライフルにとりつけると、喚声をあげて突進した。ブーツが砂を蹴立てた。ベン‐アリ少尉がまた外骨格を押して軸を中心にくるくる回転させた。ディアス伍長が銃を横に振ると、ストックが鉤爪の一撃を受け流した。次の鉤爪が襲ってきた。ディアスは銃を反対側に振って銃身で鉤爪をブロックした。

　銃を引き戻した。叫びながら銃口を突きだした。

　銃剣はムカデの体節と体節のあいだにあたった。外骨格にひびが入った。刃はずぶりと突き刺さった。スカムは鉤爪を振りまわすのをやめた。

　ディアスは銃剣を引き抜くと、言葉にならない叫びをあげながらまた突いた。銃剣は違う体節と体節のあいだに深々と刺さった。三度めに銃剣を振るったときは鉤爪を断ち切り、四度めで攻撃を終えた。ムカデはまっぷたつになり、人間並みの大きさがある上半身が、どすんと砂の上に落ちた。

「これでこのスカムは死んだ」ディアス伍長がいった。

「最初から死んでたよな」アディがマーコにささやいたが、ベン‐アリ少尉にじろりとにらまれて黙った。

「リンデン！」ベン‐アリがどなった。「どうやら簡単だと思っているようだな。前に出て銃剣をとれ」少尉は二体めのスカムの外骨格を示した。「次はおまえだ」

「よっしゃ」アディはいった。「地元にいたころ、アイスホッケーで敵をぶちのめしたみたいにぶちのめしてやりますよ」

アディは銃に銃剣をとりつけると、喚声をあげながらスカムに突進した。

ベン‐アリ少尉が外骨格をぐいと押して下がった。巨大なムカデが見えない軸を中心に回転し、鉤爪で宙を切り裂いた。

アディはエイリアンに近づくと銃剣を突きだした。迫ってきた鉤爪がアディの銃をとらえ、弾き飛ばした。跳ねあがったストックがアディの顎にぶつかり、アディはがくんと頭をのけぞらせた。めぐってきた鉤爪がアディの脇腹をとらえた。

「アディ！」マーコは叫びながら飛びだそうとした。

ディアス伍長がマーコを押さえた。「鉤爪の先はにぶらせてある。そこにいろ」

アディは砂の上に倒れた。唇から血が出ていた。たしかに、鉤爪による切り傷はできていなかった——だが、明日にはひどいあざができているだろう。アディはぶつぶつと悪態をつき、よろめきながら立ちあがった。

「本物のスカムはあんな動きはしませんよ、指揮官どの」アディはベン‐アリに訴えた。

少尉はうなずいた。「本物のスカムの動きは三倍速いし、おまえのまわりを走りながら鉤爪を繰りだすんだ」ベン‐アリは別の新兵を指名した。「次はおまえだ、ディッカースン。はじめろ」

ピンキーの子分の大柄なごろつきのひとり、ニック・〝ディッキー〟・ディッカースンは、ふうっとうめいてから銃剣をつかみとった。そしてやはりスカムに突進した。やはり砂に倒された。こめかみと肘から出血した。

ひとりまたひとりと、新兵たちは外骨格に突進して銃剣を振るった。ビーストは気負うことなく怪物に銃剣を斬りつけて鉤爪を一本切り落としたが、大男のロシア人も、結局、残った鉤爪に倒された。レイラニは絶叫しながら突進し、ありったけの力をこめて何度も銃剣を突き刺し、スカムをまっぷたつにするかに思えたが、ついに、低いところの鉤爪に脚を打たれ、小柄な兵士も倒された。

「さてと、害獣を一匹、始末してやるか」ひょろりとしたシェリフが、にやりと笑いながらゆっくりした口調でいった。彼が〝保安官《シェリフ》〟と呼ばれているのは、テキサス出身だからでもあったが、もっぱら、彼がヘルメットにマジックで星形の保安官バッジを描いているからだった。シェリフは軍の所有物を汚したせいで一週間、厨房当番をするはめになったが、ヘルメットの星形を消すようには命じられなかった。「こんなの、テキサスの牛泥棒と似たようなもんだ」

シェリフは奇声を発しながらスカムに突撃し、顎に強烈な一撃をくらって歯を二本折った。ウェッブ伍長がテキサス人を基地の診療所へ連れていった。

次はピンキーだった。ピンキーは手で髪をかきあげてつばを吐き、股間をかいてから銃剣をとった。しゃがれた絶叫をあげながら突進した。

外骨格が回転した。

ピンキーは金切り声を発しながらジャンプし、T57を振りあげた。ストックを二本の鉤爪のあいだに叩きこんで怪物の回転を止めた。銃を反対側に振り、ふたつの体節のあいだに銃剣を突き入れた。外骨格にひびが入った。笑い、悪態をつきながら銃を引き抜いてジャンプすると、銃剣をひびに突き刺した。鉤爪を蹴りながら銃をひねって飛びすさった。

外骨格が大きく割れてがらんどうの中身が見えた。次の一撃でスカムはまっぷたつになり、上半身が落ちた。

「やったぜ！」ピンキーは雄鶏のようにふんぞりかえって歩いた。「どうだ、こんなもんさ！」

新兵たちは口笛を吹き、拍手喝采し、ピンキーの背中を叩いた。マーコと彼の友人たち以外は。マーコたちは不機嫌な表情で見つめていた。

「運のいい野郎だ」アディがいった。「やつの前にあたしたちがダメージを与えておいたおかげなのに」

エルヴィスが、にぶらせた鉤爪があたった脇腹をなでながらうなずいた。「おれたちが小さなひびをたくさん入れておいたんだ。やつの一撃がとどめになっただけなのさ」

「エメリー！」ベン‐アリ少尉が呼んだ。「次はおまえだ」三体めの、最後のスカムを示した。

マーコはごくりとつばを飲んだ。それは新しい外骨格だった。ひびは入っていないし傷もついていない。ピンキーのようなアドバンテージはなかったし、ディアス伍長のように戦闘経験があるわけでもなかった。マーコは木箱に歩いていって最後の銃剣をとった。グラフェンブレードは黒く、黒曜石のような光沢があった。マーコは、ファンタジー小説の登場人物になって伝説のアイスゾンビを倒すための魔法の剣を手に入れたような気分になった。『ロガーヘッド』じゃなくてそういう本を書くべきなのかもな、と思いながらアサルトライフルに銃剣をつけた。スカムに向かって足を踏みだした。

「ケツを蹴っ飛ばしてやれ！」アディが叫んだ。

「スカムにケツはないんだってば！」マーコは叫びかえした。

「心臓をえぐりだしてやれ！」レイラニがどなった。

マーコはスカムに心臓があるかどうか確信が持てなかったが、激励と受けとめることにした。仲間たちと違って、マーコは外骨格に突進せず、銃を構えてゆっくりと近づいた。ベン‐アリ少尉がスカムをぐいと押すと、外骨格が回転し、鉤爪が宙を切り裂いた。

鉤爪は銃とおなじくらいの長さがある。怪物を攻撃するためには、鉤爪が届く範囲内に踏みこまなければならない。いったん近づいたが、鉤爪が迫ってきたので飛びすさった。ピンキーとディッカースン、それにあと何人かが背後であざけった。マーコは唇をぎゅっと結んだ。

気をつけろよ、とマーコは自分をいましめた。獣みたいに突っこむな。ゆっくりと近づくんだ。

マーコはふたたび近づいて銃を突きだした。

鉤爪が銃身にあたり、銃をもぎとられそうになった。ストラップをつけていなかったら小銃を弾き飛ばされていただろう。マーコはふたたび下がった。

「スカムにケツはないんだってば！」ピンキーが裏声で真似てからかい、しゃがれ声で笑った。

マーコは野次を、ほかの新兵たちの馬鹿にした笑い声を無視しようとした。目を細くしてスカムを見つめた。鉤爪は、あいかわらず、ボクサーのパンチのように横へ振られていた。突然、マーコが立っているのはアフリカの砂漠ではなくなった。ふと気づくと、マーコは雪のなかに、トロントの凍てついた通りに戻っていた。スカムが襲ってきて母親を殺し、死体を食った。アディの両親を殺した。そしてマーコは絶叫しながら渾身《こんしん》の力をこめて銃を突きだした。

銃剣はふたつの体節のあいだにぐさりと刺さった。そのまま銃身まで深々と外骨格にもぐりこみ、ハンドガードでやっと止まった。鉤爪が、ハンマーを叩きつけるような勢いでマーコにあたった。あばら骨にがつんと一撃をくらったマーコは激痛で悲鳴をあげたが、銃は離さなかった。ブーツをスカムにかけて銃剣を引き抜くと、さらに大きく外骨格が裂けた。鉤爪がヘルメットにあたり、マーコは頭に激しい衝撃を受けた。

マーコは砂にあお向けに倒れた。

マーコの前で、スカムがまっぷたつになった。マーコがごろんと横に転がると、堅固な外骨格の体節と鉤爪が落ちてきて、すぐそばの砂に刺さった。

マーコは一瞬、黙ったまま横たわっていた。もう、だれも笑っていなかった。

マーコは立ちあがってまっぷたつになったスカムを見おろした。砂を蹴ってスカムにかけた。

とうとう、ピンキーがふんと鼻を鳴らして沈黙を破った。「たいしたもんだ。まあ、最初から死んでたんだけどな」

「おまえのだっておなじじゃないか」アディがそういうと、小柄な兵士は彼女をにらみつけた。

その夜、食堂で、マーコは——ピンキーとその一味を除いた——仲間たちからぽんぽんと背中を叩かれた。ビーストは、オクサナ——それともルドミラだったか？——の写真を、歩哨当番のあいだのなぐさめにするために今晩貸してやるとまで申し出た。マーコは丁重に断ったが、シェリフからのデザートの申し出は受けた。それはケーキというより濡れたスポンジだったが、栄養を余分にとれるのはありがたかった。入隊してまだ数日なのに、もうベルトの穴がひとつ縮まっていた。

「あたしたちはみんな、もうスカム殺しの専門家なんだ」アディが食べながらいった。「戦争に勝つ準備はもうととのってるんだ」

エルヴィスが、精一杯の戦士の顔をつくってスパムを突き刺した。「どうだ！　われはマーコ・エメリー、スカムキラーなり！」肉をかじった。「チキンみたいな味だな」

その夜、分隊のテントの寝台で横になっているとき、マーコはだれかに見られているような気がした。見まわすと、レイラニがこっちを見ていた。レイラニはすぐに目をつぶって反対側を向いた。マーコは、しばらくのあいだ、レイラニの、黒髪を丸刈りにした後頭部を見つめながら、大型テントで彼女を抱いていたときのことを、彼女が彼の胸に頭をもたせかけて寝ていたときのことを思いだしていた。

「おやすみ、レイラニ」マーコがそうつぶやいた直後、アディに枕で殴られた。

「歩哨当番だ」とアディから告げられたので、マーコは銃を持ち、鞘《さや》におさめた銃剣を腰に下げ、重い足どりで外へ出た。満天の星空だった。そのどこかに、おびただしい数のスカムがひそんでいるはずだった。

14

「どうしてもピザ伍長って呼ばなきゃならなかったんだよな？」マーコが、ごみ箱の片側を持って砂漠を歩きながらいった。

　反対側を持っているアディが肩をすくめた。「聞かれてるのを知らなかったんだ！　それに、みんなピザ伍長って呼んでるじゃないか。いいだしたのはたぶんエルヴィスだ」

「ああ。だけど、きみはエルヴィスみたいな馬鹿じゃないじゃないか」マーコはいった。

　アディはむっとした。「ああ、あたしは馬鹿さ！」

　マーコはうめいた。「彼女の名前はフィオナ・セイント‐ピエール伍長だし、きみは彼女を傷つけたんだ」かがんでキャンディの包装紙を拾い、ごみ箱に入れた。「おかげで、ぼくたちは基地全体のごみを拾わなきゃならなくなった。ぼくはなんにもしてないのに！　彼女をピザって呼んだのはきみだ。ぼくは話しかけられただけだったんだ」

「ふん、あの女が傷ついたんならうれしいね。あの女は、ほかの指揮官たちとは比べものにならないくらい、感じが悪くてむかつくやつだからな。人間性のほうが肌よりひどいんだ。くそっ、シン軍曹だってあの女よりは感じがいいし、軍曹のしかめっ面はいつもあのでっかい真っ黒な顎ひげで隠れてるからな」アディは古ぼけた下着を拾った。「うげっ！」身震いをしてごみ箱に放りこんだ。「うげっ、うげっ、うげっ、くその筋がついてやがる！」

　マーコは、石がごろごろしている荒野でコンドームを見つけて身震いした。キャンディの包装紙を使ってコンドームを拾うと、ぞっとしながらあわててごみ箱に放りこんだ。「胸がむかむかする」必死で吐き気を抑えた。「いいかい、とにかく、ぼくたちにきびしくあたるのはそれがセイント‐ピエールの仕事だからなんだ。だから――」顔をしかめた。「おいおい――あれってネズミの死骸じゃないか？」

　ふたりは、伍長を侮辱した罰で、もう一時間、フォート・ジェミラ基地のなかでごみ容器を運んでいた。新兵たちは――洗面用品やスナックや下着などの――さまざまな私物を自宅から持ちこんでいるので、ごみが基地内の荒れ地や砂地のいたるところに転がっていた。ごみ箱はビーストが入れるほど大きかったが、すでにだいぶごみがたまっていた。

「ポエット、おまえがあたしに、どの食べ物がいちばん恋しいかなんて訊かなかったらこんなことにはならなかったんだからな」アディはいった。「だからあたしはピザを思いだしたんだ。な、悪いのはおまえだ。おまえがあんなこといわなかったら、あたしたちはいまごろ射撃場で木のスカムを吹っ飛ばしてた。なのに、ネズミの死骸だの下着だの――」

「アディ」マーコがささやいた。

「――キャンディの包み紙だのタンポンだの――」

「アディ、見ろよ」マーコが目をうるませてまたささやいた。「うわあ。うわあ」

「なんだ、マーコ？　なんなんだ？　あたしは――」

マーコはアディの顔をつかんで無理やり横を向かせた。アディの顎がかくんと落ちた。

「なんてこった」アディはささやいた。「きれいだ。なんてきれいなんだ」

マーコは泣きそうだった。

ごみ箱を持ったまま、ふたりは駆けだした。

それは砂漠のなかで神殿のように立っていた。神聖な記念碑のように。モーセが見た燃える柴（旧約聖書出エジプト記で、モーセは燃える柴のなかから神に呼びかけられ、エジプトで苦しむイスラエル人を救いだせと命じられた）のように。マーコの耳に天使の歌声が響いた。ありえなかった。ありえるはずがなかった。きっと蜃気楼だ――だが、それは目の前で栄光に包まれていた。天の恵みと、ありとあらゆる甘美な地獄の罪を分かち与えてくれそうだった。赤と灰色のそれは、古びているし傷だらけだったが、それでも喜びに満ちていた。その自動販売機はきらきら輝いていた。マーコを呼んでいた。

マーコは両手を透明なプラスチックに押しあてながら、なかの宝物を凝視した。

「グーブルドロップ！」マーコはささやいた。「フィズウィズラー！　アーモンドクランチャー！　みんなあるじゃないか！」

アディはよだれを垂らした。「ヒッコリーチップス。ひえひえの瓶入りフォレストデュー。それに……」息を呑《の》み、目に涙を浮かべた。「アイスクリームだぞ、マーコ！　トロントでも売ってた、うまくて栄養なんかぜんぜんない、メープル味のホッケーパックアイスクリームだ！　たまげたな。おい、マーコ、きょうは祭りだぞ」ポケットを探った。「金を持ってるか？」

「たぶんね。うちから財布を持ってきたんだ」

マーコとアディは財布を出し、数百ドルを抜きだした。それでふたつかみっつの商品を買えた。ふたりは――二枚の大きなクッキーでリッチなメープルアイスクリームをはさんである――ホッケーパックをふたつ買い、一本のフォレストデューをまわし飲みすることにした。ふたりはキャンプのはずれにある聖なる自動販売機の陰にすわった。あたりには、砂と有刺鉄線以外、なにもなかった。ふたりは飲み、食べて至福のひとときを楽しんだ。

「ほぼ人間に戻れたような気がするよ」マーコはそういって、もうひとくちアイスクリームを食べた。

「ささやかな文明の味だな」アディはアイスクリームの最後の数口をむさぼるように食べ、炭酸飲料をごくりと飲んだ。「やっぱ、これだよな」

「まったくだ」マーコは同意した。「いまトロントに戻れたら、これを十個食べるのに」

「アイスクリームだけじゃない」アディはいった。「おまえとこうしてしゃべれてよかったよ。戦争以外のことを」ポケットからタバコの箱を出して一本に火をつけた。

マーコは片眉を吊りあげた。「トロントにいたときも、この二年くらい、きみはほとんどぼくと話してなかったじゃないか。しょっちゅう、あのアイスホッケー選手と一緒に過ごしてたじゃないか。あいつの名前はなんだっけ？　ブッチ？　バック？　バーバ？」

「スティーヴだ」アディはいった。

「ああ、そうだった」

アディはやれやれという顔をした。「スティーヴはとんだまぬけ野郎だったよ。ベッドのなかではよかったけど、それだけだったな」

「アディ！」マーコはたじろいだ。「そんな話は聞きたくないんだけどな」

アディは口の端から舌を突きだしてウインクした。「嫉妬してるのか？」

「そんなわけあるか」

「なんでだ？」アディはマーコの腿に手を置いた。「おまえはあたしを、デラローザとおなじくらい愛しちゃってるんじゃないのか？」

アディがマーコに、こんなふうに触れるのははじめてだった。頭をげんこつでこつんと叩いたり、腕をひねりあげたり、脇腹に肘打ちをくらわしたりすることはしょっちゅうあったが、いま、アディはマーコの太腿の、危険なほど上のほうに手を置いていた。

マーコは立ちあがった——唐突すぎたな、とマーコは後悔した。「すごくおもしろいよ、アディ。きみはほんとに愉快だ」ふんと鼻を鳴らした。「きみは、ぼくたちが十一歳のときからぼくの家で暮らしてた。いまじゃ兄弟姉妹も同然なんだ」

「そしてレイラニはエキゾチックな東洋の花で、おまえのアソコは、おまえの胃がアイスクリームに恋い焦がれてるのとおなじくらいレイラニに恋い焦がれてるんだ」アディはうなずいて、煙の輪を吐いた。「あたしにはわかってる」

「おっと、嫉妬してるのはどっちなんだ？」マーコはいった。突然、小隊から離れてアディと過ごしている時間が楽しくなくなった。アディの気持ちはいつだって読めなかったが、いまは、かつてないほど混乱させられていた。そしてその瞬間——くそっ、どうしようもないんだ——マーコはシャワーを浴びているときにちらりと見た、アディの裸を思いだした。アディの体を水が流れ落ちて——

マーコはごくりとつばを飲みこんでから目をそらし、ポケットから最後の紙幣を出して自動販売機に突っこんだ。アーモンドクランチャー・バーを買ってポケットに入れた。

「食わないんだな？」アディがいった。「デラローザへのおみやげなんだろ？」にやりと笑った。「マーコとレイラニ、木陰でふたりきり、エッチを——」

「アディ！」マーコはごみ容器の片方の端をつかんだ。「馬鹿いってないで手伝ってくれ。さっさと片づけちまおう」

アディは眉をぴくぴくさせた。「そうすりゃ、早くデラローザのところへ帰れるからな」

ふたりはキャンプのなかを歩いてごみ拾いを終えた。マーコはアディに、いまもケミを愛しているんだといいたかったが、なにもいわなかった。あのときの記憶をよみがえらせたくなかった。人類防衛軍《HDF》に入って最初の数日は、しょっちゅうケミのことを考えていたが、いまは——入隊して六日たったいまは——それほど頻繁にはケミのことを思いださなくなっていた。以前の世界のことは、総じてぼんやりと遠い記憶になっていた。六時代前のことのようになっていた。

小隊に戻る途中、ふたりは砂漠にふたつめの奇跡が立っていることに気づいた。

マーコとアディは足を止め、無言で見つめた。

かなりのあいだ、ふたりは黙ったままでいた。

「これって……」マーコはゆっくりと近づいて触れた。振りかえってアディを見た。「公衆電話ってやつだ。たぶん」

アディも歩みよった。手を上げて、金属棒に乗っている金属製の箱に触れた。ふたりとも、実際に公衆電話を目にしたことはなく、古い映画で見たことがあるだけだった。携帯電話しかなくなってから一世紀以上たっていた——電話はひと世代ごとにどんどん小さくなっている。だが、フォート・ジェミラに電子機器を持ちこむことは許されていない。最初、マーコは、新兵たちが外界と連絡できないようにするためだろうと思っていた——かつての人生を忘れさせるため、この牢獄のなかに隔離して壊すためだと。だが、マーコはさびついた旧式無線機を、古めかしい弾丸を思いだした。スカムは技術的に進んでいるが、古い技術には手を焼くのだ。古い技術はハックできないのだ。人類の最先端機器ほど簡単には。すくなくとも、指揮官たちからはそう聞かされていた。そして、ふたりの前にあるのは——実際に数字を押さなければならない旧型の電話機だった。なんと受話器を使って聞いたり話したりする骨董品だった。だが、マーコが受話器を持ちあげると、線は生きていた。

すぐに受話器を戻した。

「だれかに……かけたほうがいいかな？」マーコはいった。「だれかに——」

「そこのふたり！」というどなり声が聞こえたのでマーコとアディが見まわすと、遠くにシン軍曹がいた。

　ふたりとも気をつけの姿勢をとった。シンは渋い顔で近づいてきた。

「指揮官どの！」マーコは直立不動で銃を脇にひきつけ、顎を上げたままいった。

「掃除が終わったのなら、ごみ箱をゲートに戻して運動場へ行け」

「はい、指揮官どの！」ふたりは答えた。

　シン軍曹はうなずいた。「こんどサボっているところを見つけたら、残りの訓練のあいだじゅう便所掃除をさせるからな」

　急いで小隊に戻る途中、マーコとアディは何度も目を見合わせた。マーコには、アディもあの電話のことを考えているのがわかった。あれを使えば外界と連絡をとれるのだ。父親と……それにケミと。

　その後、その日はずっと、伍長たちの指揮下で訓練を続けた――有刺鉄線をくぐったり、木の壁をのぼったり、銃を撃ったり、スカムの死体と戦ったりした。マーコはそのあいだずっと、アディと見つけたふたつの聖なる遺物について考えていた。どちらも外界とつながっていた――ひとつは味と匂いと記憶、もうひとつはかつての人生からの実際の声を聞ける望みを通じて。

「殺してやる！」というビーストの叫び声で、マーコはいきなり現実に引き戻された。スキンヘッドを汗で光らせている大男のロシア人が、訓練場でスカムの外骨格に突進した。何度も何度も銃剣を突きだし、ようやく外殻を貫いて、新兵たちに喝采されながらがっくりと膝をついた。ビーストはおさげのガールフレンド、オクサナの写真を出してキスをした。「きみに捧げる、ルド――ええと、オクサナ」

エルヴィスはマーコに顔を寄せて、「なあ。例のケミの写真、また見せてくれないか？」とささやいた。「ホットなあの子の写真を」

「だめだ。セイント‐ピエールの妄想でもするんだな」マーコはささやきかえし、伍長が歩いてきたので黙った。

エルヴィスとマーコはセイント‐ピエールが通りすぎるのを待った。そしてエルヴィスがまたマーコに顔を寄せた。別の新兵がスカムの死体を攻撃していた。

「ところで、ポエット」エルヴィスはささやいた。「おまえの友達のメープルはおれみたいな男に興味があると思うか？」

マーコは片眉を吊りあげた。「アディが？　アディ・リンデンが？　タマをひきちぎられるぞ。ベン‐アリ少尉を口説くほうが、まだ見込みがあるってもんだ」

ふたりとも少尉のほうを見た。指揮官たち――シン軍曹、三人の伍長、ベン‐アリ少尉――のなかで、いちばん顔をあわせた時間がすくなく、それゆえ知っていることがすくないのは少尉だった。だが、ベン‐アリと目があうたび、マーコはそこに悲しみを見た。マーコの、レイラニの、ほかの新兵たちの内にある苦しみとおなじくらい激しい悲しみを。

あなたはどういう人なんですか、ベン‐アリ少尉、とマーコは小隊長を見ながら考えた。どうして目のなかにそんなに激しい苦痛があるんですか？

「あの緑色の瞳を見ろよ」エルヴィスが少尉を見ながらいった。「あの金色の髪を。あのほほえみを」

「ほほえんでないじゃないか」マーコはいった。

「ベン‐アリ少尉がほほえんでるところを見たことがあるんだよ！　食堂で、軍曹と伍長たちとめしを食ってて、おれたちに見られてると思ってないときに。きれいな笑顔だったぞ」エルヴィスはため息をついた。「メープルが望みなしでも、ベン‐アリ少尉なら――」

「ベン‐アリ少尉は上官だぞ」マーコは思いださせた。

　ビーストが額の汗をぬぐいながらふたりのほうに歩いてきた。まだオクサナの写真を持っていた。ビーストはエルヴィスの背中を叩いた。「おまえに必要なのはすてきなロシア娘だ。ブロンドだぞ。たくさん酒を飲むぞ。雄牛みたいに強いぞ。ロシア娘とデートすれば、王様みたいに扱ってくれるぞ」写真にキスした。「おれのルドミラみたいにな」

「オクサナだろ？」マーコが思いださせた。

　ビーストはうなずいた。「そう、そう、もちろんだ。ほら、ロシア人は、たいてい、名前をふたつ持ってるんだ。なんの意味もないつまらない名前をひとつしか持ってないおまえらアメリカ人と違ってな」

　マーコは、見上げるばかりの大男のロシア人に、自分たちはカナダ人だと訂正しようかと思ったが、やめておくことにした。

　その夜も、十一時になると、シン軍曹は新兵たちに、消灯前の一時間の自由時間を与えた。

マーコは疲れきっていた——三時間後には歩哨当番だったし、そのすぐあとには朝の点検に備えて起きなければならなかった。だが、もう三日間、シャワーを浴びていなかったので、スカムのくそなみに臭いはじめていた。くそといえば、灰色のどろどろとスパムは、汗としてすべて排出できるわけではなかった。マーコは寝台をあきらめてシャワー棟に走り、最後のトイレ個室を確保した。ドアはたいしてプライバシーを守ってくれなかった。ドアの左右に二、三センチ、下に三十センチ以上の隙間があるので、これからシャワーを浴びる、そして浴びおえた新兵たちがベンチで着替えをするところが見えた。ほんの一週間前だったら、マーコはこのプライバシーのなさにぞっとしていただろうが、この若者たちとこれだけの日々をともにしたいま、ついに——はじめて——数分間、『ハード・タイムズ』を読む気になった。

　ありがたいことに、この日はレイラニもアディもシャワーを浴びにこなかったので、困惑しなくてすんだ。小隊にはほかにも女の子がいた。その何人かがいま、シャワーを浴びていたが、マーコは数人の青年の横で、エルヴィスが歌う〈オールウェイズ・オン・マイ・マインド〉を聞きながら体を洗った。

　テントに帰ろうと真っ暗ななかを歩いていたマーコは足を止めた。星空の下で西を見た。ここから一キロほど離れているが、走れば、指揮官に出くわさなければ、あの電話にたどり着けるだろう。今夜、ケミに電話をかけられるのだ。

　そっちに一歩踏みだした。そして止まって、指揮官はいないかとあたりを見まわした。人影はない。マーコは、サンダルにスウェットパンツにTシャツという格好で、機関銃を背中にかつぎ、くたくたに疲れて寒さに震え、ほかのなによりも睡眠を欲していたが、あの電話が手招きしていた。

　マーコがさらに数歩、深い闇へと歩を進めたとき、泣き声が聞こえた。

　マーコは凍りついて顔をしかめた。

　テントの周囲に設置されている照明の向こうに黒い塊が見えた。マーコがそっちに向かって歩くと、泣き声が大きくなった。

　前方で、人影がさっと立ちあがった。ガチャガチャという金属音が響いた。「だれだ？」銃が持ちあげられた。

「おっと、おちつけ！」マーコは両手を上げた。「ぼくだ。マーコだ。ビーストか？」

　歩を進めると、見えた。夜の闇のなかで見るサーシャ・〝ビースト〟・ミケイロフは迫力満点だった。身長二メートルで筋骨たくましく、首がスキンヘッドの頭とおなじくらい太い巨漢が銃を構えていた。だが、その頬は涙で濡れている。

「見ないでくれ」ビーストが横を向きながらいった。「恥ずかしいんだ」

　マーコはゆっくりと近づいた。「なあ、ビースト、気にするなよ。みんな、いままでに泣いてると思うよ。まあ、ピンキーは例外かもしれないけど。あいつはスカムの子供みたいなもんだからな」

　ビーストはうなずいて涙を拭いた。「ここが嫌いなんだ。大嫌いなんだ！　家に帰りたいよ。ここは怖いんだ」

マーコはためらったが、ビーストの腕に手を置いた。「帰れるさ。これが永遠に続くわけじゃない。家族に会えるし、オクサナとも会える。兵士にクリスマス休暇が与えられることもあるし――」

「オクサナはいないんだ」ビーストは口から言葉をほとばしらせた。「そうとも。オクサナなんかいないんだ。ルドミラなんかいないんだ。でっちあげだったんだ」うつむいた。「あれはガールフレンドじゃなくて妹の写真だ。おまえのガールフレンドみたいなかわいいガールフレンドはいないんだよ。嘘をついたんだ」

「なんのために？」マーコはいった。「見栄を張ったのかい？」

ビーストは震えていた――がたがた震えていた。財布を出して紙切れをとりだした。紙切れを広げた。写真だった。「これが恋人の写真だ。彼の名前はボリスだよ。だけど、みんなにはいえない。エルヴィスやディッキーやピンキーがなんていうと思う？　一緒にシャワーを浴びさせてくれると思うか？」苦い笑いを浮かべた。「いまよりもっと怖がられる。みんなは、おれのほうがみんなを怖がってることを知らない。だけどポエット、おまえならだいじょうぶだ」くしゃくしゃになった顔をマーコに向けた。「だいじょうぶなんだよな？」

マーコは、またビーストの腕をぽんと叩いた。「きみもぼくもだいじょうぶさ。ボリスの写真はしまっておいて、彼が待ってくれてることを思いだしてがんばればいいよ」

ビーストはうなずいた。「おまえを待ってくれてるケミみたいにな」

マーコはなにもいわなかった。ここのだれも、ケミがジュリアス軍学校に入学したことを、この先何年もマーコが彼女に会えないことを、故郷での最後の夜にふたりが事実上別れたことを知らなかった。いまだに、つらすぎて話せなかった。知っているのはアディだけだった。ほかのだれにも、この耐えがたい事実を明かしていなかった。

　ここにいるみんなに秘密があるんだ、とマーコは考えた。ビーストも、レイラニも、ピンキーも、ベン‐アリも——ぼくたちはみんな、仮面をかぶってるんだ。ぼくも、もうちょっと仮面をかぶっていよう。

　マーコはテントに戻って寝台に横たわり、銃を枕の下に置いた。懐中電灯をつけてケミの写真を見た。

　写真を横に置いて懐中電灯を消した。隣の寝台で寝ているレイラニを、闇のなかの小さな塊として、かろうじて見分けられた。マーコはチョコレートバーをレイラニのダッフルバッグのなかにそっと入れた。レイラニが歩哨当番のために目を覚ましたときに気づくサプライズだった。マーコは二時間の睡眠をとるべく目をつぶった。

15

日曜日の朝、フォート・ジェミラで奇跡が起きた。

シン軍曹が新兵たちの前に立って朗報を伝えた。

「よく聞け。きょうは日曜日だ。おまえらは基礎訓練の最初の一週間を終えた。人類防衛軍《HDF》の栄誉ある二等兵になるまでには、まだ九週間ある。だが、きょうは——きょう一日は——休みだ」

マーコは目をぱちくりした。信じられなかった。

「指揮官どの」マーコはいった。「きょうは一日、運動のあいまに映画を見るという意味でありますか？」

「休みというのは」顎ひげの軍曹はいった。「寝て過ごしてかまわないという意味だ。うちに手紙を書いてもいい。祈ってもいい。流しで洗濯してもいい。トイレでオナニーをしてもいい。食堂で三度のめしを食い、十一時の消灯時間にテントにいて、明日の朝の点検に合格しさえすれば、なにをしたってかまわない」かすかに笑った。「だが、どうしてもというなら、きょう、また何周か、障害物コースをまわってもかまわないぞ」

「手紙と洗濯のほうにさせていただきます、指揮官どの」マーコは、自分の幸運がにわかには信じられなかった。

そしてシン軍曹が去った。

いなくなった！

伍長たちも軍曹も少尉も——いなかった。

この一週間ではじめて、第四小隊の新兵たちだけになった。

マーコは天にものぼる心地になり、一キロほど離れた礼拝堂の裏に自動販売機があるというニュースをみんなに伝えた。ほどなくして新兵たちは、収獲をたずさえてテントに戻ってきた。キャンディやらチップスやら炭酸飲料やら溶けかけのアイスクリームやらのごちそうを。そして全員がテントのなかでそれらを飲み食いした。ピンキーですらまずまずおだやかだった。みんなで下品な兵隊話や——間違いなくほとんどが嘘の——女をものにした話や指揮官たちの噂話をした。ビーストによれば、ロシアでは、訓練係の軍曹は、朝の点検に失格した新兵に厨房当番を課すだけでなく、殴り倒して本物の戦士に育てるのだそうだった。エルヴィスが披露した伍長たちと軍曹のそっくりな物真似に、みんながあまりに大きな声で笑ったので、指揮官たちに聞かれるのではないかと心配になったマーコは、うるさすぎるぞと注意した。

「まさに売春宿だな」エルヴィスがそういって、寝台にばたんと寝転がった。「新兵訓練の日曜日は！」あくびをした。「みんな、静かにしてくれ。おねんねして故郷の夢を見る時間だ」

腹を満たした新兵たちは眠った。

この一週間、新兵たちはうたた寝程度しか寝ていなかった。しょっちゅう歩哨当番で起こされたし、すでに三度——真夜中に警報が鳴り響き、警戒態勢で寝台のあいだにひざまずいたまま、たっぷり一時間は警報解除を待っていた。だが、この灼熱の日曜日、彼らは寝台で横になり、マーコはすばらしき数時間、ぐっすりと眠った。

枕を頭にぶつけられて目が覚めた。マーコが目をあけると、T57を背中にかついでいるアディに見おろされていた。

「おい、ポエット」アディはサッカーボールを持ちあげた。「こんなものを見つけたぞ。みんなで昼めしを食いにいって、そのあとサッカーをすることになったんだ。おまえも来るか？」

マーコはうめきながら腕時計を見た。午後二時。ありがたいことに、夢も見ないで六時間、眠ったのだ。アディを見上げた。ほかの新兵たちはブーツのひもを結んだり出口に向かっていたりした。ひとりがアディからボールを奪ってテントのなかでキックした。

「うーん、ほっといてくれ」マーコはぼそぼそいった。

「昼めしだぞ！」アディはいった。「おいしいおいしいスパムだぞ！」

マーコはまたうめいて、投げつけられた枕で顔をおおった。「ヒッコリーチップスがまだひと袋ある。眠らせてくれ」

「わかったよ、でぶっちょ」アディはマーコのへそをつついてから向きを変えた。「レイラニ、あんたはどうする？」

レイラニは寝台で上体を起こすと、あくびをしてからのびをした。「あたしもここにいる。明日の点検まで、このテントを一歩も出ない。サッカーを楽しんでくれ。ボールを弾薬庫に蹴りこまないように気をつけるんだね」

新兵たちは口笛を吹いてからかった。

「ポエットとタイニー、テントでふたりきり！」とひとりがはやしたてた。

通りかかったエルヴィスがマーコの肩をぴしゃりと叩いた。「忘れるなよ、デラローザはお尻をペンペンされるのが好きなんだからな」

マーコはエルヴィスに枕を投げつけた。「そのジョークはもうアディに使用ずみだぞ」

新兵たちはテントを出ていき、マーコとレイラニだけになった。史上最高のサッカー選手はだれかと議論する声が聞こえた。サントス派とアルバレス派に分かれているようだった。声はすぐに小さくなって聞こえなくなった。マーコはあお向けに寝て目をつぶっていたが、もう眠れなかった。とうとう起きあがると、便所へ行って膀胱《ぼうこう》を空にしてからひげを剃った。

レイラニは寝台に腰かけて銃に油を差していた。

マーコはヒッコリーチップスの袋をあけてレイラニに差しだした。「食うかい？」

レイラニは銃から顔を上げた。「わかってるだろうけど、ほんとじゃないからな」

「なにが？」

「エルヴィスがいったことだよ。あたしたちのことを笑ったじゃないか」レイラニはシャツのボタンをはずして脱ぎ、白のタンクトップ姿になって腕に入れている虹のタトゥーを見せた。「あたしは女の子が好きなんだ」

「へえ」とマーコは応じた。落胆が胸の内に広がったことにわれながらうんざりした。「そうなんだ」

　レイラニは肩をすくめた。「たぶんだけど、とにかく男が嫌いなんだと思う。かあさんが男に傷つけられるところを見てたし、あたしも傷つけられたから」立ちあがり、マーコの寝台まで歩いてきて彼の隣にすわった。「だけど、あんたは違う。あたしが知ってるほかの男とは違う。あんたのことは好きだ」マーコにもたれた。

「ぼくもきみが好きだよ」マーコはぎこちなく脇につけていた腕をのばしてレイラニの体にまわした。レイラニはさらに体を密着させた。

「本のことを教えて」レイラニはいった。「アディから、本を書いてるって聞いたよ。『うすのろ《ジャーヘッド》』だっけ？」

「『ロガーヘッド』だよ」マーコはいった。

　レイラニはチップスをつまんだ。口に入れて噛み砕いた。「どういう意味？」

「アカウミガメっていう亀の一種だ。大型の海亀だよ」

「亀についての本を書いてるの？」レイラニはまたチップスをつまんだ。

「そうじゃない。物語を進めるための仕掛けなのさ」チップスをむしゃむしゃ食べているレイラニに説明した。「なんていうか、人間についての物語なんだ」

「亀人間の？」

「違うよ、亀人間じゃない。ただの人間さ。主人公は浜辺に住んでる。家もないし、友達もいなくて、精神に障害を負ってるんだ。精神的には子供なんだよ」

「ケイブマンみたいだね」レイラニはうなずいた。

「もっとひどいんだ」とマーコ。「ずっとひどいんだよ。浜辺に住みついてるんだけど、記憶喪失になってる。自分の名前も、どこで生まれたのかも、どうしてここへ来たのかもわからないんだ。失った家族のことをぼんやりと覚えてるだけだ。ちんぴらの集団が彼をいじめる。つらい人生を送ってるんだ」

「亀はどう関係するの？」レイラニはたずねた。「あたしは亀が好きなんだ」

「物語がはじまる前に、主人公は、海岸に打ちあげられてるけどまだ生きてる大きな海亀――アカウミガメ――を見つける。彼は、科学者がその亀に追跡装置をつけてることに気づく。そして亀を海へ帰してやるんだ。浜辺の男は、その亀に手紙を書き、ガラス瓶に入れて海に流しはじめる。男は亀に――そして読者に――物語を語るんだ。各章が、男が書いた一通の手紙なんだ。スペルミスとか文法の間違いとかをわざとして。それがその男の書きかたなんだ」マーコはかすかにほほえんだ。「ぼくもそのほうが楽だし。タイプミスをなおす必要がないからね」

レイラニはマーコを見上げた。「で、その男は亀にどんな話をするんだい？」

「最初、男は毎日の悪戦苦闘ぶりを海亀に伝えるだけだ。だけど、いろいろなことが起こる。それらがすべて手紙につづられるんだ。ある日、若い女性がその浜辺にやってくる。その女性は、自分は男の娘だと主張する。男はおびえて女性を追い払う。女性は戻ってくる。女性によれば、男は医者として成功してたんだけど、自動車事故で頭に怪我をして記憶を喪失してしまったんだ。男は、以前の人生の断片的なイメージを思いだしておびえる。またしても女性を追い払う。記憶が徐々に戻りはじめる。かつての男は優秀で成功していて裕福だった——だけど、自動車事故に遭ったんだ。炎。血。そしていま、男はその浜辺にいる。おびえている。最後の手紙で、男は亀に、泳いできみを探しにいくと告げる。ひょっとしたら溺れるかもしれないけど、苦しみも記憶も存在しなくて男と亀が一緒に暮らせる海中の王国が見つかるかもしれないと。小説は、男が最後の手紙を持って海へ泳ぎだすという、男の死をほのめかす場面で終わる」マーコはしばし黙りこんでから咳払いをした。「すくなくとも、そう終わらせようと思ってるんだ。まだ最初の何章かしか書いてないからね」

　レイラニは長いこと考えこんだ。「悲しいね」とうとういった。「でも好きだよ。最初のほうの章を読ませてもらえるかい？」

「完成したらね。まだ修正しなきゃならないんだ」

「あたしにも本を書ける才能があればいいのに」レイラニはいった。「あたしには、落ちこんで憂鬱になるくらいしか得意なことがないんだ。だからＨＤＦが好きなのさ。ここでＨＤＦが気にいってるのはあたしくらいじゃないかな。ここじゃ、考える暇がほとんどないからね。そこが気にいってるんだ。考えると傷つくから。思いだしたり、考えすぎたりすると」

　マーコはレイラニの肩からチップスのかけらを払った。「アディから聞いたんだけど、軍隊は、昔のぼくたちを忘れさせようとするんだそうだ。ぼくたちをいったん壊してからつくりなおすんだそうだ。ぼくたちは、ここで生まれ変わるんだよ。ただし、過去の人生で起きたことは——いまでも重要だし、いまでも痛みをもたらすし、いつまでもぼくたちの一部なんだ。軍も、それを奪うことはできない。だけど、ぼくたちはここで新しい人生を送るんだ。白紙になるんだ」

　レイラニはマーコに顔をすり寄せた。「やっぱりあんたはほかの男とぜんぜん違う。頭がいいんだね。好きだよ」立ちあがって服を脱ぎ、裸になって寝台でうつ伏せになった。マーコを見上げた。「したかったら、あたしとセックスしていいよ。みんなはしばらく帰ってこないだろうから」

　マーコは驚いて目をぱちくりしたが、寝台に横たわっている、浅黒くてスレンダーな体から目をそらせなかった。マーコの腕の虹のタトゥーをさすった。「男は好きじゃないんじゃないのかい」

「好きじゃないよ。あんただけさ」レイラニは枕に顔をうずめた。「あんたをあいちてるんだ」

　マーコはレイラニの隣に寝て、彼女の刈りこまれた黒髪をなでた。「あいちてる？」

枕に顔を押しつけたまま、レイラニはうなずいた。「はっきりいいたくないんだよ。恥ずかしいから」マーコの手をとった。「さあ、やろう」

　マーコはためらった。軍のテントのなかで、だれがいつ戻ってくるかわからないのに？　ケミをまだ忘れられてないのに？

　ぼくたちは、明日も生きてるかどうかわからないんだぞ、と思いながらレイラニを見ているうちに、自分もレイラニをあいちていることに気づいた。愛しているわけではない。違う。そう言い切るには、まだおたがいに知らなすぎる。だが、マーコはレイラニをあいちていた——それは、舌足らずで、ためらいがちで、恥ずかしさと不確かさでいっぱいの感情だった。

　マーコは服を脱ぎ、レイラニを抱いて愛しあった。だがそれは、ケミとのときとはまったく違って、不器用でぎこちなかった。レイラニはマーコにキスしなかった。親密すぎて怖いと感じたのだろう。マーコがキスしようとするたびに、レイラニは顔をそらした。うまくいかなくて肘がぶつかったりくすくす笑ったりするようなセックスだった。とうとう、マーコは、レイラニの隣に横たわった。なにが起きたのかよくわからなかった。長距離を走ったあとのように頭がぼうっとしていた。そしてレイラニは、マーコの腕のなかで横になっていた。

　うまくいったんだろうか、とマーコは考えた。いったいなにが起きたんだろう？

「あんたとのセックスは好きだったよ」レイラニが、あいかわらず、恥ずかしそうに目をそらしたまま、マーコの首に向かっていった。「あんたが好きだよ」

　そうとも、とマーコは考えた。なにが起きたにしろ、それはうまくいったんだ。ぼくは正しかったんだ。

マーコはレイラニの髪をなで、彼女の額にキスをした。そしてその瞬間、マーコはレイラニを愛していた――嘘偽りなく、心の底から、この尊くて壊れやすい人形を、この壊れた女の子を、このたけだけしい戦士を。

外から声が聞こえた。

「馬鹿いえ」だれかがいっていた。「サントスが史上最高の選手に決まってるだろ」

「話にならないな」別の声がテントに近づいてきた。「いつだってアルバレスが最高なんだ。サントスは、モデルだのヘアジェルの宣伝だので有名なだけさ。アルバレスは点をとれるんだ」

レイラニは急いで自分の寝台に戻って毛布をかぶった。マーコも毛布で裸なのを隠した。ふたりとも寝たふりをすると、ふたりの新兵が、こんどは二〇七八年のワールドカップがどっちの勝ちだったかについて議論しながらテントに入ってきた。レイラニが毛布の下からちらりとマーコを見た。レイラニは小さくほほえんでウインクしてから目をつぶり、眠った。マーコもすぐにまた眠くなった。砂漠のうだるような暑さにもかかわらず、またレイラニを抱きたくなった。

☆　☆　☆

日曜日の夜、自由な――有刺鉄線のフェンスのなかに自由があるとすればだが――時間の残りが一時間になったとき、マーコは暗い砂漠のなかに立っているビーコンに向かって歩いていた。

立ちどまった。周囲を砂が流れ、背後のキャンプのどこかで、「はい、指揮官どの！」と叫ぶ声がかすかに聞こえた。マーコは深々と息を吸ってからまた歩きだした。やがて岩だらけの荒れ地にある電話にたどり着いた。

受話器に触れた。

きっと通じないさ、と考えた。ぼくたちが運ばされたあの無線機みたいに、ただの骨董品なんだ。実際につながるはずはないさ。

だが、震える指で無意識のうちにダイヤルすると、呼びだし音が聞こえた。

「もしもし？」という声が受話器から流れた。

喉につかえが生じて声が出なかった。

また声が聞こえた。「もしもし？」

「とうさん」マーコはいった。

「マーコ！　マーコ、元気か？　なにかあったのか？」

「元気だよ、とうさん。なにもないよ。ただ……」

そのとき突然、涙が頬を伝い、マーコはそんな自分にうんざりした——弱い自分に。子供のような自分に。マーコはもう兵士だった。スカムを殺す訓練を受けていた。ふたりの女性と愛しあっていた。銃を撃ち、銃剣を突き刺していた。なのに、いま、しゃべれなくなっていた。息ができなくなっていた。涙で視界がぼやけていた。

「声が聞けてうれしいよ、マーコ」父親がいった。「がんばれ。訓練は永遠には続かない。最初の一週間がいちばんきついんだ。それはわかってるな？」

「うん。わかってる」マーコは咳払いをした。「元気なことを伝えるために、とうさんが元気かどうかを訊くために電話しただけなんだ」

馬鹿だった。大馬鹿だった。なんで電話なんかしたんだろう？　どうして電話で話すのがこんなにつらいんだろう？　なんで涙があふれて声が震えるんだろう？

うちが恋しいよ、とマーコはいいたかった。怖いんだ。うちに帰りたい。いますぐうちに帰りたい。とうさんが恋しい。

だが、そんなことをいうわけには、父親を心配させるわけにはいかなかった。だから、ただ、「元気だよ。新しいことを学んでるんだ。アディの面倒も見てる」とくりかえした。

「おまえの部屋はそのままになってるからな」父親はいった。「この次――今年のクリスマスとかの休みに――外出が許されたら、泊まりに来るといい」

そんな言葉は聞きたくなかった。うちのことを考えると胸が苦しくなったので、ここでは電子機器の持ちこみと外界との連絡が禁じられている理由がわかりはじめた。スカムのスパイ対策などではない。ひどいホームシックになってしまうからなのだ。地獄から天国を見上げたら、まぶしすぎて目がつぶれてしまう。いまのマーコにとって自宅は天国だった。いまではここが、この砂漠がうちで、仲間の新兵たちが家族だった。それを動かしがたい事実として受け入れないと、心が引き裂かれてしまう。

「とうさん、もう切らなきゃならないんだ。次にいつ電話できるかはわからない。でもなるべく早く電話する。アディも元気だよ。じゃあね、とうさん」

「じゃあな、マーコ。愛してるぞ」

「ぼくも愛してるよ」またしても喉が詰まり、涙が流れた。マーコは電話を切った。パチパチとまばたきをしながら公衆電話をあとにした。

「ポエット！」エルヴィスが駆けよってきた。「ポエット、ポエット！　早く来いよ！　腕立て伏せをしてるビーストの背中にアディが乗って立ってるんだ。あれは絶対見るべきだ！　急げ！」

　エルヴィスと走ってテントに戻りながら、マーコはかすかにほほえむことを自分に許した。明日の午前四時半には、この地獄の新たな一日がはじまるが、いまはここがうちだった。マーコには友人たちがいた。レイラニがいた。

　きょうという日を楽しもう、とマーコは考えた。世界がまた崩壊する前に。

16

日々は続き、溶けあって終わりなきひとつの悪夢になっていた。暑さの。灼熱の太陽の。脱水症による嘔吐の。有刺鉄線くぐりの。砂漠のランニングの。塀のぼりの。射撃の。外骨格との格闘の。叫びの。つねに叫んでいた。つねにまぶたが重くて眠たくて、頼む、頼むから立たせてくれと願っているうちに、まぶたがあまりに重くなって指揮官たちの警棒の電撃をくらったあとで、無線機による背中の痛みに耐えながらやっと立っていても――やっと歩いていても――やっぱり目が閉じそうになったし、うつらうつらしそうになったし、背中と足がずきずきしたので、頼む、頼むからすわらせてくれと願ったが、太陽はあいかわらず照りつけて体を痛めつけた。そしてマーコのベルトの穴がまたひとつ縮まり、また便所に駆けこんで灰色のどろどろとスパムを排出し、またひとつ穴が縮まり、戦闘服が――最初はきつかったのに――ぶかぶかになり、顔がやつれ、目が落ちくぼんだが、それでも叫んだ。

人類防衛軍《HDF》では恥も外聞もなかった。兵士たちは砂漠で並んで立ちションをした。凍てつくような夜には身を寄せあって暖をとったし、野営をしたし、フェンスぞいに重い足どりでパトロールした。真っ暗な砂漠を見張って監視塔で長い夜を過ごした。徹夜で闇を見つめながら星を数えた。ゲートの脇で、銃を手に、砂漠の嵐に肌を刺されながら、ひとりで長い夜を過ごした。警戒任務についた。つねに警戒任務中だった。夜は一時間ごとに——歩哨当番がまわってくるか、遠くでスカムが見つかって警報が鳴るかした。そして昼間の射撃訓練で、火薬の臭いが体に染みついた。

　昼も夜もなく、終わりなき永遠のループが続いていた。暑さと寒さ、光と闇、苦痛と疲労、渇きと吐き気がぐるぐるめぐっていた。

　マーコは本を読まなかった。書かなかった。うちのことを考えなかった。スカムの心配をしなかった。ケミを思いださなかった。もはや考えている暇はなかった。起きているあいだも、眠りこんだときも——軍曹にどなられ、電撃をくらわされるか、伍長たちに懲罰を科され、ベン‐アリ少尉に冷ややかな目で見られて、またぞろ腕立て伏せをさせられ、また一キロ走らされ、また無線機をかついで基地を一周させられた。考えている暇はなかった。マーコはもう考えなかった。なんの考えも浮かばなかった。頭が空っぽになっていた。マーコは小銃だった。それがいまのマーコだった——命令に従うことだけ、殺すことだけを叩きこまれたマーコは銃に付属する有機機械だった。もう、どうすれば本を読んだり書いたり、人間のままでいられるのかわからなくなっていた。わかっていることといえば——ブーツの磨きかた、銃への油の差しかた、気をつけのしかただけだった。行進のしかた、教練の手順、叫びかた、銃の撃ちかた、命令の守りかただけだった。殺せ、殺せ。

　命令を守れ。

新兵たちは走り、行進し、叫んだ。

殺せ。

銃を撃った。絶叫した。

殺せ。

殺せ。殺せ。

ときどき、行進したり、走ったり、のぼったり、這ったり、撃ったりしているあいだに、マーコはレイラニのほうを見た。だが、レイラニがマーコのほうを見ていることはめったになかったし、夜は、マーコもレイラニも、疲れきってくずおれるように寝台に倒れこんだ。マーコはレイラニに話しかけようとしたが、彼女はそっけなくそっぽを向いたり、よそよそしかったり、不安そうだったりした。

レイラニと目をあわせよう、話をしようとしながら、マーコは、あれは一度かぎりの関係だったんだろうか、と考えた。ぼくにとってはそうじゃなかったんだよ、レイラニ。

だが、マーコがレイラニに近づこうとするたびに指揮官が通りかかって気をつけをしなければならなくなり、訓練が再開された。マーコは、なにを馬鹿なことしてるんだろうという気持ちになりはじめた。小説の話に耳を傾けてくれ、寝台をともにしてくれたレイラニが、いまはマーコを避けようとしていた。目もあわせようとしなかった。マーコにほほえみかけもしなかった。マーコの反対側でシャワーを浴びていた。

レイラニは嘘をついたんだろうな、とマーコは思いはじめた。レイラニは、何日もマーコを避けつづけた。レイラニはぼくを本気で好きじゃなかったんだろう――〝あいちて〟るといったのは嘘だったんだろう。ほかのだれかが好きなのか、ここには好きな人がいないんだろう。ひょっとしたら、あのとき、ぼくと寝たのは彼女の気の迷いで、いまは後悔してるのかもしれない。

「おやすみ、レイラニ」ある夜、そう声をかけてみた。ほかのみんなに笑われ、からかわれ、真似されたが、レイラニは無視して目をあわせようとしなかった。

一度かぎりの関係か、とマーコは考えた。レイラニにとって、ぼくはそれだけの存在でしかなかったんだな。

マーコはレイラニを頭から追いだそうとした。訓練に、この訓練を生きのびることに集中しようとした。だが、寝台で横になるたびに思いだしてしまった。レイラニをふたたび抱いて寝ることを想像してしまった。そして裸のレイラニと一緒にいる夢を、愛しあう夢を見た。それにスカムが砂漠を越えて押し寄せてくる夢を、宇宙のはてしない闇の夢を。

☆　☆　☆

「戦闘隊形をとれ！」セイント‐ピエール伍長がどなった。「はじめ！　急げ！　ぐずぐずするな！」

小隊は三人の班にさっと分かれた。第一射手が先頭に立ち、ほかのふたりは班長の両側に陣どった。マーコは銃に弾倉を叩きこみ、構えて立った。班の残りふたり、アディとエルヴィスがマーコの両脇で膝をついた。ほかの班も銃を装塡《そうてん》した。

「撃て！」セイント‐ピエールが叫んだ。

マーコは悪態《あくたい》をついた。装塡するのを忘れていたのだ。あわてて装塡し、またも悪態をついた。イヤーマフの装着も忘れていたのだ。周囲で銃声がとどろき、マーコは耳をつんざく大音響に顔をしかめた。そして引き金をひいた。マーコの銃が音をたてた。

「撃ち方やめ！」セイント‐ピエールがどなった。「撃ち方やめ！」

さらに二発が発射されてから銃声がやんだ。セイント‐ピエール伍長が近づいてきてイヤーマフをはずした。顔が真っ赤で、青い瞳がぎらぎら輝いていた。

第四小隊のほかの指揮官たちは、きょうは姿をあらわしていなかった。基礎訓練の疲れをいやしているのだろうが、新兵たちに休みはなかった。一日二十時間、戦争のための訓練を受けていた。訓練がそこまでつらくない日もあった。訓練を担当しているときのウェッブ伍長には充分なやさしさがあった。ウェッブが両脚を失ったのはほんの半年前の戦闘だったとわかっていた。その負傷のせいで、彼女の心に、戦闘の準備をととのえてやっている新たな戦士たちに対する同情が生まれていた。ディアス伍長のほうがきびしかったが、フェアだったし、ミスをした新兵を罰するときも、それを楽しんでいる様子はなかった。

ところが、フィオナ・セイント‐ピエールが訓練担当の日は違っていた。スカムだってもっとやさしいだろう、とマーコはしばしば考えた。

「ひどいもんだ！」セイント‐ピエールは、新兵たちのほうに歩きながらつばを吐いた。「ミケイロフ、弾倉は腕にあてろといっただろう。きさまの弾倉はきさまのチンポコみたいにぶらぶらしてたぞ」痩せっぽちで眼鏡をかけている『指輪物語』マニア、ヌードルズの前に行って彼のヘルメットをぐいと上げた。「それでどうやって、スカムがきさまのはらわたを食らってるかどうかわかるんだ？」ついに、マーコの前にやってきて、青い瞳を憎しみでぎらつかせながら彼をにらんだ。「撃つのが遅かったぞ、エメリー。それにイヤーマフをするのを忘れてた。きさまのせいで、小隊が全滅するところだったんだ」マーコのブーツにつばを吐いた。「きさまはごみみたいな虫けらだ。きさまらはみんなごみみたいな虫けらだ！きさまらはなんだ？」

「虫けらです、指揮官どの！」新兵たちは叫んだ。

「虫けらです、ピザどの！」ピンキーをはじめとする何人かが叫んだので、マーコはちらりとにらんだ。

「バレるぞ」マーコが声をひそめて警告した。

ピンキーはにやりと笑った。「上等だ」

この悪ふざけは小隊内に広がりはじめていた。セイント‐ピエールに〝指揮官どの！〟と叫ぶとき、ピンキーはいつも、〝ピザどの！〟と叫ぶ。最初のうち、ピンキーの声はほかの新兵たちの声にまぎれていたが、セイント‐ピエールの顔をからかう残酷な悪ふざけはじわじわと広まり、真似する者が増えた。そしてマーコには、伍長に聞こえていることが、彼女が自分のニックネームを知っていることがわかっていた。プライドが邪魔をしてセイント‐ピエールはそれを口に出せなかったが、小隊の訓練を担当するたびにますます意地悪く無慈悲になった。ピンキーの悪ふざけに対する罰を小隊に与えてやるという堅い決意がうかがえた。

いま、セイント‐ピエールは地面を指さした。「這え、虫けらども！　虫けららしく砂の上を這え」

新兵たちは地面に伏せ、銃を顔の前で持って匍匐《ほふく》前進をはじめた。砂は熱かったし、石は体を刺したし、新兵たちは何時間も水を飲んでいなかった。

「もっと速く！」セイント‐ピエールはそう叫びながら、警棒を新兵たちの背中に突きつけてパチパチと音をたてた。「有刺鉄線をくぐれ！」

マーコは、肩甲骨のあいだに電撃をくらって歯を噛みしめた。さらに速く這った。

エルヴィスが、汗と砂にまみれて隣で這っていた。「自分がこんなことをいうなんて夢にも思ってなかったけど、シン軍曹が恋しいよ」エルヴィスはいった。「おれは――」セイント‐ピエールにブーツで背中を踏まれ、電撃をくらって悲鳴をあげた。

「有刺鉄線をくぐれ、虫けらども！」セイント‐ピエールがどなった。

新兵たちは有刺鉄線でできている低い網の下を這った。とげが背中やヘルメットに刺さった。マーコは、いきなり這うのをやめて前を見つめた。

目の前の砂の上をサソリが横切った。

　抗議の悲鳴が小隊からあがったので——いまでは全員が有刺鉄線の下をくぐっていた——ほかのみんなもクモ形類と遭遇したことがわかった。

「サソリがいます、指揮官どの！」エルヴィスが叫んだ。

「刺されても」セイント‐ピエールが有刺鉄線の外側を歩きながら応じた。「気にするな。全身を刺されても這いつづけろ。さあ！　もっと速く！」

　新兵たちは這った。マーコは顔の前で銃を振ってサソリを弾き飛ばし、銃口でつぶした。近くで絶叫が起きた。

「くそったれが刺しやがった！」シェリフが泣き叫んだ。

「痛い！」ケイブマンが叫んだ。

「這え！」セイント‐ピエールがどなった。

　小隊はようやく有刺鉄線をくぐりきった。シェリフとケイブマン、それにあと三人がサソリに刺されて腫れているところを押さえていたし、数名の新兵が有刺鉄線で怪我をして血を流していた。

「衛生兵に診てもらわないと」シェリフがいった。「サソリに——」

「訓練を続けろ！」とセイント‐ピエール。「スカムは衛生兵に診てもらってるあいだ待ってくれないし、スカムに刺されるのと比べたら、そんなもの屁でもない。戦闘隊形を組め！前方にスカム！　はじめ！」

　小隊はふたたび班に分かれた。こんどはアディが第一射手になり、マーコとエルヴィスが両脇でひざまずいた。三人とも、前方に銃口を向けた。「撃て！」とセイント‐ピエールが叫んだので、マーコが引き金をひくと、熱い空薬莢が跳び、そして――

「やめ！」

セイント‐ピエールの声が聞こえたとたん、マーコは自分のミスに気づいてぞっとした。

くそっ。くそっ。

今回、マーコは班長ではないのだ。それなのに、アディの援護をするだけでなく、彼女と一緒に発砲してしまったのだ。

この演習では空包を使用しているが、もしも実弾だったら、下手をしたら――戦闘のさなかに――アディを背中から撃っていたかもしれない。

セイント‐ピエールは無言でマーコのほうに歩いてきたが、その目は怒りでぎらついていた。

マーコは背筋をのばして気をつけをした。「申しわけありません、指揮官どの。スカムが襲ってくるイメージをしていたので――」

伍長はマーコの腹に警棒を突きつけて電撃を放ち、「伏せろ！」と叫んだ。「腕立て伏せ五十回だ！　一回ごとに回数を叫べ！」

マーコはうつ伏せになって腕立て伏せの姿勢をとった。四十回はやりとげたことがあったが、五十回ははじめてだった。開始した。

「一！」そう唱えて体を起こした。

　セイント‐ピエールはマーコを蹴ってつぶした。「一、指揮官どのと叫ぶんだ。やりなおし」

「一、指揮官どの！」マーコは体を上げ、ふたたび下げた。「二、指揮――」

「声が小さい！」警棒で殴られてマーコは地面に突っ伏した。「叫ぶんだ。さもないと終わらないぞ。やりなおし。大きな声で！」

「一、指揮官どの！」マーコは腕立て伏せをしてどなった。「二、指揮官どの！　三――」

「もっと大きく！」伍長は叫び、ブーツをマーコの背中にあてて押しつぶした。マーコは顔から落ちた。「もっと速く！」

　マーコはほかの新兵たちに見られながら腕立て伏せを続けたが、セイント‐ピエールは、その間ずっとブーツを彼の背中にあてて圧力をかけつづけた。マーコがようやく立ちあがったとき、彼の両腕はぶるぶる震えていた。

「きょうの訓練が終わったら、エメリー、営倉に行け」セイント‐ピエールがいった。「今夜は営倉で寝ろ。わかったか？」

「はい、指揮官どの」

　セイント‐ピエールはほかの新兵のほうを向いた。「額の汗を拭くことは許可してないぞ、うじ虫！　走れ！　基地を一周してこい。行け！」

　セイント‐ピエールが指揮する訓練は苦痛と電撃と有刺鉄線とサソリと渇きの連続だった。

マーコもすぐにシン軍曹が恋しくなった。

その夜、マーコは基地のなかを歩いて営倉――彼がいままで避けてきた地下室――に向かった。近道をして、五〇口径機関銃を装備した武装車輛が駐められている、フェンスで囲われた駐車場を迂回した。新兵訓練が終了するまでに、新兵はこの車輛を扱う訓練も受ける。マーコはその日を、恐れると同時に楽しみにしていた。

そのオリーブグリーンのごつい車輛の横を歩いているとき、マーコは会話が聞こえることに気づいた。

「もう無理です」苦悩に満ちた弱々しい声がいった。「わたしは馬鹿にされているんです。いつも馬鹿にされているんです。わたしは、エミリオやレイリーやアマルのように敬意を払われていないんです」

マーコははたと足を止めた。突然、自分が立ち入り禁止区域を歩いていることが不安になった。一瞬ののち、その声の主がだれかに気づいた。セイント‐ピエール伍長だ。マーコは、彼女のこんなに弱々しくて傷つきやすそうな声を聞いたことがなかった。周囲を見まわしながらそろそろと進むと、駐車場のなかで伍長が、ぼんやりした人影と向かいあって立っていた。

だれのことだろう？　次の瞬間、マーコは思いだした。エミリオ・ディアス伍長。レイリー・ウェッブ伍長。アマル・シン軍曹。マーコは、一週間以上前に指揮官たちの名前を聞いていたが、忘れていたのだ。

「きっと敬意を払ってもらえるようになる、フィオナ」ぼんやりした人影が応じたので、声でベン‐アリ少尉だとわかった。「みんな、はじめてのことにとりくんでいるんだ」

「エミリオははじめてではありません」とセイント‐ピエール伍長。「アマルははじめてではありません。レイリーははじめてではありません。彼らはみんな、スカムと戦ってスカムを殺したことがあるんです。わたしがなにを知っているっていうんですか？」

ベン‐アリ少尉が明るいところに出てきた。おだやかな目をしていた。セイント‐ピエールの肩に手を置いた。「わたしもおなじだよ、フィオナ。わたしも実戦の経験はない。ひと月前は、士官学校の候補生にすぎなかったんだ。有名な父親の跡を継ごうと震えながらがんばっている、傷ついておびえている女の子だったんだ」

「新兵たちは少尉どのに敬意を払っています」とセイント‐ピエール。「少尉どのは将校です。それに、お父上は有名な大佐です。新兵たちにとって、わたしは物笑いの種なんです」セイント‐ピエールの頬にいきなり涙が流れた。「ご期待にそえなくて申しわけありません」

「そんなことをいうな」とベン‐アリ。「フィオナ、おまえは優秀で強くて頭が切れてやる気にあふれている。おまえが部下で、わたしは誇らしいよ」

フィオナは泣きやんで顔を上げ、敬礼をした。「あなたに仕えられて光栄です、少尉どの」

ベン‐アリ少尉は敬礼を返し、ふたりの女性はそれぞれの方向に歩きだした。マーコは陰に身をひそめてふたりが行ってしまうのを待った。それから歩きだして営倉へ行き、警備についている兵士に名乗って、その夜を暗くてかび臭い地下室で過ごした。盗み聴きした会話を思いだし、明日はもうちょっと必死に指揮官たちの指示に従おうと心に誓いながら。

17

　訓練がはじまって二週間後、ホープ・〝ジャッカス〟・ハリスは、スカムの侵攻並みに猛烈な勢いでやかましくドラゴン小隊に合流した。

「ハロー、くそ野郎のみんな！」彼女はにっこり笑って叫び、くるりと一回転した。くたびれた革に砂利をまいたようなしゃがれ声だった。「あたいってかわいいでしょ？　こんなくそかわいいプリンセス、見たことないでしょ？」

「人食い鬼《オーガ》にしか見えねえな」隊列のマーコの隣に立っているディッカースンがつぶやいた。

「ひどいこというなよ」マーコはたしなめたが、あらためてハリス新兵を見てたじろいだ。ディッカースンのいうとおりだと認めざるをえなかった。

　マーコ自身、美男コンテストで優勝などできないし、文明人らしく、人は見た目ではなく音楽や文学の趣味で判断することにしている。だが、ホープ・ハリスの外見はたしかに恐ろしげだった。鼻は大きなわし鼻で、上唇にはひげが生えている。黒い毛虫のようなつながった眉は鼻の上でV字形になっている。目は黒いビーズのようだし、頬はあばただらけだし、髪は黒いスチールウールのようにもじゃもじゃだ。額の角度が急で顎がほとんどない。ディッカースンのいうとおりだった。ハリスはオーガそっくりだし、マーコはそんな残酷な見立てに同感した自分に嫌悪を覚えた。

「ハリス新兵！」シン軍曹がどなった。「さっさと隊列に加われ」

ハリスは膝を曲げるお辞儀をした。「もちろん！　フォート・ジェミラの男の子たちがあたいみたいなカワイコちゃんが隊列に加わるのを待ち焦がれてたのはわかってますからね。ほんと、営倉じゃ、この美貌とかぐわしい香りがもったいないもんね。もったいない！　まるひと月、誘惑する相手はネズミだけだったんだから」小隊に向かう途中、シンとすれちがうときに手をのばして軍曹の腕をなでた。「こんなにハンサムな軍曹さんなら――」

「ハリス、口を閉じないと、ひと月どころか、兵役が明けるまでずっと営倉で過ごすはめになるぞ」

「あたいはジャッカスだよ」ハリスはいった。肺気腫を患っている年老いた体重百三十五キロのトラック運転手のような太いしゃがれ声だった。「だれもハリスなんて呼ばない。ジャッカス！　きっと、男《ジャック》みたいに締まったかわいいオケツ《アス》をしてるからだろうね」ハリスがやかましく耳ざわりな、いななきのような高笑いを発したので、マーコは、〝ジャッカス〟には〝うつけ者〟のほかに〝雄ロバ〟という意味があることを思いだした。「なんだったらオケツを見せたって――」

「ハリス！」シンがどなった。「整列しろ！」

ジャッカスことハリスは、わざとらしくため息をついてドラゴン小隊の列のあいている箇所に入った。「あたいのドッペルゲンガーのマリリン・モンローとおなじで、あとにならないと認められないみたいだね」

　マーコとエルヴィスはあきれ顔を見合わせた。

「ヌードルズの代わりがあの女なのか？」エルヴィスがつぶやいた。

　デイヴィッド・〝ヌードルズ〟・グリーンは無口で軍隊になじめなかったドラゴン小隊の新兵だった――大きな眼鏡をかけ、胸がへこんでいて、トールキンの伝説体系のことならなんでも知っている、痩せっぽちの青年だ。障害物コースでついに倒れてから、人類防衛軍《HDF》の医師団は、ヌードルズを――このニックネームの由来は手足の細さだ――基礎訓練からはずした。ヌードルズは、五年間の兵役期間をデスクワークをして過ごす。そのため、この小隊に欠員が生じた。その欠員を埋めるのに、ほかの基地で二週間の基礎訓練を終えてからひと月、営倉に入っていた新兵はうってつけじゃないか？

「ハーイ、ハンサムさん」ジャッカスはマーコに向かってまつげをパチパチさせた。「かわいいじゃないの。あたいみたいなきれいどころと一緒にお務めできてうれしいでしょ？」

「行進はじめ！」とシン軍曹が命じ、小隊は訓練を続けた。

　この日、ジャッカスは五分と間隔をあけずに問題を起こしたり新しい同輩を困惑させたりした。腕立て伏せをするたび、ジャッカスは獣のようにうなった。行進中、指揮官たちが目を離すたびに踊りだした。銃を掃除しているとき、ガンオイルで地面に卑猥な落書きをした。ケイブマンの頬にキスをして小隊員たちを苦笑させたこともあった。昼休みまでに、ジャッカスは十時間の厨房当番と三時間の便所当番を課せられ、次の日曜日はシーツの洗濯と兵器庫でさびついている古い機関銃の掃除をして過ごすはめになった。だがジャッカスは、罰を受けるたびに、いななきのような笑い声を発するだけだった。

食堂で昼食をとっているときは、ジャッカスのせいでまったく話ができなかった。ジャッカスはパンをふた切れ、くちばしのようにくわえてアヒルの鳴き真似をしながらテーブルのまわりを歩いた。ヨーグルトを缶から直接口に流しこんで呑《の》みこみ、でかいげっぷをした。

「イカれ頭め」ピンキーがそういいながら、ジャッカスにスプーンですくったどろどろを投げつけた。

「マジでオーガだな」ディッカースンがつぶやいた。数人の新兵が笑った。

あざ笑われていることに気づいていたとしても、ジャッカスはそんなそぶりを見せなかった。野次馬たちに膝を折ってお辞儀した。「はいはい、男の子たちがみんな、あたいにぞっこんなのはわかってるけど、あんまりいじめないでね」高笑いをして口を押さえた。「あたいってかわいいでしょ？」

ふだんは小隊でやかましいほうのアディも、きょうばかりは、目を丸くしてジャッカスを眺めていた。

「変なやつだな」アディはマーコにいった。「なにかの角に頭を強くぶつけたんだろう」

マーコは、アディのいうとおりかもしれないと思いはじめた。ジャッカスには知的障害があるのではないかと疑ったのだ。ケイブマン以上にひどい知的障害が。ケイブマンは、ジャッカスの馬鹿げたふるまいと見た目に気づいていないようだった。ジャッカスはいま、大袈裟なインドなまりで、シン軍曹の悪意に満ちた物真似をしていた。ほかの新兵たちが彼女をあざけり、食べ物を投げつけていることを意に介《かい》している様子はなかった。

「ハリス」マーコはそう声をかけてそっとひっぱり、彼女の座席にすわらせた。みずからが招いたこの恥辱から救いだしたかったのだ。「営倉について教えてくれないか。ひと月も入ってたら大変だっただろうな。ピンキーは、まる一日いただけでおかしくなりかけてたんだ」

「そんなことないぞ！」ピンキーがいった。「嘘をつくな、エメリー」

「あたいの名前はジャッカスだよ」ジャッカスがいった。「ハリスってのは名字だ。ホープってのは、両親がつけたださい名前だ。いまのあたいはただのジャッカスさ。ロバちゃんみたいにかわいいからね」いなないた。

「わかったよ、ジャッカス」マーコはいった。「営倉について教えてくれ。静かにな。食堂の反対側に指揮官たちがいるんだから」

ジャッカスはため息をついててのひらをあわせた。「えっと、営倉はすてきだよ！　ほんとにすてきなんだ、マーコ！　軍曹に一挙一動を見張られなくてすむ。伍長にどなりつけられなくてすむ。チンケな将校にチンケな命令をされなくてすむ。放っておいてくれるから、一日じゅう休んでられる。腕立て伏せもない。罰走もない。静かに過ごせるんだ」目を輝かせた。「シン軍曹があたいをまた営倉送りにすると思うかい？　ほんとにひどい兵士だったら、また営倉送りになるはずなんだ」

「また営倉に入りたいのか？」アディがいった。「イカれてるな」

ジャッカスは投げキスをした。「あたいが美人だからって嫉妬しないでちょうだい」マーコのほうにかがんで頬にキスをした。「それとも、あなたのボーイフレンドをとったからって」

アディがふんと鼻を鳴らした。「マーコはあたしのボーイフレンドだったらよかったのにと思ってるだろうけどな」

マーコはテーブルの反対側をちらりと見てレイラニと目をあわせようとした。レイラニはマーコをまっすぐに見て、一瞬、目をあわせてから視線をそらした。

あいちてる、とレイラニはマーコに身をすり寄せながらいった。マーコの腕のなかでレイラニの体が温かかった——その記憶はマーコの心に焼きつき、一週間以上たったいまも消えていなかった。そしてそれ以来——さっき、一瞬、目があった以上の触れあいはなかったのだ。

「このフォート・ジェミラは悪くないね」ジャッカスがそういってマーコのもの思いを断った。「めしは上々だし。フォート・ディムガッドのめしは最悪だったよ。ここの軍曹も悪くない。あんたたちにフォート・セティフの軍曹を見せてやりたいよ。あの女は、頭が銃剣みたいにこちこちに硬いんだ」

エルヴィスがテーブルに手をのばして謎フルーツのジャムの瓶をとった。「あんたはほかにふたつの基礎訓練基地にいたのか？」

　ジャッカスはいななき笑いをした。「ふたつ？　あたいはもう、六つの基礎訓練基地を渡り歩いてるんだ。どこも、一週間といなかったけどね」

「わけがわからん」アディが小さくつぶやいた。

「HDFに入隊してから半年たってるんだ」ジャッカスがいった。「ひょっとしたら一年になるかも。そのほとんどを、いろんなところで監禁されてたんだ。ここでも、すぐに営倉に戻してほしいもんだね。兵役をずっと営倉で過ごすってのも悪いもんじゃないよ」

　ずっと無言だったレイラニが、立ちあがってとうとう口を開いた。バターナイフをジャッカスに突きつけて、「スカムを殺したくないのか？」とにらみつけながらたずねた。「基礎訓練を最後まで終えて人類のために戦いたいと思わないのか？」

「そんなこといったって！」ジャッカスは両手を上げた。「あたいが得意なのは愛することで、戦うことじゃないの！　それに、歌って士気を高めるほうが、軍に貢献できるんだし」太いしゃがれ声で歌いだしたが、ガラスを砂利にこすりつけたように耳ざわりだった。

　小隊は訓練を続けた。

　火薬、水ぶくれ、筋肉痛、意気消沈。

　暑さで失神し、砂の上を這い、スカムの外骨格と戦い、自分がだれだかわからなくなった。

　フォート・ジェミラでまた一日が過ぎた。新兵としての一日がまた過ぎた。この十週間――この永遠――が終わるのを、兵士となってこのるつぼから出ていくことを待ちわびる一日がまた終わった。

その夜、ディアス伍長が歩哨当番の順番を読みあげた。マーコは、ケイブマンのあと、レイラニの前、三番めのシフトになった。教練と射撃と格闘のあとで、マーコは体のあちこちが痛かったし、頭が空っぽになっていた。消灯後、すぐに寝た。油のなかで溺れているような、暗くて無慈悲な眠りだった。

ぼくはだいじょうぶだよ、とうさん、とマーコは夢のなかでいった。だいじょうぶだ。怖いけど。傷ついているけど。スカムに追いかけられてるけど。そこいらじゅうにスカムがいるけど。ぼくは暗い惑星にいる。ここから動けない。マーコは受話器を握った。うちに帰りたいよ。

手がマーコの肩に触れた。

「ポエット。ポエット、次はきみの番だ」

マーコが目をあけると、薄暗がりでケイブマンに見おろされていた。

「ねえポエット、ギリシャに行ったときの話はしたっけ？」ケイブマンは目を輝かせながらいった。「ああ、あそこで買った花ときたら！　いますぐギリシャに行けたら、花束をつくってこのテントに飾るのにな！」

悪夢から目覚めようともがきながらも、マーコは思わずほほえんだ。上体を起こしてケイブマンの肩を叩いた。「この戦争が終わったら、いつか一緒にギリシャへ行こう。ぼくが小説を書いてるあいだに、きみは花を買いに行ける」

「いいね。きれいな花を買ってきてあげるよ」ケイブマンはあくびをした。「おやすみ、ポエット」

マーコは寒さで震え、歯をカタカタ鳴らしながらテントの外でパトロールした。まださっきの夢の暗い惑星にいて、スカムの群れがいまにも砂丘を越えて襲ってきそうな気がした。

シフトが終わったので、マーコはテントに戻った。二列に並んでいる十五台の寝台で、分隊の新兵たちが寝ていた。ジャッカスはいびきをかいていた。マーコは寝台のあいだを歩いてレイラニのかたわらで膝をついた。レイラニの肩に触れた。

「レイラニ」マーコはささやいた。

レイラニが目をあけた。

「きみの番だ」マーコはいった。

レイラニはベッドを出ると、ひとことも発さないまま戦闘服を着てヘルメットをかぶり、銃を手にとって外へ出ていった。マーコはしばしその場に立っていたが、レイラニのあとを追った。夜の闇のなかでレイラニに並んだ。レイラニは無言で前方の闇を見つめつづけ、マーコのほうを向かなかった。

「レイラニ、だいじょうぶなのかい？」マーコはたずねた。「ぼくがなにか、きみを傷つけるようなことをしたのかい？」

レイラニはマーコのほうを向いた。「寝なきゃだめだぞ。すぐに点検なんだから」

「レイラニ、この一週間、きみはほとんどぼくと口をきいてくれてないじゃないか。なにがあったんだい……きみにとって、あれはなんの意味もなかったのかい？　ぼくにとっては大きな意味があったんだ。ケミのせいなのかい？　ケミとは別れたんだよ、レイラニ。ぼくは――」

　レイラニは人差し指をマーコの口にあてて黙らせた。

「あたしにとっても大きな意味があったよ」レイラニはささやいた。「すごく大きな意味が。大きすぎる意味が。だから、あんたはあたしから離れなきゃだめなんだ」

「わけがわからないよ」マーコはレイラニの手を握ろうとしたが、彼女は一歩下がった。

「マーコ、あたしは疫病神なんだ」レイラニはいった。「あたしはあんたを傷つけるんだよ」

　マーコはかすかに笑いながら脇腹をさすった。「セイント-ピエールの警棒よりもかい？」

　レイラニはうなずいた。「もっとずっとひどくな」マーコから顔をそむけて闇を見つめた。「マーコ、あんたにとって、みんなにとって、基礎訓練は悪夢だ。持ってたものを奪われてつらい目に遭って絶望してる。だけど、あたしにとっては悪夢なんかじゃない。だって、昔の暮らしより、このほうがずっと楽なんだ。ここには食べ物がある。寝台で眠れる。友達がいる。いつもびくびくしてなくていい。だけど、昔のことは忘れてない。かあさんがわずかばかりのペソのために体を売ってたことは忘れてない。まだ小さかったいとこが飢え死にしたことは忘れてない。ごみ捨て場で生ごみを、大勢のほかの飢えてる人たちと一緒にバナナの皮や腐りかけのニワトリの骨を探して食べてたことは忘れてない。病気になって何度も吐いて、死にたくなって手首を切ったことは忘れてない。死ぬためにＨＤＦに入ったっていうのはほんとなんだ。あたしは身長百四十七センチで体重四十二キロしかない。小さすぎるし弱すぎるからって最初は入れてくれなかったんだ。手首の傷痕を見られて、絶対にだめだっていわれた。だけどあたしはあきらめなかった。何度も兵士募集センターへ行って、とうとう受け入れてもらえた――父親が兵士でスカムを殺してたからこそだったんだ。あたしは戦って死ぬために軍隊に入ったんだよ、マーコ。だから、できるだけ早く基礎訓練を終えたいんだ。あたしにとって、これは自殺なのさ。だから、あんたにはあたしを愛してほしくないんだ。あんたの心を傷つけたくないんだよ」マーコの頬に触れた。「あんたはいい人すぎるんだ」

　マーコはレイラニの手をつかんだ。「死ぬ必要なんかないよ、レイラニ。生きられるんだ。ぼくたちふたりで。一緒に」

「除隊したら、結婚して子供を生むのかい？　子供は生めない。子供にあたしの心の闇を伝えたくないんだ。どうすればあんたと幸せに暮らせるのか、見当もつかない。あたしの心はどこかが壊れてるんだ。壊れてて、なおせないんだ。だけど、ヒロインにならなれる。ヒロインとして――人類のために死ぬことならできる。それならいい死にかただと思う」

　マーコはレイラニに同情しようとしたが、自分の心のなかに怒りがあることに気づいた。

「残念だけど、手遅れだね。だって、ぼくはもう、きみを愛してるんだ。もう、死ぬほどきみを愛してるんだよ、レイラニ。きみに生きてほしいし、自分の価値を知ってほしいんだ。だれかがきみを愛してることを。きみはこれからすばらしい人生を送れるんだってことを。ここにいたらわからないだろうけど、世界にはまだすばらしいものが残ってるんだ。その片鱗も知らないまま死ぬなんてもったいないよ。ぼくに手助けをさせてくれ。それを見せたいんだ」

　レイラニは目に涙を浮かべて顔をそらしてからささやいた。「あんたが大嫌いだ。あたしをこんな気持ちにさせてるから。あんたを好きにさせてるから。あたしの気持ちをかき乱してるから」

「それに、チップスを一緒に食べる相手がほしいんだよ。アディだと、ぜんぶ食べられちゃうんだ」

　知りあってはじめて、レイラニはほほえんだ——かすかでためらいがちなほほえみではなく、歯を見せてにっこりする、本物の笑顔だった。レイラニはマーコに抱きついて、頬を彼の胸に押しつけた。ふたりの小銃と弾倉がぶつかって音をたてた。

「完成したらあんたの小説が読みたい」レイラニがいった。「完成するまでに、一年はかかるよね」

　マーコはレイラニのヘルメットを上げて額にキスした。「じゃあ、まだぼくをあいちてるんだね？」

　レイラニはうなずいた。「あいちてる」

「ぼくもあいちてるよ」マーコはレイラニの鼻にキスしてから、彼女のヘルメットをおろして目《ま》深《ぶか》にかぶらせた。

マーコは寝台に戻った。うとうとしはじめたとき、歩哨のシフトを終えて戻ってきたレイラニが、唇にやさしくキスするのを感じた。目をあけると、レイラニが自分の寝台に横になるところが見えた。マーコは眠りに落ちたが、もうスカムの夢は見なかった。

18

マーコとエルヴィスは監視塔の上で、銃を構えて暗い砂漠を見張っていた。

「スカムだ！」エルヴィスが指さした。「あそこを見ろ！」

マーコはあきれ顔をした。「エルヴィス、あれはさっきとおなじ岩だって。おちつけよ」

監視塔の見張り台は狭くて寒い吹きさらしだ。背後にはフォート・ジェミラ、前方には起伏のある砂漠が広がっている。エルヴィスは心細いらしく、体を左右に揺すったり、手すりをとんとん叩いたり、唇を噛んだりしていた。だが、マーコはここが気にいっていた。夜の監視塔にいると、宙に浮いているような、大昔の帆船の見張り台にのぼったような気分を味わえた。監視塔の上には、どなりつける指揮官もピンキーもいないし、厨房当番や体力づくりの運動もしなくてすむし、びゅんびゅんと弾が飛ぶ音も聞こえない。真っ暗で狭苦しいところにいればいいだけなのだ。

「ごめん、ポエット」エルヴィスは銃口を下げた。「ちょっとびくついてるんだ。内部情報をつかんでるからだよ」

「どんな内部情報を？」マーコは片眉を吊りあげた。

「スカムの侵攻についての内部情報だよ」

マーコはため息をついた。「エルヴィス、この基地には電子機器を持ちこめないんだぞ。どうやって内部情報をつかんだんだ？　そもそも、なんで内部情報なんていういいかたをするんだ？」

「そりゃ、情報源があるからだよ」エルヴィスがいった。「おれの情報源は知ってるよな？　おまえがベレー帽をなくしたときのことは覚えてるよな？」

マーコはうなずいた。「シン軍曹に殺されるんじゃないかと思ってぞっとしたよ」

「だけど、次の日には新しいベレー帽を手に入れられただろ？」

「おまえがな」マーコはいった。

エルヴィスはうなずいた。「情報源を利用したんだ。情報源から内部情報を聞いたんだよ。スカムが来るんだ。それに――」息を呑《の》んで銃を装塡《そうてん》した。「スカムだ！」

「エルヴィス！」マーコは友人の銃身を押し下げた。「岩だ。岩だってば！」

エルヴィスはぶるっと身震いしてうなずくと、薬室をあけて装塡した弾をとりだした。

「ごめん、びくついてるせいだ」

「みんなびくついてるさ」マーコはいった。「きみもアディもぼくも。ぼくたち三人はカナダ人だ。何度もスカムを目にしてる。まあ、世界じゅう、どこでも似たようなものなんだろうけどね」友人を見た。「ところで、きみはどこの出身なんだ？」

「田舎も田舎」とエルヴィス、「ど田舎さ。畑しかないようなところだよ。見渡すかぎり、大豆畑なんだ。トウモロコシみたいなまともな作物さえない。くそ大豆ばっかりだ。くそまずい大豆ばっかりだ。恋人に会いに行くために、一時間も車を飛ばさなきゃならなかったんだ」

　マーコは目を見開いた。「恋人がいるんだな？　みんなで恋人の写真を見せあってるとき、きみはずっと黙ってたじゃないか」

　エルヴィスはうなずいたが、長いあいだ黙っていた。とうとう、尻ポケットから財布をひっぱりだして開いた。なかには、カメラに手を振っている若い女の子の写真があった。「この子だ。エリーだよ」

「きれいな子だな」マーコはいった。

「世界一きれいな女の子さ」とエルヴィス。「七カ月前に死んだんだ」

「そうか」マーコはうなだれた。「ごめん、エルヴィス。つらかっただろうな。スカムに……？」

「違う」エルヴィスは財布をポケットに戻した。「自動車事故だった。彼女が死ぬ直前に、除隊したら結婚しようって話しあったんだ。きちんと約束したんだよ。その約束が、ふたりがこの五年間を乗り越える助けになるはずだった。生まれてくる子供たちの名前も、もう決めてたんだ」

「なんていえばいいかわからないよ」マーコは友の肩に触れたが、そんなしぐさにはなんの意味もないように感じられて気まずくなり、すぐにひっこめた。「ほんとに気の毒だったな」

「ここへ来たとき」エルヴィスは続けた。「彼女のことを思いだしたら陽気にふるまおうって心に誓ったんだ。彼女との楽しかった思い出に頼ろうって。彼女との思い出に助けてもらおうって」

「それなら彼女のことを黙ってて当然だな」とマーコ。「でも、話してくれてうれしいよ」

　エルヴィスは肩をすくめた。「故郷のことはあんまり話したくないんだ。よく思いだすけどね。話したくはないんだ。ここでのおれは別人なんだ。故郷では、おれはただのベニー・レイ、ただのさえない農家の息子だった。ここでは、みんなにエルヴィスって呼ばれてる。ここでは情報源を持ってる。ここでは銃を持ってる。ここでのおれは一人前の男なんだ」

　マーコは苦笑を抑えられなかった。「おいおい、それは勘違いだぞ。ここでのぼくたちは歯車のひとつなんだ。ベン‐アリ少尉は将校だ。少尉なら一人前といえるだろうな。けど、ぼくたちは農民なんだ！」

　エルヴィスはうめいた。「なんてこった、ここでもおれは農民なのか！」闇を見つめた。

「くそっ、あの岩が大嫌いだ」

「明日、手榴弾で吹っ飛ばそう」マーコはいった。

　エルヴィスは闇のなかで歌い、ふたりは夜が明けて砂漠に液体の炎が流れこんだようになるまで監視塔で見張りつづけた。

☆　☆　☆

「これがサンドタイガーだ」とベン＝アリ少尉がいった。「たいした獣だ。すさまじい戦闘力がある。防御力も抜群だ。砂漠でも、森でも、わたしたちが作戦を遂行《すいこう》する、この惑星上のほとんどどんなところでも生きのびられる。戦闘にさいして、おまえたちにとって最高の友になるんだ」

小隊の新兵たちは無言で見つめた。

「ちょっとさびてますね、少尉どの」とうとうアディがいった。

「ここはくそ宇宙防衛軍管区じゃないんだぞ、メープル」エルヴィスがいった。「訓練基地なんだ。おれたちにはさびついた古い残り物がまわされるのさ」

「黙れ、新兵ども」シン軍曹がいって警棒に手をのばした。

マーコはサンドタイガーを眺めながら、友人たちに賛同したくなった。駐車場に並んでいる——数えたところ二十輛の——装甲車は、百年ものに見えた。一見したところ、サンドタイガーは戦車に似ている。大きくて、ごつくて、装甲板でおおわれているからだ。車輪ではなくキャタピラが装備されている。だが、マーコがトロントで見た大型戦車よりは小さいし、大砲もない。その代わりにてっぺんの砲塔から機関銃が突きだしている。マーコにしてみたら、虎というよりも、ひなたぼっこをして一日を過ごす以上の望みはない、不器用な年老いたサイだった。

ベン‐アリ少尉が一輛の装甲車の前に歩みよった。ヘルメットのてっぺんが、装甲された車体の半分までしか達していなかった。

「二一一二年にサンドタイガーを開発したのは」少尉は説明した。「練金《クリソペイア》社だ。全高は三・四メートル、重量は六十トン、ほとんどどんな地形でも時速六十キロで走行できる。これだけの重量がある車輛にしては非常な高速だ。上部には五〇口径のスティンガー機関銃が装備されている」装甲車の後部に手をのばし、取っ手をつかんでひき、ハッチをあけて斜路《ランプ》にした。「一名の運転手、二名の銃手、九名の歩兵が快適に乗り組める。こいつらはスカムを轢《ひ》いて外骨格をつぶし、敵陣深くまで無傷で突入できるんだ」

「だけど、カップホルダーはあるんですか？」エルヴィスがたずねてシン軍曹から腕立て伏せ三十回を命じられた。

エルヴィスがふたたび立ちあがると、ベン‐アリ少尉は彼に歩みよった。きびしい目つきで新兵をにらんだ。「おまえはひょうきん者だ。この装甲車を馬鹿にするのは愉快だろう。残り物と呼ぶのは。さびついているというのは。だが、この装甲車は重要なのだ、レイ新兵。人類が健在なことを示しているのだ。人類は生きのびていることを。人類は反撃することを。人類を絶滅させかけた〈激変〉の灰のなかからよみがえったことを。おまえの目にはさびが映っているのだろう。わたしの目には廃墟から復活する人類が映っている。そしてわたしはそれを誇りに思っている。なぜなら、五十年前の人々の目に映っていたのは、さびた戦闘用車輛ではなかったからだ。彼らの目に映っていたのは焼死体だったのだ」

エルヴィスは頭を下げた。「申しわけありませんでした、少尉どの」

ベン‐アリはエルヴィスの前を離れ、小隊の列にそって歩きだした。「きょうは、このサンドタイガーを走らせてもらう。なかには、基礎訓練を終えたあと、二度と乗ることがない者もいるだろうがな。班をつくれ。運転手一名、銃手二名だ」

　小隊は、もう何度も、〝班〟と呼ばれている三人組になって教練をおこなっていた。整列するとき、射撃をするとき、さらには厨房当番や便所当番も三人組だった。分隊や小隊は正式で変更できないが、新兵は、建前上、だれとでも三人組を組めるし、教練ごとに変えられる。だが、時間がたつにつれ、小隊のなかにいつもの仲よし三人組ができてくる。ピンキーはいつも、図体の大きな乱暴者の子分のディッキーと、もじゃもじゃの茶色の髪をしていていつもにやにや笑っているマーファという娘と組んでいた。ビーストとケイブマンは親友になっていたし、そこにたいていはエルヴィスが加わっていた――小柄で背の低いエルヴィスはふたりの強さをあてにしていた。例によって、マーコはアディと組んでいた。最初、班の三人めはいつも違っていた。（マーコとアディを捨ててより強い新兵たちのもとへ走る前の）エルヴィスのこともあったし、（基礎訓練を脱落する前の）ヌードルズのことも、ヘルメットに星が描かれているシェリフのこともあった。

　きょうはレイラニがふたりに近づいてきた。

「組ませていただいてもよろしいですか、旦那さま、奥さま？」レイラニがたずねた。

　マーコは、頬が熱くなるのを感じながらうなずいた。「苦しゅうない」マーコは答えた。

　レイラニはヘルメットをちょっと上げてマーコに挨拶し、マーコとアディのあいだに入った。レイラニの頭はふたりの肩にも達していなかった。

「おい、ポエット、メープル」ピンキーがふたりを指さしながら大声で呼びかけた。「おまえらふたりは男の子を養子にしたのか？」

「無駄口を叩くな、マック」シン軍曹が注意した。

　マーコは認めざるをえなかった——頭を丸刈りにしている華奢で背の低いレイラニは、ふたりの息子に見えなくもなかった。ちびのピンキーですら、レイラニよりは背が高いのだ。

「おい、ピンキー」レイラニがいった。「おまえはちびだから〝小指《ピンキー》〟って呼ばれてるのか、それともおまえのちんちんが小指並みだからピンキーって呼ばれてるのか？」

「デラローザ！」と軍曹。「いいかげんにしろ。みんな、サンドタイガーに乗れ。さあ！」

　ピンキーは、顔を真っ赤にしてレイラニたちに向かって中指を立ててから、向きを変えて友人たちに続いた。ピンキーたちは装甲車に乗りこんだ。ほかの班も乗車した。マーコとアディとレイラニはサンドタイガーに歩いていって後部扉をひきあけた。扉は、かん高くきしみ、さびの雨を降らせながら下がってランプになった。ベン‐アリの話によれば、この装甲車は十二人乗れるらしかったが、三人乗っただけで狭苦しかった。

「外から見るよりずっと狭いな」アディがつぶやいた。

「ターディスの反対だな」マーコはいった。

「なんだって？」アディが不審げにマーコを見た。

「ターディスだよ。ほら、テレビドラマの（SFテレビドラマ《ドクター・フー》シリーズに登場するタイムマシン。外から見るよりも内部がずっと広い）」マーコはため息をついた。「なんでもない」

「壁が厚いんだ」レイラニが車内を見まわしながらいった。「こいつは動く城なんだ。こいつの半分は装甲なんだよ」

　装備類が車内のスペースを食っていた。壁に担架が二本、かかっている。〝医療品〟、〝弾薬〟、〝戦闘糧食〟と記されている金属製の箱が積まれている。そのあいだにベンチがのびている。車内のいたるところに無数のダイヤルやボタンやケーブルやモニターやパイプがあって、消火器が三本もある。狭い隙間から前部の運転席へ行ける。はしごは天井のハッチに続いている。

「ぼくは銃手がいい」マーコはいった。

「あたしも！」とレイラニ。

「あたしも！」とアディはいってから悪態《あくたい》をついた。「わかったよ。くそっ。あたしが運転すりゃいいんだろう。どっちみち、あたしのほうがマーコより運転がうまいんだからな」箱を乗り越え、垂れさがっているケーブルの下をくぐって運転席に向かった。アディがレバーをひくと、エンジンが咳きこむような音とともに始動した。すぐに轟音《ごうおん》が鳴り響いたが、徐々におちついたエンジン音になった。六十トンの強化鋼が振動した。

　マーコははしごをのぼり、レイラニも続いた。ふたりはハッチを押しあけてふたたび日差しを浴びた。そこは砲塔のなかだった。砲塔の防護は最低限だった——マーコの胸、レイラニの顎の高さに環状の鉄板があるだけで、ほかの部分はむきだしだった。地上からだと、砲塔に装備されている機関銃は小さく見えた。だが、砲塔のなかに立って見ると、機関銃がいかに大きいかが実感できた。銃身はマーコの身長よりも長かった。この車輌は、戦車でないのはたしかだが、きわめて戦車に近いのだ。

　砲塔には、立っていられる場所が二箇所あった。その一箇所では銃手が砲を構えて引き金をひけるようになっていた。もう一箇所では、ハンドルをまわして砲塔を回転させられた。レイラニがハンドル操作を担当した。ハンドルは彼女にとってちょうどいい高さにあったし、機関銃の引き金をひくためには爪先立ちをしなければならなかったからだ。マーコは引き金に指をかけて身震いをした。T57を撃つことには慣れていたが、この機関銃は、建物を吹っ飛ばせるほど強力に思えた。

　前方に見えるほかのサンドタイガーの砲塔にベン‐アリ少尉が姿をあらわした。

「出発するぞ！」ベン‐アリが命じた。「運転手、続け。キャンプを出るまではスピードを出すな――時速十キロ以下に保て。飛ばすのは砂漠に出てからだ」

　まずベン‐アリ少尉のサンドタイガーが動きだし、地響きのようなキャタピラ音をとどろかせながら駐車場を横切った。装甲車は、すさまじい重量のせいで、ローギアでも砂と小石を、水たまりに踏みこんだ車のようにまき散らした。一輌、また一輌と、サンドタイガーが動きだし、一列になって駐車場を出て基地内を走行した。

　フォート・ジェミラは、端から端まで数キロあるが、そのほとんどはただの空き地だ。装甲車の列は地響きをたて、砂をまき散らし、排気煙を噴きだしながら進んだ。マーコはうしろへ流れていく基地を眺めた。何列ものテント、訓練中の小隊、コンクリート製の食堂、指揮官たちが寝泊まりしているトレーラーハウス、馬鹿でかい兵器庫、射撃場、診療所、礼拝堂が見えた。だがもっともめだつのは砂と石と暑さだった。回転砲塔からだと、基地は、なぜか小さく見えた。走ったり、挙手跳躍運動《ジャンピング・ジャック》をしたり、行進したりしている兵士たちがおもちゃのように見えた。ここに来たばかりのとき、マーコはおびえていたし、途方に暮れていたので、フォート・ジェミラは周囲でぐるぐるまわっているように、逃れられない渦巻く悪夢のように感じられた。いまのフォート・ジェミラには形があったし、その狂気にも内なる論理が存在していた。

　指揮官たちには、この基地はこんなふうに見えてるんだろうな、とマーコは考えた。苦痛と危険に満ちた、目がくらむような恐ろしい夢じゃなく、ただのステージのように。ただの砂漠に。ただの幻に。

　到着したばかりの新兵の一団が基地内に行進してくるのが見えたが――エルヴィスが、〝新米《フレッシュ・ミート》〟か、とつぶやいているのだろうと想像できた――マーコには、彼らの気持ちがよくわかった。彼らに見えているのはまばゆい日差しと焼けた砂だけのはずだった。彼らの耳には、エンジンの轟音と軍曹たちのどなり声と射撃場の銃声が届いているはずだった。すでに数週間の経験があるマーコのようには基地を知覚できていないはずだった。新兵たちには、苦痛と日差しと音というフィルターを通して得られた頭のなかの世界しかないのだ。

いま、装甲車に乗っているマーコには、現実は流動的に感じられた。多くのものは心のなかにしか存在しておらず、さまざまに解釈できるように思えた。

サンドタイガー部隊が基地を囲んでいる有刺鉄線のフェンスに到着したので、マーコのもの思いは断ちきられた。警備兵がゲートをあけると、装甲車部隊は開けた砂漠へと出ていった。小さな宇宙港——新兵たちをここに運んできたロケットは、まだ煙をあげていた——のそばを過ぎて丘を越えた。砂丘は見渡すかぎり広がっていた。

そしてサンドタイガー部隊は爆走しはじめた。

十六輛のサンドタイガーは轟音を響かせながら次々と砂丘を越えた。周囲には大きな砂煙があがっていた。砂丘をのぼりくだりするたびに回転砲塔は揺れ、マーコは片手で手すりにつかまらなければならなくなった。レイラニはかたわらで、砲塔のハンドルを両手でつかみながら笑顔で揺れていた。車内では、アディが喚声をあげながらアクセルを踏んでいた。

「しっかりつかまってろよ！」アディが叫んだ。「六十キロまで上げるぞ！」

時速六十キロは、ハイウェイでなら高速とはいえない。ジェット機とは比ぶべくもない。だが、さびだらけでやかましい、金属とキャタピラからなる馬鹿でかいマシンで砂丘を乗り越えながらとなると、大気圏を突破しようとしているロケット並みの高速に感じられた。エンジンがうなった。砂が飛んだ。大きな砂丘のてっぺんに達したとき、マーコは砲塔から放りだされそうになった。装甲車の前部が一瞬、宙に浮いてから、どすんと落ちておびただしい砂を巻きあげたのだ。

「おい、ポエット！」ピンキーが近くの車輛の砲塔からどなった。「競走しようぜ！」

「もっと速く、アディ！」レイラニが叫んだ。

装甲車はさらに加速した。キャタピラがぼやけた。砂が嵐のように噴きあがった。マーコは『デューン　砂の惑星』に出てくる砂虫にまたがっているような気分になった。装甲車部隊が三十分ほど走って丘のてっぺんに達したところで、ベン‐アリ少尉がメガホンを使って停止を命じた。装甲車は丘の尾根にそって並んだ。岩だらけの谷の下に百匹かそこらのスカムが見えた――金属の棒を支えに立っている、動かない外骨格にすぎなかった。

「銃手！」ベン‐アリがメガホンを使って命じた。「ねらえ！」

レイラニがウインチを回転させると、砲塔がきしみながら動き、スカムの外骨格に正対した。ほかのサンドタイガーの砲塔も、きしみながら回転してそっちを向いた。マーコとレイラニはイヤーマフを装着した。

「撃て！」ベン‐アリが命じた。

マーコは両手で機関銃を握って引き金をひいた。

イヤーマフをつけていても、銃声は耳を聾《ろう》するばかりだった。焼けつくような熱を感じた。五〇口径のカートリッジが飛びだした。どでかい銃身から――一発が短剣ほどもある――弾が毎分二十発という猛烈な勢いで発射された。マーコは顎を食いしばって機関銃にしがみついた。全身が振動していた。自分の身長よりも銃身が長い機関銃どころか、T57もフルオートで撃ったことがなかった。言葉にならない悲鳴をあげながら機関銃にしがみついていると、弾薬ベルトがどんどん機関銃に吸いこまれていった。

スカムの外骨格が砕けた。鉤爪が、腹部の体節が、大顎が砂漠にまき散らされた。機関銃を撃ちつづけながら、新兵たちは歓声をあげた。

「死ね、くそ野郎！」マーコのかたわらでレイラニが、砲塔を次の標的に向けて回転させながら叫んだ。

「地獄に堕ちろ！」ピンキーも、機関銃を撃ちながらわめいていた。

マーコは無言で撃ちつづけた。やがて弾薬ベルトがつきた。機関銃はカチッと鳴って止まった。銃口から煙が出ていた。熱い空薬莢がブーツのまわりでジュージュー音をたてていた。

「これなら戦車はいらないね」レイラニがいった。「大砲よりも機関銃のほうがいいな——どんなときでも」

新兵たちは歓声をあげながら粉砕したスカムの外骨格を指さしたが、マーコは無言のままだった。マーコは生きているスカムを見たことがあった。生きているスカムは、突っ立って銃弾の雨を受けるのを待っていたりしない。サンドタイガーよりもすばやく動きまわるのだ。宙に跳びあがるのだ。スカムの鉤爪は装甲をも突きとおす——たぶん、この車輛の装甲ですら。戦闘中だったら、レイラニが砲塔を充分な速さで回転させられるとは思えなかった。自分も、四方八方から襲われたら、弾を命中させられるとは思えなかった。だが、なにもいわなかった。

基礎訓練が終わったら、気楽な事務仕事につけるかもしれない、とマーコは思った。そうなれば、実戦でこの機関銃を撃たなくてすむんだ。ひょっとしたら、ヌードルズと机を並べてトールキンの『シルマリルの物語』を分析しながら兵役を過ごせるかもしれない。

分隊は向きを変えて基地に戻った。道中ずっと、レイラニは戦争でどれだけのスカムを殺すつもりかについて語りつづけ、マーコは無言で聞きながらうなずきつづけた。

その夜、マーコは分隊がテントで眠りについても寝つけなかった。歩哨当番のあとですら。左右で寝ているアディとレイラニを、そしてテントの奥で寝ている友人たちを眺めつづけた。彼らが戦っているところを想像した。スカムがキャンプを蹂躙《じゅうりん》し、サンドタイガーの車体を引き裂き、銃弾をよけ、鉤爪を兵士に突き立てるさまを。ようやく眠りにつくと、はるか昔のあの日、トロントで起きたことの夢を見た、ただし、雪のなかで死ぬのは母親ではなかった。スカムに食われたのは、アディとレイラニとエルヴィス、それにほかの友人たちだった。そしてマーコがいくら銃を撃っても、彼を囲んでいるスカムの群れは迫ってきた。スカムの数は砂漠の砂粒のようにおびただしかった。

19

　基礎訓練がはじまって五週間たち、半分が過ぎたとき、ベン‐アリ少尉がドラゴン小隊を集めて告げた。「本日は基地を離れる。ついてこい。ダッフルバッグは置いていけ」

　マーコは、小隊の五十名の兵士たちとともにフォート・ジェミラの石だらけの荒れ地に立っていた。胸がどきどきしはじめた。スカムだ！　きっとスカムが襲ってきたんだ！　このあいだの午後は、警報が三時間鳴りつづけて、ぼくたちは銃を持って寝台のあいだでしゃがんで、戦闘がはじまるのを待ってた――たぶん、こんどはほんとに戦うんだ。

「もう実戦ですか、少尉どの？」エルヴィスがたずねた。「まだ準備不足です、少尉どの！　訓練はまだ半分しか終わってません」

「あたしは準備できてるよ」アディが銃を構えた。「スカムのケツを蹴っ飛ばしてやろうじゃないか」

「なんべんもいってるじゃないか、アディ」マーコはいった。「スカムには――」

「黙れ！」シン軍曹が叫んで警棒を抜いた。先端がパチパチいった。「おまえらにはケツがあるんだから、次に口を開いたやつのケツにこいつを突っこむからな。それから、きょう、おまえらは戦ったりしない。おまえらはまだ、スカムの餌にしかならない――それだって、りっぱに役立つことにはなるがな」軍曹はアディとマーコを指さした。「おまえらふたり、明日は余分に歩哨当番をしろ」

ベン-アリ少尉は兵士たちが静まるのを待ってからふたたび話しだした。

「今週はじめに、人類防衛軍《HDF》特殊部隊がさそり座の星系の奥深くにあるスカムの研究所への大胆な攻撃を敢行し、敵が化学戦用に開発中だった、ある危険なウイルスを始末した。〈激変〉以来、わが軍がこれほど敵陣深くまで到達したのははじめてだ。戦闘をエスカレートさせたくはないが、この作戦は不可避だったのだ。したがってスカムが報復を実行すると予想される――地球上で」

少尉は間《ま》を置いて、兵士たちにこの知らせを消化する時間を与えた。マーコは、炎暑の砂漠にいるにもかかわらず寒けを覚えた。人類が宇宙空間を跳躍してスカムの母星を核攻撃する技術を開発してから、スカムは五十年前のように地球全体の街に毒ガスをまいたりしないはずだということは知っていた。しかし、〈激変〉以来、〈消耗戦〉は、おさまったり激化したりをくりかえしながら、現在にいたるも続いている。いま、戦争がエスカレートするんだろうか？　ひょっとしたらまた〈激変〉が起こるんだろうか？

「少尉どの」マーコはたずねた。「戦うんじゃなかったら、なにをするんですか？」

ベン-アリはマーコを見た。「スカムはすでに地球上の街への襲撃の頻度を上げていて、着陸するポッドの数は通常の十倍になっている。だが、スカムは数週間以内に大規模な報復をすると予想されている。スカムはおそらく、現在、作戦を計画中なのだ。それに備えて、世界各地の街で災害救助訓練を実施している。予防のためだ。きょうは、おまえたちに役者になってもらう。目的地はギリシャだ。そこの施設の敷地内や通りや廃墟でＨＤＦの医療部隊が死傷者を収容することになっている」新兵たちを指さした。「おまえたちがその死傷者になるんだ。脚を失う者もいる。スカムの毒にやられる者もいる。火傷を負う者もいる。途中でシン軍曹が、役が書いてあるカードを配る」

「さあ、行進だ！」シンがどなった。「リンデン、号令をかけろ！」

「左、右、左、右！」アディが叫び、新兵たちは五週間ぶりにフォート・ジェミラのゲートをめざして行進した。

　五週間だって？　信じられない、とマーコは考えた。五年間なんじゃないのか？　五世代なんじゃないのか？　五時代なんじゃないのか？　地下牢に長年閉じこめられていたが、ついに日差しのもとに出られた男のような気分だった。

「外の世界はいまもほんとに存在してたんだな」マーコはエルヴィスにささやいた。

隣で行進していた友人は砂丘を見まわした。「砂とチンポコ形の飛行機しか見えないぞ」

　ケイブマンはにこにこ顔で両手を握りあわせた。「ギリシャに行けるんだ！　花を見られるんだ！」

　ＨＤＦの大型飛行機がコンクリート舗装の上に駐まっていた。ほどなくして二百名の新兵からなる中隊がキャンプを出てその飛行機に搭乗した。機内には数列のベンチが並んでいた。

マーコはアディとエルヴィスのあいだにすわった。レイラニとはある程度の距離を置くようにした。小隊内に噂が広まっているので、火に油を注ぎたくなかったからだ。だが、目をあわせられる程度には近かったので、レイラニにうなずきかけた。レイラニは、寄り目をし、頬をふくらませて変顔をした。

　飛行機が砂漠上空を飛んでいるあいだに、シン軍曹が機内を私服が詰まったカートを押して歩いた。

「いいか！」軍曹は新兵たちに呼びかけた。「この訓練で、おまえらは民間人の役をすることになるので、それらしい服装をしてもらう。制服を脱いで、このカートから私服を選べ。制服とヘルメット、それにもちろん――銃も――機内に置いていけ」

「そのあいだにスカムが襲ってきたらどうするんですか、指揮官どの？」アディがたずねた。

「そうなったら、スカムはおいしいおやつを楽しむことになるな。さあ、制服を脱げ！」

　カートをひっかきまわして選んでいる暇はなかった。軍曹は、数秒しか時間を与えてくれなかった。マーコはどうにか白いスニーカー、ピンク色のボタンダウンシャツ、緑色の――軍服のくすんだオリーブ色ではなくあざやかな緑色の――ズボンをつかみだした。ほかの服にしたかったが、シンはカートを押して行ってしまった。

　マーコはため息をついて戦闘服を脱ぎ、ボクサーパンツとシャツだけになった。緑色のズボンは丈が短くてすねがむきだしになったし、腰まわりはぶかぶかだった。だから、軍曹がこれくらいなら軍の装備品の使用を許してくれることを祈りつつ、制服のベルトを巻いた。

靴は大きすぎたしピンクのシャツは小さすぎた。袖に腕を通すのもひと苦労だったし、ボタンをとめるのはまったく無理だった。

マーコを見たとたん、アディは吹きだした。「まるで、乾燥機にかけたら縮んじゃった服を着てるおばあちゃんじゃないか！」

マーコは反撃した。「きみだってサッカーのフーリガンみたいだぞ」

アディはサッカージャージと、サイズがほぼあっているデニムのショートパンツとサンダルをとることに成功していた。アディはにやりと笑うとくるりと一回転して、背中にプリントされている〝アルバレス〟という文字を見せた。「だけど、あたしはほんとにサッカーのフーリガンなんだ！　アルバレスこそ——世界一のサッカー選手なのさ！」

革ジャンにタイトなレザーパンツという格好のエルヴィスが、うめきながらふたりのほうに歩いてきた。「いっただろ、メープル、世界一はサントスなんだってば」

アディとマーコは目を丸くした。

「なんてこった」マーコはささやいた。

アディは目をぱちくりしながらエルヴィスの服装を指さした。「ＳＭファッションじゃないか！」

「おい！」エルヴィスがむっとした。「エルヴィスファッションだよ。本物のほうのエルヴィスの。一九六八年の〈カムバック・スペシャル〉のときの」本物のエルヴィスを真似て空手チョップをした。「ありがとう、どうもありがとう」

「エルヴィスの衣装って、ラインストーンのついた白いジャンプスーツなんじゃなかったっけ」マーコは、ケミに聞かせてもらったクラシック音楽を思いだしながらいった。「それは、どっちかっていったらロブ・ハルフォード（イギリスのヘヴィメタルバンド、ジューダス・プリーストのリードシンガー）だな」

「エルヴィスも革を着たんだってば」エルヴィスは反論して通路を歩み去った。

　フリフリのピンクのドレスに身を包んだジャッカスがくるくるまわりながらマーコたちに近づいてきた。つながった眉を喜びで吊りあげ、出っ歯を突きだしていた。「あたいってば、かわゆいプリンセスじゃない？」ジャッカスは機内を踊りながら移動した。新兵たちに服を投げつけられても、くすくす笑っているばかりだった。

「やれやれ、人食い鬼《オーガ》がドレスを着たってわけか」アディがつぶやいた。

「ジャッカスはオーガなんかじゃないぞ」とマーコ。「ちょっと変わってるだけだ。いいやつだよ」

　アディは身震いした。「壁から剝がれた乾いたペンキのかけらを食うんだぞ、マーコ。体調を崩して診療所で過ごすために食うんだ。イカれてるよ」

　マーコは肩をすくめた。「ぼくはイカれてるやつが好きなんだ」マーコは、新兵たちにからかわれているセイント‐ピエール伍長が、泣きながらベン‐アリ少尉に不安を打ち明けていた姿を思いだした。「ジャッカスにも秘めているものがあるんだろう」

「おいおい、あいつはまだなにかを秘めてるってのか？」アディは怖気《おぞけ》をふるった。ジャッカスは機内の後方で、ほかの新兵に馬乗りになられながら、ロバがいななくような声を発していた。「勘弁してくれ、もうたくさんだ」

まもなく、新兵は全員、さまざまな安物の古着に着替えた。マーコは、こんなに馬鹿げた集団は見たことがなかった。だれもサイズがあっている服を着ていなかったし、どの服も二世代は前のものに見えた。ケイブマンは、花柄のアロハシャツの布地をしょっちゅうのばしていた。何サイズも小さすぎる黄色いスーツを着ているビーストは惨めなありさまだった。バンダナを巻いてデニムベストを着ているピンキーは、ナイフでせっせとスウェットパンツの裾を切って丈を短くしていた。

「たまげたな」アディがささやいた。「あれを見ろよ。ありゃ本物だ。ほんとの女の子だ」

マーコは振り向き、ぽかんと口をあけた。

うわあ、とマーコは内心で驚きの声をあげた。こいつは……すごいや。

最初はだれだかわからなかった。知らない新兵かと思った。だが、そうではなかった。レイラニだった。歩いてくるレイラニは、サイズがぴったりの青いドレスを着て白いサンダルをはき、丸刈りの頭が隠れるつば広のハットをかぶっていた。

エルヴィスが口笛を吹きながらやってきた。「うわあ、イカすじゃないか、デラローザ。見違えたよ」

レイラニは言い返しながらエルヴィスを強く蹴ってよろめかせた。「うるさいぞ、レザーフェイス」マーコの前に立ってぼやいた。「馬鹿みたいな格好になっちゃった」

「オードリー・ヘップバーンみたいだよ」マーコはいった。

レイラニは両のこぶしを振りあげた。「侮辱しないで。だれなの、それ？　プリンセスかなにか？」

マーコはかすかにほほえんだ。「そんなようなもんだよ、レイラニ。いい変装じゃないか。敵も、サマードレスを着たちっちゃくてきれいな女性に殺されるとは思わないだろうからね」

レイラニはうめいた。「ちっちゃくてきれいな女性になんかなりたくないんだ。そんなのくそだ。なあ、エルヴィス！　服を交換しないか」

エルヴィスが座席から頭を突きだした。「なんだって？　こんなかっこいい服とだって？　やなこった」いったん頭を背もたれの陰に消してから、また突きだした。「マジで、プリンセスみたいだぞ、デラローザ」

レイラニはうめいて、サンダルの片方をエルヴィスに投げつけた。「馬鹿みたいだ」ぼそりといって大股に歩きだした。「くそ人形みたいだ。こんな格好をするために軍隊に入ったわけじゃないのに……」

マーコはレイラニのうしろ姿を見つめた。アディはにやりと笑って肘でマーコの脇腹を突いた。「ポエットが恋しちゃってる！」マーコに向かって眉をぴくつかせた。

マーコはアディの肘を押しのけた。「うるさいぞ、フーリガン」

この飛行機に窓はないけど、いま、ギリシャの島々に向かって地中海の上を飛んでいるところなんだろうな、とマーコは推測した。マーコは古代ヨーロッパについての本をたくさん読んでいた。文明と芸術と文化と建築の地。美と流血を兼ね備えた豊かな歴史。この大陸の半分は〈激変〉で破壊され、そうした本で紹介されている歴史的記念物——エッフェル塔やビッグベンやピサの斜塔やローマのディオ像——は、もうない。だが、たとえ一日しかいなくても、古い建物を何軒か見られるだけだとしても、この大陸をできるだけ満喫しよう、とマーコは心に誓った。有刺鉄線と砂を眺めるよりはましだった。

　シン軍曹が袋を持って戻ってきて、ストラップがついているラミネートカードを新兵たちに配った。

「カードに書いてある役になるんだ」軍曹は配りながら説明した。「おまえらはもう、スカムキラーのふりがうまくできるようになってる。だから、スカムの被害者のふりもできるはずだ。着陸したら、おまえらは市内のあちこちに配置される。そのカードを首から下げろ。救助隊がおまえらごときを救ってくださることになっている」

　マーコはカードを受けとって目を通した。「ぼくは両脚骨折だ」

　アディは歓声をあげてカードを頭上に掲げた。「やった！　スカムの毒霧で窒息だ」わざとらしく咳きこんだ。

「倒壊した建物の下敷きだ」エルヴィスがストラップを首に通しながらいった。カードがぶらさがった。

「なんだって？」レイラニがカードを見ながら大声をあげた。「スカムの鉤爪で刺されただって？　あたしがあいつらをそばに近寄らせるもんか」

　機内のあちこちで、新兵たちは役を演じはじめた。うめいたり、床を転げまわったり、痛みのあまりわめいたり、咳きこんだり、息を詰まらせたり、助けを請い求めたりした。ケイブマンは迫真の火傷演技を披露して拍手喝采を浴びた。マーコは、シン軍曹がなんと笑みを漏らしたことに気づいたが、軍曹はすぐにしかめっ面に戻った。それを見てマーコは、シンもまた役者なのだと、彼もまた演技しているのだとさとった。

「それくらいにしておけ！」シン軍曹がいった。「全員、アカデミー賞ものだ。だが演技は着陸するまでとっておけ。まもなく降下を開始する。それから忘れるなよ、たとえトンチキの集団に見えても、おまえらはＨＤＦの兵士だということを。地元の住民の前では恥ずかしくないようにふるまえ。これからおまえらはおれの代理を、少尉どのの代理を、人類防衛軍全体の代理を務めることになるんだからな。だからそれらしくふるまえ。たとえ、馬鹿みたいな服装をしていてもだ」

　飛行機は滑走路に着陸し、マーコたちは、制服とヘルメットと銃を機内に置き、認識票だけを持って降りた。そこはＨＤＦの空港で、バスが数台、滑走路に走ってきた。新兵たちが小隊ごとに分かれて乗りこんだバスは、基地を出て――六週間ぶりに――民間人の世界へと入った。

　バスはヤシの木とビーチにはさまれている道路を走った。片側は丘になっていて、松やイチジクやイトスギが青々と茂っていて、そのあいだに白と青の家が建っていた。まもなく、バスは市街地に入った。そして、歩道に通行人が――本物の人間、買い物したりおしゃべりしたり笑ったり食べたりという本物の生活を送っている民間人が見えた。バスのなかでは、ドラゴン小隊の新兵たちが窓にへばりついて、車窓を流れてゆく街を見つめていた。地獄で二カ月過ごしたあとだと、目にしている世界が本物なのが、新しいプロパガンダ映画ではないのが信じられなかった。

アディはマーコにもたれて窓ガラスに顔を近づけた。「本物だ。きれいだ。人がいる。食べ物がある。暮らしがある」

「どけよ！」マーコはアディを彼女の座席に押し戻そうとした。「膝小僧がぼくの股間に食いこんでるんだよ」

アディはマーコの抗議を無視して彼の腿に体重をかけた。こんどは、窓を眺めているアディの肘がマーコの脇腹に押しつけられた。「カフェがあるぞ、マーコ。スパムじゃなく、本物の食い物を出すカフェが」

「きみはスパムが好きなんじゃないのか？」マーコはアディを押しのけようともがいた。アディは、両肘、両膝をマーコに押しつけていた。「なあ、きみはスカムの女王より重いんだってば」

アディは、ようやく、目を輝かせながら自分の席に戻った。そしてマーコの手をぎゅっとつかんだ。そして、マーコを見つめているうちに、しだいに笑みが消えた。

「マーコ、学校で教わったあれ、覚えてるか……ほら、あれ、なんだっけ？　あの、〈激変〉の前に起きたひどい悲劇だよ。ナチがやったやつ」

「ホロコーストかい？」マーコはいった。「二百年前だね」

アディはうなずいた。「ああ、それそれ。頭にこびりついてる話があるんだ。ゲットーに閉じこめられてた子供たちの話だ。ゲットーはふつうの街のなかにあったけど、コンクリートの壁で囲まれてて、抜けだせないようになってた。街のなかの牢獄みたいな感じだったんだ。子供たちは、そんなゲットーのなかで、飢え、虐待され、迫害されながら何年も過ごした。とうとう、子供たちは列車に詰めこまれた。ゲットーから街の外の死の収容所へと連れていかれたんだ。列車がゲットーを出ると、子供たちは貨車のなかから、ゲットーのまわりの本物の街を見る。本物の暮らしを、飢えて骨と皮だけになってない人たち、日常生活を送ってる人たちを目にする。子供たちは、世界じゅうが地獄じゃないことに、だれもかれもが獣同然の暮らしをしてるわけじゃないことに気づく。そんな目に遭ってるのは自分たちだけだってことに。なのに、そういう世界に自分たちの手は届かないってことに。見られはするけど暮らせはしないってことに。そして列車は走りつづける。あたしたちにそっくりじゃないか。あたしたちも、本物の暮らしを見られはするけど、参加はできないんだ」

「悲惨な話だね」とマーコ。「だけど、ぼくたちとはぜんぜん似てないよ。その子供たちは死の収容所へ連れていかれた。そしてガス室で殺されたんだ」

「あたしたちも、スカムの餌になるために訓練してるじゃないか」とアディ。

「違うって。ぼくたちには銃がある。ヘルメットが。手榴弾が。勇敢な指揮官たちがいる。ぼくたちは、スカムを殺すために訓練を受けてるんだ」われながら空疎な言葉に聞こえた。

アディのいうとおりなのかもしれなかった。マーコとアディは、この先、もう二度と、車窓の外にいる――きょうを楽しみ、友達と歩き、食べ、笑っている――人々のようにはなれないのかもしれなかった。マーコたちはゲットーの子供たちとおなじで、牢獄と炎以前の、古い異世界を垣間見ただけなのかもしれなかった。

　バスは松でおおわれた丘をどんどんのぼった。松と家のあいだから地中海が見えた。あたりに建っている白と空色の建物には、アーチ形の窓や丸屋根があった。バスは石畳の道をガタゴトと進み、とうとう交戦地帯に入った。

　ほんとうの交戦地帯ではなかった。スカムは見あたらなかったし、銃声も爆弾の音も聞こえなかった。だが、それらしく見えた。その地区は全体が巨大な廃墟になっていた。救急車が警告灯をひらめかせていた。衛生兵たちがテントを設営していた。建物が倒壊し、通りに煉瓦《れんが》や根こそぎになった木、さらにはフレームが曲がった自転車が散乱していた。壊れた消火栓から水が噴きだし、燃えているタイヤから煙が立ちのぼっていた。バスは瓦礫《がれき》の山のあいだを走りつづけた。いたるところに防護服を着たＨＤＦの救助隊がいた。戦争はマーコが生まれたときからずっと続いていた。スカムの襲撃とその結果は何度も見ている。だが、その範囲はいつも数ブロックにかぎられていた。ここでは広い範囲がまがいものの廃墟になっていた。

「〈激変〉のときみたいだな」アディがつぶやいた。

「死体はひとつもないけどね」とマーコ。

アディはにやりと笑った。「あたしたちが死体なのさ」

新兵たちはバスを降りた。住人が見たことのない、三百人におよぶ変人の集団だった。ぶかぶかのズボンやぴちぴちのショートパンツ、ピエロでも大きすぎると思うようなサンダルや靴、フリフリのドレスやど派手なアロハシャツの集団が通りをぞろぞろ歩いた。マーコは緑色のズボンのたるみをひっぱりつづけていた。一方、ピンクのシャツは腕の血行が悪くなりそうなほど小さすぎた。靴はしょっちゅう脱げた。ストラップで首から下げているカードには、両脚骨折と記されていた——すぐに靴が脱げるせいでその設定にリアリティが出た。

「散開！」シンが叫んだ。軍曹はまだ制服を着て軍用ターバンを巻いていたし、T57も携帯していた。「あと十分で開始だ。適当な場所を探してそこから動くな」

マーコは石畳の道を歩いた。停まっている救急車を通りすぎ、医療テントをまわりこみ、柳と松の横を進んだ。無線の声が聞こえ、何百人もがあわただしく行き来し、ヘリコプターが頭上を飛んでいるさなかで、マーコは深々と息を吸って手をのばし、柳の葉をなでた。膝をついて松ぼっくりを拾った。

ここには世界がある。地球がある。いまでも美しいんだ。

レイラニがマーコの横でしゃがんだ。マーコはレイラニの浅黒い肌、アーモンド形の目、きゅっと結んだ口元を見つめた。レイラニは手を差しだした。

「ロガーヘッドだよ」レイラニのてのひらには、アカウミガメ《ロガーヘッド》ならぬ小さな陸亀が載っていた。「好きなんだろ？」

マーコはほほえんだ。

うん、たしかに世界にはまだ美が存在してる。

ふたりは亀を松のあいだにそっと置くと歩きだし、三方の壁が崩れていて煉瓦とタイヤが山になっているところを見つけて止まった。いかにもスカムが男の両脚を砕き、女の胸を貫きそうな場所に思えた。マーコとレイラニが瓦礫に横たわると、すぐにアディとビーストも加わった。廃墟のいたるところで、ほかの新兵たちも自分の場所を見つけた。通りに横たわった者もいた。屋根に上がった新兵も何人かいた。そしてエルヴィスは、木にのぼってぐったりと枝にもたれた。

そして全員が演技をはじめた。

「頭がメロンみたいに割れてるんだ！」ビーストが大声をあげた。「まるでロシアの戦車に轢《ひ》かれたみたいだ！　クルミも割れないような、チンケなアメリカの戦車じゃないぞ！」

アディは咳をしながら転げまわった。「助けてくれ、毒を吸っちまったんだ！　スカムの毒霧を！　邪悪なスカムの屁を肺いっぱいに吸いこんじまったんだ！」咳こみ、からえずきをした。「チーズを食ったあとのマーコ並みに臭いんだ！」

「助けてくれ、スカムの鉤爪で刺されたんだ！」レイラニが叫んだ。「どうしてスカムがあたしに近寄れたのか、さっぱりわからないけどね！　だってあたしは、スカムを〇・五秒で殺せるんだから！」

マーコは、役になりきってその声のオーケストラに参加することはしなかった。瓦礫に横たわって、できるだけ折れているように見せようと両脚の位置を工夫した。とりあえず、両脚を曲げ、ぎこちなく顔をしかめた。

しばらく演技を続けたあと、アディがいった。「なあ、衛生兵はどこなんだ?」

マーコは肩をすくめた。「これは現実に即した演習なのさ。まだ、ついさっきスカムがギリシャをめちゃくちゃにしたばっかりだ。衛生兵たちが態勢をととのえるまでにしばらく時間がかかるんだよ」

「だけど、それじゃだれにもあたしの演技を見てもらえないじゃないか!」とアディ。

「熱演だったよ」とマーコ。「アンコール、アンコール」

「おちょくるんじゃないよ」とアディ。「あたしはピザ伍長じゃないんだ」

マーコは『ハード・タイムズ』を持ってきていた。軍に入隊する前は、本をたくさん読んでいた。だが、基礎訓練がはじまってからの五週間で、五ページしか読めていなかった。ペーパーバックを開いた拍子にケミの写真が落ちた。マーコはしばしその写真を眺めた。ケミとは二年、つきあった――ケミを愛していたし、結婚したいと願っていた。そのケミはいま、ジュリアス軍学校で将校に、職業軍人になるための訓練を受けていた。写真越しにレイラニを見ると、彼女は近くの瓦礫に横たわり、勇猛果敢な自分が、なぜかスカムに鉤爪で刺されたと、うめきながら訴えていた。

「マーコの命を救おうとスカムの前に跳びこんだからなんだ!」レイラニは叫んでいた。

「さもなきゃ、このあたしが刺されるもんか!」

レイラニはおかしな女の子だった。マーコが癒やしたいと願っている傷ついた小鳥だった。マーコはレイラニを愛していた。スカムと戦って死にたいと大声で叫ぶが、繊細で愛すべき女の子を。

きみは亀を持ってきてくれたんだ、とマーコは考えた。ぼくはあのとき、きみが思ってる以上に感動したんだ。

マーコはケミの写真を本にはさみなおし、本をポケットに戻した。

三機の医療ヘリコプターが降下してきたので、廃墟に風が吹きつけた。三機は赤い警告灯をひらめかせながら瓦礫のそばに着陸した。ガスマスクをつけ、担架を運んでいる衛生兵たちが飛びだしてきた。衛生兵たちは、杖に蛇が巻きついているワッペンが腕についている、白いＨＤＦの制服を着ていた。

「選別《トリアージ》をして、助けられそうな重傷者から収容しろ」という声がヘリコプターのなかから聞こえてきた。「助かりそうにない者は置いていけ。収容できるスペースはない」

マーコは息を呑《の》んだ。

「あたしは助かるよ！」アディが咳をしながらいった。「くそ肺いっぱいに——痛っ！」悲鳴をあげたのは、衛生兵に注射針を突き刺されたからだった。「おい、なんなんだよ、ふりをしてるだけだぞ！」

「あたしはもうだめだ！」レイラニが叫んだ。「ぐさりとやられた！　串刺しにされた！見捨ててくれ。ほかのやつを助けてくれ！」

マーコは顔をしかめ、両肘をついて上体を起こした。ヘリから聞こえてきた声には聞きおぼえが……

「負傷者を担架に乗せろ」白い制服を着て青いベレー帽をかぶり、ガスマスクをつけている女性がヘリコプターから降りてきた。「その負傷者はいい。そっちの女性は望みがない。収容するのは、毒を吸ったその女性と、両脚を折ったその男性——」

その女性は言葉を途切らせた。

マーコの胸の鼓動が高まった。

「ケミ」マーコはささやいた。

ケミは瓦礫越しにマーコを見つめた。ガスマスクをはずして見開いた目とぽかんとあけた口をあらわにした。

「アバシ士官候補生？」担架を持ってマーコのそばに立っている衛生兵がたずねた。

ケミはぽかんと口をあけてマーコを凝視していたが、やがてわれに返った。「その男性を収容して。わたしのヘリに乗せて。さあ、早く！　またすぐにスカムが襲ってくる」

衛生兵たちはマーコを担架に乗せた。マーコは担架から降りてケミに駆けよりたかったが、衛生兵たちはマーコの体をベルトで担架に固定し、医療ヘリコプターへと運びこんだ。ケミも続いて乗ってきた。ほかの衛生兵たちが——レイラニを含む——致命傷を負っている者を置き去りにし、アディとビーストを他の二機のヘリに運びこんだ。

エンジン音をとどろかせながら、ヘリコプターは上昇した。

ヘリコプターが市街上空を飛んでいるあいだに、マーコは、衛生兵たちの制止する声を無視して体を担架に固定しているベルトを無理やりはずした。そしてケミに歩みよった。ケミはマーコを見つめたまま凍りついた。表情はきびしかった。訓練という任務に専心している士官候補生の顔だった。次の瞬間、ケミは目をうるませて笑いだし、マーコを抱きしめた。

「マーコ」そうささやくと、マーコの頬に、額に、そして唇にキスした。「ああ、マーコ、ほんとにあなたなのね。信じられない。信じられないわ！」涙が頬を伝った。「奇跡よ。正真正銘の奇跡よ、間違いない」

「いったい――」マーコはいいかけた。「なんで――」笑いだしてケミの両手をつかんだ。

「なんていったらいいかわからないよ」

ケミはにっこり笑った――マーコが大好きだった満面の笑顔だった。「三週間前に軍学校に入学したばっかりだけど、永遠の時間がたったみたいに思えるわ。これは、校外ではじめて指揮を体験する訓練なの。わたしはもう、士官候補生なのよ、マーコ。それはそうと、その格好はなんなの？」マーコの小さすぎるピンクのシャツとぶかぶかの緑色のズボンをつまんだ。「それがあなたの制服なの？」

「軍は、ぼくたち農民にはしゃれた制服を支給してくれないのさ」マーコはケミの制服を見た――しっかりした白のズボン、真鍮《しんちゅう》のボタンとカフスボタンつきのブレザー、金色のピンがついたベレー帽。銀色に輝くほっそりしたプラズマピストルがベルトから下がっている。

ケミはマーコがプレゼントしたπ《パイ》の形のペンダントをまだ首にかけていた。「きれいだよ、ケミ。会いたかった。きみは——」

マーコは言葉を呑みこんだ。ぼくはなにをしてるんだ？　ケミに振られたことを、ケミは職業軍人になると決めたことを忘れたのか？　レイラニを忘れたのか——ぼくを〝あいちて〟て、ぼくと結ばれて、ついさっき——なんでもない贈り物だけど、ぼくには大きな意味があった——亀を持ってきてくれた女の子のことを？　それなのに、市街上空を飛んでいるヘリコプターの機内でケミと向かいあって立っているのだから、そのシュールさに頭がくらくらした。

ぼくは兵士なんだ、とマーコは考えた。なのに小さすぎるピンクのシャツを着て、士官候補生になった元カノに、つくりものの被災地から救出されたんだ。

こんなことがあるなんて、ＨＤＦに入隊したときは思ってもいなかった。

ヘリコプターが降下して、マーコがバスから見かけた医療テントのそばに着陸した。

「おい、担架に戻ってくれ」と衛生兵のひとりがいった。「演習はまだ終わってないんだぞ」

「待って」ケミがいった。「あとちょっとだけ待って。お願い」ケミはマーコに向きなおった。唇を噛んでから、またマーコを抱きしめた。「わたしは、きょう一日、この廃墟にいるの。ここにいるあいだにまた会いましょう。ね？」

マーコはうなずいた。「うん」そして、この——いらだっている衛生兵たちと一緒にヘリコプターの機内にいる——ときが最後の出会いになるかもしれないという不安を認めまいとした。

ケミはマーコの唇にキスした。「愛してるわ、マーコ・エメリー。最後に会ったときにあんなこといっちゃってごめんなさいね。愛してる」

「ぼくも愛してるよ」マーコはささやいた。その言葉に嘘はなかった。そしてふたたび担架に横たわった。

ケミは目に涙を浮かべながら衛生兵に運び去られていくマーコを見送った。ヘリコプターがふたたび上昇すると、ケミは開いたままのドアに立って、丘の陰になって見えなくなるまでマーコを見つめつづけた。

20

衛生兵たちは、ひとり、またひとりと新兵を救護テントへと運びこんだ。新兵たちのまわりで看護師と医師がせわしなく動きまわった。マーコは、ふと気づくと両脚に添え木をされていた。そしてついに、酸素マスクをつけたアディが運びこまれてきた。

「注射をしやがったんだ、ポエット！」アディはマスクをむしりとって訴えた。「本物の注射を。あたしを実験台にしたんだ！」

「もしかしたらスーパーパワーがついてるかもしれないぞ」マーコはいった。

アディはマーコを殴った。「そうとも、力が超強くなってるんだ。だから気をつけるんだな」

衛生兵たちがほかの新兵を続々と運びこんできた。演技をしつづけている新兵もいれば、担架の上で寝ている新兵もいた。多くが絆創膏を貼られていた。衛生兵たちは、新兵たちのあいだを動きまわって医師に相談し、個々の症例について話しあっていた。テントの外には銃を持った護衛と装甲ジープが見えた。何機ものヘリコプターが上空を、ローター音を響かせ、警告灯をひらめかせながら飛行していた。

さらにふたりの衛生兵が、担架に死体袋を載せてテントに入ってきた。ファスナーが、レイラニの顔が見えるだけ開いた。レイラニはマーコに舌を突きだし、寄り目をした。

「死んじゃった！」レイラニはいった。「いっただろ、あたしは助からないって」ウインクをしてにっこりほほえんだ。

だが、マーコはほほえみ返せなかった。レイラニの自殺未遂と死の願望を知っているからだった。レイラニに恋をしているからだった。ここでケミと会い、混乱しているからだった。

マーコたちは医療テントのなかで一時間、ひょっとしたら二時間待ったが、やがてトイレに行きたくなった。全員が。

「おしっこがたまりすぎて鼻からあふれだしてきたよ」ケイブマンがいって袖で鼻水をぬぐった。

アディはうなずくと、「こっちもおなじだ」といって担架から飛びだした。「トイレを探しに行こう」

マーコはテント内を見まわした。小隊の指揮官たちは見あたらなかった。伍長たちも、軍曹も、ベン-アリ少尉もいなかった。奥の部屋で何人かの衛生兵がタバコを吸っているだけだ。マーコはうなずいた。マーコも尿意を感じていた。

「行こう」マーコはいった。「それに、食べるものも探そう。ひもじくてたまらない」

アディは片眉を吊りあげた。「〝ひもじくて〟？　なんだそれ？　イギリス英語か？」

「腹が減ってるっていう意味だよ」レイラニがいった。「マーコは作家なんだ。作家ってのはそういうしゃべりかたをするのさ。マーコは亀についての本を書いてる。あたしはその本について、くわしく教えてもらったんだ」

アディは目を丸くし、くるりとマーコのほうを向いてにやりと笑った。「レイラニに『うすのろ《ジャーヘッド》』について話したのか！」

「『アカウミガメ《ロガーヘッド》』だよ、アディ。『ロガーヘッド』だ。行こう」

マーコたちは大型テントを出て仮設トイレを探したが見つからなかった。彼らは石畳の道を歩いた。外には、兵士や古着を着たほかの新兵や、演習を見に家から出てきたギリシャ人の野次馬がいた。道路ぞいに建っている民家は白い石造りで、丸屋根がある家もあった。新兵たちは、庭を囲んでいる低い煉瓦《れんが》の壁を見つけた。庭には二本のオークと一本の松があり、その木陰に民家が建っていた。

「あの木に水をやろうぜ」とエルヴィスがいった。

「人のうちの庭だぞ」とマーコ。

アディはもう、低い壁を乗り越えようとしていた。「じゃあ、このうちの人がきょうは庭いじりをしないといいな」

友人たちが壁を乗り越えて庭に入ってしまうと、マーコはため息をついて彼らに続いた。レイラニとアディは茂みの陰へ行き、男たちは木々のそばに立った。ほんの数週間前だったら、マーコは人目があるところで立ち小便をしたりしなかっただろう。五週間の軍隊暮らしで恥を感じなくなっているマーコは、仲間と一緒に木に水をやった。

ファスナーを上げたとき、マーコはポーチに高齢の女性がすわっていることに気づいた。女性は、目を見開き、胸に聖書を抱きかかえながら新兵たちを凝視していた。

「ごめんね、おばあちゃん！」アディが、茂みの陰から姿をあらわして大声でいった。「あたしらはサッカーのフーリガン集団なんだ」

「行け行けサントス！」とエルヴィス。

アディはエルヴィスを殴った。「アルバレスだってば！」

老婆は目をこすると、家に入っていった。新兵たちが出ていこうとしたとき、老婆が、ピーマンに米と牛肉とトマトのさいの目切りを詰めた料理が入った鍋を持って戻ってきた。すぐに新兵たちは、芝生に腰をおろし、六週間ぶりのうまい食事に舌鼓を打った——いや、いままででいちばんうまい料理だ、とマーコは内心で訂正した。

「ここはくそ売春宿だな」エルヴィスが、またもピーマンの詰め物に手をのばしながらいった。

ビーストはうなずいた。「まったく売春宿だ」ひどい隠語が小隊内に広まっていた。

アディがタバコの煙を吐いた。「あとはビールだな」

小柄なレイラニも、ピーマンを四つ、むさぼるように食べていた。レイラニはマーコにもたれて腹をぽんぽん叩いた。唇にトマトの汁がついていた。

「きょうは生まれてからいままででいちばんいい日だ」レイラニはいった。

マーコはレイラニの体に腕をまわしながら、ケミとキスしたことを思いだし、罪悪感をいだいている自分に嫌悪を覚えた。

　まもなくレイラニは、マーコにもたれたまま寝てしまったし、あいかわらず指揮官たちの姿はなかった。マーコは、庭ですわっているうちに、ジャッカスも木陰ですわっていることに気づいた——さいわい、新兵たちが立ちションをした木ではなかった。このときばかりは、ジャッカスも静かにじっとしていた。いなないたり、踊ったり、自分がいかに優美で愛らしいかについてしゃがれ声でわめいたりしていなかった。

　マーコは寝ているレイラニを芝生にそっと横たえた。レイラニはもごもごいって身じろぎしたが、目は覚まさなかった。マーコは庭を横切ってジャッカスに近づいた。

「やあ、ホープ、なにしてるんだい？」マーコは声をかけた。

「ジャッカスだよ。みんな、そう呼んでくれてる。ホープなんて呼ぶのは母親だけだ」ジャッカスは本を持ちあげた——『日はまた昇る』だ。「本を読んでるだけさ」

　マーコは目を丸くした。「ヘミングウェイが好きなのかい？」

　ジャッカスはうなずいた。「ああ。いい作品だよ。この夏はヘミングウェイを読んでたんだ。読んだことあるかい？」

　そのとき、マーコの胸にさらなる自責の念がこみあげた。ジャッカスの——わし鼻、つながった眉毛、乱ぐい歯という——見た目と、しゃがれ声と、いななきのような笑い声と、長い営倉暮らしのせいで、マーコは彼女は無教養だろうと、ことによったら読み書きができないかもしれないと思っていた。マーコはうなずいてジャッカスの隣に腰をおろした。「『老

「じゃあ、ほかの作品もきっと気にいるよ」とジャッカス。「いい作品ばっかりなんだ」

マーコはポケットから『ハード・タイムズ』を出した。「ぼくはディケンズを読んでるんだ。っていうか、読もうとしてるんだ。まだ何ページかしか読めてない。軍隊にはあんまり時間がないからね」

「あたいもディケンズが好きだよ。『大いなる遺産』、『二都物語』、『オリバー・ツイスト』……だけど、いちばん好きなのは『デイヴィッド・コパフィールド』だな」

「ぼくもおなじだ。『デイヴィッド・コパフィールド』は去年読んだんだ」

「人生の年代記の描きかたがとにかくみごとだね。社会を、登場人物をきっちりととらえてる。もちろん、あたいはあんなにすごくないけどね。ディケンズと比べたら、あたいの小説なんかくそさ」肩をすくめた。「だけど、書くのは好きなんだ。読むのも好きだ。ほら、暇つぶしになるからな」

マーコはうなずいた。共感できた「ほかの新兵たちは、きみがそんなに読書家で、小説まで書いてるってことは知ってるのかい？」

ジャッカスはふんと鼻を鳴らした。「いいや。当然っちゃ当然だけど、みんなは、キュートで愛らしいプリンセスとしか思ってないさ。みんな、あたいの小説のことも、雑誌に売れた詩のことも知らないさ。そもそも、だれが興味を持つ？　あんたらとは、どうせ短いつきあいになるんだ。いつも、軍刑務所のたぐいにぶちこまれて、ほかの基地に飛ばされるんだ」肩をすくめた。「それもあたいが本を好きな理由のひとつなのさ。本は裏切らないからね」

　ふたりは長いあいだ一緒にすわって、読書や執筆について話した。マーコは図書館で育った自他ともに認める本の虫だが、ジャッカスのほうが読書家としても作家としても上だったし、詩を発表していた。そしてマーコは、また思いだした。セイント‐ピエール伍長が上官に悩みを打ち明けていたことを。アディが夜、マーコのベッドに、不安で震えながら滑りこんできたことを。ビーストが夜、ボーイフレンドが恋しくて泣いていたことを。シン軍曹がときどき、どなるあいまに笑みを押し殺していることを。この戦争にかかわっているだれもが仮面をかぶっているのだ。だれもが鎧を着こんで本心を隠しているのだ。

「どうしてジャッカスなんて呼ばせてるんだい？」マーコはついにたずねた。もう我慢できなかった。「きみは頭がよくて教養があって――」

「それに醜い」とジャッカス。「人食い鬼《オーガ》にそっくりだ。自分がどんな見た目なのか、どんな声なのかはわかってる。みんながなんてささやいてるかは聞こえてる」肩をすくめた。「だからそれを受け入れてるのさ。みんなのために〝うつけ者《ジャッカス》〟を演じてるんだ。一日じゅう泣いてたっていいけど、そんなの惨めなだけだ。ジャッカスになれば、その名前を自称すれば、そのキャラになりきれば、あたいは強くなれる。そうすれば傷つかない。レイラニもおなじことをしてる」うなずいた。「レイラニは怖がってるんだよ、マーコ。不安でたまらないんだ。悲しくてたまらないんだ。だから強いふりをしてるのさ」マーコの膝をぽんと叩いた。「あんたはいいやつだ、マーコ。レイラニの面倒を見てやりな。友達みんなの面倒を見てやりな」

とうとう、ウェッブ伍長が金属製義足で優雅に通りを歩いてきて、マーコたちがその庭にいることに気づいた。

「おい、おまえら！」ウェッブはどなった。「ついてこい。小隊に合流しろ。新しいカードを配る。次の演習に参加するんだ」

その日、マーコはケミを探しつづけたが、何千人もいるなかで、ふたたび彼女を見つけることはできなかった。日が暮れるころ、大尉――肩に三本線をつけている将校――が、指揮する中隊の四個小隊を学校の体育館へ行進させた。体育館で軍曹たちが、毛布とラップサンドを配った。具はスパムだったが、マーコは驚かなかった。

「ここで泊まりみたいだな」マーコはアディにいった。

アディは広い体育館をぐるりと見まわした。「サッカーにちょうどいい大きさだ。明日の朝、やってもいいな」

二百名の兵士がラミネート材の床で、毛布にくるまって寝た。長い一日だったので、マーコは、熱いシャワーと歯ブラシ、それに極薄の軍隊マットレスのためだったら左足を引き換えにしてもいい気分だったが、それらは贅沢というものだった。マーコは、営倉の冷たい石の床でひと晩過ごしたことがあった。ラミネート材は、ウォーターベッドよりやわらかいといっていいほどだった。

マーコの隣でアディが、頬をてのひらに載せて寝ていた。レイラニはその反対側で、彼女のぬくもりが感じられるほど近いが、ほかの新兵たちに冷やかされるほど近くはない距離を置いて寝ていた。だが、照明が消え、体育館が真っ暗になると、レイラニは闇のなかで手をのばしてマーコと手をつないだ。

きょうは生まれてからいままでいちばんいい日だ、とこの日の昼間、レイラニはいった。だが、マーコは暗いなかで横たわりながら、ベン‐アリ少尉の話を思いだした。戦争はエスカレートしてる。スカムは大規模な報復に備えて攻撃力を増強中だ。もうすぐ、この演習が現実になるんだろう。ぼくたちの——アディが窒息し、ビーストが押しつぶされ、レイラニが死亡するという——負傷が現実になるんだ。マーコはレイラニの手をぎゅっとつかんだ。放したくなかった。夜明けが来てほしくなかった。

21

「くそっ、ハリス！」シン軍曹がどなった。「ブーツが汚い。シャツの裾が入ってない。銃が乾ききってる。テントに戻って、寝間着に着替えてこい。行け！」

「了解しました、大尉！」ホープ・〝ジャッカス〟・ハリスは馬鹿にしたような敬礼をしてからテントに戻っていった。

ドラゴン小隊は夜明け前の闇のなか、テントの前で整列していた。午前四時半の北アフリカの砂漠は寒くて暗くて惨めだった。だが、フォート・ジェミラでの地獄はようやく終わりに近づいていた。訓練も九週間が過ぎ、残る地獄はあとたった一週間だった。

あと一週間で、とマーコは寒いなかで気をつけをしながら考えた。ぼくたちは二等兵になるんだ。あと一週間で、本物の人類防衛軍《HDF》兵士になるんだ。

シン軍曹の怒りを買いたくないので、マーコは身震いを我慢した。基礎訓練は大変だが、安全は安全だ。指揮官たちが指導してくれる。だが、実際の戦場で撃つのは木製の標的ではない。どこに配属されるかはわからなかった。配属が決まるのは二等兵になってからだ。砂漠の真ん中でゲートの護衛をすることになるかもしれなかったし、楽な事務仕事にまわされて深宇宙のデータを解析することになるかもしれなかったし、ひょっとしたら宇宙へ送られてコロニーを守ったり最前線で戦ったりすることになるかもしれなかった。マーコに決定権はなかったが、確実にいえることがひとつあった。敵はピンキーよりちょっぴり無慈悲に違いなかった。

「黒ひげ大尉どの！」パジャマ姿に戻ったジャッカスがテントから出てきた——ハートが刺繍してあるピンクのパジャマだ。テディベアをかかえたまま、軽く膝を曲げて挨拶した。「あたいのこと、セクシーだと思わない、軍曹さん？」

顎ひげの陰でシン軍曹の顔が朱に染まった。「ハリス！　おまえは、この半年間、基礎訓練基地から基礎訓練基地へと飛ばされてきた。五年間の兵役期間を新兵として過ごすつもりなのか？　テントに入って、カウントダウンが終わるまでに——兵士として恥ずかしくない格好になって——戻ってこい。この点検に失格したら、一週間、営倉で過ごしてから基礎訓練を一からやりなおすはめになるんだぞ」

「ジャッカス、いわれたとおりにしろ！」アディが思わず叫んだ。「あと一週間だ。おまえならできる」

ジャッカスは踊りながらテントに入っていった。シン軍曹は大声でカウントダウンをはじめた。ついにジャッカスが、制服を着てテントから出てきた。ズボンには靴磨きクリームがついていたし、たるませてもいなかった。銃を尻尾のように股のあいだにぶらさげていた。ヘルメットは傾いていた。

　シン軍曹はため息をついた。「それが兵士らしい格好だと思ってるのか、ハリス?」

　ジャッカスは首を振った。「いいえ、軍曹。だけど、部隊のためのエンターテイナーとしては最高じゃないかしら。ほら、あたいのアイドル、マリリンみたいに」歌いだした。「ハッピー・バースデー、ミスター軍曹、ハッピー――」

「黙れ!」整列していたピンキーがどなった。「いいかげんにしろ、このイカレポンチ」

　エルヴィスまでたしなめた。「ジャッカス、もう黙って兵士らしくしろ。一生、営倉暮らしをするつもりなのか?」

「人食い鬼《オーガ》め」新兵のひとりがつぶやいた。

「妖怪だな」別の新兵が吐き捨てた。「小隊から出てけ」

　ジャッカスは笑いながらくるりと一回転しただけだった。「かまわないわ! 営倉は大好きだもん。静かで過ごしやすくて、だれにも邪魔されないんだから。それに、美容のために睡眠不足を解消できるし」

「そいつは一世紀のあいだ眠りつづける必要があるみたいだな」ピンキーはいった。

　シン軍曹の怒りを買う危険を冒して、マーコは列から踏みだしてジャッカスに歩みよった。そして彼女の腕に手をかけた。「ホープ、ぼくに手伝わせてくれ。がんばれよ。あと一週間じゃないか。ここまで来たんじゃないか」彼女の目を見つめた。「なあ」マーコは声を落としてささやいた。「きみはそんなじゃないじゃないか。ぼくはほんとのきみを知ってるんだ。頭がよくて繊細なホープを知ってるんだ。きみはジャッカスなんかじゃない。もうジャッカスを演じなくていいんだ」

彼女は目に涙を浮かべたが、首を振って、「こうするしかないんだ」とささやきかえした。

だが、シン軍曹はもう容赦するつもりがないようだった。

「エメリー、列に戻れ！」軍曹はそう命じると、ジャッカスに向きなおった。「これまでだ、ハリス。警告はしたからな。営倉に行って、一週間入ることになったと申告しろ。おまえが来週、同輩と一緒に二等兵になることはない。一週間が明けたら、RASCOM《ラスコム》に戻って、別の基地で基礎訓練をやりなおせ。いいな？」

「了解しました、黒ひげ大尉どの！」ジャッカスは胸を突きだして大袈裟な敬礼をした。「営倉に行ってきます！」

ジャッカスは、口笛を吹き鳴らし、銃を脚のあいだにぶらさげて踊りながら闇のなかへと消えていった。

「いい厄介払いだ」ピンキーがいった。「イカレポンチめ」

マーコはため息をついた。半年間、基地から基地へ、刑務所から刑務所へと渡り歩いていたジャッカスも、ついに、ドラゴン小隊とともに基礎訓練を修了し、どこかの入口か橋を警備する部隊に配属されてトラブルを起こさないようになるかもしれない、と期待していたのだ。一から基礎訓練をやりなおすことを考えて、マーコは身震いした。

「よし」とシン軍曹。「点検をするから、気をとりなおして小銃を見せろ」

新兵たちは銃を胸の前で持ち、シンは歩きまわって薬室に油を差してあるかどうかを点検した。

「いいぞ、フェイビアン」と軍曹。「油が足りんな、レイ。これで二度めだぞ。リンデン、どうして――」

キャンプ内に銃声が響いた。

マーコははっとした。夜の闇のほうを向いて、「営倉のほうから聞こえた」とつぶやいた。

シン軍曹はうなずくと、「点検は終了だ。リンデン、朝の体操の号令をかけろ」といって営倉に向かって歩きだした。「ここから動くな。それから――エメリー？　おい、エメリー！　止まれ！」

だが、マーコは軍曹を無視した。闇のなかを走りつづけた。小銃が背中でカチャカチャ音をたてた。銃声がまだ耳のなかでこだましていた。マーコは営倉に向かって砂漠を、石だらけの小道を走った。

コンクリートの牢獄のすぐそばの地面に黒っぽい塊が見えた。マーコは走りよって膝をついた。

「ホープ」マーコはささやいた。「ああ、なんてこった、ホープ」

ホープ・〝ジャッカス〟・ハリスは小銃を胸に抱くようにしてあお向けに倒れていた。顎と顔と、それに頭の半分が消え、砂地に飛び散っていた。マーコはまだ暗いことに感謝した。

「ホープ」マーコはまたいった。「ああ、ちくしょう、ホープ、なんでこんなことをしたんだ？」震えながら目に涙を浮かべてうつむいた。

肩に手が置かれたのを感じてぎくりとした。

「おまえは彼女を助けようとしたんだ、マーコ。さあ。一緒に来い」

マーコが顔を上げると、シン軍曹が見おろしていた。早くも衛生兵たちが担架を持って駆けつけてきたが、ホープにとっては手遅れだった。ドラゴン小隊が朝の挙手跳躍運動《ジャンピング・ジャック》をしている声がかすかに聞こえていることにマーコは気づいた。

「さあ、マーコ」軍曹の声はやさしかった。軍曹のこんなにやさしい声を聞くのはこれがはじめてだった。「衛生兵に仕事をさせてやってくれ」

軍曹はマーコを基地内の、テントから遠く離れた場所まで連れていった。ふたりは鉄のフェンスに設けられたゲートを抜け、砂利が敷かれた区画に入った。そこには数台のトレーラーハウスが設置されていた。東の空が明るくなりかけていて、ピンクと黄色の光が砂漠を染めていた。ふたりはトレーラーハウスに入った。なかにはベッドとデスクと二脚の椅子と戸棚があった――簡素な箱形の家だ。

「ここで待っていろ」シンはそういってマーコの肩をぽんと叩き、トレーラーハウスを出ていった。

かなり待たされたので、マーコは部屋のなかで突っ立っていたり、歩きまわったり、息をしようと努めたりした。マーコの心は千々《ちぢ》に乱れていた。トレーラーハウスの壁に圧迫感を覚えた。あの銃声がまだ耳のなかでこだましていたし、あの音を、闇のなかのあの塊を、いつまでたっても忘れられないことがわかっていた。

　トレーラーハウスのドアが開くまでに、一時間は待たされたに違いなかった。ベン‐アリ少尉が入ってきた。

　マーコは気をつけの姿勢をとって敬礼した。若き将校は敬礼を返した。ベン‐アリのすぐそばに立っていると、小隊長が実際にはどんなに若いのか、どんなに小柄かがわかった。二《は》十歳《たち》をいくつも越えてないんだろうな、とマーコは推測した。だけど、戦争で戦うのは若者なんだ、とマーコは思った。いつだってそうなんだ。

「すわれ、マーコ」ベン‐アリ少尉が命じた。

　マーコはベッドに腰をおろした。

「椅子にだ」ベン‐アリは指さしながらいった。

　マーコはあわてて立ち、「申しわけありません、少尉どの」と謝って、ベッドのそばに置かれている小さなプラスチック椅子にすわった。

　ベン‐アリ少尉はトレーラーハウスのなかを歩いて窓から外を眺め、マーコのほうを向いた。「マーコ、わたしは代々軍人の家系の出なんだ。父親はＨＤＦの大佐だった。祖父も将校だった。曾祖父もだ。ベン‐アリ家は、東ヨーロッパの森でナチに抵抗するパルチザンだった祖先にはじまって、代々、敵と戦ってきたんだ」

　マーコはうなずいた。「はい。少尉どののお国はスカムに滅ぼされたんですよね。だから国民はＨＤＦを新しい家にした。そのいきさつは知っています」

　ベン‐アリはもう一脚の椅子に腰をおろした。「わたしは、生まれたときから軍人になることが決まっていたんだ、マーコ。男女を率いて戦うことが。戦死することまで決まっていたのかもしれない」ため息をついた。「だが、わたしが指揮する新兵たちには……おまえたちにはうちがある。一部の例外を除いて。みんな、高校を出たばかりで、戦争になんか行きたがっていなかったティーンエイジャーなんだ。おまえも、おまえの友人たちも、入隊を志願したわけじゃない。徴兵されたんだ。そしてわたしたちは、ここでおまえたちを壊し、やわらかな——戦うことが第一の目的ではない——人格を兵士の人格につくりかえなければならない。わたしの任務はおまえたちを訓練し、鍛えあげ、戦意にあふれた兵士にすることなんだ」

「少尉どのはみごとに訓練されております」マーコはいった。本気だった。「自分は少尉どのの指揮下にあることを誇りに思っております」

ベン-アリは無表情でマーコにきびしいまなざしを注いだ。「マーコ、いいか、わたしもおまえも、小隊に戻ったら、ホープは歩いている最中に銃を暴発させて脚を負傷したと説明するんだ。ホープはいま、基地外の病院に入院しているというんだ。わかったな？」

マーコは息を呑《の》んだ。勢いよく立ちあがって、椅子を壁にぶつけた。「ですが、少尉どの！　どうしてそんな嘘をつかなきゃならないんですか？」首を振った。「ホープは友人でした。そのホープが死んだんです。ホープを悼《いた》むべきです。ホープは——」

「悼むさ」ベン-アリも立って、マーコの肩に手を置いた。「おまえとわたしが悼む。家族が悼む。だが、いま、小隊は強くあらねば、戦意にあふれていなければならないんだ。あと一週間で、マーコ、おまえたちは全員、わたしのもとを離れる。全員が二等兵になる。ほとんどは、続けて専門訓練を受ける。すぐに戦場に送られる者もいるだろう。だから、おまえの友人たちには、HDFは崇高な軍隊であって、こんな……」またも窓の外を見た。「こんなことが起こるところではないと信じさせておかなければならないんだ」

マーコは脇に垂らした両手のこぶしを握りしめた。声が震えた。「なかったことになんかできません。あれは実際に起きたんです。この目で見たんです」

「おまえが見た出来事は、新兵、機密事項だ。話したら、軍法会議にかけられ、これからの五年間を軍刑務所で監禁されて過ごすことになる」口調がやわらかくなった。「そんなことになってほしくないんだ、マーコ。おまえはいい兵士だ。おまえがその気なら、士官学校に入学できるだろう。わたしが推薦する。優秀な兵士は、こういうきびしい道を選ばざるをえなくなることもあるんだ」

「嘘をつくという道を、ですね？」

ベン-アリはうなずいた。「そうだ。嘘をつくという道をだ」

マーコは、長いこと、ブーツを見おろして立ちつくしていた。とうとう、顔を上げてベン-アリとまた目をあわせた。「指揮官どの、沈黙を守ることにします。ただし、条件があります。これ以上、友人を失いたくないんです。一週間後に配属が決まります。少尉どのが配属担当の将校に影響力をおよぼせるなら、およぼしてください。この小隊をそのまま配属させてください。自分をアディと、エルヴィスと、ケイブマンと、ビーストと一緒に兵役を務めさせてください」声を落とした。「レイラニと一緒に」つかのま考えてから、急いで付け加えた。「ただし、ピンキーとは一緒にしないでください」

ベン‐アリは、きびしい表情を保とうと努めているようだったが、とうとう唇をかすかにほころばせた。うなずいた。「できるだけのことはしよう。保証はできないが」

マーコは、真剣な面持《おもも》ちのままうなずいた。「ホープがいなくてさびしく思うでしょうね。これからずっと」

ベン‐アリの笑みが消えた。「おまえはこれからも友人を失うだろう、マーコ。全員が兵役を務めあげて故郷に帰れるわけじゃない。だが、これからいうことは知っていてほしい。わたしの目を見つめてくれ」ベン‐アリは、真剣な表情でマーコを凝視した。「わたしはおまえを誇りに思っている」

マーコはうなずいた。涙がいきなりこみあげてきた。

「下がってよし」ベン‐アリ少尉はいった——やさしく、おだやかに。「友人たちのところへ戻れ」

マーコは敬礼してトレーラーハウスを出た。小隊に戻った。訓練の最終週がはじまった。

22

訓練の最終週、小隊は基地の外へ出た。だが今回は、ロケットも、飛行機も、バスも待っていなかった――荒涼とした砂漠がえんえんと広がっているだけだった。

ドラゴン小隊全員がそこに立っていた。ベン‐アリ少尉は戦闘服姿だった。ポニーテールにしたブロンドをヘルメットからのぞかせ、プラズマ銃をたずさえていた。長身でターバンを巻いていて顎ひげがサングラスのように真っ黒なシン軍曹は、儀式用の短剣をきらめかせていた。タフで傷痕があるディアス、小柄で両脚が金属の義足だが勇猛なウェッブ、それにきびしくて容赦がないセイント‐ピエールという、三人の伍長もいた。この指揮官たちとともに、小隊の新兵たちもいた。全員が戦闘服を着、ヘルメットをかぶり、防弾ベストを着用している。全員が銃を携帯していて、ベストは弾倉でずっしりと重い。ダッフルバッグには装備と水を満たした水筒が入っていて、かなりの重量になっている。照りつける日差しは強烈だ。

ベン‐アリ少尉が新兵たちに告げた。「ここから七十五キロの地点で、空調が効いているジェット機が待っている。アメリカ人のためにいっておくと、七十五キロというのは四十七マイルだ。つまりかなりの距離だ。フルマラソン二回分に近いのだからな。おまえたちには、この距離を、すべての装備を背負って二十四時間以内に踏破してもらう。わかったか？」

　何人かは「はい、少尉どの！」と答えたが、ほかの新兵たちはうめき声をあげた。

「無理ですよ」エルヴィスが弱音を吐いた。

「一日にそんな距離を歩くなんて、できっこありません、少尉どの」と別の新兵。

「一日でフルマラソン二回ですか？」とまた別の新兵。「こんな大荷物で？　この暑さのなかで？」

　アディがふんと鼻を鳴らした。「朝めしまえさ。寝てたってできる」

「静かにしろ！」シン軍曹が叫んで警棒に手をのばした。「上官どのはおまえらの意見など求めておられない。ずっと電撃をくらわしつづけなきゃならないとしても、この行軍はやらせるからな」

　マーコは早くも疲れていた――砂漠の暑さのなかで立っているだけで、装備に押しつぶされそうだった。砂丘を越えてフルマラソンを二度するなんて、想像もつかなかった。暗算してみた。二十四時間かけるとして、時速三キロ以上で進まなければならない。図書館から二、三キロ離れたオンタリオ湖まで一時間足らずで歩いた記憶があった。もちろん、あのとき歩いたのは灼熱の死の砂漠じゃなくて舗装道路だったし、こんな重い弾倉やかさばる銃やガスマスクや水筒、それにスカムの女王並みに大きなダッフルバッグを持ってたわけじゃなかったけど……不可能ではない。やれるはずだ。かろうじてだけど。塗炭《とたん》の苦しみを味わうはめになるだろうけど。

「わかったか？」ベン‐アリ少尉がまたたずねた。

「わかりました！」こんどは全員がわかった。

ベン‐アリはうなずいた。「よし。それだけやる気があるのだったら、もう少し難しくしてやろう。軍曹？」

シンはうなずくと、砂地に停まっているトラックに歩みよって荷台のドアをあけた。そして伍長たちとともに担架をおろしはじめた。それぞれの担架に、軍服を着せたダミー人形が載っていた。

「ダミーは負傷兵の代わりだ」とベン‐アリ。「おまえたちの戦友だ。一体が九十キロある。これらの担架を――四人で――目的地まで運んでもらう」

またもうめき声があがった。

「少尉どの、もう一トンの荷物を運んでるんですよ！」エルヴィスが訴えた。

マーコも同感だった。いまでさえ荷物の重さで背中が痛いのに――さらに担架が加わるのだ。

「実際の戦闘では、これだけの重さを運ばなければならないのだ」とベン‐アリ。「それに、負傷者も運ばなければならない。そんなとき、だれに泣き言をいうんだ？　スカムにか？　死にかけていて一刻も早く救命処置をしなければならない負傷した戦友の重さに文句をつけるのか？　スカムの根拠地から撤退するとき、援軍と合流するために荒れ地を移動しているとき、距離が遠いと不平をいうのか？　スカムは、わたしよりもはるかに無慈悲だぞ」

　新兵たちは無言だった。

　ベン‐アリはうなずいた。「よし。わかったようだな。訓練がつらければつらいほど、実戦が楽になるんだ。さあ、四人組をつくれ――そして担架を持ちあげろ。はじめ」

　マーコはうなずいて、アディとレイラニと組んだ。エルヴィスに四人めになってほしいと頼んだが、ロック好きな新兵は唇を噛んで首を振った。

「悪いな」エルヴィスはマーコに答えた。「ビーストとケイブマンとピンキーと組むことにしたんだ。ちびも含めて、力が強いやつがそろうからな」ちらりとレイラニを見てからマーコに視線を戻した。「ごめんな」

　マーコはうめいた。余っている新兵はいないかとあたりを見まわした――できたら、それなりの筋肉があるやつ、できたらシェリフか、ほかにいなかったら粗暴なディッカースンだってかまわない。ところが、もうみんな四人組になっていた。マーコたちは余り物になっていた。シン軍曹と三人の伍長まで四人組になって担架を持ちあげていた。

　ベン‐アリ少尉――小隊長だ！――が近づいてきたとき、マーコはぽかんと口をあけた。

「わたしが加わろう」ベン‐アリはいった。

　マーコはぎこちなく敬礼した。「はい、少尉どの」

　ベン‐アリは担架の持ち手のひとつをつかんだ。「さあ、一緒に持ちあげてくれ。わたしひとりじゃ運べない」

マーコとアディとレイラニは担架のほかの持ち手を持ちあげた。マーコは、少尉と並んで前を受け持った。アディとレイラニがうしろを担当した。四人は持ち手を肩にかけた。担架は重く、マーコの肩に食いこんで腕をたわませた。

「九十キロのダミーを載せたら、ラクダも背骨が折れるだろうな」マーコはそうつぶやいて、ベン゠アリをちらりと見た。「すみません、少尉どの。悪い冗談でした」

小隊は進みはじめた……というか、駆けだした。

軍曹と伍長たちが先陣を切って砂漠を走りはじめた。ベン゠アリ少尉も続いたので、マーコも速度をあわせるほかなかった。担架の上でダミーが揺れた。マーコがちらりと振り向くと、アディとレイラニも覚悟を決めた表情で走っていた。マーコは配置に疑問をいだきはじめた。アディはレイラニより三十センチ以上背が高いので、担架は傾いていて、ほとんどの重みがレイラニにかかっていた。とうとうアディは、持ち手を肩からおろして持たざるをえなくなった。不安定だったので、マーコとしてはいったん止まって修正したかったが、ベン゠アリが走りつづけているので、マーコたちはついていくしかなかった。

「がんばれ！」ベン゠アリ少尉がいった。「シン軍曹に負けるわけにはいかないぞ」

「自分は軍曹どのに負けてもかまいません！」マーコはいった。

ベン゠アリはマーコをにらんだ。「わたしはかまうんだ。急げ。トップでゴールするぞ」

「これは競争なんですか、少尉どの？」

少尉はうなずいた。「なんだって競争だ」

あたりには砂煙がたちこめていた。ほかに十二組が担架を運んで走っていた。ビーストとケイブマンとピンキーとエルヴィスの組がたちまち三位まで上がってきた。すぐにマーコのチームを抜いてシンと伍長たちのうしろにつけた。

日差しは強烈だった。砂がちくちくした。肺が痛かったが、小隊は走りつづけた。

基地は後方の染みになり、きらめく点になり、やがて消えた。砂漠と砂丘と岩山と不毛の谷しか見えなくなった。地平線は熱で揺らめいていたし、太陽は担架とダッフルバッグと苛酷なペースとおなじくらい無慈悲だった。ついに、ベン-アリ少尉ですら走れなくなり、マーコたちは荒い息をつき、汗まみれになりながら重い足どりで歩いた。

「行けるぞ」とベン-アリがいったが、マーコは、少尉はぼくたちをはげましてるんだろうか、それとも自分自身を奮い立たせてるんだろうかと思った。「おまえたちはよくやってる。きっと最後まで行ける」

「ベン-アリ少尉どの」レイラニが、うしろであえぎながら声をかけた。「ダミーに代わってもらって、あたしが担架に乗れませんか？」

行軍は続いた。小隊は板状の石でおおわれているところを歩き、岩山を越え、石が崖を転げ落ちていく——それに何人かの新兵が転落しそうになった——狭い道をくだった。左右に石の壁がそそりたっている峡谷を走り抜けた。ブーツを砂に沈ませながら、ひとつまたひとつと砂丘を越えた。ベン-アリは一時間ごとに短い休息をとることを許したので——そのあいだに水を飲んだり、息をととのえたり、そそくさと戦闘糧食を食べたりした。そしてまた担架を持ちあげて出発し、歩いたり走ったりした。

マーコは、無線機を運んだ日を最悪だと思っていたが、いまはあの日が恋しかった。あのときは、パトロールを終えたら休憩をとることができたし、地形ももっと歩きやすかった。これは情け容赦のない拷問だった。太陽はマーコたちを鞭打ち、肌を焼き、唇を焼いた。重荷に骨がきしんだ。砂が周囲で舞った。

行軍開始から数時間後にひとりめの新兵が倒れた。無線で呼んだ医療ヘリコプターがフォート・ジェミラから飛んできてその新兵を回収した。一時間後、さらにふたりの新兵が倒れた。またヘリコプターが飛んできた。欠員が生じた組が再編された。小隊は行軍を続けた。

何時間も続いた行軍で、新兵たちをもっとも苦しめたのは重さでも距離でもなかった。強烈な暑さだった。新兵たちは担架に乗せておいた燃料携行缶《ジェリカン》から水筒に水を補給したが、そのジェリカンの水もすぐに残りすくなくなったし、太陽は照りつけつづけ、彼らは汗をかきつづけた。岩山をのぼりきったところで、大男のビーストが倒れて嘔吐した。すぐにヘリコプターが飛んできて、脱水症状を起こした巨漢を診療所へと運んでいった。三人だけで担架を運んでいる組も出てきた。

日暮れにレイラニが倒れた。

仲間たちは荷物をおろして駆けつけた。マーコはレイラニに、自分の水筒の残りすくない水を飲ませ、最後のエナジーバーを食べさせた。

「平気だ」レイラニはそういって立ちあがった。「なんでもない」

「きみは脱水症状を起こしてるんだ」とマーコがいった。

レイラニは首を振った。「息が苦しくなっただけさ。暑さのせいだ。すぐに日が沈むから、もうだいじょうぶだ」

レイラニは担架の持ち手をつかんだ。だが、マーコにはレイラニが疲れきっているのがわかった。脚がふらついていた。

「アディ、場所を替わってくれるかい？」マーコはいった。「うしろを歩きたいんだ」

アディも、マーコが見たことがないほど疲れているように見えた。顔はひどく日に焼けているし、目は落ちくぼんでいるし、唇からは血が出ている。アディは無言でうなずいた。そしてベン‐アリ少尉の隣に移動した。四人は力をあわせて担架を持ちあげた。歩きだした。

レイラニと並んでうしろを歩きはじめたマーコは、ダミー人形を自分のほうに寄せて、重みの大半が自分にかかるようにした。それに気づいたのかどうかはさだかではなかったが、レイラニはなにもいわなかった。ふらつき、足をひきずりながら、唇を真一文字に結んでどうにか歩きつづけた。小柄な新兵は、ダッフルバッグと銃とヘルメットと担架に、いまにも押しつぶされそうに見えた。

いまいちばんがんばってるのはレイラニなんだ、とマーコは思った。

日が沈みきり、マーコたちは寒い夜に歩いていた。あいかわらず先頭に立っているシン軍曹が明るく輝く目印を身につけているので、闇のなか、それを頼りに進んだ。ほかの組も、星を追っている疲れきった巡礼のように続いた。強い風が吹きはじめ、気温ががくんと下がった。どの組も走っていなかった。一歩一歩が戦いだった。砂丘をひとつ乗り越えるのが、スカムの群れをひとつ破るのとおなじくらい大変だった。

　小隊は何時間も夜の行軍を続けた。幾筋もの懐中電灯の細い光が無限の闇を貫いていた。天では星が輝いていた。宇宙を歩いてるみたいだな、とマーコは思った。スカムの星座でスカムと戦ってるみたいだ、と。星空を見上げた。いまこの瞬間も、人類防衛軍《HDF》の精鋭軍が宇宙で戦っていた。宇宙防衛軍管区《STC》があの広大無辺の闇のなかで作戦を遂行《すいこう》し、地球のコロニーを防衛し、さらには攻撃のためにスカムの領内深くに入りこんでいた。この行軍がいくらつらくても、ＳＴＣのコマンド部隊の大変さとは比較にもならないことをマーコは承知していた。この砂漠がいくら苛酷でも、宇宙と比べたら温和だった。

　五十キロを越えたあたりでアディが歌いだした。しゃがれていたし、途中で息切れしていたが、力強い歌声だった。〈ユール・ネヴァー・ウォーク・アローン〉（一九四五年のミュージカル《回転木馬》の劇中歌。のちにサッカーの応援歌として歌われるようになった）だ。マーコは、トロントでサッカーを観戦しているときにアディが歌うのを聞いたことがあった。だから歌詞を知っていた。マーコも歌いだした。

　途中からレイラニが加わった。やがてエルヴィスが、さらに数十人の新兵たちが歌いだした。マーコが驚いたことに、ベン‐アリ少尉まで一緒に歌った。歌声はどんどん大きくなって夜の闇に響いた。

　目的地——大型テントと砂地の滑走路に駐まっているジェット機——に到着すると、夜明けの光のなか、新兵たちは笑いながら倒れこんだ。アディは、砂の上で転げまわりながら、笑い、歌い、泣いた。レイラニは大型テントのなかであお向けになると、唇にほほえみを浮かべたまま、黙って上を見つめながら息をしていた。新兵たちは水が入っているジェリカンをあけて頭から水を浴び、ごくごくと飲み、ハグしあった。途中で倒れた新兵たちもそこで待っていた――言いわけを並べる者も、脱落したことを恥じる者もいたが、ほどなく、彼らも踏破した新兵たちとともに笑ったり歌ったり抱きあったりしはじめた。マーコは、片足をひきずっていたし、めまいがしていたし、唇から血が出ていたし、日焼けで皮がむけていたが、こんなに気分がよかったことはなかった。

ベン‐アリ少尉が小隊の前に立った。新兵たちは静かになって指揮官のほうを見た。

「十週間前」ベン‐アリはいった。「おまえたちは、世界各地から、おびえたやわな子供としてわたしのもとに集まった。きょうで訓練は終了だ。きょうから、おまえたちは戦士だ」

23

砂と汗とかん高い音をあげる銃弾の十週間をへて、第四十二中隊の新兵たちはフォート・ジェミラのなかを行進して、階級章授与式の会場となっている中庭に向かった。

マーコは、小銃を脇にたずさえて小隊とともに行進した。このときはじめて、新兵たちはくたびれたぼろ戦闘服姿ではなかった。今夜は、フォート・ジェミラを卒業するこの夜は、軍曹から配られたりっぱな軍服を着ていた。戦闘服とおなじで、この軍服もオリーブグリーンだが、生地は上質な綿だし、きちんとアイロンがかけられていて、汗と砂埃《すなぼこり》の臭いがしなかった。それにベレー帽をかぶっていたし、銃とブーツは磨きあげられていた。

先頭のベン-アリ少尉が小隊を広い中庭へと導いた。奥にはまだだれも立っていない木製のステージがあり、その両脇に馬鹿でかいスピーカーが設置されている。四個小隊からなる中隊が中庭に整列して気をつけの姿勢をとった。

マーコは直立不動で顎を上げ、銃を脇にぴたりとつけた。隣に立っているアディをちらりと見た。アディは、頭を動かすことなくかすかにほほえんだ。

十週間前、ぼくたちはトロントから来たおびえた若者だったんだ、とマーコは思った。あのRASCOM《ラスコム》に着いたときは、途方に暮れ、腹のなかを馬の群れが走りまわっていたものだった。疲れはてたこと、苦しかったこと、夜に涙を流したことを思いだした。

　きみはいつもそばにいてくれたね、アディ、とマーコは考えた。ぼくたちはやりとげたんだ。

　マーコは反対側をちらりと見た。そこには、顎を上げ、唇をきゅっと結んで前を見つめているレイラニがいた。その先にいる友人たちも見えた。エルヴィスはもみあげをまた長くのばしていた。ケイブマンは、口元を引き締め、目を誇りで輝かせていた。ビーストは、ほかのだれよりも背が高かった。彼らはマーコの友人に、家族になっていた。彼らのことを幼なじみの親友のように愛していた。

　だけど、全員がここまで来られたわけじゃないんだ、と考え、ホープと木陰にすわって小説について語りあったときのことを思いだした。きみのことは忘れないよ、ホープ。きみはいつまでも仲間のひとり、第四十二中隊ドラゴン小隊の一員なんだ。いつまでもぼくの友達なんだ。

　小隊指揮官たちが各小隊の前に立っていた——一個小隊につき三名の伍長、一名の軍曹、そして一名の少尉だ。指揮官たちもステージのほうを向いていた。

　スピーカーからドラムとトランペットが鳴り響いた。マーコは本で読んで知っていたが、昔の軍隊には実際の楽隊がいくつもあったのだそうだ。RASCOMにもひとつだけだが楽団はある。だが、銀河規模の戦争は金がかかるし、スピーカーは安くつく。二名の軍曹がステージに上がって敬礼し、続いて二名の将校が登壇した。ひとりは両肩に三本線の階級章をつけた大尉で、マーコはその将校が中隊長だと知っていた。十週間前、そのがっしりした男性がRASCOMからここまで同行したことを覚えていた。もうひとりの将校は長身で赤毛の中年男性で、両肩に星をふたつずつつけていた――はじめて見る階級章だった。壇上のふたりの軍曹がふたりの将校に敬礼し、赤毛の男性が話しはじめた。

「人類防衛軍《HDF》の兵士諸君！　本官はフォート・ジェミラの司令官、マーフィー中佐だ。未熟な若者としてここへやってきた諸君が、指揮官たちに鍛えられて戦士になるのを見るのは名誉なことだと思っている。今宵、諸君は階級章を授与され、新兵から二等兵へと昇進する。今宵、諸君は人類に奉仕し、人類を滅ぼそうとしている敵と戦う準備がととのう。諸君の勇気と鍛錬と強さと闘志のおかげで、地球は持ちこたえられ、諸君の家族の安全が保たれるのだ」

　この訓話は、たぶんたんなるプロパガンダで、映画のなかでバタフライ大尉がいっていたことと大差ないのだろう。しかし、その瞬間、マーコはそれなりの誇りを感じた。

　スピーカーから、人類防衛軍の軍歌、〈フェニックス〉が流れた。アップテンポな行進曲《マーチ》ではなかった。戦闘の栄光を、勝利を描いた曲でもなかった。この曲で歌われているのは、地球の緑の丘と青い海、人類の繁栄、〈激変〉、地球の暗黒への転落、そして灰のなかからより強くなってよみがえった世界だった。軍歌が終わるまで、兵士たちは直立不動で旗に敬礼しつづけた。

「小隊の指揮官が諸君の氏名を呼ぶ」と壇上のマーフィー中佐がいった。「呼ばれたら指揮官に歩みよって敬礼し、階級章を受けとって自分を誇れ。今夜、諸君は兵士になるのだ！」

中隊の四人の少尉がステージに近づき、くるりとまわって小隊のほうを向いた。そして部下の兵士たちの氏名を呼びあげはじめた。

「ベニー・レイ新兵！」とベン‐アリ少尉が呼んだ。

エルヴィスが列を離れ、二十歩で少尉の前まで行って敬礼した。ベン‐アリは答礼し、二《ふた》言三《ことみ》言《こと》言葉をかわしてから、階級章をエルヴィスの制服につけてやった。ベニー・レイ二等兵は晴れやかな顔で小隊に戻った。山形の階級章が両袖についていた。エルヴィスはマーコにウインクした。

「アディ・リンデン新兵！」

アディも少尉に歩みより、敬礼をし、階級章を受けとった。

「レイラニ・デラローザ新兵！」

階級章を授与されて戻ってくると、レイラニはマーコを見た。マーコがうなずくと、レイラニは頬をフグのようにふくらませて寄り目をするという変顔をした。

新兵たちはひとりずつ少尉に歩みよっては二等兵になっていった。ベン‐アリが最後にマーコの氏名を呼んだ。

マーコは歩みよって敬礼した。ベン‐アリは、つかのま、無言でマーコの目を凝視した。マーコはその目のなかに悲しみを感じた。ほんのかすかにうなずいてから敬礼を返した。

「マーコ」ベン‐アリはいった。

マーコはうなずいた。「少尉どの」

ベン‐アリ少尉は二等兵の階級章を手にとり、山形をマーコの両袖にとめた。マーコが下がると、ベン‐アリは彼にほほえみかけた。温かい笑顔だったし、目も笑っていた。

「よくやったな、マーコ。先週した提案はまだ有効だぞ。おまえならきっと士官学校の候補生になれる。おまえさえその気になったら、わたしは喜んで推薦する。HDFは優秀な将校を必要としているし、軍学校出身じゃなくても士官学校に入れるんだ。徴募兵のなかからもいい指揮官は出ているんだ」

マーコはうなずいた。この一週間、その申し出について考えていた。だが、将校になったら、すくなくとも十年はHDFにとどまることになる。出征するだけでなく、軍人という職業を選ぶことになる。マーコにその気はなかった。

「ありがとうございます」マーコはいった。「でも、自分は作家兼図書館員であって、将校ではありません。徴募兵としての務めをはたすことにします」

ベン‐アリ少尉はほほえんだままうなずいた。目は温かくなるばかりだった。ベン‐アリはマーコの腕に手をかけた。「また一緒に軍務につけるといいな。それに、いつか、おまえの本を読んでみたいものだ。がんばってくれ、マーコ。おまえの上官だったことを誇りに思っているぞ」

マーコはベン‐アリに、上官に、そしておそらく友人に敬礼して小隊に戻った。

その夜、テントに帰った新兵たちは寝なかった。全員が制服のボタンをはずして寝台に腰かけ、自動販売機で買ったものを飲み食いしていた。今夜のパーティーのために、キャンディやチップスや飲み物を何週間もかけてためこんでいたのだ。消灯時間を過ぎていたが、テントに入ってきた傷を持つ戦士、ディアス伍長は新兵たちをどなったり、寝台に入れと命じたりしなかった。それどころか、分隊指揮官は、なんとパーティーに加わって新兵たちと笑いあった。

「おまえらは、もう二等兵なんだ！」いつもはきびしいディアスが、マーコの背中をぽんと叩いた。「指揮官が来たからってそんなにびっくりした顔をするな。今晩から、おまえらは本物の兵士、つまり戦友なんだ」

「実感がありません」マーコはいった。「比べものになりませんよ。指揮官どのはスカムと実際に戦ったんですから。何匹も殺したんですから。重傷を負ったのに、生きのびて、戦士として復活したんですから」

ディアス伍長はポテトチップスをむしゃむしゃ食べた。「やつらはほんとにたちが悪いんだ」うなずいてマーコの目を見た。「おまえは優秀な歩兵になる。明日、配属担当の将校に会ったら、希望を出せるんだからな。希望が通るとはかぎらないが、通ることもある。おれのような歩兵になりたいといえるんだ。歩兵の任務は楽じゃないが、おまえならうまくやれる」

「ありがとうございます、指揮官どの」とマーコ。「考えてみましたが……」ため息をついた。「伍長どのはすばらしい教官です。ほんとうです。その伍長どのに訓練していただいたことを光栄に思っています。でも、父は記録保管所で軍務についていました。わが家は図書館一家なのです。家族のだれも、戦闘員になっていないのです。自分は、記録保管所で軍事情報の管理にたずさわりたいと希望しています。それも重要な任務です。情報は力なんですから」

ディアス伍長はうなずいた。「もちろんだ、エメリー。おまえにふさわしい任務だな。おまえなら軍情報部だって務まるだろう。おまえは、おれたちみたいな、おつむが弱い歩兵じゃないからな」

「そんなことは思っていませんよ、指揮官どの！」とマーコ。「上から目線に聞こえたのならお詫びします」

ディアスはポテトチップスの袋を置いて寝台から立ちあがった。マーコを見おろした。

「おまえはおれを、おつむの弱い筋肉馬鹿だと思ってるんだろう？　行進と射撃しか能がなくて、おまえと違って記録保管所は務まらないと？」

マーコはあせった。「いいえ、指揮官どの！　わたしはただ――」

ディアスはいきなり笑いだし、マーコの首に腕をまわして、アディがよくやるように、彼の頭をげんこつでぐりぐりした。テントに分隊員たちの大きな笑い声が響いた。

「驚いただろ！」伍長はマーコを放し、まじめな顔になった。「わかってるさ、エメリー。おまえは頭のいい兵士だから、ＨＤＦのどんな役目だって務まる。宇宙の前線に配備されたって問題ないだろう。おまえの教官になれて誇らしいよ」

テントのフラップが開いた。シン軍曹が入ってくると、しんと静まりかえった。信じられないくらい黒々としていて濃い眉の下の目がきびしかった。顎ひげに隠れた顔が怒りでゆがんでいた。エルヴィスがぽかんと口をあけ、食べかすが落ちた。

「このくそ野郎ども」軍曹はうなるようにいうと、背中に隠していた二本のボトルを見せた。にやりと破顔した。「シャンパンを持ってきてやったぞ！」

歓声がテントに響き、こわもての軍曹は、十週間にわたって新兵たちを鍛えあげたのとおなじ人物は、ボトルの栓をあけて分隊員たちにシャンパンのシャワーを浴びせた。兵士たちは大笑いし、残ったシャンパンの分け前にあずかろうとボトルに手をのばした。エルヴィスが寝台に飛び乗って〈今夜はひとりかい？〉を歌いだすと、ケイブマンとビーストがスローなダンスを踊りだして歓声を浴びた。

明日、自分がどこに配属されるかはだれも知らなかった。さまざまな職種に配属され、大砲の砲撃、戦車の運転、ジェット機の修理、機密データの分析といった技能を身につけるため、さらなる訓練を受けることになる者も出るだろう。だがほとんどは、この地球で軍務につくことになる。ひとりかふたりの兵士がベン‐アリ少尉の推薦を受けて選ばれ、太陽系外のコロニーを守るために宇宙へ送られる。全員が恐れていることをマーコは知っていた。さまざまな意味で、今夜は、ＲＡＳＣＯＭへ出頭する前夜に似ていた。だが兵士たちは、今夜は、あと数時間は、恐れを脇にのけておくことにしていた。彼らは卒業を祝っていた。

だが、マーコはほどなくしてお祭り気分につきあいきれなくなった。もともと、人づきあいより、静かに考えごとをしたり本を読んだりするほうが好きなのだ。マーコは少し離れたところにいたレイラニに目配せをした。奥の寝台の上であぐらをかいていたレイラニはマーコと目をあわせた。マーコは座をはずしてテントを出た。直後にレイラニも続くと、なかから冷やかす声と口笛が聞こえた。

エルヴィスが叫んだ。「忘れるなよ、ポエット、デラローザはお尻を――」

「黙れ！」マーコは叫びかえした。

マーコとレイラニは闇のなかを歩いて中隊のテント群を離れた。天では星が輝いていて、マーコはさそり座を、スカム帝国の中心を見分けられた。そこははるか遠く離れていたが、ここに立っていても、手をのばせばそれらの星々に触れそうな気がした。

レイラニとマーコは、キャンプを囲んでいる、てっぺんの金属棒に有刺鉄線を張られているフェンスまで歩いた。ふたりはフェンスの前に立って暗い砂漠を眺めた。長いあいだ、黙って闇を見つめていた。遠くから、エルヴィスの歌声と大爆笑が聞こえていた。

とうとうレイラニが口を開いた。「これでさよならなのかな？」

「そうはならないかもしれない」マーコはいった。「一緒に軍務につける可能性はある」

レイラニはマーコのほうを向いた。涙ぐんでいた。「ＨＤＦのなかで、何百万人もいる軍隊のなかで？」

「ベン‐アリ少尉に話したんだ」マーコはいった。「基礎訓練のあともきみと一緒にいたいって頼んだんだ。少尉が上官に話してくれるそうだ。希望どおりになるかもしれない」

　レイラニはうなずき、うなだれた。「うまくいかないかもしれないじゃないか。だからいやだったんだ」

「なにが？」マーコはレイラニの頬に触れた。涙を感じたが、レイラニは顔をひいた。

「あんたを好きになることだよ」レイラニはささやいた。「だれかを好きになることだよ。いつだっていなくなっちまうんだ。いつだって」

　マーコはケミを思いだした。ヘリコプターのなかでケミと再会したことを、次にケミと会うのは十年後になるかもしれないことを。

「愛してるよ、レイラニ」マーコはいった。「こんなことをいいだすのは、たぶん……たぶん、ぼくが怖がってるからなんだろう」いきなり声が震え、胸がどきどきしはじめた。「ぼくはおびえてるんだ、レイラニ。怖がってるんだ。スカムを。戦争に行くことを。明日、どうなるかわからないことを。ひょっとしたら宇宙へ送られるかもしれないことを。怖くてたまらないんだ。いまは、これをいうのに最悪のタイミングなのはわかってる。だけど、ひょっとしたらいちばんいいタイミングなのかもしれない」両手をのばしてレイラニの手を握った。「ぼくはきみと一緒になりたいんだ。きみと結婚したいんだ。たとえ何年も会えなくても、ぼくはきみを待ってる。きっとまた会える。ぼくはきみと生涯をともにしたいんだ」

　言葉はマーコの口からあふれでた。こんなことをいうつもりではなかった。プロポーズをしようなどとは考えていなかった。言葉が勝手に口から出たのだ。なんて馬鹿なことをしてるんだ、とマーコは思った。恋に目がくらんだ若造が、恐怖に駆られてぺらぺらしゃべって、身近な相手になぐさめを求めてるだけじゃないのか？

「ごめん」マーコは、恥ずかしさで頰が熱くなっているのを覚えながら謝った。「びくついてるせいなんだ。だから馬鹿なことをいっちゃったんだ。ぼくたちが、知りあってまだ十週間しかたってないことはわかってる。きみがふだん、男じゃなくて女の子が好きなこともわかってる。それに――」

　レイラニはマーコの手をつかんで引き寄せ、抱きしめた。そして涙で濡れた頰をマーコの胸に押しつけた。

「あたしもあんたを愛してる、マーコ」レイラニはささやいた。「あたしはいつも怖がってた。傷ついてた。何年も、あたしは……口にできないようなことをしてた。いろいろなことをされた。あんたにいえないようなことを。まだ。たぶんずっといえないことを」涙が頰を伝った。「だけど、あんたといると、ちょっぴり安心できるんだ。あたしのなかのモンスターがちょっぴり小さくなるんだ。いいよ。いいよ。あたしはあんたと結婚する」ほほえみながらマーコを見上げた。涙がまつげできらめいた。「あんたが『ロガーヘッド』を書くのを手伝うよ。いいアイデアが浮かぶように亀を見つけてあげるよ」

　ふたりは夜の闇のなかでキスをし、抱きあったまま、暗い砂丘と星空を見つめつづけた。

　やつらはあのどこかにいるんだ、とマーコは考えた。スカムは。数えきれないほどのスカムが銀河系にコロニーをつくって、ぼくたちへの次の攻撃を計画してるんだ。ぼくたちを滅ぼそうと計画を練ってるんだ。レイラニとぼくにどんな未来があるのか、人類にどんな未来があるのかはわからない。それに、ぼくはおとなになるまで生きられるのか、十九歳になるまで生きられるのかどうかもわからない。だけど、いま、ぼくは幸せだ。いま、ぼくはレイラニを抱いてるんだし、それ以上の喜びなんかありえない。

ふたりがテントに帰ろうと歩いているとき、キャンプに警報が鳴り響いた。

レイラニはため息をついた。「くそっ。また演習だ。最後の夜だってのに」

マーコはうめいた。「さあ、戻って待機しよう」

これまでに十数回の演習があった。いつも夜だった。指揮官たちにはいつだって口実があった——監視塔から不審な動きが見えた、電波に雑音が乗った、世界のどこかの街から襲撃拡大の報告があった。演習は毎回、なにごともなく終わったので、マーコは——だれもが——この演習は基礎訓練の一環として計画されていたに違いないと確信した。

マーコとレイラニは、これから一、二時間、寝台のあいだで銃を握りながらうずくまって過ごすことになるのだろうと覚悟しながら、テントに向かって急ぎはじめた。

なかばまで来たところで、紫色の光がひらめいた。

マーコとレイラニがくるりと振り向くと、光はふたりの顔を照らした。鳴り響いている警報はどんどん大きくなった。大声で助けを求めていた。

何百個ものポッドが、白とラベンダーと藍色に輝きながら空から降ってきていた。稲妻が走り、雷鳴がとどろいた。警報をかき消すほどの大音響がふたりの頭上でバリバリととどろいた。ポッドが次々に砂丘に激突して砂漠が沸きたった。砂の波が立った。炎がパチパチと音をたてた。毒霧が広がり、怪物どもがなかからあらわれた。

警報が鳴り響き、監視塔では当番兵が銃を撃ちながら、「スカムだ！　スカムだ！」と叫んでいた。

24

空が砕けた。

世界が燃えた。

マーコとレイラニが手をつないで砂漠に立ちつくしているあいだに、死が降りはじめ、紫の筋が入っていて炎がからみついている幾百ものポッドが回転しながら落ちてきて砂漠に激突した。

その瞬間、マーコはトロントに、十一歳の少年に戻った。その瞬間、母親の悲鳴が聞こえた。そして地面が揺れてマーコは倒れ、空からポッドが雨あられと降り注ぐさまを見た。

「マーコ！」レイラニが叫んだ。「ガスマスクをつけろ！」

ポッドが砂漠に激突すると、ラベンダー色の煙が流れだした――おびただしい数の人々を殺し、胎児に障害を生じさせ、人類を頭が小さく無抵抗な障害者にして滅ぼすための毒霧だった。マーコは息を止めた。ベルトからむしりとるようにガスマスクをはずしてつけようとして、ヘルメットをかぶったままなことを思いだした。レイラニもガスマスクをつけようとしていた。

砂漠がかん高い鳴き声で満たされた。無数の影がすばやく動いた。怪物どもがポッドからあらわれた。スカムだ。

何千匹もいる。何千匹もいる。

これが現実のはずがない。

マーコはヘルメットの顎ひもをひっぱった。

きっと夢だ。これが現実のはずはない。

怪物が雪の上を母子のほうへすばやく這った。怪物が砂の上を疾走して上体を起こし、鉤爪を剣のようにのばした。火が燃えあがり、キャンプに銃声が響いたとき、そのスカムがジャンプした。怒りと復讐の神は、鉤爪をぎらつかせながらマーコに飛びかかった。

母親に加われ。あの女に加われ。マーコはそいつが心のなかで笑う声を聞いた。母親に加われ、マーコ。あの女と叫べ。悲鳴を――

マーコはガスマスクを捨てた。つけている時間はなかった。息を止めたまま膝をついた。銃のストックを肩にあて、ハンドガードをつかんで弾倉をはめ、装塡《そうてん》ハンマーを起こし、安全装置をはずした――訓練中、千回もくりかえした手順なので、一、二秒しかかからなかったが、ひとつの時代が過ぎたように感じた。

スカムがマーコに飛びかかってきた。

マーコの銃から弾が飛びだし、怪物に命中した。外骨格が砕け、血が噴きだした。黒く熱い血のしぶきが肌を焼き、マーコは悲鳴をあげた。ふたたび撃った。また撃った。白熱した空薬莢が飛んだ。怪物が砂に倒れた。マーコは立ちあがって弾倉の全弾をスカムに撃ちこんだ。ガスマスクをつけてマーコの横に立っているレイラニも撃った。スカムはのたうちつづけた。立とうとした。どうにかコブラのように上体を起こした。弾が頭部に命中し、さらに外骨格が砕けたが、スカムはなおも鉤爪を振るったので、ふたりは撃ちつづけた。マーコがふたつめの弾倉を撃ちつくすと、ようやく怪物は倒れ、もう起きあがろうとしなかった。

　耳鳴りがしていた。

　耳鳴りのせいでなにも聞こえなかった。

　イヤーマフもイヤホンもつけていなかった。痛みがずきずきと燃え、耳に綿を詰めたような鈍い耳鳴りが続いていた。ポッドが続々と落ちてきた。スカムのかん高い鳴き声がどんどん増えた。

　ありえない。夢だ。夢に決まってる。いまにもアディに起こされて歩哨当番だと告げられるはずだ。悪夢だ。ただの悪夢だ。

「マーコ、ガスマスクをつけろ！」レイラニが叫んだ。すぐそばに立っているのに何キロも離れているように聞こえた。紫の煙があたりに漂っていた。

　マーコはようやくガスマスクをつけ、むさぼるように空気を吸った。息がフィルターを通過する音が耳ざわりだった。一歩踏みだそうとして、あやうく膝が砕けそうになった。その脚は火傷し、出血し、ジュージューいっていた。耳鳴りの音は高くなり、警報解除を意味する、音が一定のサイレンのようになっていた。警報解除。警報解除。

「一匹やっつけた」マーコはいった。頭の内側で響いているかのようにくぐもって聞こえた。「一匹やっつけたぞ！」

「あと何千匹もいるんだぞ！」レイラニが銃を構えたままいった。

ふたりは背中あわせに立って銃口を上げた。基地はどこもかしこも襲撃を受けていた。スカムがするすると監視塔をのぼっていき、見張りが叫びながら銃撃した。一匹が落ちたが、もう一匹のムカデが塔をのぼりきった。悲鳴があがって塔が崩壊した。フェンスが倒れた。兵舎テントが燃え、基地礼拝堂のほうで大爆発が起きて砂漠が揺れた。キャンプを照らしている炎で、無数のエイリアンが砂漠を走っているのが見えた。ポッドはなおも、笛のような音をたてながら、赤と紫の彗星のように空を横切っていた。ポッドは砂漠に激突し、怪物を続々と放っていた。

きっと夢だ、とマーコは考えた。ぼくはテントにいるんだ。寝てるんだ。こんなの、夢に決まってる。

ひとりの兵士がなにやら叫びながらふたりのほうに走ってきたが、マーコにはなんといっているのかわからなかった。その兵士がふたりのところに着く前に、スカムがその兵士に飛びかかり、両脚を切断して頭蓋を割った。火に包まれ、人間たいまつのようになって走っていた女性兵士がスカムに飛びかかられ、ずたずたにされ、燃えるかけらとなって地面に散らばった。ジェット機が、エンジンをとどろかせてフェンスの外の飛行場から飛びたった直後にポッドに激突された。ジェット機が高度を失うと、スカムが砂から跳びあがり、車輪と翼にとりついた。ジェット機は空中分解して爆発し、夜を照らした。ジェット機に乗っていた兵士たちが落ちてきた。まだ息があって、燃えながら悲鳴をあげていた。落下し、待ち受けていたスカムたちにむさぼり食われた。

ここは地獄だ、とマーコは考えた。世界は消えたんだ。ここには闇と火しかないんだ。

「空はスカムだらけだ」レイラニがつぶやいた。「砂漠はスカムだらけだ。そこいらじゅう、スカムだらけだ。邪神だらけだ」

二匹のスカムがマーコとレイラニに迫ってきた。ふたりは撃ったが、弾は怪物の鉤爪をかすめただけで、エイリアンは突進しつづけた。マーコは弾切れになり、あわてて新しい弾倉に手をのばした。レイラニが毒づいた。

「弾が詰まった！」レイラニは叫び、必死で薬室を開いて詰まった弾を出そうとした。

二匹のスカムが跳躍してふたりに襲いかかった。マーコはみずからの死を見上げた。

白い炎。

輝きながら異臭を放つ灼熱のプラズマが、空気をイオン化しながらのび、二匹のスカムに命中した。怪物はかん高い鳴き声をあげた。二匹とも焼かれ、ずたずたにされて地面に落ちた。マーコはようやく新しい弾倉を装着し、全弾を身をよじっているスカムに浴びせた。

プラズマが放たれたほうを見た。ベン-アリ少尉が、銀色のプラズマ銃——将校用の武器——を持って立っていた。

「エメリー！」とベン-アリ少尉が叫んだ声を、耳鳴りがしているマーコはかろうじて聞きとった。「デラローザ！　小隊に戻るぞ、さあ！　急げ！」

　マーコはうなずいて上官のもとに駆けよった。レイラニも続いた。周囲のいたるところで、兵士たちが銃を撃ち、倒れ、悲鳴をあげ、死んでいた。マーコのほうに這ってきた男が、片手をのばして助けを求めた。男は胸郭から下がなくなっていた。脚も骨盤も腹部もなくて内臓をひきずっていた。燃えているテントの外で丸くなっている女の子は、砂の上で泣きながら、裂けた腹に腸を押し戻そうとしていた。

「パパ！」娘が叫んだ。「パパ、お願い、うちに帰りたい」その背後で上体を起こしたスカムの鉤爪が女の子の首を貫き、その声が途絶えた。

「エメリー、デラローザ、隊列を組め！」ベン‐アリが叫んだ。マーコは、テントの外でほかの小隊員たちが立っていることに気づいた。近くで一匹のスカムがぴくぴく痙攣《けいれん》していた。動いているのは鉤爪の一本だけで、頭は消えていた。三人の新兵――いや、もう二等兵だ――が怪物のまわりで死んでいた。マーコの友人たち、一緒に訓練を受けた仲間が。だれだかわからなかった。かろうじて人間とわかったが、顔はなくなっていた。ずたずたになった緑色のボロ布から肉塊がのぞいていた。髪の毛の束と赤いぐちゃぐちゃのなかに歯が埋まっていた。

「マーコ！」腕の傷から血を流しているアディが叫んだ。ガスマスクのせいで声がこもっていた。「しょっちゅうパーティーに遅刻するやつだな、マーコ！」だが、アディが声に恐怖をにじませ、目に涙を浮かべているのがわかった。

「戦闘隊形をとれ！」ベン‐アリ少尉がどなった。小隊のほうに走りながらプラズマを発射して突進してくるスカムを焼いた。何千匹もの怪物がいたるところを駆けまわっていた。銃声と悲鳴がキャンプに響いていた。「三人の班を組め！」

ドラゴン小隊が千回も訓練した隊形をつくっているあいだも、テントが燃え、新たなポッドが百メートルしか離れていないところに落ち、フェンスが倒され、食堂が崩れ、トレーラーハウスの爆発がキャンプを揺らし、何千匹ものスカムが砂漠を走っていた。一個小隊のうち三名の兵士が死亡。残り四十七名の兵士。四十七人の友人が――おびえながら銃を構え、地獄の火と死とエイリアンの復讐で満たされた世界で途方に暮れていた。マーコとアディとレイラニで班を組んだ。隣では、エルヴィスとビーストとケイブマンが班になっていた。ほかの小隊員たちも班を組み、銃を構え、ガスマスクをつけ、ヘルメットをかぶっていた。

「死んだんだ」シェリフが死体のひとつを指さしながらいった。声が震えていた。「ニックが死んだんだ。それに――」

三匹のスカムが鋭い鳴き声をあげながら小隊のほうに走ってきた。人の肉が鉤爪からぶらさがっていた。鉤爪の一本には生首が突き刺さっていた。ベン‐アリ少尉がプラズマ銃を撃って一匹のエイリアンに命中させた。数十人の二等兵が小銃で、残り二匹のエイリアンを撃った。一匹の怪物が、弾幕を浴びながら小隊に到達し、第二分隊の二等兵のタマラをとらえた。彼女は鉤爪で裂かれ、肋骨を、内臓をえぐりだされて悲鳴をあげた。マーコは絶叫しながら銃を撃ち、ほかの兵士たちも撃ちつづけた。弾はスカムに、そしてタマラにあたった。

二体の死体は蜂の巣になり、しまいに溶けあってひとつの死体のようになった。

「みんな！」ベン‐アリ少尉が叫んだ。「聞け！　この基地のジェット機はうしなわれたが、援軍がやってくる。あと十五分で救援機が着く。わたしたちは撤退し、この基地を爆撃する」

「十五分も持ちません！」シェリフが訴えた。涙を流しながら震えていた。がっくりと膝をついた。「一分だって——」

「七百メートル離れたところにサンドタイガーがある」ベン‐アリがいった。「装甲車に乗って戦うぞ。わたしに続け。突撃！」

ベン‐アリは向きを変え、プラズマ銃を撃ちながら基地のなかを走りだした。

「突撃！」マーコはそう叫んでベン‐アリを追い、走りながら銃を撃った。

ドラゴン小隊の生き残りは絶叫しながら銃を撃ちまくり、必死で走った。

七百メートル先に何輛もの装甲車——巨大なサンドタイガー——が見えた。そこでも激戦がくりひろげられているようだった。銃火が見えたし、悲鳴と銃声が聞こえた。七百メートル。走れば五分、いや四分か。永遠だ。銀河系の中心までの距離だ。砂漠には無数のムカデがいた。人間の倍の大きさの怪物が、上体を起こして鉤爪を振るい、死体をむさぼっていた。そして、空からなおもポッドが降り注ぎつづけ、砂漠を燃やし、石を溶かし、毒霧とともにあらわれたスカムが兵士たちに飛びかかってずたずたにしていた。

「突撃！」小隊の先頭を走るベン‐アリ少尉が叫んだ。彼女が放つ白いプラズマがスカムをばらばらにして道を切り開いていた。ちぎれた鉤爪が宙に飛んでいた。

「突撃！」ベン-アリ少尉に率いられて走っている二等兵たちも、そう叫びながら銃を撃った。

ドラゴン小隊の戦友が撃った流れ弾が腕をかすったので、マーコは悲鳴をあげた。ひとりの兵士が、脚に弾をくらい、絶叫しながら倒れた。三人めの兵士が味方の誤射の犠牲になった。ほかの兵士は走りつづけ、飛びかかってくるスカムを撃ちつづけた。一匹のムカデが上体をもたげ、ひとりの兵士をとらえて引き裂いた。エイリアンは脚を放り捨て、まだ生きている胴体と頭部に食らいついた。もう一匹のスカムが砂地から立ちあがって女性兵士をつかまえ、倒れた二等兵の頭をひねってぽっきりと首を折り、頭蓋を割った。周囲のいたるところでびゅんびゅんと銃弾が飛びかかっていた。

悪夢だ。ただの悪夢だ。走りつづけるだけでいいんだ。目が覚めるまで走りつづけるだけで。

飛んできたごみくず——外骨格の破片——が腰をかすめて制服を裂き、皮膚を裂いたので、アディが悲鳴をあげた。だが、走りつづけた。レイラニは膝をついて銃を撃ち、また走りだした。スカムが飛びかかってきたので、レイラニは銃を撃って撃退したが、腿にスカムが噴射した毒液を浴びた。悲鳴をあげて倒れたが、すぐにまた立ちあがって走りだした。マーコが銃を撃ちつづけているあいだ、そこいらじゅうで砂が巻きあがり、炎が夜を照らし、エイリアンが部隊を猛襲していた。

「スカム、スカムだ！」そばを走っていたケイブマンが叫んだ。「スカムが襲ってくる！」

「わかってるって！」アディが叫んだ。「銃を撃て！」

　ケイブマンは走りながら、ぎこちなく銃を構えようとした。「やかましいんだ。やかましすぎるんだ！」小銃を放して両耳をおおった。「こんな音には我慢できない。こんな――」

「止まるな！」マーコがそう叫んで友のもとに駆けつけようとしたが、手遅れだった。

　一匹のスカムが、簡単な獲物とみなしたケイブマンに襲いかかった。マーコはねらい撃ちしたが、弾ははじかれてしまい、外骨格を砕けなかった。怪物はケイブマンに飛びかかった。大柄な兵士は必死で銃を持ちあげて引き金をひこうとしたが、スカムのほうがすばやかった。大顎がケイブマンの脚をとらえてざっくりと肉を貫いた。骨が砕け、傷から突きだした。ケイブマンは絶叫して倒れた。

「ケイブマン！」マーコは叫んで走りだし、銃を撃った。距離が縮まったので、こんどは、弾は体節のあいだからスカムの体の奥深くまで吸いこまれた。怪物はかん高く鳴いてケイブマンを放し、一発の銃弾を頭部にくらって静かになった。

「走りつづけろ！」マーコはレイラニとアディに叫んだ。ふたりとも、足を止めてマーコのほうに向かっていた。「サンドタイガーのところまで走れ！」

「くそっ、ポエット！」アディがすばやく這いまわっているスカムをねらって撃ちながら叫んだ。レイラニは叫びながらほかの方向に向かって撃って怪物たちを阻止していた。

　アディとレイラニの援護を受けて、マーコはケイブマンを抱えあげようとした。巨漢は両耳を押さえながら泣きわめき、母親に呼びかけていた。

「うちに帰りたいよ」ケイブマンは泣きじゃくっていた。「ママ。ママ。うちに帰りたい。花を飾りたい。ママ、助けて」

「うちに連れていってやるからな、相棒」マーコは重い兵士をうめきながら持ちあげた。ケイブマンは、マーコより三十キロから三十五キロは重かった。「さあ。行くぞ！」

マーコは、どうにかケイブマンを肩にかつぎあげた。そして、前かがみになりながら装甲車の駐車場のほうへ歩きだした。重さに押しつぶされそうになっていたが、マーコは装備一式と担架の重さに耐えて、砂漠をマラソン二回分歩き通していた。だから友を運べるはずだった。

〝訓練がつらければつらいほど、実戦が楽になるんだ〟というベン‐アリ少尉の言葉が脳裏によみがえった。この十週間はつらかったが、マーコはいま、汗だくになったきつい訓練に感謝していた。

サンドタイガーまで、あと百メートルほどだった。ベン‐アリ少尉はもう駐車場にたどり着いて、プラズマで夜を照らしていた。巨大な金属のマシンのあいだで激戦がくりひろげられていた。マーコは、負傷したケイブマンを運んで一歩一歩進むことに集中した。アディとレイラニが両脇で銃を撃ちまくり、弾倉をどんどん空にしてマーコの援護をしてくれていた。アディはまたも毒液を吐きかけられて大声で毒づいていたが、脚がジュージューいっているのにもかまわず歩きつづけた。

　とうとう、マーコたちは駐車場にたどり着いた。金属フェンスは倒れていた。駐車場はスカムだらけだった。巨大ムカデどもはアスファルトと装甲車の上を走りまわっていた。一匹のスカムがサンドタイガーの五〇口径機関銃をむしりとろうとしていた。またほかの三匹は、装甲車の車体に穴をあけることに成功し、エンジンをばらばらにしているところだった。兵士たちはサンドタイガーのあいだで膝をついて銃を撃っていた。

　マーコは、ウェッブ伍長が装甲車のあいだを金属の脚で疾走し、雄《お》叫《たけ》びを上げながら銃を撃っていることに気づいた。ウェッブが次の掩蔽《えんぺい》物にたどり着く前に、スカムがサンドタイガーの砲塔から彼女に飛びかかった。ウェッブ伍長は倒れ、スカムはまず彼女の金属の両脚、それから両腕をもぎとってから、雨あられと銃弾を浴びて死んだ。ウェッブは、四肢を失って死体の下で叫んでいたが、痙攣する鉤爪が胸に突き刺さって静かになった。

　マーコは恐怖に圧倒されないように努めた。怖がるのはあとでよかった。いまは、生き残らなければ、友人たちを救わなければならなかった。

「あれだ、あれにしよう！」マーコはいった。「５４３Ａだ！」

　ケイブマンを運びながら、マーコは駐車場の奥のほうに駐められているサンドタイガーを指さした。そのさびた車体に、５４３Ａという識別コードが記されていた。スカムはまだその装甲車を壊していなかった。マーコは歩きだした。ムカデがアスファルトをマーコに向かって走ってきたが、アディとレイラニがそいつを撃ち殺した。ちぎれた鉤爪が何本も駐車場に転がった。

あと十分、持ちこたえなきゃ、とマーコは自分に思いださせた。あと十分で助けが来るんだ。

戦いがはじまったのは数分前だったが、もう何時間もたっているような気がした。どこもかしこも死体だらけだった。マーコは歩くことに集中した。近くで装甲車が一輛、そしてもう一輛、動きだした。三輛めのエンジンが始動した。ビーストがサンドタイガーの砲塔から姿をあらわして機関銃をつかみ、撃ちはじめた。大型弾が駐車場のスカムをずたずたにした。とうとう、マーコはサンドタイガー543Aにたどり着いた。ケイブマンをかついだまま足を止め、汗まみれで荒い息をついた。

「アディ、ドアをあけてくれ」マーコは頼んだ。

「レディファーストだな」アディはヘルメットをちょっと傾けて挨拶した。サンドタイガーの後部の装甲扉をつかんだ。扉はガレージの入口並みに大きかったし、こぶし並みの厚さがあった。アディが扉をひきあけたとたん、スカムがこぼれだした。

アディはうわっと叫んであお向けに倒れ、スカムが飛びかかってくると同時に銃を撃った。連射してスカムをまっぷたつにした。ふたつになって地面に落ちた怪物は、どっちも生きていて、どっちもすばやく這いはじめた。レイラニが悲鳴をあげながら銃を撃って片方にとどめを刺した。アディは跳びのいて銃弾をまき散らし、もう半分を殺した。ふたりは装甲車のなかをのぞきこんだ。

「くそっ、なかに卵を生んでやがる！」アディはいった。からえずきをした。

マーコはケイブマンの体重にかろうじて耐えていた。装甲車に近づいてなかを見た。サンドタイガーの狭苦しい車内に、サッカーボールサイズの卵が五、六個あった。マーコはケイブマンを卵の脇におろした。ケイブマンは震えていた。爆《は》ぜたような傷から骨が突きだしている。顔は真っ青でびっしょり汗をかいている。

「マーコ」ケイブマンはささやいた。「マーコ、約束してほしいんだ、マーコ……」

「あとでな」マーコはいった。駐車場を見渡した。ほかに数輌のサンドタイガーが動いていた。アスファルトに一匹のスカムの両断された死骸と兵士たちの死体が転がっていた。いたるところで銃声が響いていた。

「アディ、運転してくれるかい?」マーコはたずねた。

アディはうなずくと、ケイブマンと卵を跳び越して運転席におさまった。「おまえは砲塔を頼む!」

マーコは、レイラニがまだ乗っていないことに気づいた。レイラニは震えながら荒い息をついていた。マーコはレイラニのそばに飛びおりた。レイラニはマーコを見上げた。顔面蒼白で目がうるんでいた。

「のぼれないんだ」レイラニはささやいた。

そのときはじめて、マーコは気づいた。スカムのちぎれた鉤爪がレイラニの腿に刺さっていた。その周囲では傷がジュージューいっていたし肌が紫色になっていた。スカムの毒液の影響だ。

「蚊に食われたようなもんさ」マーコは声をかけたが、恐怖が脳裏を跳ねまわっていたし、目に涙がこみあげていた。

マーコはレイラニをかかえあげた。サンドタイガーのなかに運んだ。ケイブマンの隣に横たえた。

スカムがかん高く鳴きながら駐車場を横切って向かってきたので、マーコは銃を撃ってから扉をひいて閉めた。スカムが金属に体当たりした。

「アディ、出してくれ！」マーコは叫んだ。

装甲車が動きだすと、マーコは救急キットをあさって絆創膏を二枚とりだした。一枚をケイブマンの傷に貼り、粘着テープで固定した。顔をしかめて深呼吸をすると、レイラニの腿から鉤爪を抜いた。血と毒液が噴きだした。震える指で二枚めの絆創膏を血と毒液が流れだしている傷にあてた。レイラニが震えた。

スカムに体当たりされて、サンドタイガーが揺れた。衝撃を受けて浮きあがり、どすんと地面に落ち、また揺れた。小型スクリーンで外の様子を見られた。何匹ものムカデが装甲車に体当たりしていた。扉の鉤爪が打ちつけられたところがへこんだ。

「これが効くはずだ」マーコは救急キットから注射をとりだした。レイラニは目を見開いたが、マーコは彼女の腿の、傷の真ん中に注射を打った。

レイラニが悲鳴をあげた。

マーコは指が震えていたが、なんとかケイブマンの救急キットから二本めの注射をとりだし、大男の兵士の脚に打った。

　ケイブマンは絶叫して気を失った。

　マーコも気絶しそうになった。

「さっきの注射はなんだったんだ?」レイラニが青白い顔で震えながらたずねた。

「スカムの毒の解毒剤さ」マーコはいった。「応急手当の授業でいねむりをしてたらしいね」ほほえんでレイラニの頰をなでた。「きみらしいや」

　レイラニは咳きこんだ。「あたしはスカムを殺すことにしか興味がないんだ。だから――――」

「マーコ、早く砲塔につけ!」ケイブマンとアディが運転席からどなった。「スカムがのぼろうとしてるんだ!」

　マーコはうなずいた。ケイブマンとレイラニを置いて装甲車の中央にあるはしごのほうに向かった。脚が震えた。胸がどきどきした。

　怖がるな。のぼれ。戦え。

　はしごを途中までのぼったところで、足の下で、スカムの卵にひびが入りはじめた。

「うわっ、なんてこった」マーコはつぶやいた。

　ねばつく卵が割れ、どろりとしたものがしたたった。ガータースネークほどの大きさのスカムがかえった。

　マーコは顔をしかめながら飛びおりて怪物を踏みつぶした。そいつは鉤爪をのばしてズボンと皮膚を裂いた。ほかの卵もかえりはじめていた。卵はぜんぶで七個だった。装甲車のなかで発砲する気にはならなかった。

「マーコ、砲塔へ行け！」アディがまたどなった。運転席から振り向いた。タバコをくわえていた。真っ青になった。「うわっ。スカムの子か！　砲塔はいい！　そいつらを殺せ！」

　マーコは負傷しているケイブマンとレイラニを跳び越えて後部扉を開き、かえりかけている卵を蹴りだした。卵は転がりながら砂漠へ落ち、子がまき散らされた。車内には、孵化《ふか》しおえた鉤爪を持つ怪物がまだ三匹残っていた。レイラニが、寝たまま、怪我をしていないほうの脚で一匹を蹴りだした。マーコは残り二匹を銃の銃身で、ようやく叩きだした。

　一匹のおとなのスカムが砂漠を横ぎって装甲車を追いかけてきた。そいつがジャンプした。マーコは銃を撃ってそいつを撃退した。がしゃんと扉を閉めた。

「アディ、バックしろ！」マーコはいった。

　アディはうなずくと、サンドタイガーを後退させてキャタピラでスカムの子をつぶした。

「さあ、早く上に行ってくれ！」アディがいった。「スカムが車体によじのぼろうとしやがるんだ！　撃ち落としてくれ」

　ずきずきする脚に絆創膏を貼る間《ま》もなく、マーコははしごをのぼりだした。砲塔にたどり着くと、頭と胴が夜気にさらされた。そこには大型の五〇口径スティンガー機関銃があったが、これを撃つのはふたりがかりの仕事だ。ひとりの兵士が銃を撃ち、もうひとりがハンドルをまわして機関銃を回転させるのだ。ひとりでやるしかないと覚悟を決めて、マーコは重機関銃をつかんで引き金をひいた。

　マーコの個人用武器、T57はすさまじい威力の銃で、一発で三人を殺し、煉瓦《れんが》壁を貫通し、スカムの外骨格を砕くことさえできる。だが、サンドタイガーの機関銃と比べたら豆鉄砲だ。スティンガーの銃口が夜の闇を照らした。銃弾がスカムに命中し、外骨格を粉砕した。重量六十トンのサンドタイガーが死にかけの怪物たちをキャタピラでつぶした。横を見ると、ほかの装甲車たちが駐車場を出ていこうとしていた。ディアス伍長が一輛の砲塔に立って機関銃を撃っていた。その横に立っている兵士が砲塔の向きを変えていた。ビーストがもう一輛の装甲車で叫びながら、筋肉を盛りあげ、やはりスティンガー機関銃でほかのスカムを撃ち殺していた。

　アディはサンドタイガーを前進させた。装甲車はガタゴトとゆっくり進んだ。またスカムが走ってきたので、マーコは機関銃を撃ったがあたらなかった。ちくしょう！　もうひとりが、ウインチをまわして銃をねらえるようにしてくれる相棒が必要だった。そして、スカムが横からジャンプして装甲車に跳びつこうとしたとき——

　機関銃が回転して銃が横を向いた。マーコは機関銃を撃ち、スカムをこなごなにした。横を向くと、レイラニが砲塔のなかに立っていた。ウインチを握っていて、すでに銃の向きを変えようとしていた。

「撃て！」レイラニが叫んだ。

　マーコは引き金をひき、ソーセージ大の熱い空薬莢が飛んだ。銃弾が前方のスカムに命中した。

「レイラニ、なかに戻れ！」マーコはいった。「きみは怪我人なんだぞ」

レイラニは一蹴した。「くそ食らえ、エメリー。こんな楽しいことを見逃せるか」

装甲車は倒れたフェンスを乗り越えて駐車場を出ると、スカムを踏みつぶして進んだ。エイリアンは巨大な鋼鉄の箱の下で次々と砕けた。レイラニは機関銃を回転させつづけ、マーコは撃ちつづけた。砂漠でスカムを殺し、鉤爪と外骨格のかけらを吹き飛ばしつづけた。

「マーコ！」というベン‐アリ少尉の声に振り向くと、少尉が別のサンドタイガーの砲塔に立っていた。「マーコ、宇宙港へ行け！　輸送機があと五分で着く」

マーコはうなずいた。「はい、指揮官どの！」

「しゃがめ！」ベン‐アリ少尉が叫んでプラズマ銃をかまえ、マーコに銃口を向けて撃った。

マーコはぎょっとしてしゃがんだ。

プラズマが頭上を通過し、監視塔から飛びかかってきたスカムにあたった。怪物は息絶えて地面に落ちた。ヘルメットが焦げていた。マーコはベン‐アリ少尉に視線を戻したが、少尉はもう別のほうを向いて撃っていた。ベン‐アリが乗っているサンドタイガーは、スカムを踏みつぶしながら前進していた。

「アディ！」マーコは車内に向かってどなった。

「聞こえた！」アディが運転席からどなりかえした。「このリムジンで空港までお送りします！」

装甲車は前進を続け、スカムは車体に跳びつきつづけた。レイラニは、片手で五〇口径スティンガー機関銃を回転させ、もう片方の手で個人用小銃を撃ちつづけた。銃弾は装甲にそってびゅんと飛び、スカムを叩き落とした。ごついキャタピラが仕上げをした。

宇宙港まであと一キロ。まだ百メートルしか行っていないときにマーコが叫んだ、「アディ、ストップ！」

アディはブレーキを踏んだ。「なんだ？」

マーコは指さした。「くそっ」

三人の兵士が、砂漠で円形になって、彼らを囲んでいる百匹かそれ以上のスカムを撃っていた。マーコは兵士のうちふたりを見分けた。ひとりは、ヘルメットに星を描いているテキサス男、シェリフだった。もうひとりはフィオナ・セイント‐ピエール伍長だ。マーコがだれだか見きわめる前に、三人めの女性兵士はスカムにつかまって引き倒され、胸郭をぱっくりと裂かれた。シェリフとセイント‐ピエールは、絶叫しながらフルオートで撃ちつづけた。

「わかった」アディはそういうと、サンドタイガーをふたりの兵士たちのほうに進めた。エイリアンどもはキャタピラに踏みつぶされてかん高く鳴きながら息絶えた。スカムは次々と車体にのぼろうとしたが、マーコとレイラニが片っ端から撃ち落とした。

「くそっ、弾が切れた！」レイラニがいってT57をおろした。

「スティンガーを頼む！」マーコはそういうと、砲塔からはしごを滑りおりて車内に戻った。頭上からレイラニが五〇口径のスティンガー機関銃を撃つ音が聞こえた。

「アディ、上でレイラニを手伝ってくれ」マーコは叫んだ。

アディはぼやきながら運転席から飛びだし、はしごをのぼりはじめた。小銃が背中でぶらぶらしていた。「くそっ、いつからおまえは将校になったんだ？　あれをしろ、これをしろ、ここで止まれ、あそこへ行けって……」

まもなく、アディがわめきながら小銃を撃ち、レイラニと力をあわせて敵を掃討している音が聞こえはじめた。運転手がいなくなった装甲車は、スカムの海のただなかでアイドリングしていた。

マーコはケイブマンの様子をすばやくたしかめてから——息はあったが、かろうじてだった——サンドタイガーの重い扉をあけた。

スカムが一匹、さらにもう一匹、飛びかかってきた。マーコは小銃をフルオートで撃った。車内に銃声が響き、耳が悲鳴をあげた。大音響に鼓膜が破れそうになった。

「乗れ！」マーコは叫んだが、自分の声は聞こえなかった。そしてシェリフとセイント‐ピエール伍長に身ぶりをした。ふたりとも飛び乗ろうとしたが、シェリフはスカムにつかまって引き戻され、食いつかれた。セイント‐ピエール伍長は、両脚の深い傷から血を流しながら車内を這い進んだ。

「シェリフ！」マーコはハッチから叫んだ。胸が締めつけられた。「ああ、シェリフ！」

テキサス男は悲鳴をあげ、砂地からマーコに手をのばしたが、スカムはシェリフの両脚をもぎとり、背中をざっくりと裂き、背骨をひきだした。マーコは恐怖で茫然とし、頬に涙を流しながら見つめた。

「シェリフ……」

だめだ。怖がってる場合じゃない。怖がるのはあとだ。いまは生きのびなきゃ。

マーコは扉を閉めようと力をこめかけたとき、ひとりの兵士がそばにいることに気づいた。

くそっ。

ピンキーだった。

25

小柄な兵士は、開けた場所に立ち、両手に一挺ずつ小銃を持って、わめきながら撃っていた。だが、マーコの目の前で、一挺の弾が切れ、スカムがピンキーの両脚をつかんだ。ピンキーは悲鳴をあげながら倒れたが、もう一挺を撃ちつづけた。スカムがピンキーの両脚をぎゅっと握りしめた。

くそっ。くそっ。くそっ。くそっ。

いま、運転席にはだれもついていないし、ピンキーは優に十メートルは離れている――そしてたぶん、あと二秒で命を落とすはめになる。

マーコは悪態《あくたい》をつきながら装甲車から飛びだした。

一匹、また一匹、さらに一匹とスカムを撃って撃退した。ピンキーのもとにたどり着くと、四匹めのエイリアンに弾倉の残弾をすべて叩きこんだ。

「エメリー、助けてくれ！」ピンキーがいった。「はずしてくれ！」

ピンキーの片脚は失われていた。スカムがもう片方の脚をつかんでいた。怪物はシャーッという鳴き声を発しながらマーコのほうを向いた。

マーコはベルトから銃剣を抜いた。

スカムがマーコに飛びかかってきた。

マーコは剣を固定して銃を構えた。

スカムはみずからグラフェンブレードに突き刺さってかん高く鳴き、鉤爪を振りまわした。鉤爪の一本にひっかかれたマーコの腕から血が噴きだした。マーコは銃を放さなかった。刃でえぐってから銃剣を引き抜き、もう一回刺した。刃はエイリアンの頭部に突き刺さった。

マーコは銃を放してストラップで吊りさげた。ピンキーをかかえあげた。ピンキーの残っている片脚がぶらぶら揺れた。切り口から血が噴きだしているので、マーコは顔をしかめて傷に手を突っこんだ。ピンキーは激痛に絶叫したが、マーコは血管を見つけ、つまんで出血を止めた。サンドタイガーに向かって歩きだした。

「マーコ、馬鹿なことしやがって！」アディが大声でいった。アディは運転席に戻り、サンドタイガーをマーコのほうにバックさせていた。

マーコはピンキーをかかえたまま装甲車に飛び乗った。小柄な兵士を——ピンキーはとんでもなく軽かった——床に横たえるなり、扉を閉めた。次の瞬間、入ってこようとしたスカムが扉に激突した。サンドタイガーはムカデをかき分けながら宇宙港をめざした。

「ほっときゃよかったんだ」ピンキーがしゃがれ声でいった。「エメリー……おれなんかほっときゃよかったんだ」

マーコは、すでにベルトで止血をはじめていた。「ピンキー、おまえはくそごみ野郎だ。

だけど、おなじ小隊のくそごみ野郎なんだ。だから、いまは死ぬな。おまえがこのことを、一生忘れないようにしたいんだ」

マーコの体に震えが走った。吐き気がこみあげた。マーコはぼやけはじめた目で救急キットをあさり、解毒剤の注射器を見つけて、負傷した腕にぐさりと刺した。歯を食いしばって全身の激痛に耐えていたが、やがてスカムの毒液による痛みがやわらいだ。

マーコは痺れている腕で砲塔に戻り、レイラニと並んで銃を撃った。あたりを見まわした。基地は壊滅していた。兵舎テントは燃えていた。食堂は消えうせていた。そのとき、ポッドが三個落ちてきて兵器庫に激突し、大爆発が起きて砂漠が揺れた。大きな炎があがった。火柱が轟音《ごうおん》とともに生じ、マーコとレイラニは頭をおおって顔をしかめた。爆発が何度も起きた。あまりのやかましさに、マーコは耳をふさいだ。石と砂と煉瓦《れんが》のかけらがふたりにパラパラとあたった。あらためて見やると、兵器庫は消失していた。兵器庫があったところからキノコ雲が上がっていた。

「核を落としやがった」レイラニがいった。

耳鳴りのせいで、マーコにはレイラニの言葉がかすかにしか聞こえなかった。「違う。核じゃなくてもキノコ雲はできるんだ。フォート・ジェミラの兵器庫が爆発したんだ。膨大な量の弾薬や手榴弾がいっきに破裂したんだよ」

レイラニが、はっと息を呑《の》んでほかの方向を指さした。「ほら、マーコ！　見ろ、助けが来た！　ジェット輸送機だ！」

振り向くと、見えた。一機で兵士を何百人も乗せられそうな大型ジェット貨物機が五機、宇宙港に向かって降下中だった。ジェット機は、滑走路にいるスカムを側面の機銃で掃討した。数輌のサンドタイガーがジェット機のほうに走っていた。スピーカーから大きな声が響いた。

「フォート・ジェミラの総員に告ぐ、ただちに撤退せよ！　宇宙港でジェット輸送機に乗れ！　基地から撤退せよ！」

一機めの大型ジェット機が着陸すると、兵士たちが走りより、斜路《ランプ》を駆けのぼって機内に姿を消した。ほかのジェット機は、せっせとスカムを狙撃してから、死骸のあいだに着陸してさらに兵士を収容した。

「騎兵隊が来たぞ！」アディがタイガーの運転席から叫んだ。「さっさと地獄から脱出しよう」

装甲車が宇宙港に到着すると、マーコは扉をあけた。そして「衛生兵！　衛生兵、来てくれ！」と叫んだ。

ジェット機がまた着陸し、マーコに風が吹きつけた。スカムはまだアスファルトを走りまわっていた。サンドタイガーの車内には、左右の壁に一本ずつの担架が装備されている。マーコたちは、まずピンキーを担架に乗せた。片脚を失い、もう片方の脚もちぎれかけの肉塊になっているピンキーの負傷がもっとも重かったからだ。小柄な兵士はすでに意識をなくしていた。マーコたちはピンキーを外へ運びだした。衛生兵たちがジェット輸送機の一機から降りてきて担架を持ちあげ、ピンキーを機内に運んだ。

　セイント-ピエール伍長も負傷していたが、脚をひきずりながらも自力で衛生兵のほうに歩いていった。そしてセイント-ピエールがくずおれるように担架に横たわると、衛生兵たちが彼女に酸素マスクをつけて、すばやくジェット機に運びこんだ。

　マーコとアディとレイラニは、ケイブマンを連れだすためにサンドタイガーの車内に戻った。

「行くぞ、相棒」マーコは声をかけ、ケイブマンを最後の担架に横たわらせた。「お医者さんに診《み》てもらうからな。きっとアイスクリームをもらえるぞ」

　ケイブマンは顔色が真っ青で、目が落ちくぼんでいた。あいかわらず、折れた脚から骨が突きでていた。

「待って」ケイブマンはささやいた。「マーコ。約束してほしいんだ、マーコ」

　ケイブマンのシャツが血で黒ずんでいることにマーコが気づいたのはそのときだった。マーコは顔をしかめ、ケイブマンの弾倉ベストをまくってはっと息を呑んだ。

　スカムの鉤爪がケイブマンの胴を貫通していた。鉤爪の先端がへそのすぐ上から顔を出していた。

「マーコ」ケイブマンがささやいた。マーコの手をつかんだ。「アムステルダムに行ってほしいんだ。水上花市場に。ぼくのために花束を買ってほしいんだ」

「一緒に行こう」マーコはいった。担架を持ちあげた。アディとレイラニと三人で担架を外に運びだした。「ケイブマン、ふたりで一緒に行こう、な？　その水上花市場へ行って、花の名前を教えてくれ。だから、いまは黙ってろ」

ケイブマンと話せるのはこのときが最後だと知っていたら、マーコはもっとましな別れの言葉を選んでいただろう。衛生兵がジェット機に運ぶ前に、ケイブマンがアスファルトの上で息絶えてしまうと知っていたら、マーコは友を抱きしめて別れを告げていただろう。だが、マーコが最後に見たとき、衛生兵たちが友におおいかぶさって心臓をふたたび動きださせようと胸を叩いていた。そして最後に、衛生兵がため息をついて、「ああ、ちくしょう、次の負傷者に移ろう」とささやく声が聞こえた。

マーコは無言でアスファルトに立ちつくした。

そしてサンドタイガーのほうを振りかえった。

「アディ、レイラニ」マーコはいった。「まだ戦えるかい？」

ふたりとも、ジェット機に乗ろうとしていた。その先では、輸送機がすでに、生存者を乗せて飛びたっていた。ほかのジェット機はまだ離陸していなかった。

「なんだって？」アディは荒い息をつきながらマーコを見つめた。脚は血がにじんでいたし、片腕は広く火傷していた。「なんでだ？　財布を忘れてきたのか？」

「基地にはまだ兵士がいる」マーコはいった。「全員が脱出できたわけじゃない。ひきかえせばまだ何人か助けられる」

アディはマーコの目を凝視した。ほんのつかのま、葛藤した。唇をぎゅっと結んでうなずいた。サンドタイガーに戻って運転席についた。

マーコとレイラニはまた砲塔にのぼった。装甲車は宇宙港をあとにしてフォート・ジェミラという名の地獄をふたたびめざした。

テントをめざして戻りはじめたとき、あちこちにスカムがいる荒れ地を走っている別のサンドタイガーと出くわした。ベン‐アリ少尉がその装甲車の砲塔に立っていた。

「基地にまだ兵士がいるかもしれません！」マーコは少尉に叫んだ。

ベン‐アリはうなずいた。少尉はプラズマ銃を天に向けて撃ってから叫んだ。「ドラゴン小隊！　続け！　テントに戻るぞ！　ドラゴン小隊、サンドタイガーでついてこい！」

ほかのサンドタイガーに乗っている友人たちが参加してくれた。エルヴィス。ビースト。そのほか数すくない生き残りが。サンドタイガーはぜんぶで六輛だけだった。だが、それらはジェット輸送機をあとに、地獄へと戻っていった。

テントのあいだのいたるところに焼け焦げた死体が転がっていたが、まだ銃声が聞こえていた。銃声のほうに向かうと、一個分隊が、背中あわせに立ってスカムを撃っていた。訓練を開始してたぶんまだ一週間ほどしかたっていない、ほやほやの新兵たちだった――銃の撃ちかたを覚えたばかりの〝新米〟だった。彼らの友人たちの死体がそのまわりに見えた。マーコはサンドタイガーの扉を開いて、身ぶりで乗れとうながした。マーコの横に立っているアディが援護射撃しているあいだに、兵士たちは装甲車に飛び乗った。装甲車が宇宙港に戻ると、新兵たちはサンドタイガーから飛びだしてジェット機に乗った。生存者を満載したジエット機が、また一機離陸した。

またも、マーコと友人たちは地獄に戻って銃を撃ちまくった。ポッドはなおも降りつづけていた。その一個がサンドタイガーのボンネットに落ち、なかからスカムが出現して毒液を吐いた。酸のせいで腕が刺すように痛んだが、マーコは撃ちつづけ、怪物を殺しつづけた。装甲車はテントに戻った。マーコはさらに三人の新兵を発見した。彼らを収容して宇宙港に戻った。また一機、ジェット機が離陸した。

夜が明け、何度行ったり来たりをくりかえしたのかわからなくなったころ、生存者が見つからなくなった。スピーカーからアナウンスが響いた。

「残っている兵士に告ぐ――総員、ただちに撤退せよ！　五分後に核攻撃をおこなう。残っている兵士に告ぐ――総員、ただちに撤退せよ」

マーコは砲塔から基地を見た。何千匹ものムカデが、かん高い鳴き声を響かせながら、わがもの顔で、残っている建物の上を這いまわったり、砂漠でとぐろを巻いたり、砂地に卵を生んだりしていた。何百匹ものエイリアンが宇宙港に向かって走りだした。

アディはサンドタイガーを最後のジェット機に向けた。兵士たちは飛びおりると、銃を撃ちながらランプをめざして走った。ジェット機は、ランプがまだ閉まりきっていないうちに宙に舞いあがった。

マーコは機内の通路をよろめきながら進んで窓にたどり着いた。外をのぞくと、ジェット戦闘機編隊が眼下を飛行していた。ジェット輸送機は砂漠上空でぐんぐん高度を上げ、フォート・ジェミラにあがっているいくつものキノコ雲はどんどん小さくなり、周囲に星空が広がった。

マーコは膝をつき、横向きに寝転がった。目をつぶった。

「マーコ？」レイラニがマーコの手を握った。「マーコ！」

真っ暗だった。マーコは海を漂う小舟に横たわっていた。無限の星座に囲まれて。

26

「起きろ」マーコは両手でつかまれて揺さぶられた。「起きろってば、うすのろ。おまえは気絶してるんじゃない、寝てるだけだ。だから起きろ」

マーコはうめいた。自分を揺さぶっている相手を弱々しく叩いた。闇のなかへ、痛みも記憶もない国へふたたび沈みたかった。

「マーコ！」胴に重みがかかって肺から空気が抜けた。「起きないと押しつぶすぞ」

鋭い痛みが全身に走ってマーコはうなった。そして目をあけた。マーコはベッドに寝ていた。本物の――テントのではなく本物の石でできた――白い壁で囲まれていた。そしてアディがマーコの上にすわっていた。

「どけよ！」マーコはアディを押しのけようとした。「きみはサンドタイガーよりも重いんだよ」

アディはにやりと笑うと――歯を全開にした満面の笑みだった――マーコの頬に、額に、さらには唇にキスの雨を降らせた。「生きてるんだ！　おまえは生きてるんだ！」顔をしかめてぺっとつばを吐いた。「うげっ！　おまえ、スカムみたいな味がするぞ」

「どけって！」マーコはようやくアディを押しのけて深々と息を吸った。「そこいらじゅうが痛いよ」

マーコの両腕は絆創膏でおおわれていた。毛布が胸までかかっていた。ここは病院だった。ディスプレイやバイタルサインモニターなどの機械が動作音を発している。アディは患者服を着ている。絆創膏が腰と左腕と左肩に貼られているし、どこもかしこもひっかき傷とあざだらけだが、それでもにこにこ顔だ。

「ぼくの負傷はどの程度なんだ？」マーコはたずねた。ベッドから起きようとしたが、うわっと声をあげて、毛布をまた胸までかけた。「ぼくの服はどこなんだい？」

アディは舌を出した。「おまえの服は戦闘の犠牲になったのさ」壁に下がっている患者服をとってマーコに放った。「おまえの体はなんともない。まあ、あいかわらず、背は低すぎるし痩せっぽちすぎるけど、ムカデの鉤爪は刺さってないよ。それがおまえの訊きたいことならな。おまえはおおむね、疲れはててずたぼろになってるだけだ。ちょっと火傷をしてるけど、すぐに治る。それですんでよかったよ」笑みが消えて目が沈んだ。「大勢の仲間がそれじゃすまなかった。小隊の半分が……」うなだれた。

マーコはうなずき、枕にもたれたまま、シェリフが砂漠で死んだときのことを、ケイブマンがアスファルトで息絶えたときのことを思いだした。「レイラニは……」最後までいえなかった。

「元気さ。やっぱりずたぼろになってるし、例の腿に刺さった鉤爪の跡は残るだろうけど、あのちびっこは戦士だな」アディはドアに飛んでいってどなった。「おい、みんな！　ポエットが起きたぞ！　困らせに来い！」

　患者たちが病室になだれこんできて、ベッドに飛び乗りジャンプしはじめた。

「マーコ、おまえはほんとに運のいいやつだな！」エルヴィスはマーコを押さえつけて頭をぐりぐりした。

「もういいかげんにしてくれ」マーコはいったが、笑みを抑えきれなかった。

　新兵は続々と流れこんできて、戦闘について語りあい、マーコの背中を叩き、髪の毛をくしゃくしゃにし、笑った。ビーストは、松葉杖をついて立ちながら首を振った。「あんなのはほんとの戦闘じゃないね」だれにともなくいった。「ロシアじゃ、本物の戦闘をするんだ。あんなショボいアメリカ式の取っ組みあいじゃなくてな」だが、スキンヘッドの巨漢ロシア人でさえ、結局、ほかの兵士たちと笑いあい、スカムを殺した話をしあった。

　マーコはレイラニが加わるのを待ちつづけたが、彼女の姿はなかった。マーコはレイラニはどうしているのか訊きたかったが、みんな、しゃべったり笑ったりじゃれあったりで大忙しだった。レイラニが来てくれればいいのにと願った。戦死したみんながここに来られたらよかったのにと思った。

「ケイブマンもここでぼくたちと笑ってたらよかったのにな」マーコがとうとういった。

「それにシェリフが。それにウェッブ伍長が。それに基地に置き去りにした全員が」

　全員が笑うのをやめ、真剣な面持《おもも》ちになった。長いあいだ、みな黙ってうつむいていた。

ついに、アディがディスペンサーから紙コップをとると、水を満たして掲げた。

「戦死した友人たちに」

ほかのみんなも、それぞれ紙コップをとって掲げた。「友人たちに」

飲んでいるのはただの水だったが、何カ月も砂漠で過ごしたあとなので、水は、ワイン以上に命を象徴する、貴重な飲み物だった。

「友人たちに」戸口からしゃがれ声が聞こえたのでマーコがそっちを向くと、ピンキーが部屋に入ってきた

その瞬間、マーコは胸を締めつけられ、何週間にもわたってためこんでいた憎悪がすべて消えた。ピーター・〝ピンキー〟・マックは車椅子にすわっていた。顔色が悪く、目が落ちくぼみ、両脚が失われていた。両脚のつけねは絆創膏でおおわれ、ポールからぶらさげてある点滴バッグが腕につながれていた。

「ピンキー」マーコはいってベッドに腰をおろした。

ピンキーは車椅子をマーコの前に進めた。きびしい目つきでマーコを見つめた。マーコはぎくりとし、ピンキーに侮辱されるのを、どなられるのを覚悟した。ひょっとしたら泣きだすかもしれないと思った。だがピンキーはマーコの手を握った。

「おまえはおれの命の恩人だ、ポエット」ピンキーはいった。「くそカナダ人のおまえがおれの命を救ってくれたんだ」マーコの手を握っている手に力をこめた。「おまえはおれの兄弟だ」

マーコはうなずいて、「そうとも、兄弟だ」と応じた。

「さあさあ、みんな、もう出ろ！」アディが、涙をぬぐいながらいった。「ピンキーは休まなきゃならない。ポエットは小説を書かなきゃならない。あたしたちは、明日また、次の戦場に運ばれるだろう。部屋を出ろ、全員だ！」

兵士たちは、戦闘の話を続けながらぞろぞろと出ていき、アディひとりが残った。アディはしばらく立っていたが、やがてベッドのマーコの横に腰をおろし、黙って彼を抱きしめた。ふたりは長いあいだ、頬と頬をつけたまま無言ですわっていた。そしてマーコは、アディが泣いていることに気づいた。マーコはブロンドの長い髪をなで、アディの頬にキスをした。

「だいじょうぶだよ、アディ」マーコはささやいた。

アディは涙をたたえた目でマーコを見た。「なんにもだいじょうぶじゃないじゃないか。なにひとつ」静かにすすり泣きはじめた。「うちが恋しいんだよ。怖いんだよ、マーコ」

マーコはアディの背中を抱きしめた。ふたりは、おたがいのぬくもりになぐさめられながら一緒にすわっていた。

「なあ、アディ」マーコがついにいった。「エルヴィスが牛乳パックに小便をしたことを覚えてるかい？」

アディは泣き笑いを漏らした。「忘れるもんか。あいつ、寝台のそばでそれをひっくりかえしやがったんだ」また笑った。「ビーストとピンキーの腕相撲を覚えてるだろ？　ピンキーが勝ったんだからびっくりだよ！　ピンキーは、ビーストの片腕よりちっこいってのに」

「あのちびの力ときたら！」マーコはいった。「なあ、アディ。とうさんにも、軍隊時代のそういう思い出があると思うんだ。クリスマス休暇で帰省したとき、とうさんに訊いてみようよ。とうさんはきっと、かの有名なハムを、メープルシロップとあの小芋を添えたハムを焼いてくれる」

アディは舌なめずりをした。「で、みんなでリーフスの試合を観よう。今年、リーフスはついにスタンレー・カップで優勝するんだからな」

マーコは鼻をふんと鳴らした。「無理だね。リーフスは二百年以上優勝してないんだぞ」

「あたしたちがトロントに戻ったときに優勝するのさ」アディはいった。「みんなで試合に行こう。おまえとあたしとおやじさんで。レイラニも除隊して、ほかに行くところがないんだったら、レイラニも一緒に。で、あのどでかいホットドッグとビールを買うんだ――そうとも、おまえにビールを飲ませるからな、絶対に！――で、歓声をあげて、あたしたちが世界を安全にしたことを実感するんだ。あたしたちがそれを可能にしたことを実感するんだ。それから……ここで起きたことは忘れるんだ」うなずいて涙をぬぐった。「きれいさっぱり忘れるんだ」

だが、マーコはわかっていた。自分は忘れないと。一生忘れないと。いつまでたってもスカムがシェリフを引き裂いたこと、ウェッブ伍長をばらばらにしたことを忘れないと。ケイブマンの最期の言葉を忘れることは絶対にないと。老人になっても悪夢にうなされ、おびただしい数のスカムの群れを見て目覚めるはずだと。

いつか、世界は救われるのかもしれない、とマーコは考えた。いつの日か、すばらしい世界が実現し、アディがいったことがすべてかなうかもしれない。だけど、治らない傷痕もある。消えない痛みもある。戦場に葬られる兵士もいるけど、死ぬまで戦場をひきずりつづける兵士もいるんだ。

この思いをすべて話したかったが、話せなかった。だから、黙ってアディを抱きつづけた。アディもマーコに寄りかかりつづけた。窓の外で日が沈みかけたころ、ようやく、アディは立ちあがってのびをし、首をポキポキと鳴らした。

「なあ、マーコ、もうすぐ七時だ。病院のラウンジでサッカーゲームをやることになってるんだ。やらないか？」

マーコは首を振った。「やっと小説の続きを書けるんだからね」

「ああ、そうだったな！」アディはうなずいた。「『うすのろ《ジャーヘッド》』だよな！」向きを変えて歩きだした。

「『アカウミガメ《ロガーヘッド》』だってば！」マーコはアディの背中に向かってどなった。「亀が出てくるんだ！　亀が――」マーコはため息をつき、アディは廊下へ出ていった。「なんでもないさ」

ダッフルバッグはベッドのそばに置いてあった。砂だらけのままだった。マーコはなかをかきまわして紙とペンを見つけた。『ロガーヘッド』の最初の何章かをざっと読みなおした。この小説を書いたのは、なにもかもが変わってしまう前の、別の人生を生きていたマーコだった。別のマーコだった。作家になるのがマーコの夢だった。いまのぼくは何者なんだ？マーコは手を見た。以前はやわらかかった手に、いまではたこができていた。殺しをした手だった。『ロガーヘッド』、マーコ・エメリー著。それがだれなのかわからなくなっていた。

「マーコ」

やわらかい声音《こわね》だった。おずおずとしていた。おびえているかのようだった。

マーコは原稿から顔を上げた。レイラニが戸口に立っていた。ギリシャでの演習のときの青いサマードレスを着てハットをかぶっていた。

「レイラニ」マーコはささやいた。

レイラニはかすかにほほえむと、ドレスを見おろしてからマーコに視線を戻した。「馬鹿みたいな格好だね。気にいってくれるといいんだけど」

マーコは思わず口元をほころばせた。涙がこみあげた。マーコは弾かれたようにベッドから立ちあがった。レイラニがマーコの胸に飛びこんだ。マーコはレイラニをぎゅっと抱きしめた。レイラニは、マーコとキスをしながら足で蹴ってドアを閉めた。

「きれいだよ」マーコはいった。

レイラニはふんと鼻を鳴らした。ハットを放り投げて丸刈りの頭をむきだしにした。「きれいになんかなりたくない。戦士らしい格好がしたいんだ。あたしは――」レイラニはマーコの胸に頭をもたせかけた。「そうだね、あんたのためならきれいになりたいよ」にっこり笑って唇を軽く噛んだ。「なんたって、あいちてるんだから」

マーコは首をかしげた。「ええと、その服は脱いじゃったほうがいいかも」

レイラニはうなずいた。「そうだね！　やっとだ」ドレスを脱ぎ捨てた。

はじめて愛しあったときは、歯がぶつかったり肘で突いてしまったりでぎこちなかったが、こんどはスムーズで純粋ですばらしかった。完璧だった。そして終わったあと、マーコはレイラニを抱いたまま何度もキスをしてささやいた。「愛してるよ」

レイラニは目をつぶってマーコに体をあずけた。「ずっとこうしてられたらいいのに」

「今夜は一緒にいられる」マーコはレイラニの頬にキスした。「それに思い出はとっておける。いつまでだって。悪い記憶は心を傷つけるけど、いい思い出は心が冷えたときに温めてくれるんだ。今夜はきっとそういう、いい思い出になる」

ふたりはもう一度愛しあい、夜が明けるまで抱きあって寝た。

27

翌朝、マーコは病院を探検しはじめた。その病院は北アフリカの海岸ぞいにあって、海と古代ローマの列柱が見えた。病院の図書館に『日はまた昇る』があった。そしてなんと、サッカーゲームでアディに負けた。マーコたちの負傷は順調に回復していた。あと数日で軍務につけるほどだった。

「マーコ」ディアス伍長がラウンジにやってきた。松葉杖をついていたし、頭に絆創膏を貼っていた。こわもての戦士は、負傷をほとんど気にしていないようだった。去年、アパラチアで受けた負傷と比べたらかすり傷だった。「お呼びだぞ。出口で車が待ってる」

マーコは即席麵のカップを置いて、「指揮官どの?」と顔をしかめた。

伍長はかすかに笑った。「いっただろ、マーコ。ここはもうフォート・ジェミラじゃない。エミリオと呼んでくれ」

傷持ちの戦士と名前で呼びあうのはまだ慣れなかった。十週間の訓練中、マーコはディアス伍長を、ありえないほど強くて賢い神のごとき存在とみなしていた。エミリオ・ディアスがまだ十九歳で、ビデオゲームが好きで、両親と兄弟とペットが待つ故郷に帰りたがっているなんて、とても信じられなかった。マーコはまたしても、認知についての教訓を学んだ。

「どういう用件なんですか、エミリオ？」マーコはいった。

伍長は肩をすくめた。「知らん。上から命令が来たんだ」

マーコは病室に戻って、支給されたばかりの、二等兵という新たな階級の袖章がついている軍服に着替えた。病院のなかを歩いてエレベーターに乗り、出口に向かった。外では軍用ジープがアイドリングしていて、伍長が運転席でタバコを吸っていた。

「吸うかい？」若い男がタバコのパックを差しだした。

マーコは首を振ってジープに乗りこんだ。伍長は肩をすくめてジープを出発させた。ジープは病院をあとにした。煉瓦《れんが》の家と白っぽい丸屋根と狭い路地からなっていて、植物も色もほとんどない、崩壊しかけている古い街のなかを進んだ。

ついに、ジープは海岸ぞいの軍事基地に向かった。有刺鉄線のフェンスのそばに古代ローマの水道橋と円形劇場が見えた。T57を持ってゲートに立っている兵士たちがジープに手を振った。ジープはコンクリートの建物の前で停まった。でっぷりした衛兵がマーコを建物のなかに案内し、廊下を通って閉まっているドアの前で止まった。

「入室して敬礼しろ」衛兵がいった。上唇で汗が光っていた。「質問には〝はい〟か〝いいえ〟で答えろ」

マーコはいぶかしげに目を細めた。「なんなんですか、これは？　自分は軍法会議にかけられてるんですか？」

「おれの知ったこっちゃないね」衛兵は立ち去った。

マーコは眉をひそめた。ぼくはなにか、悪いことをしたのかな？　ぼくはトラブルに巻きこまれてるのかな？　マーコはドアをあけて簡素な狭い部屋に入った。

エイナフ・ベン-アリがデスクについていた。困惑は深まるばかりだったが、マーコは直立不動の姿勢をとって敬礼をした。「エメリー二等兵、参りました」

ベン-アリはデスクから立って答礼した。そして、もう一脚の椅子にすわるよう、身ぶりでうながした。マーコは、ベン-アリの両肩で新しい階級章が光っていることに気づいた。二本線だ。ベン-アリは、士官学校を出たての少尉ではなく、れっきとした中尉なのだ。

「マーコ」ベン-アリの声がおだやかだったので、マーコは安堵の息を漏らした。結局、窮地に追いこまれたわけではなかったのだ。「すわれ」

マーコは腰をおろした。

ベン-アリはテーブルから展示ケースをとりあげた。なかには古い勲章が何枚も入っていた。ベン-アリはそれらを見つめてからおだやかに話しだした。「二百年前のものだ、マーコ。わたしの先祖のひとりのものだ。彼は、第二次世界大戦中にナチと、ポーランドの森で戦ったパルチザンだった。正規の軍人ではなかったが、戦後、これらの勲章を贈られたんだ。わたしはときどき、これらを眺めて、自分が戦っている理由を思いだしている。わたしの一族のほとんどは、その戦争中にガス室で殺されたが、生き残った者は戦いつづけた。その日以来、マーコ、わたしの一族は全員、従軍したんだ。戦死した者も多い。もともとは、歌手や詩人や劇作家を輩出した一族だった。だが、戦士の一族だった」ケースをおろした。「マーコ、いまはわたしたちの世代が絶滅させられないように戦わなければならない順番なんだ。わたしたちが戦士にならなければならないんだ」

　マーコはうなずいた。なんといっていいかわからなかった。「はい。わかります」

　ベン‐アリは椅子から立ちあがった。壁にかかっているマップのほうに歩いた。地球近傍星域の詳細なマップだった。マーコのほうを振りかえったとき、ベン‐アリの目はぎらついていた。「マーコ、スカムとの戦争はますますエスカレートする。やつらのジェミラ攻撃に対して、こっちも報復しなければならない。そうしたら、こんどはスカムも報復するだろう。悪循環はますます激しくなる。古代ペルシャの戦車の鎌がとりつけられた車輪のように、行く手にあるものをすべてなぎ倒していく。いま、前線で——深宇宙でもっとも遠いコロニーで——スカムと戦う新たな旅団が編成中なんだ。わたしはそこに参加することになっている。おまえにも参加してほしいんだ」

「ですが……中尉どの！」マーコは、椅子を倒してしまいそうな勢いで立ちあがった。「自分は戦士ではありません。中尉どのもご存じのはずです。自分は、ピンキーやビーストやアディとは違うんです。自分は図書館員です。たしかに、一度、戦いはしましたが、父親とおなじ任務につくことを希望しています。記録保管所で働くことを。知識を守る仕事をすることを。だから——」

「マーコ、おまえは小隊で最高の戦士だ」とベン‐アリ。「それは、おまえが注意深いからだ。賢いからだ。まっとうだからだ。おまえは暴力的ではない。わたしが部下にしたいのは、おまえのような兵士なんだ。宇宙で必要なのはおまえのような兵士なんだ。戦争よりも平和を重んじているタイプなんだ」

マーコは視線をそらした。うつむいた。こんな展開は望んでいなかった。基礎訓練がいちばん大変になるはずだった。そのあとは、記録保管所で兵役期間を過ごしたかった。深宇宙から送られてくるデータを分析するのでもよかった。なんだったら、どこか静かなところにある、居心地がよくて安全な基地で、床をモップがけしたり、将校のためにコーヒーをいれたりするのでもよかった。地球を離れたくはなかった。最前線で戦ったりしたくなかった。戦闘の記憶は、いまも頭のなかで渦巻いていた。これ以上の暴力には耐えられそうになかった。

マーコはケイブマンがアスファルトの上で死んだときのことを思いだした。母親が雪の上で死んだことを思いだした。五十年前に地球が闇に落とされたときに何十億人もが犠牲になったことを思いだした。

そして故郷を思った――本を、父親を、街を、アディとアイスホッケーの試合を観に行くと約束したことを、そのとき食べることになっているホットドッグを、笑いに満ちた日々を。だが、本がなくなるかもしれないことはわかっていた。もしもスカムが勝ったら、笑いも家族も友達も存在しなくなってしまうのだ。

マーコは顔を上げてふたたびベン‐アリと目をあわせた。指揮官と。上官と。友人と。

「自分の希望ではありませんでした」マーコはいった。「軍に入隊したいとは思っていませんでした。戦いたいとは思っていませんでした。作家以外になりたいものはありませんでした。でも、中尉どののご先祖さまも、森で戦いたいとは思っていなかったはずです。それに、自分の友人も、あのアスファルトで死にたいとは思っていなかったはずです。それに、悪と戦った有史以来の何百万人もの人々も、うちですわって本を読んだり、暖炉に火をつけたり、友達に囲まれたりする以外のことは望んでいなかったはずです。それでも、うちを出て戦いました。彼らは知っていたからです」うなずいた。目に涙が浮かんでいた。「彼らは、世界が美しいことを知っていましたが、それは、血を流している人々、傷ついている人々、痛みのあまり叫んでいる人々が、ほかの人たちが笑ったり愛しあったりできるようにしてくれているおかげだということも知っていました。人はそのために戦うんです。だから自分も戦います。ただし、ひとつ条件があります。自分はただの二等兵だし、中尉どのは部隊長ですが、要求をさせていただきます。そういうことなら中尉どののもとで戦わせていただきますが、ひとりでは無理です。友人たちと一緒でなければ。アディ、レイラニ、エルヴィス、ビーストがいなければ……」しばし考えた。「ただし、それは彼らが望めばです。彼らが戦いたがれば。彼らが自分よりも勇敢なら」

「おまえの半分も勇敢なら」とベン‐アリ。「彼らは望むさ」

「遠慮なく話してよろしいですか？」

ベン‐アリはうなずいた。「話せ」

「ズボンに小便を漏らしてしまいそうなほど怖くてたまらないのです」マーコはいった。

ベン‐アリはマーコを見つめ、眉をひそめ、そしてため息をついた。「友人たちのもとへ戻れ、二等兵。四十八時間後に任地へ向かって出発だ。ああ、それから……替えのズボンを持っていけ。万が一のために」

マーコは敬礼をした。「はい、中尉どの」

ベン‐アリは、目にかすかな笑みを浮かべながら敬礼を返した。「下がってよし」

☆　☆　☆

彼らはロケットの座席につき、ストラップで体を固定していた。戦闘服を着てヘルメットをかぶり、銃を脇にかけていた。ロケットはアスファルトでアイドリングして離陸の合図を待っていた。

「ポエット、肘をどかせ!」アディがマーコを押した。「場所をひとり占めするな」

マーコは押しかえした。「それなら、きみも肘をどかせよ。きみの肘で突っつかれてるんだよ」

アディはうなってもう一度マーコを突いた。「あたしの腕が長いのはあたしのせいじゃないね」

「あんたたち、黙ってられないの?」レイラニがいった。「あたしみたいにおとなしくすわってなよ」

「あんたはいいさ！」アディはいった。「体の大きさがあたしのケツの左半分くらいなんだから」

「それよりずっと小さいよ」とマーコはいって、肘で脇腹をぐいと突かれた。

マーコたちの正面にすわっているエルヴィスが歌いだした。どうやら、〝好きにならずにいられない〟ようだった。

「この軍隊には規律もなにもあったもんじゃないな」歌手の隣にすわっているビーストがつぶやいた。「ロシアとは違うな。ロシアの軍隊は本物だ」

ロケットには五十名の兵士が詰めこまれていた——フォート・ジェミラの生存者もいるし、ほかの部隊から選抜された者もいる。みな、深宇宙へ行くのははじめてだった。みな、だれかをスカムに殺されていた。十九歳以上の者はひとりもいなかった。

若き——兵士よりひとつかふたつしか年上ではない——将校がロケットに搭乗してきた。将校はブロンドの髪をポニーテールにしていた。緑の瞳は賢明そうで力強いが、悲しみも秘めている。

「よく聞け、兵士たち！」ベン-アリ中尉がいった。「スカムに痛い目を見せてやる準備はできているか？」

「はい、中尉どの！」兵士たちは叫んだ。

「ケツを蹴ってやります！」とアディ。

マーコはうめいた。「アディ、何度もいってるだろ、スカムには——」

スピーカーから声が響いてマーコをさえぎった。「十、九、八……」

兵士たちは全員、座席をつかんで深呼吸をし、顎を上げた。ベン＝アリ中尉は、急いでハッチを抜けて将校用デッキに入っていった。

「二……一……発進」

エンジンが轟音《ごうおん》をあげ、猛烈な勢いで炎を吐きながら、兵士たちを乗せたロケットは飛びたった。ロケットは大気圏を突進した。マーコが窓から外をのぞくと、アフリカの北岸が見えた。やがて中東とヨーロッパまで、さらにはロシアの広大な未開地まで見えるようになった。そしてついに、地球全体が、闇のなかの球が見えた。故郷からこんなに離れるのははじめてだった。

しばしのあいだ、兵士たちは全員、畏怖の念をたたえた目で見つめていた。そしてエルヴィスがまた歌いだした。すぐにアディがレイラニと、だれが最高のサッカー選手かについて議論しはじめた。だが、マーコは無言で窓の外を眺めつづけた。地球はどんどん小さくなって、暗黒のなかに浮かぶ青いビー玉になった。

「日差しのなかに浮いている埃《ほこり》のひと粒（天文学者カール・セーガンが地球について述べた言葉）、か」マーコはささやいた。

アディがマーコのほうを向いた。「なんだい、それは、ポエット？」

「だれかが書いた言葉さ」マーコは答えた。「遠い昔に」

アディは頭をマーコの肩に乗せて一緒にその光景を眺めた。レイラニもそうした。すぐに三人とも黙りこんで、窓の外を、彼らが知っている唯一の世界が見る見る遠くなってどんどん小さくなるさまを眺めた。彼らは深く無慈悲な闇へと突き進んでいた。コロニーに向かって。戦争に向かって。故郷を、友人たちと家族を、はてしない漆黒の海に浮かぶ貴重なビー玉を夢見ながら。

訳者あとがき

本書『地球防衛戦線１　スカム襲来』（原題 *Earth Alone*）は、主人公マーコ・エメリーの人類を守る戦いを描く全十二巻のＳＦシリーズ、〈地球防衛戦線〉（Earthrise）シリーズの第一巻だ。

本書では、凶悪な異星人スカムとの、五十年以上続いている戦争で荒廃したカナダのトロントで暮らしている主人公マーコが、十八歳になって人類防衛軍《ヒューマン・ディフェンス・フォース》（ＨＤＦ）に徴兵され、苛酷きわまりない基礎訓練を受ける。

正直いって、戦争ＳＦの古典、ロバート・Ａ・ハインラインの『宇宙の戦士』の影響が強いおなじみの筋立てに新味は薄い。ＳＦならではの〝驚異の感覚《センス・オブ・ワンダー》〟に乏しい小説に興味はないというかたは、ほかの作品を選ばれることをお勧めする。

だが、本書はおもしろい。なんといっても、主人公マーコをはじめ、登場人物がみな、生き生きとしていて魅力的なのだ。本書は、新味が薄いとはいえ、リーダビリティ抜群で、読みだしたら止まらなくなること請けあいの娯楽作なのだ。

　図書館長の息子で作家志望（好きな作家はチャールズ・ディケンズ）のマーコは、おなじ家で一緒に育ったアイスホッケー好きで野性的なアディ、ナイジェリア移民の孫娘である優等生の恋人ケミ、フィリピンのマニラのスラム育ちで両手首に傷痕がある小柄なレイラニという、タイプの異なる三人の美少女に翻弄されながら、兵士として、人間として成長する。エルヴィス・プレスリーのそっくりさんのエルヴィス、ネアンデルタール人を思わせる容貌のケイブマン、祖国愛の強い巨漢ロシア人のビースト、ちびだが怪力のいじめっ子ピンキーらの新兵仲間や、クールビューティーのイスラエル人指揮官ベン‐アリ少尉、シーク教徒でつねにターバンを巻いているシン軍曹（ちなみに、インド軍のシーク教徒兵士は実際に任務中もターバンを巻いている）、胸にスカムにつけられた大きな傷痕があるディアス伍長らの上官たちといった個性豊かな脇役たちも、それぞれの葛藤をかかえた人間としてていねいに描かれていて共感を誘う。本書は、人類の命運をかけた戦争の物語であると同時に、甘酸っぱい恋と厚い友情の物語であり、若者たちの成長の物語でもあるのだ。

　登場人物のほとんどが兵士のミリタリイSFであるにもかかわらず、女性兵士も多くてマッチョイズムとは無縁だし、多様性志向で反権威主義的なところも本書の特徴だ。また、アディがしょっちゅう上官に楯突いてはマーコがその巻き添えになるなど、随所に織り交ぜられているユーモアがいいアクセントになっている。

　作者のダニエル・アレンソンは一九八〇年イスラエル生まれ。幼いころは引っ越しが多く、ときには国をまたぐこともあったため友達ができにくく、図書館と書店に通いつめてファンタジイとＳＦに読みふけっていた。ファンタジイを読むようになったきっかけは、ロールプレイングゲームのダンジョンズ&ドラゴンズを好きになり、その設定をベースとする小説シリーズ〈ドラゴンランス〉を手にとったこと、ＳＦを読むようになったきっかけは、両親がアイザック・アシモフとロバート・Ａ・ハインラインのファンで、ふたりの作品が家にたくさんあったことなのだそうだ。

アレンソンは十四歳のときにはじめて小説を書き、十八歳のとき、ＳＦのウェブジンに短篇が売れて二十ドルを得た。そして二十代はじめ、現在も在住しているカナダのトロントへ単身で転居し、糊《こ》口《こう》をしのぐための仕事に忙殺されながら、狭いアパートメントで執筆をつづけた。ウェブジンに短篇が、マイナーな雑誌に詩が何篇か売れたし、二〇〇七年八月にはデビュー長篇のファンタジイ ***Firefly Island*** を小出版社から上梓することができたが、フルタイムの作家になるにはほど遠い収入しか得られなかった。

二〇一〇年、Ａｍａｚｏｎの電子セルフ出版サービス、Ｋｉｎｄｌｅダイレクト・パブリッシングでデビュー長篇を販売したところ、まずまずの売上があった。気をよくしたアレンソンが、ハードディスクで眠っていたファンタジイ長篇をひっぱりだしてＫｉｎｄｌｅに上げると、やはりそこそこ売れた。

一念発起したアレンソンは、その当時売れていたファンタジイがなぜ売れているのかを研究し、その成果を生かして〈Song of Dragons〉三部作を書きあげた。二〇一一年、その三作をＫｉｎｄｌｅにアップロードすると、たちまちベストセラーになり、二十五万部も売れた。おかげでアレンソンは家と車を買い、二〇一三年には仕事を辞めて専業作家になれたのだった。以来、インディー作家として、〈Song of Dragons〉三部作ではじまる〈Requiem〉シリーズや〈Moth〉シリーズなどのファンタジイ、それにはじめてのＳＦシリーズ、〈Alien Hunters〉などを書きつづけた。

そして二〇一六年六月、アレンソンは本作をＫｉｎｄｌｅに上げて〈Song of Dragons〉と並ぶ大成功をおさめたのだった。その後も〈地球防衛戦線〉シリーズの新作をハイペースで刊行しつづけ、二〇一九年六月の第十二巻 *Earth Unleashed* で完結させた。ハヤカワ文庫ＳＦでは、物語が一段落する第三巻までを年内に刊行することが決定している。

アレンソンはびっくりするほど多作な作家で、〈地球防衛戦線〉の二千年後を舞台にした続篇シリーズ、〈Children of Earthrise〉の第一巻を、オリジナルシリーズがまだ完結していない二〇一七年十一月に出し、二〇一八年九月刊の第六巻で完結させた。

さらに、オリジナルシリーズ完結後の二〇一九年十月には、おなじ世界を舞台にしたスピンアウトシリーズ、〈Soldiers of Earthrise〉を開始し、二〇二〇年二月に最新の第三巻を刊行した。四月には第四巻、六月には第五巻、八月には第六巻も予定されている。二〇一九年七月には、ひさしぶりの単独長篇となるディストピアＳＦ、*Utopia 58* も出た。デビューから十三年で著作数はなんと六十三点におよび、売上の累計は百万部を超えているという。

Ｋｉｎｄｌｅでセルフ出版したことがきっかけでプロになった作家は、『火星の人』のアンディ・ウィアーや〈われらはレギオン〉のデニス・Ｅ・テイラーなど、枚挙にいとまがない（ユーモアがあって読みやすいこと、音楽や小説や映画などのサブカル関連の小ネタがちりばめられていることは、『火星の人』と〈われらはレギオン〉と本作の共通点としてあげられる）。しかし、エージェントや出版社とは契約せずにインデペンデントのままで活動しつづけている作家として、アレンソンは異例の大成功をおさめているといっていいだろう。

　長大なシリーズの第一巻である本作はＳＦ味が薄い。舞台は地球上の基礎訓練キャンプだし、敵の異星人スカムにハッキングされないようにするため、そして予算不足のため、人類防衛軍の地球部隊の武器や装備は現代とたいして変わっていないからだ。だが、本作のラストシーンの直後からはじまる第二巻で舞台は宇宙に移り、ぐっとＳＦらしくなるので、楽しみにお待ちいただきたい。

彷徨《さまよ》える艦隊

旗艦ドーントレス

The Lost Fleet: Dauntless

ジャック・キャンベル

月岡小穂訳

救命ポッドの冷凍睡眠から目覚めたギアリー大佐は愕然とした。なんと百年がたっていたのだ。しかも軍略に秀でた英雄にまつりあげられている始末。そんな彼に与えられた任務は、敵の本拠星系に攻めこんだものの大敗し満身創痍となった艦隊を、司令長官として無事に故郷へと連れ戻すことだった！　解説／鷹見一幸

訳者略歴　1958年生，早稲田大学政治経済学部中退，翻訳家　訳書『シンギュラリティ・トラップ』〈われらはレギオン〉テイラー，『物体E』キャシディ＆ロジャーズ，『火星無期懲役』モーデン（以上早川書房刊）他多数

HM=Hayakawa Mystery
SF=Science Fiction
JA=Japanese Author
NV=Novel
NF=Nonfiction
FT=Fantasy

地球防衛戦線《ちきゅうぼうえいせんせん》1
スカム襲来

〈SF2275〉

二〇二〇年三月二十日　印刷
二〇二〇年三月二十五日　発行
（定価はカバーに表示してあります）

著者　ダニエル・アレンソン
訳者　金《かね》子《こ》浩《ひろし》
発行者　早川浩
発行所　株式会社　早川書房
郵便番号　一〇一 - 〇〇四六
東京都千代田区神田多町二ノ二
電話　〇三 - 三二五二 - 三一一一
振替　〇〇一六〇 - 三 - 四七七九九
https://www.hayakawa-online.co.jp

乱丁・落丁本は小社制作部宛お送り下さい。
送料小社負担にてお取りかえいたします。

印刷・株式会社亨有堂印刷所　製本・株式会社フォーネット社
Printed and bound in Japan
ISBN978-4-15-012275-1 C0197

本書は活字が大きく読みやすい〈トールサイズ〉です。